Susan Meissner

Hinter weißen Zäunen

Roman

Über die Autorin

Susan Meissner ist eine vielfach ausgezeichnete Zeitungskolumnistin, Ehefrau eines Pastors und lehrt Journalismus an einer Highschool. Sie lebt mit ihrem Ehemann Bob und den vier gemeinsamen Kindern in Minnesota.

Sechs ihrer Romane wurden bereits erfolgreich ins Deutsche übersetzt: „Leih mir deine Flügel", „Die Stimme meines Herzens", „Die Weite des Himmels", „Die Farben des Lebens", „Ein Garten voller Träume" und „Nie werde ich dich vergessen".

Susan Meissner

Hinter weißen Zäunen

Roman

Aus dem Englischen übersetzt von Antje Balters

GerthMedien

MIX
Papier aus verantwortungsvollen Quellen
FSC® C014496

Verlagsgruppe Random House FSC-DEU-0100
Das für dieses Buch verwendete FSC®-zertifizierte Papier *Munken Premium Cream*
liefert Arctic Paper Munkedals AB, Schweden.

Originally published in English under the title:
„White Picket Fence“ by Susan Meissner

Published by WaterBrook Press
an imprint of The Crown Publishing Group,
a division of Random House, Inc.
12265 Oracle Boulevard, Suite 200,
Colorado Springs, Colorado 80921, USA

International rights contracted through:
Gospel Literature International,
P.O. Box 4060, Ontario, California 91761-1003, USA

This translation published by arrangement with
WaterBrook Press, an imprint of The Crown Publishing Group,
a division of Random House, Inc.

1. Auflage 2012
Bestell-Nr. 816 625
ISBN 978-3-86591-625-9

Umschlaggestaltung: Immanuel Grapentin
Umschlagfoto: Shutterstock; iofoto
Lektorat und Satz: Nicole Schol
Druck und Verarbeitung: GGP Media GmbH, Pößneck
Printed in Germany

Notwendigkeit treibt ihn und nicht Vergnügen.
Dante: Das Inferno

Eins

Die klimatisierte Friedhofskapelle ließ sie die strapaziöse Hitze, die sie draußen erwartete, vorübergehend vergessen. Amanda fröstelte, als sie auf einem der kalten Metallstühle Platz nahm. Sie lehnte sich zu ihrem Mann hinüber, der neben ihr saß, und flüsterte: „Da könnte man ja fast einen Pullover anziehen – und das in Arizona im September …“

Er nickte beiläufig, war aber allem Anschein nach von dem abrupten Temperaturwechsel von „brüllend heiß“ zu „eiskalt“ nicht weiter beeindruckt. Neil trug einen Anzug, obwohl sie ihm gesagt hatte, das sei für diesen Anlass nicht nötig, aber jetzt beneidete sie ihn um die langen Ärmel seines Jacketts. Er räusperte sich leise, schlug das Faltblatt mit dem Ablauf der Trauerfeier auf, das sie beim Betreten der Kapelle bekommen hatten, und begann, den Nachruf auf die Frau zu lesen, deren Sarg nur ein paar Meter von ihnen entfernt stand – eine Frau, die sie beide gar nicht persönlich gekannt hatten.

Ein Schwall gekühlter Luft breitete sich vom Ventilator über ihr aus, und Amanda rückte instinktiv dichter an ihre Nichte heran, die auf der anderen Seite neben ihr saß. Das Mädchen trug ein flamingofarbenes Kleid und hatte bloße Arme. Amanda fragte sich, ob die Pflegemutter Tally bei der Auswahl ihrer Garderobe für die Beerdigung ihrer Großmutter wohl beraten hatte. Sie wandte sich ihrem Mann zu.

„Ich glaube, wir hätten lieber schon gestern kommen sollen“, sagte sie fast flüsternd.

Neil blickte von dem Faltblatt auf. „Das hätte doch auch nichts geändert“, erwiderte er freundlich. „Und außerdem sind wir so schnell gekommen, wie wir konnten. Du konntest doch auch gar nicht wissen, dass sie hier ist. Dein Bruder hätte dich darüber in Kenntnis setzen müssen.“

Neil griff nach ihrer Hand und drückte sie. Amanda schaute auf die beiden ineinandergelegten Hände hinab. Dabei fiel ihr ein kleiner Klecks Holzbeize unterhalb eines seiner Fingernägel auf, ein Hinweis darauf, dass er sein derzeitiges Werkstück in aller Eile weggeräumt hatte. Neil richtete seine Aufmerksamkeit jetzt erneut auf das Faltblatt und Amanda sah zu ihrer Nichte hinüber.

„Alles in Ordnung?“ Sie zögerte kurz und legte dann ihren Arm um Tallys Schultern.

Das Mädchen wich ein Stück zurück und schaute auf Amandas Arm, bevor sie dann ihren Blick wieder nach vorn auf den Sarg richtete. Das sechzehnjährige Mädchen zuckte die Achseln. „Ich habe meine Großmutter ja gar nicht richtig gekannt.“ In ihren Worten schwang eher beiläufiges Bedauern mit als Trauer, so als wäre ihr klar, dass man seine Großmutter eigentlich kennen müsste, dass aber jetzt auch nichts mehr daran zu ändern war. Amanda zog Tally instinktiv näher zu sich heran. Das Mädchen versteifte sich einen Moment lang, entspannte sich dann aber wieder, wodurch Amanda aufs Neue daran erinnert wurde, dass Tally ja auch sie kaum kannte.

Amanda hatte ihre Nichte seit fast zehn Jahren nicht mehr gesehen. Ein paar Anrufe im Laufe der vergangenen Jahre – unter anderem einer aus einem Gefängnis in Texas und einer aus einem Chateau in der Schweiz – waren die einzigen Lebenszeichen von ihrem Bruder Bart gewesen und die Bestätigung, dass Tally immer noch bei ihm lebte. Bart hatte die Angewohnheit, sich leider immer nur dann bei Amanda zu melden, wenn es ihm so richtig schlecht ging. Aber meistens merkte er dann selbst nicht einmal, wie verzweifelt er war.

Obwohl sie die Jüngere war, hatte sie sich immer als große Schwester gefühlt, als diejenige, die auf ihn aufpassen musste, die dafür sorgen musste, dass er sich von Problemen fernhielt. Sie hatte immer das Gefühl gehabt, dass ihre Eltern von ihr mehr erwarteten als von ihm. Und immer wieder war sie erstaunt darüber gewesen, dass Bart mit dieser Regelung offenbar sehr zufrieden war.

Sie war in der Mittelstufe der Highschool gewesen, als ihr Bruder im Alter von siebzehn Jahren zu Hause ausgezogen war. Und in den Jahren bis zu ihrem Schulabschluss hatte er sich nur noch zweimal zu Hause blicken lassen.

Die Scheidung der Eltern, die in aller Stille abgewickelt worden war, hatte er ebenso wenig mitbekommen wie die Wiederheirat der Mutter mit einem Australier, der überhaupt nicht daran dachte, an einem anderen Ort der Welt zu leben als in Melbourne. Auch ihre Hochzeit mit Neil hatte er verpasst sowie die Geburt ihrer beiden Kinder. Und selbst die letzten qualvollen Tage des Vaters, der an Bauchspeicheldrüsenkrebs gestorben war, hatte er nicht miterlebt. Im Laufe der vergangenen dreißig Jahre hatte Bart also so ziemlich alles verpasst, was sich in der Familie ereignet hatte – darunter auch die Chance, dass seine Familie Tally kennenlernte.

Amanda schrak bei den ersten Tönen des Orgelvorspiels auf und wurde aus ihren Gedanken gerissen. Deshalb bekam sie auch das Summen des Vibrationsalarms von Neils Handy gar nicht richtig mit. Ihr Mann holte das Handy aus seiner Hosentasche und sagte: „Es ist eine SMS von Ashley. Sie will wissen, ob sie heute bei den Mallorys übernachten kann. Sie wollen ans Meer.“

Amanda runzelte die Stirn bei dem Gedanken, dass ihre Tochter dann nicht zu Hause sein würde, wenn sie mit dem Flieger wieder in San Diego ankämen. „Heute Nacht?"

Neil sah sie an. „Vielleicht ist das gar keine so schlechte Idee."

„Nein, heute nicht, Neil. Sie kann gerne mit ans Meer fahren, aber es ist besser, wenn sie heute Abend wieder zu Hause ist. Findest du nicht auch?"

„Na ja, wahrscheinlich hast du recht."

„An welchen Strand wollen sie denn und wie kommt sie dorthin?"

„Sie wollen nach Encinitas. Chase hat angeboten, Ashley hinzufahren", erklärte Neil und schaute auf das kleine Display seines Handys.

Amanda fragte sich kurz, wie Chase es wohl finden würde, die Strecke von fast 50 Kilometern ans Meer hin und wieder zurück zu fahren, aber wenn Ashley nicht zu Hause war, hatte er das ganze Haus bis zu ihrer Rückkehr am Abend ganz für sich allein. Ihr stiller Siebzehnjähriger konnte es wahrscheinlich kaum erwarten, seine geschwätzige kleine Schwester loszuwerden. Ihr schoss durch den Kopf, dass ihre Kinder jetzt genau in demselben Alter waren wie damals Bart und sie, als ihr Bruder von zu Hause weggegangen war. Mit seinem in sich gekehrten Wesen und den kantigen Gesichtszügen war Chase Bart sehr ähnlich, aber darüber hinaus gab es keinerlei Ähnlichkeit zwischen ihrem Sohn und ihrem Bruder. Und Ashley brauchte Gott sei Dank ihren Bruder nicht zu bemuttern, so wie sie Bart hatte bemuttern müssen.

„Sag ihr, dass sie um halb sieben zu Hause sein soll", entschied Amanda. „Ich möchte, dass sie zurück ist, wenn wir heute Abend ankommen."

Neil tippte die Nachricht als SMS in sein Handy ein. Dann deutete er mit dem Kopf auf das Faltblatt für den Gottesdienst. „Hast du gewusst, dass Virginia mit der Army als Krankenschwester in Vietnam war? Sie war in Saigon, als die Kommunisten die Stadt eroberten." Er neigte den Kopf ein wenig, als warte er auf eine Reaktion von ihr, während er sein Handy wieder in die Hosentasche steckte.

„Ich ... ich wünschte, ich hätte es gewusst", flüsterte Amanda und zwang sich, ihre Gedanken wieder auf die Gegenwart und die Beerdigung zu richten.

„Sie hat für ihren Einsatz in der Armee mehrere Orden bekommen", fügte Tally hinzu, die sich Amanda zugewandt hatte, so als hätte sie das gesamte Gespräch ihres Onkels und ihrer Tante schweigend, aber interessiert mit angehört. „Sie hängen an der Wand in ihrem Schlafzimmer, aber ich hatte keine Gelegenheit mehr, sie darauf anzusprechen."

„Das tut mir wirklich leid, Tally." Amanda strich dem Mädchen über die Schulter.

„Ich glaube, mein Vater hat es auch nicht gewusst. Dass sie in Vietnam gewesen ist, meine ich. Papa und Großmutter haben sich nicht besonders gut verstanden. Sie hat ihm immer die Schuld an dem gegeben, was mit Mama passiert ist." Tally wandte sich wieder ab und schaute nach vorn. „Aber das weißt du ja wahrscheinlich auch."

Amanda wollte gerade etwas erwidern, überlegte es sich dann aber anders. Tallys Mutter Janet war kurz nach Tallys Geburt an einer Überdosis Schlaftabletten gestorben. Janet war allein gewesen, als es passierte, denn Bart war mal wieder unterwegs.

Sie wollte Tally gerade sagen, dass Bart ihr nie viel von Virginia erzählt hatte, als ein Geistlicher mit weißem Stehkragen und einem kleinen schwarzen Büchlein in der Hand plötzlich neben Tally stand, weshalb sie lieber nicht weitersprach.

„Möchtest du bei der Trauerfeier noch irgendetwas sagen, Tallulah?", erkundigte sich der Geistliche.

„Ich?" Tallys Stimme klang überrascht. „Äh. Nein. Nein, ich möchte nichts sagen."

Er tätschelte ihren Arm. „Das verstehe ich“, tröstete er sie. „Das ist sicher alles sehr schwierig für dich, mein Kind. Ich bete für dich.“ Der Geistliche lächelte sie an, ging dann weiter zur nächsten Sitzreihe und wandte sich an eine Frau, die Amanda zehn Minuten zuvor vor der Kapelle vorgestellt worden war: Jill, Virginias einziges noch lebendes Kind, Janets jüngere Schwester und Tallys andere Tante.

Amanda beobachtete, wie der Geistliche sich zu ihr hinunterbeugte und etwas zu ihr sagte. Die Frau trug einen anthrazitfarbenen Hosenanzug mit einem bordeauxfarbenen Schal und schwarze Stilettos an ihren zierlichen Füßen. Sie war an diesem Morgen mit dem Flieger aus Miami gekommen und hatte den Ablauf der Trauerfeier und der Beerdigung wahrscheinlich mit dem iPhone geplant und organisiert, das sie auch jetzt in der Hand hielt. Jill schüttelte den Kopf genau wie danach auch Jills Mann und ihre Zwillingssöhne, zwei Teenager. Amanda konnte sich nicht mehr erinnern, welcher der Zwillinge wer war.

Tally hatte offenbar ebenfalls das geflüsterte Gespräch zwischen ihrer Tante und dem Geistlichen verfolgt. Amanda beugte sich zu ihrer Nichte.

„Kennst du deine Tante Jill und deine Cousins eigentlich gut?“

„Ich habe sie einmal getroffen“, flüsterte Tally zurück. „Ich war damals vier und mein Vater und ich waren zur selben Zeit in Tucson wie sie. Aber ich kann mich gar nicht mehr wirklich an sie erinnern.“

Amanda berührte behutsam den Arm des Mädchens. „Die meisten Leute können sich nicht an das erinnern, was sie in ihrer frühen Kindheit erlebt haben.“

„An *deine* Kinder erinnere ich mich.“

Das überraschte Amanda, auch wenn sie wusste, dass es wahrscheinlich gar nicht so ungewöhnlich war. Tally war damals schon acht gewesen, als Bart – wieder mal auf der Durchreise irgendwohin – bei ihnen hereingeschneit war.

Sie war also auf jeden Fall alt genug gewesen, um sich zumindest an Bruchstücke dieser Reise zu erinnern. Es waren aber gar nicht Tallys Worte, die Amanda so überraschten, sondern ihr Tonfall. Irgendwie hoffnungsvoll hatte es geklungen, so als wäre Tally erleichtert, dass sie überhaupt eine Erinnerung an ihren Cousin und die Cousine in Kalifornien hatte. Und allem Anschein nach waren diese Erinnerungen ausgesprochen positiv.

„Das freut mich“, sagte Amanda. „Chase kann sich auch an dich erinnern. Ashley war damals noch zu klein, aber ihr gefällt der Gedanke, eine Cousine zu haben.“

Amanda wollte ihrer Nichte gerade erzählen, dass Chase und Ashley auch gern zur Beerdigung gekommen wären – was nicht ganz der Wahrheit entsprach –, aber in diesem Augenblick endete das Orgelspiel, und der Pastor trat neben den Sarg, der auf einem Podest im Altarraum stand.

Wie viele Menschen waren wohl gekommen, um von Virginia Kolander Abschied zu nehmen? Amanda drehte sich kurz um und zählte etwa dreißig Personen, die in den Stuhlreihen hinter ihr saßen. Als sie sich wieder nach vorn wandte, stellte Amanda fest, dass Tallys seltsames fuchsienfarbenes Kleid mit den passenden Strähnchen in ihrem Haar der einzige Farbtupfer in dieser kleinen Schar schwarzer und grauer Schultern war. Die Tätowierung am Knöchel des Mädchens – ein Kolibri mit rotem Hals und weit ausgebreiteten Flügeln – war das einzig Außergewöhnliche in der Reihe anthrazitfarbener Hosen- und Feinstrumpfhosenbeine.

Tally schlug ihre Beine übereinander, und Amanda merkte, wie sie sich innerlich anspannte. Irgendwie kam es ihr so vor, als würde der Kolibri sich für einen imposanten Start bereit machen und sich gleich von Tallys Haut befreien und losfliegen. Amanda riss sich von dem Anblick los und atmete leise aus. Sie erinnerte sich jetzt wieder daran, wie Bart ihr gestanden hatte, dass er diese Tätowierung von einem

Geldbetrag bezahlt hatte, den Amanda ihm eigentlich für eine Autoreparatur geschickt hatte.

Der Geistliche räusperte sich, um mit der Trauerfeier zu beginnen, aber er hielt noch einmal inne, weil die Tür am anderen Ende der Kapelle erneut geöffnet wurde. Alle Köpfe wandten sich in diese Richtung und die Blicke folgten der Nachzüglerin. Die dunkelhaarige Frau hatte einen Kaffeebecher aus Pappe in der einen Hand und einen Aktenkoffer in der anderen. Ihre weiße Hemdbluse klebte an ihrer verschwitzten Haut.

„Das ist Nancy. Sie ist Sozialarbeiterin und meine Betreuerin vom Jugendamt", erklärte Tally mit ausdrucksloser Stimme. „Sie war es auch, die dich angerufen hat."

Die Sozialarbeiterin trat ein und formte mit den Lippen ein lautloses „'Tschuldigung". Einen Stuhl, den ihr der Mitarbeiter des Bestattungsunternehmens anbot, lehnte sie dankend ab und blieb stattdessen an die Hinterwand der Kapelle gelehnt stehen. Sie nickte Tally zu und lächelte dann Amanda an, nachdem sie sich ihre Sonnenbrille auf die Stirn hochgeschoben hatte.

Amanda erwiderte das Nicken der Frau, mit der sie zwei Tage zuvor zum ersten Mal telefoniert und die ihr mitgeteilt hatte, dass Bart Bachmann vermisst wurde – er steckte wohl irgendwo in Warschau – und dass seine Tochter Tallulah deshalb keine Bleibe hatte.

Zwei

Der Geistliche hatte einen Scherz über seinen eigenen Namen gemacht, als er sich Tally vor Beginn der Trauerfeier vorgestellt hatte. Sie hatte bei ihrer Tante und ihrem Onkel im Foyer der Kapelle gestanden, während draußen alles in der brüllenden Hitze flimmerte. Er hatte gesagt, sein Name sei Reverend Holly, und nur ein einziger Buchstabe verhindere, dass er heilig – *holy* – sei. Tally hatte höflich gelächelt, woraufhin er gesagt hatte, dass es sicher im Sinne ihrer Großmutter gewesen wäre, wenn sie lächle. „Es wird alles gut, Tallulah", sagte er, bevor er weiterging, um mit dem Bestatter letzte organisatorische Fragen zu klären.

Tally fragte sich, woher er das wohl wissen konnte, wo sie sich doch gerade eben erst kennengelernt hatten. Tally verlagerte ihr Gewicht auf dem Sitz ihres Stuhles, während Reverend Holly zu beten begann. Als Tally sich bewegte, nahm Amanda vorsichtig den Arm von den Schultern ihrer Nichte. Dabei hatte Tally damit gar nicht signalisieren wollen, dass ihr der Arm unangenehm war, selbst wenn er sie gestört hatte. Sie warf Amanda einen Seitenblick zu, aber die hatte ihre Augen geschlossen, genau wie der Onkel.

Das Mädchen betrachtete die beiden genau. Sie nutzte die kostbaren Sekunden, in denen sie nicht selbst gemustert wurde, um das Ehepaar etwas genauer anzuschauen, das sich bereit erklärt hatte, sie bei sich zu Hause aufzunehmen, bis ihr Vater aus Europa zurück war. Ihre Tante Amanda hatte die gleichen grauen Augen wie ihr Vater, das gleiche einzelne Grübchen auf der einen Wange und das gleiche aschblonde Haar. Sie hatte eine sanfte Stimme und ein angenehmes, entspanntes Lächeln. Und sie war Lehrerin. Neil war größer als ihr Vater und sehr ruhig. Er trug eine randlose Brille und sehr, sehr glänzende Schuhe. Er war Finanzberater – was auch immer das sein mochte. Bart hatte ihr irgendwann einmal erzählt, dass ihr Onkel Neil die einschläferndste Spaßbremse sei, der er jemals begegnet war, und dass die süße Amanda genauso sei, wenn auch vielleicht nicht ganz so lahm wie er. Tally hatte sich daraufhin erkundigt, ob das bedeute, dass sie keine netten Leute seien, worauf er geantwortet hatte, es hieße, dass sie in etwa so interessant und aufregend wären wie Türklinken.

Jetzt wünschte sie, sie hätte damals darauf bestanden, dass ihr Vater die Frage vernünftig beantwortete: „Aber sind sie auch *nett?*“ Denn ganz genau darauf kam es jetzt an. Jetzt, wo ihr Vater auf Schatzsuche in Polen war und nicht zu erreichen, wäre eine Antwort auf genau diese Frage ausgesprochen hilfreich gewesen. So musste sie sich mit den wenigen Erinnerungen begnügen, die sie an die Familie hatte. Die Erinnerungen an einen etwa einstündigen Besuch bei den Janviers, als sie ungefähr acht gewesen war.

Nicht Nancy oder die Pflegeeltern, bei denen sie nach dem Tod der Großmutter vorübergehend untergebracht worden war, hatten Tally zur Friedhofskapelle gebracht. Amanda und Neil hatten sie am Morgen mit ihrem Mietwagen dort abgeholt. Die Pflegemutter hatte gesagt, das sei aber sehr nett von ihnen. Als Tally daraufhin entgegnet hatte, dass sie ihre Tante und den Onkel eigentlich gar nicht so gut kennen würde, hatte die Pflegemutter mit Nachdruck gesagt: „Aber sie sind deine Familie“, so als wären diese fünf Worte die Antwort auf alle Probleme des Lebens.

Gleich an dem Tag, als Virginia gestorben war, hatte das Krankenhaus die Jugendamtsmitarbeiterin Nancy informiert, denn irgendjemand hatte gemerkt, dass Tally vorhatte, per Anhalter zum jetzt leeren Haus ihrer Großmutter zurückzufahren. Nancy hatte gesagt, es sei eine sehr gute Regelung, wenn Tally erst einmal bei den Janviers bleiben könne. „Es ist immer das Beste, wenn man bei Verwandten unterkommen kann", hatte sie erklärt. „Glaub mir."

„Aber dann weiß mein Vater doch gar nicht, dass ich in San Diego bin", hatte Tally entgegnet. „Ich komme ganz bestimmt auch allein klar, bis er wieder da ist."

Nancy hatte ihr daraufhin jedoch erklärt, es ginge nicht, dass sie als Minderjährige allein wohne. Außerdem gehöre das Haus ihrer Großmutter jetzt deren Tochter Jill, und die wollte es so schnell wie möglich verkaufen.

„Aber mein Vater hat gesagt, dass er in ein paar Wochen wieder zurück ist, und er kommt dann nach Tucson, weil er glaubt, dass ich hier bin. Ich muss hierbleiben!", hatte Tally eingewandt.

„Wenn dein Vater zu erreichen wäre, dann könnten wir ihm ja mitteilen, dass deine Großmutter gestorben ist und du bei deiner Tante und deinem Onkel in San Diego auf ihn wartest, Tally. Tatsache ist aber, dass wir ihn nicht erreichen können. Niemand weiß, wo genau er sich aufhält. Oder weißt du etwas?"

„Ich habe Ihnen doch gesagt, dass er in Warschau ist."

„Aber du weißt nicht, wo genau. Du hast weder eine Adresse noch eine Telefonnummer, unter der wir ihn erreichen können, und du weißt noch nicht einmal, warum er überhaupt dort ist. Das hast du mir doch selbst gesagt."

„Ich weiß, was ich Ihnen gesagt habe", entgegnete Tally ganz ruhig. „Es geht niemanden etwas an, was er da macht. Und ich weiß *wirklich* nicht, wo genau er ist. Er hat gesagt, dass er mich bei meiner Großmutter anruft, und jetzt werde ich nicht da sein, wenn er das tut."

„Aber du hast doch gesagt, dass er sich sofort nach seiner Ankunft bei dir melden wollte. Jetzt ist er also schon seit über einer Woche weg, Tally, und er hat immer noch nicht angerufen."

In diesem Moment sagte der Geistliche Tallys Namen und ihr Kopf schnellte hoch. Der Gedanke an das Gespräch mit Nancy, an das sie sich gerade erinnert hatte, verflüchtigte sich. Sie hatte gar nicht gemerkt, dass Reverend Holly das Gebet beendet hatte und jetzt die Trauerrede hielt.

„Du hast Virginias letzte Tage mit Freude und Sinn erfüllt, Tallulah", erzählte er gerade. „Virginia hat mir oft von dir erzählt, und sie hat immer wieder gesagt, wie sehr sie es vermisst hat, dich aufwachsen zu sehen. Ich weiß, dass es ihr viel bedeutet hat, dich in ihren letzten Tagen hier bei sich zu haben. Du bist ein mutiges Mädchen, und du hast alles getan, was in deiner Macht stand, um sie zu retten."

Tally blinzelte verwirrt. Sie war insgesamt elf Tage bei Virginia Kolander gewesen – und mehr gemeinsame Erlebnisse hatten die beiden nicht gehabt. Ihr Kontakt zu Virginia war in all den Jahren sehr locker gewesen, und jetzt war davon nicht mehr übrig als ein Schuhkarton voller verblasster Fotos und gelegentlicher Geburtstagsgrüße, in denen immer ein Fünfdollarschein gesteckt hatte. Ein einziges Mal war sie nur bei ihrer Großmutter zu Besuch gewesen – damals war sie vier Jahre alt gewesen und konnte sich deshalb nicht mehr an diese Begegnung erinnern.

Wenn es wieder einmal Zeit gewesen war, irgendwo die Zelte abzubrechen, hatte ihr Vater nie nach Arizona gewollt. Tally hatte den Grund dafür gekannt, auch wenn sie ihn das nie spüren ließ. Sie hatte zweimal belauscht, wie ihr Vater jemandem minutiös sein Zerwürfnis mit Virginia geschildert hatte: das erste Mal vor fünf Jahren, als sie sechs traumhafte Monate lang bei einem Dessousmodel in einem Penthouse in Manhattan gewohnt hatten, und dann noch einmal fünf Jahre später in Dallas, als er dieselbe Geschichte dem Besitzer von „Luigis Pizzeria“ erzählt hatte. Damals hatten sie den Winter über im Keller des Lokals gewohnt und das Bier war billig gewesen.

Ihre Großmutter hatte Bart immer vorgeworfen, dass er etwas hätte unternehmen müssen, als sich Janets postnatale Depression zunehmend verschlimmert hatte. Tallys Vater hatte dagegengehalten, dass es ziemlich schwierig gewesen sei, etwas zu tun, weil er und Janet ja nicht verheiratet gewesen wären und noch nicht einmal zusammengewohnt hätten.

„*Sie war krank*“, hatte die Großmutter eingewandt.

„*Das wusste ich aber nicht*“, entgegnete der Vater.

„*Du hättest für sie da sein müssen!*“

„*Na, vielleicht hättest ja auch du für sie da sein müssen.*“

„*Mich wollte sie aber nicht sehen!*“

„*Mich wollte sie auch nicht sehen, Virginia!*“

„*Weil sie krank war!*“

„*Aber ich bin doch kein Arzt! Woher hätte ich das wissen sollen?!*“

Als er die Geschichte erzählt hatte, war ihr Vater beide Male nicht ganz nüchtern gewesen, und deshalb wusste Tally auch nicht genau, wie viel davon wirklich der Wahrheit entsprach.

Es klang allerdings schon ausgesprochen wahr. Wenn er nüchtern war, dann hatte ihr Vater etliche Geschichten darüber auf Lager, was Tallys Mutter im Himmel gerade so machte, und es waren allesamt schöne Geschichten. Die traurige Geschichte von der Überdosis Schlaftabletten, die ihre Mutter genommen hatte, erzählte er nur, wenn er so viel getrunken hatte, dass der Alkohol seine Zunge gelöst hatte, und wenn er glaubte, dass Tally sich außer Hörweite befand. Seine Lieblingsgeschichte für sie war die, in der Tallys Mutter eigentlich eine Fee war, die Tally auf seiner Schwelle abgelegt hatte, damit er jemanden hatte, für den er Chili und Pfannkuchen machen konnte.

Als ihr Vater verkündet hatte, dass er sie nach Arizona zu Großmutter Virgie bringen würde, solange er sich um irgendwelche Geschäfte in Polen kümmern musste, hatte sie gefragt, ob sie nicht lieber so lange bei ihren Freunden Carrie und Joe bleiben könne, denn eigentlich hätte er doch noch nie besonders viel von ihrer Großmutter gehalten. Aber ihr Vater hatte entgegnet, das ginge nicht, weil er sich mit Carrie und Joe verkracht hätte. Nach einer zweitägigen Autofahrt von Texas nach Arizona und dem ersten sehr angespannten Tag im Haus ihrer Großmutter hatte der Vater der Großmutter kurz zugenickt, Tally einen Kuss auf die Wange gedrückt und ihr zugeflüstert, er würde ihr eine rote Corvette kaufen, wenn er das Gold und die Diamanten gefunden hätte, die sein Vater vor den Nazis versteckt hatte. Dann war er gegangen.

Tallys Blick fiel jetzt auf den braunen Sarg vor ihr. Der Pastor sagte, Tally sei sehr tapfer gewesen, aber das stimmte gar nicht. Sie hatte wahnsinnige Angst gehabt, als sie von ihrem zweiten Schultag nach Hause gekommen war, der Teekessel heiß und leer auf dem Herd gestanden hatte, weil das Wasser schon verkocht war, und die Großmutter zusammengebrochen auf dem Küchenfußboden gelegen hatte, kalt und grau, mit weit geöffneten Augen und starrem Blick.

Mit zitternden Fingern hatte sie die 110 gewählt, und ihre Stimme hatte gebebt, als sie Namen und Adresse durchgegeben hatte.

„Atmet deine Großmutter?“, hatte die Frau am Telefon gefragt.

„Ich weiß es nicht“, hatte Tally geantwortet, obwohl ihr klar war, dass ihre Großmutter höchstwahrscheinlich nicht mehr atmete. „Kann sein.“

„Ist schon gut, Schätzchen. Der Rettungswagen ist unterwegs, okay?“

„Ja."

„Bist du allein, Tally?"

Sie hatte in die leblosen Augen ihrer Großmutter geschaut, die sie anstarrten. Es waren die Augen einer Fremden.

„Ja, ich bin allein."

Die freundliche Stimme des Pastors holte sie in die Kapelle und in die Gegenwart zurück. Er sprach gerade einen Segen, dann das Schlussgebet. „Amen." Dann schlug er das kleine schwarze Büchlein zu.

Tante Jill steckte ihr Taschentuch ein und erhob sich. Männer kamen aus dem hinteren Teil des Raumes, um den Sarg für seine letzte Reise zum Familiengrab in Ohio bereit zu machen. Nancy trat von der Wand zurück und griff nach dem Handy in ihrer Handtasche. Ein Mann, der hinter Tally saß, fragte die Person neben sich, ob es nicht noch Kaffee gäbe und wenigstens ein paar Plätzchen, und ein paar Stühle verursachten scharrende Geräusche, als die wenigen Anwesenden sich erhoben. Amanda griff nach Tallys Hand und drückte sie tröstend.

Tallys Augen waren trocken.

Drei

Für einen Freitagnachmittag war es auf dem Flughafen von Tucson ausgesprochen ruhig. Amanda reichte Tally einen Becher Saft und setzte sich auf einen der Sitze neben ihre Nichte. Die meisten Plätze in ihrer Reihe waren nicht besetzt.

„Danke." Tally nahm einen Schluck und schaute zu den großen Fenstern, die einen Blick auf die Landschaft von Arizona boten. Amanda wandte sich an Neil und bot ihm einen Schluck von ihrem Cappuccino an.

Er lehnte ab. In der Hand hatte er einen Stoß von Dokumenten, die es ihnen erlaubten, Tally vorübergehend in einen anderen Bundesstaat mitzunehmen. Er war all die Unterlagen bereits mit Nancy durchgegangen, überflog sie jetzt aber alle noch einmal, als sei er auf der Jagd nach irgendeiner unklaren Formulierung, durch die ihnen möglicherweise doch das ständige Sorgerecht für Tally aufgedrückt wurde, obwohl Nancy ihnen versichert hatte, dass dies nicht der Fall sei. Seine Stirn war beim Lesen tief gefurcht.

Amanda trank in ihren Schalensitz zurückgelehnt schlückchenweise ihren Cappuccino. Neil schien immer noch zu zögern, auch nur vorübergehend die Rolle als Tallys Vormund zu übernehmen, selbst jetzt noch, wo sie schon am Flughafen waren und ihre Nichte direkt neben ihnen saß.

Amanda fragte sich, ob das vielleicht in erster Linie daran lag, dass sie schon zugestimmt hatte, bevor er überhaupt gefragt worden war.

Der Anruf von Nancy Fuentes war vor zwei Tagen gekommen, als sie gerade dabei gewesen war, das Abendessen zuzubereiten.

„Ist dort Amanda Jan- … Janvier?"

„Ja."

„Hier ist Nancy Fuentes vom Jugendamt in Pima County, Tucson, Arizona. Ihre Nichte Tallulah Bachmann ist hier vorübergehend in einer Pflegefamilie untergebracht und braucht dringend eine Unterbringung."

„Aber wieso denn? Was ist passiert? Wo ist mein Bruder?"

„Genau das ist das Problem. Er hält sich zurzeit in Europa auf, vermutlich in Polen, aber genau weiß das niemand, und es weiß auch niemand, wie er zu erreichen ist."

„Polen? Aber was macht er denn in Polen? Und wieso ist Tally in Tucson?"

„Wir wissen nicht, wieso er in Polen ist, und wir können noch nicht einmal mit Sicherheit sagen, dass er überhaupt dort ist. Ihre Nichte hat uns mitgeteilt, dass er dorthin wollte, um irgendwelche Familienangehörigen ausfindig zu machen. Sie sollte solange bei ihrer Großmutter Virginia Kolander bleiben. Es tut mir sehr leid, Ihnen mitteilen zu müssen, dass Mrs Kolander bedauerlicherweise gestern an einem Herzinfarkt verstorben ist. Tally ist jetzt also allein hier."

„Geht es Tally gut? Wo ist sie denn jetzt?"

„Es geht ihr gut. Sie ist vorübergehend in einer Pflegefamilie hier in Tucson untergebracht, aber wir würden es für die beste Lösung halten, wenn Tally bei Verwandten bleiben könnte, bis wir ihren Vater ausfindig gemacht haben", fuhr Nancy fort. „Wären Sie eventuell bereit, sie hier in Tucson abzuholen? Ich glaube, das wäre sehr wichtig für Ihre Nichte. Die nötigen Papiere könnten wir relativ schnell vorbereiten, weil Sie ja direkte Angehörige sind. Sie könnten Sie dann nach der Beerdigung am Freitag mit zu sich nach Hause nehmen."

„Hat Tally Ihnen unsere Nummer gegeben?"

„Äh, nein, aber sie hat mir Ihren Namen genannt und dann habe ich Ihre Nummer nachgeschlagen. Hören Sie, Sie sind außer ihrem Vater ihre einzigen Angehörigen. Es gibt nur noch eine weitere Tante, aber sie und ihr Mann leben mit den beiden Söhnen in einer Mietwohnung in Miami. Es gibt dort kein Gästezimmer und ... na ja, dort geht es jedenfalls nicht. Und außerdem ist es für mein Empfinden auch einfach zu weit weg. Ich weiß, dass Sie Kinder im selben Alter wie Tally haben und dass eines Ihrer Kinder ein Mädchen ist."

„Haben Sie das auch irgendwo in Ihrem Computer nachgeschaut?"

„Nein, das hat mir Ihre Nichte erzählt."

Neil war in dem Augenblick aus der Garage gekommen, als sie den Hörer wieder aufgelegt hatte. Er roch nach Deo und Leinöl, nickte Amanda zu, ging zur Spüle und begann, sich die Hände zu waschen. Das Duftgemisch von Öl und künstlichem Apfelaroma der Seife breitete sich im Raum aus.

Ihr Mann griff nach einem Geschirrhandtuch, um sich die Hände abzutrocknen, und Amanda wartete darauf, dass er sich erkundigen würde, wer denn angerufen hätte. Er musste jedenfalls das Klingeln des Telefons mitbekommen haben, denn die Garage lag direkt neben der Küche. Als er nicht fragte, räusperte sie sich und sagte dann: „Virginia Kolander ist gestorben."

Neil hängte das Handtuch ordentlich wieder an den Haken. „Wer?"

„Tallys Großmutter. Janets Mutter."

„Ach. Haben wir sie gekannt?" Er öffnete den Kühlschrank und griff nach einer Flasche Wasser.

„Nein, haben wir nicht."

Neil schraubte die Flasche auf und nahm einen tiefen Schluck. Als er die Flasche wieder weggestellt hatte, schwieg er weiterhin.

„Tally war gerade bei ihr, als sie gestorben ist", fuhr Amanda fort. „ Und sie braucht jetzt eine Unterbringung, Neil."

Ihr Mann runzelte die Stirn. „Und wo ist Bart?"

„Er ist nicht im Gefängnis, wenn du das vielleicht meinst. Er ist irgendwo in Europa unterwegs, aber niemand weiß, wo genau. Das ist das Problem. Er hat sich seit seiner Abreise nicht mehr gemeldet."

„In Europa?", fragte Neil ungläubig nach. „Bart ist in Europa?"

„Ja."

Die Augen ihres Mannes hinter der randlosen Brille wurden ganz groß vor Staunen, und er unternahm nicht einmal den Versuch, es zu verbergen. „Und was macht er da?"

„Ich weiß nur, dass er nicht hier und auch nicht zu erreichen ist. Tally weiß nicht, wo sie sonst hin soll."

„Woher weißt du denn das alles?" Ein Hauch von Verärgerung umspielte Neils Mund.

„Von einer Sozialarbeiterin aus Tucson. Das war der Anruf gerade eben. Von ihr habe ich auch erfahren, dass Tally gesagt hat, Bart sei in Polen, um dort Verwandte von uns ausfindig zu machen."

„Verwandte ausfindig machen? Das ist doch wohl ein Scherz, oder? Habt ihr denn überhaupt noch welche dort drüben?"

„Ich weiß es nicht. Schon möglich, aber genau weiß ich es nicht."

Neil wandte den Blick ab und trank noch einen Schluck. Dann stellte er die Flasche auf die Arbeitsfläche hinter sich. „Tally kennt uns doch gar nicht. Und wir kennen sie auch nicht."

„Ich schicke ihr jedes Jahr ein Geburtstagsgeschenk und auch ein Weihnachtsgeschenk – zumindest, wenn ich die Adresse kenne, unter der sie gerade zu erreichen ist. Wir sind also keine völlig Fremden für sie. Und einmal war sie auch schon hier."

„Aber das ist doch Jahre her", entgegnete Neil. „Und was ist mit Ashley und Chase?"

„Was soll denn mit ihnen sein? Tally ist ihre Cousine. Dazu ist Familie doch auch da: Man hilft sich gegenseitig, wenn es mal hart auf hart kommt. Es würde den beiden sicher nicht schaden, einmal selbst zu sehen, dass das Leben nicht immer leicht ist."

Beide schwiegen.

„Du hast schon zugesagt, oder?", fragte Neil schließlich.

Amanda merkte, dass sie rot wurde. „Es ist doch höchstens für ein paar Wochen. Bart kommt ja wieder, und dann holt er sie mit Sicherheit gleich ab, denn eines steht fest: Er würde Tally niemals im Stich lassen. Er hat wirklich viele Fehler, aber nie im Leben würde er seine Tochter verlassen."

„Und wo soll sie schlafen?"

„Wir können sie doch in Ashleys Zimmer unterbringen", schlug Amanda vor und war schon wieder ein bisschen zuversichtlicher. „Da ist auf jeden Fall noch Platz für ein zweites Bett. Und wenn das mit den Betten nicht geht, kann sie ja mein Nähzimmer bekommen. Es ist doch nur für kurze Zeit."

Einen Moment lang sagte Neil nichts. Sie spürte, dass er im Kopf irgendetwas durchrechnete, und das machte sie irgendwie fassungslos.

„Was ist?!", fragte sie.

„Also gut, wenn es denn sein muss. Aber mach dir keine allzu großen Hoffungen. Du kannst nicht in ein paar Wochen geradebiegen, was Bart in Jahren verzapft hat. Dann bist du am Ende nur enttäuscht."

„Was soll denn das heißen?"

„Du weißt ganz genau, was ich meine", entgegnete Neil, drehte sich um und ging wieder zurück in die Garage zu dem Bücherregal, an dem er dort gerade arbeitete.

„Du bist also einverstanden?", rief sie ihm nach. „Kann ich es den Kindern sagen?"

„Na, du solltest es auf jeden Fall den Kindern sagen. Sie müssen doch wissen, was auf sie zukommt."

Er öffnete die Tür, die von der Küche in die Garage führte. Ein Hauch von Holzgeruch drang in Amandas Nase, als er die Küche verließ und die Tür wieder hinter sich schloss.

Neil griff nach ihrem Cappuccino, trank einen Schluck und gab ihr dann den Becher zurück. „Puuh, der ist mir zu süß." Wieder fiel ihr der Fleck unter seinem Fingernagel auf.

Er war dann noch bis weit nach Mitternacht auf gewesen, um die Bücherregale zu beizen, die er dem örtlichen Altersheim zum fünfzigsten Jubiläum und zur Eröffnung der neuen Seniorenbibliothek stiften wollte. Er hatte versprochen, sie bis zum Wochenende fertig zu bekommen. Durch die unvorhergesehene Reise nach Tucson wurde es schwierig, diese Terminzusage einzuhalten, aber Amanda wusste, dass ihr Mann eine Möglichkeit finden würde, es trotzdem zu schaffen. So war er eben. Er würde nicht nur rechtzeitig fertig werden, sondern die Regale würden darüber hinaus auch noch wunderschön werden. In Neils Umfeld war inzwischen bekannt, dass der stille Finanzberater in seiner Freizeit wunderschöne Möbel baute, die er fast alle für gute Zwecke verschenkte. Sein letztes Projekt war eine Großvateruhr für eine Multiple-Sklerose-Selbsthilfegruppe gewesen. Das wunderschöne Stück hatte bei einer Verlosung über zweitausend Dollar eingebracht. Die Uhr war aber auch wirklich beeindruckend gewesen, genau wie das Kopfteil für das Bett eines Missionarsehepaars, das gerade von einem Missionseinsatz aus Ghana nach Hause zurückgekehrt war.

Neils Fertigkeiten als Hobbyschreiner und seine Bereitschaft, so viel zu verschenken, überraschte sie, denn was Geld betraf, war er eigentlich schon immer eher zurückhaltend und vorsichtig gewesen, auch beim Spenden. In letzter Zeit verschenkte er jedoch so gut wie alles, was er in seiner Holzwerkstatt herstellte.

„Du hast da noch Beize unterm Fingernagel", sagte Amanda jetzt.

„Ich war gestern Abend ziemlich in Eile. Ich kann die Regale erst lackieren, wenn die Beize trocken ist."

„Du wirst bestimmt rechtzeitig fertig."

„Das muss ich auch." Er stand auf und reckte sich. „Ich geh mal eine Toilette suchen."

Neil verschwand, und Amanda bemerkte, dass Tallys Blicke ihm folgten. Das nahm Amanda zum Anlass für einen Smalltalk-Versuch. „Dein Onkel Neil hat eine Holzwerkstatt in unserer Garage", erklärte sie. „Dadurch herrscht zwar in der Garage immer ein ziemliches Durcheinander, aber er baut wirklich wunderschöne Möbel. Er ist gerade dabei, Bücherregale für ein Altersheim zu bauen. Sie werden wunderhübsch." Sie beugte sich ein bisschen weiter in Tallys Richtung und fügte fast verschwörerisch hinzu: „Am liebsten würde ich sie behalten."

Tally wandte sich nicht zu ihr um, sondern schaute weiter Neil nach, der schon ein ganzes Stück entfernt war. „Eigentlich will er gar nicht, dass ich mit euch komme, oder?"

Amanda schnappte unwillkürlich nach Luft. „Aber ... aber natürlich will er das. Onkel Neil ist einfach nur ... na ja, er ist eben ein ziemlich ruhiger Typ, Tally. Völlig anders als dein Vater." Sie lachte. „Deshalb habe ich ihn wahrscheinlich geheiratet."

Tally stimmte nicht in ihr Lachen ein. „Eigentlich möchte ich ja auch gar nicht mitkommen. Ich will ja nicht unhöflich sein, aber ich würde auch lieber wieder zurück nach San Antonio fahren."

Diese Aussage versetzte Amanda einen Stich, aber sie verdrängte das Gefühl. Tally hatte sie sicher nicht verletzen wollen, das wusste sie. „Gefällt es dir dort?"

„Wir wohnen da in einem ganz netten Doppeltrailer", erklärte das Mädchen und wandte sich jetzt wieder Amanda zu. „Nicht mehr im Auto."

„Wow, Doppeltrailer. Das klingt ja richtig gut."

„Papa hatte einen Job als Fahrer und hat 'nen reichen Typen in der Gegend rumkutschiert. Es war ein tolles Auto, und er fand es immer toll, es zu fahren."

„Er war also Chauffeur", meinte Amanda.

Tally schien sie gar nicht gehört zu haben. „Und mir hat meine Schule da richtig gut gefallen und ich hatte Freunde."

Amanda überlegte, ob sie ihrer Nichte noch einmal den Arm um die Schultern legen sollte, aber nachdem sie auf der Trauerfeier schon einen Versuch unternommen hatte, wusste sie nicht, ob Tally das recht war.

„Die Schule, auf die du bei uns gehen wirst, ist auch richtig gut. Eine der besten im ganzen Bundesstaat. Ich habe gestern einen Anruf von dort bekommen, dass deine Schulakte und deine Zeugnisse per Fax eingetroffen sind, sogar die Unterlagen über die kurze Zeit, die du in Tucson in der Schule warst, sind dabei. Das hat alles Nancy geregelt. Du kannst also gleich am Montag dort anfangen. Chase wird dir sicher zeigen, wo alles ist. Es wird schon klappen. Und es ist ja auch nur für kurze Zeit, da bin ich mir ganz sicher."

Tally sagte wieder nichts.

„Chase ist auch ziemlich ruhig. So wie sein Vater. Meistens muss ich raten, was er denkt. Aber er ist künstlerisch sehr begabt. Er dreht Videos. Gut möglich, dass er mal ins Filmgeschäft möchte. Nicht als Schauspieler oder so, sondern hinter der Kamera."

Tally trank einen Schluck von ihrem Saft. „Ist er blond?"

„Na ja, seine Haarfarbe ist eher so wie meine. Dunkel und gewellt. Aber Ashley ist blond. Ashley ist eine typische

Dreizehnjährige. Sie quatscht gern mit Leuten, geht mit Begeisterung shoppen und redet mit ihren Freundinnen über Jungs."

Tally stöhnte kaum hörbar auf.

Amanda beschloss, eine Abfuhr zu riskieren, und legte Tally jetzt doch den Arm um die Schultern. „Wir haben ein Gästebett für dich in Ashleys Zimmer gestellt", sagte sie. „Ich hoffe, es macht dir nichts aus, mit ihr das Zimmer zu teilen. Wir haben nur noch ein weiteres Zimmer, das Nähzimmer, aber da herrscht immer ein ziemliches Durcheinander. Also, um ehrlich zu sein, richtiges Chaos. Bist du einverstanden?"

Tally zuckte mit den Achseln. „Von mir aus."

„Hey, am Sonntag veranstaltet unsere Gemeinde ein Picknick. Da kannst du schon mal ein paar Mädchen in deinem Alter kennenlernen. Das Essen beim Gemeindepicknick ist immer toll. Es wird gegrillt, die besten Kuchen werden prämiert, und es findet eine Versteigerung statt. Dein Onkel Neil hat dafür eine wunderhübsche Wiege gebaut. Das klingt doch toll, oder? Wir werden sicher viel Spaß haben."

Erneut zuckte Tally mit den Achseln. „Klar."

Amanda hielt kurz inne und beugte sich dann vor. „Tally, wenn du wüsstest, wo dein Vater ist, dann würdest du es mir doch sagen, oder?"

Tally nickte schweigend und ohne zu zögern.

„Er ist doch nicht ... er steckt doch nicht in irgendwelchen Schwierigkeiten, oder?"

„Nein, er hat keine Schwierigkeiten", sagte Tally schnell und zog sich von Amanda zurück.

„Weißt du denn, warum er nach Polen wollte? Ich meine, warum ausgerechnet jetzt? Was will er da?"

Einen Moment lang schien Tally über eine Antwort nachzudenken, aber dann stand sie auf und sagte: „Das kannst du ihn ja selbst fragen, wenn er zurück ist." Sie ging zu einem Mülleimer und warf den leeren Saftbecher hinein.

Vier

Broadway und Union Street im Feierabendverkehr. Ein obdachloser Mann in zerlumpten Jeans schlenderte neben einem Jungmanager in italienischen Lederschuhen und Armani-Anzug her, wobei sie sich gegenseitig gar nicht wahrnahmen. Realistischer ging's gar nicht mehr.

Chase Janvier änderte die Position seines Stativs, um aus einem anderen Blickwinkel quer über die Kreuzung vor dem Obersten Gerichtshof zu filmen. Er öffnete den Objektivverschluss seiner Videokamera und zoomte auf den Kopf einer Frau in einem maßgeschneiderten Kostüm und Stöckelschuhen, die im Gehen auf den winzigen Tasten ihres BlackBerry herumtippte und in dieser Hand außerdem noch ein halbes Brötchen hielt. Die Frau blickte nicht auf, während sie auf ihren hohen Absätzen laut klackernd den Bürgersteig entlangstöckelte. Sie kannte sich hier offenbar aus.

Die Frau ging so schnell, dass sie den zerlumpten Mann überholte, der stehen geblieben war, um mit der Fußspitze eine Süßigkeitenverpackung zu seinen Füßen etwas genauer in Augenschein zu nehmen. Chase zoomte wieder zurück, als die Frau an dem Mann vorbeiging. Ob der Obdachlose wohl einen Hauch von ihrem Parfüm auffangen und zu ihr aufblicken würde, während sie an ihm vorbeiging?

Ganz langsam drehte der Mann seinen Kopf in Richtung der Frau. Chase beugte sich vor, und es reizte ihn, einen Rest der früheren Zivilisiertheit des Mannes einzufangen, einen Rest seines Vermögens, Schönheit zu bemerken und zu genießen. Die Augen des Mannes blickten auf die Hände der Frau, die zart, blass und beringt waren. Er ging einen Schritt auf sie zu, die Süßigkeitenverpackung zu seinen Füßen völlig vergessend.

Chase zoomte das Gesicht des Mannes so nah heran, dass es das gesamte Display ausfüllte, und erkannte dabei sofort, dass der Mann nicht die Anmut und Eleganz der Dame bewunderte, sondern auf das halbe Brötchen in ihrer Hand starrte. Der Mann wandte sich herum und ging noch weiter auf die Frau zu. Dann wurde er ein wenig schneller, um mit ihr Schritt halten zu können. Wenn Chase sich jetzt nicht in Bewegung setzte, würde er die beiden in dem Menschengetümmel verlieren.

Er griff nach den Beinen seines Stativs und rannte quer über die Kreuzung, was die vorbeifahrenden Autofahrer mit einem wütenden Hupkonzert quittieren. Auf der anderen Straßenseite angekommen, hielt er sich die Kamera ans linke Auge und richtete den Fokus auf die beiden Gestalten, die sich immer weiter entfernten. Das Filmmaterial würde unruhig sein, mit ruckartigen Bewegungen, und genau das würde die Aufnahmen noch authentischer machen und sein Grundanliegen unterstreichen: das dynamische Leben auf den Straßen von San Diego festzuhalten. Der Gedanke gefiel ihm.

Chase holte auf, und als er nur noch ein kleines Stückchen von dem Obdachlosen entfernt war, der immer noch ein paar Schritte hinter der Frau her schlurfte, wurde er langsamer. An der nächsten Straßenecke stand ein etwa hüfthoher Müllbehälter. Die Frau wechselte jetzt ihren BlackBerry in die andere Hand, sodass sie in der einen Hand nur noch das halbe Brötchen hielt.

Der obdachlose Mann eilte mit noch schnelleren Schritten hinter ihr her.

Der Fahrtwind eines vorbeifahrenden Busses erfasste das honigblonde Haar der Frau und wehte ihr eine breite Strähne ins Gesicht. Während sie mit der Hand, in der sie ihren BlackBerry hielt, versuchte, sich die Strähne aus dem Gesicht zu streichen, streckte sie gleichzeitig den anderen Arm aus, um das Brötchen zu entsorgen. Sie verschätzte sich aber, was die Entfernung zum Müllbehälter anging, und das Brötchen landete auf dem Pflaster. Die Frau bemerkte gar nicht, was geschehen war, und stöckelte einfach weiter. Chase machte einen Schritt hin zur Bordsteinkante und lehnte sich an eine Straßenlampe, um dem Arm, in dem er die Kamera hielt, etwas mehr Halt zu geben. Im Sucher sah er, wie der Mann sich bückte und seine Finger um das halbe Brötchen schloss. Er blickte blinzelnd auf das Brötchen hinab, während er sich wieder aufrichtete, pulte daran herum, runzelte die Stirn und warf es dann in den Mülleimer.

Als der obdachlose Mann sich umdrehte, blickte er genau in das Kameraobjektiv. Chase schaute vom Sucher auf, bereit, davonzulaufen für den Fall, dass der Mann ihn zur Rede stellen würde. Aber der lächelte ihn nur an – zahnlos bis auf einen einzelnen Schneidezahn im Oberkiefer. Chase lächelte zurück und filmte weiter.

Der obdachlose Mann schlurfte an ihm vorbei und verschwand dann in einem Meer von Seide, iPhones und Terminplanern.

Perfekt.

Chase beendete die Aufnahme und schaute auf die Uhr. Es war schon fast sechs. Seine Eltern würden bald zu Hause sein und die Cousine mitbringen, die er kaum kannte. Sie würden auf jeden Fall sauer sein, wenn er nicht rechtzeitig bei ihrer Ankunft zu Hause war.

Er war ziemlich verwundert darüber, dass seine Eltern sich bereit erklärt hatten, Tally einfach so bei sich aufzunehmen, denn normalerweise waren sie alles andere als spontan. Besonders sein Vater nicht. Es ärgerte Chase auch, dass seine Eltern wie selbstverständlich von ihm erwarteten, dass er Tally in der Schule herumführen und ihr dort alles zeigen würde. Seine Cousine war ein Jahr jünger als er und würde deshalb andere Kurse besuchen.

Er hatte von seinen Eltern wissen wollen, wie lange sie bleiben würde, worauf seine Mutter geantwortet hatte, das stehe noch nicht fest.

Chase nahm das Stativ, auf dem immer noch die Kamera befestigt war, und trabte zur nächsten Straßenbahnhaltestelle. Er würde etwa eine Viertelstunde bis in die Altstadt brauchen, wo er seinen Wagen abgestellt hatte, und dann noch einmal eine halbe Stunde bis nach Hause. Es würde knapp werden, es noch vor seinen Eltern nach Hause zu schaffen, denn wahrscheinlich würde er jetzt in den Feierabendverkehr geraten.

Die Straßenbahn fuhr am *Civic Center* ein, und Chase musste die letzten Meter rennen, um sie noch zu erreichen. Er fand einen freien Sitzplatz, und nachdem er sich gesetzt hatte, schraubte er als Erstes die Kamera vom Stativ. Dabei fragte er sich schon zum x-ten Mal an diesem Tag, wie es wohl sein würde, wenn die Tochter von seinem seltsamen Onkel Bart bei ihnen wohnen würde. Chase konnte sich kaum an Bart erinnern. Als er seinen Onkel das letzte Mal gesehen hatte, war er noch ein kleiner Junge gewesen. Er erinnerte sich an die Tätowierung eines Drachens, den Geruch von Tabak und Limetten, an den lockigen Pferdeschwanz des Onkels und daran, dass dessen Lederjacke bei der Begrüßungsumarmung geknarzt hatte. An seine Cousine Tally konnte er sich noch weniger erinnern. Sie hatte die meiste Zeit mit Ashley gespielt, obwohl sie eher in seinem Alter war. Er erinnerte sich, dass Tally ihre Fruitloops ohne Milch gegessen hatte, dass sie noch nie von der Fernsehserie *Full House* gehört hatte und nicht weinend zu jemandem hingelaufen war, als sie auf der Terrasse hingefallen war und sich das Knie aufgeschürft hatte. Sie hatte einfach nur den Gartenschlauch genommen und mit Tränen in den Augen das Blut und den Sand abgespült.

Chase hatte seit diesem Besuch, der schon so lange zurücklag, immer nur Gesprächsfetzen mitbekommen: Onkel Bart war in Manhattan, Onkel Bart war im Gefängnis, Onkel Bart war in der Schweiz, Onkel Bart wohnte in seinem Auto in San Antonio – und es bestand die unausgesprochene Annahme, dass, wo auch immer Onkel Bart sich gerade aufhielt, Tally bei ihm war, außer natürlich im Gefängnis.

Das hier war jetzt wohl wieder eine solche Ausnahme. Onkel Bart war in Polen und Tally in Arizona und quasi obdachlos.

Obdachlos. Während die Straßenbahn durch *Little Italy* rumpelte, hatte Chase wieder das Bild des zerlumpten, zahnlosen Mannes vor Augen. Er bezweifelte, dass Tally und Onkel Bart versucht gewesen wären, weggeworfene Brötchen von der Straße aufzuheben. Oder vielleicht doch?

Es konnte jedenfalls interessant werden.

Ja, es konnte sogar sehr interessant werden.

Chase legte das Stativ auf den Sitz neben sich und bemerkte, dass zwischen Lehne und Sitz ein Streichholzheftchen klemmte. Er zögerte kurz, zog es dann aber heraus. „Duncan's Sports Bar & Grill". Es fühlte sich dünn an in seiner Hand – wahrscheinlich war es leer. Chase verzog das Gesicht, öffnete das Streichholzheftchen aber trotzdem, und siehe da, es war noch nicht ganz leer.

Er starrte das einzelne Streichholz einen Moment lang an, strich dann mit dem Finger über den glatten Körper des Streichholzes und über den rauen Streichholzkopf. Die Straßenbahn fuhr weiter auf ihren Schienen entlang, während er das Heftchen wieder zuklappte und in seine Gesäßtasche steckte.

Fünf

Eine kupferrote Sonne verschwand gerade langsam am Horizont, als Neil in eine breite Straße einbog. Sie führte in ein Wohngebiet mit creme- und rosenholzfarbenen sowie in unterschiedlichen Brauntönen verputzten Einfamilienhäusern, die alle mehrgeschossig und imposant waren. Die saftig grünen Rasenflächen waren säuberlich getrimmt, durch Natursteinkanten begrenzt und von Zierkakteen und blühenden Sträuchern gesäumt. In den Vorgärten wiegten sich haushohe Palmen, die die roten Ziegeldächer überragten, und an Pergolen rankten leuchtende Bougainvilleen. Die Außenbeleuchtungen an den Häusern gingen schlagartig an, als sie an ihnen vorüberfuhren. Kronleuchter im Inneren der Häuser glitzerten durch die Schlitze der weißen Fensterläden.

Nachdem sie noch ein paarmal in Straßen mit so melodiös klingenden spanischen Namen wie „Corte la Brisas“ abgebogen waren, verkündete Amanda Tally, sie wären jetzt gleich da.

Tally schaute interessiert zum Autofenster hinaus, als Neil in eine breite Hausauffahrt mit drei weißen Garagentoren einbog, von denen ihr Onkel allerdings keines öffnete. Er bremste, kam neben einem silberfarbenen Sedan zum Stehen und schaltete den Motor aus.

Das Haus der Janviers war in einem blassen Beige gestrichen und erinnerte Tally an den Sand in Texas. Ein von gelblichen Bodenlampen beleuchteter Steinplattenweg führte zu einer Eingangstür aus Schmiedeeisen und Glas. Um den Eingang herum blühten leuchtend rote Geranien in riesigen Terrakottatöpfen.

Tally nahm ihren Seesack, der auf dem Rücksitz neben ihr gelegen hatte, und stieg aus.

„Ist jemand da?“, fragte sie mit einem Blick auf den Sedan neben Neils Auto.

Amanda schlug die Beifahrertür zu und drehte sich zu dem anderen Wagen um. „Ach nein, das ist meiner. Neil und ich parken unsere Autos immer hier draußen auf der Auffahrt, weil Neil in zwei von den drei Garagen seine Holzwerkstatt untergebracht hat. Chase ist der Einzige, dessen Wagen in der Garage steht.“ Sie lächelte.

Die Haustür ging auf und ein Cockerspaniel kam herausgestürmt. Im Schein der Außenbeleuchtung stand ein junger Mann in der Haustür.

„Sammy!“, rief der junge Mann den Hund zurück.

„Das ist unser Hund Samantha“, erklärte Amanda und beugte sich hinab, um den Spaniel am Halsband festzuhalten. „Und das ist Chase.“ Sie deutete mit dem Kopf in Richtung Haustür. In diesem Augenblick tauchte eine zweite Gestalt in der Tür auf. „Und das ist Ashley.“

Neil bückte sich ebenfalls zum Hund hinab und hielt ihn fest. „Ich hab sie.“

„So, und jetzt komm.“ Amanda legte ihren Arm um Tallys Schultern und sie gingen zusammen zum Eingang. Tallys Cousin und ihre Cousine standen etwas zögerlich an der Tür und sahen von Weitem zu, wie die Eltern mit der Cousine näher kamen und dann die Veranda betraten.

Chase war hochgewachsen wie Neil, aber Tally fand, dass er eher Ähnlichkeit mit ihrem als mit seinem Vater hatte. Das blonde Haar, an das sie sich erinnerte, war dunkler geworden und fiel ihm wellig bis auf seinen Hemdkragen. Ashley ähnelte eher Neil. Sie hatte seine großen Augen, eine schmale Nase und keine Sommersprossen. Das Mädchen hatte ein Handy in der Hand, und als Tally weiter auf sie zukam, hielt sie es hoch und machte ein Foto von ihrer Cousine.

„Ashley", sagte Amanda tadelnd zu ihrer Tochter.

„Aber alle meine Freunde wollen wissen, wie meine Cousine aus Texas aussieht!" Sie ging Tally einen Schritt entgegen. „Hallo, ich bin Ashley. Dein pinkfarbener Lidschatten gefällt mir. Echt coole Farbe."

„Danke", erwiderte Tally.

„Und das ist Chase", stellte Amanda ihren Sohn vor.

Der junge Mann nickte. „Hey. Freut mich, dich kennenzulernen. Noch mal."

Amanda lächelte. „Stimmt! Du erinnerst dich noch daran, wie Tally und Bart uns mal besucht haben."

„Ich nicht", unterbrach Ashley sie.

„Ja", sagte Chase. „Ich erinnere mich noch."

„Freut mich auch, dich wiederzusehen", entgegnete Tally. Sie ging die letzten Schritte zur Tür, und Sammy bellte sie an, als sie schließlich das Haus betrat.

Der geflieste Eingangsbereich führte in eine offene und geräumige Küche mit einer hohen Decke und Arbeitsflächen aus Granit. Gegenüber der Küche befand sich das Wohnzimmer und dahinter ein Treppenaufgang, der ins Obergeschoss führte.

„Wie wär's, wenn wir dich ein bisschen herumführen? Neil kann derweil Pizza bestellen und du kannst dich schon ein bisschen einrichten. Ist dir das recht?", fragte Amanda.

Tally nickte. „Klar. Mir ist alles recht."

„Das hier ist ja ganz offensichtlich die Küche", erklärte Amanda. „Die Tür da drüben führt in die Garage und in Neils Holzwerkstatt."

„Und zu meinem Wagen", ergänzte Chase.

„Ja. Und die Tür halten wir immer geschlossen", fügte Neil noch hinzu, während er den Wassernapf für den Hund füllte und ihn dann auf den Boden stellte. „Damit nicht das ganze Haus einstaubt, und außerdem gibt es da draußen jede Menge leicht brennbarer Dinge."

„Okay", fuhr Amanda fort, „die Waschküche mit Waschmaschine, Trockner und Ähnlichem befindet sich am Ende des Ganges neben der Tür zur Garage. Du kannst deinen Seesack gern da abstellen, wenn du noch deine Sachen waschen möchtest, bevor du alles einräumst. Ich weiß, dass du bei deiner Großmutter ziemlich schnell packen musstest."

„Ach ja, das mit deiner Großmutter tut mir leid", unterbrach Ashley ihre Mutter.

„Danke", antwortete Tally.

Ashley beugte sich so weit vor, dass sie sich ganz dicht vor Tally befand. „Und du hast sie wirklich gefunden, als sie tot war?", flüsterte sie.

„Geht's noch, Ashley?!", wandte Chase ein, der offenbar als Einziger die Frage seiner Schwester mitbekommen hatte. Amanda deutete auf eine Tür neben der Waschküche und erklärte Tally, dass sich dahinter ihr chaotisches Nähzimmer befände. Neil wusch sich die Hände, nachdem er den Hund versorgt hatte.

Was ist denn?, fragte Ashley ihren Bruder tonlos.

Chase schüttelte den Kopf.

„Ja, das hab ich", murmelte Tally leise.

„Wie bitte?" Amanda drehte sich um und sah ihre Nichte an.

Einen Moment lang war es still, weil niemand etwas sagte.

„Ach, Ashley hat mich nur was gefragt", antwortete Tally schließlich.

„Okay. Wenn wir weitergehen, ist hier das Esszimmer, und wenn man da drüben durch die Tür geht, ist da noch ein Wohnzimmer, in dem wir uns meistens aufhalten. Da steht ein Computer, wenn du ... wenn du vielleicht mal eine E-Mail an deine Freunde schreiben oder Hausaufgaben machen möchtest. Vorausgesetzt, es gelingt dir, Ashley von dort zu verjagen."

„Darum brauche ich ja auch unbedingt einen eigenen Computer", stöhnte Ashley.

Neil tauchte hinter seiner Tochter auf und legte ihr seine Hände auf die Schultern, drückte sie sanft und sagte: „Darüber werden wir heute Abend auf gar keinen Fall diskutieren."

Ashley entwand sich ihm. „Papa! Alle meine Freunde haben einen eigenen Laptop. Alle! Und jetzt frag mich bloß nicht wieder, ob ich auch springen würde, wenn sich alle meine Freunde von einer Klippe stürzen würden." Und an Tally gewandt erklärte sie: „Ich hasse es, wenn er das sagt."

„Also, ich bin sicher, dass du und Tally euch wegen des Computers schon einigen werdet, Ashley", sagte Amanda. Sie sah Neil an. „Vielleicht sollten wir jetzt langsam die Pizzas bestellen, oder?"

„Klar", und dann an seine Nichte gewandt: „Tally, was möchtest du denn?"

„Nimm Schinken und Ananas", schlug Ashley vor, die offenbar ihren sehnsüchtigen Wunsch nach einem eigenen Computer für einen kurzen Moment vergessen hatte.

„Lass Tally selbst entscheiden, ja, Ashley?", ermahnte Neil sie.

Tally zuckte mit den Achseln. „Ich mag eigentlich alles."

„Schinken und Ananas!", flötete Ashley.

„Bestell doch einfach ein paar unterschiedliche, Neil", schlug Amanda vor, während sie zur Treppe ins Obergeschoss ging und Tally mit einer Geste bedeutete, ihr zu folgen.

Neil wandte sich an seinen Sohn. „Wie wär's mit Pilzen, Zwiebeln und Avocado?"

Chase nickte. „Klar, das wär toll."

„Bäh. Das ist so eklig.“ Ashley packte Tally am Arm. „Komm, ich zeig dir mein Zimmer. Wir haben ein Bett für dich reingestellt.“

Tally folgte ihrer Cousine und auch Chase trottete hinterher. „Pilze, Zwiebeln und Avocado“, sagte Tally über ihre Schulter nach hinten zu ihm.

„Ich geh mal davon aus, dass du das noch nie gegessen hast.“

„Oh Gott. Wart nur, bis du das siehst“, stöhnte Ashley auf. „Die Pizza sieht aus wie aus einem Horrorfilm.“

Sie gingen jetzt die Treppe hinauf. Amanda war schon oben und auf dem Weg in eines der Schlafzimmer. Beim Hinaufgehen bemerkte Tally an der Wand zu ihrer Linken etliche Familienfotos. Sie kam an einem großen Bild der vier Janviers vorbei, an ein paar Porträts von Ashley und Chase und an mehreren Fotos von Personen, die sie nicht kannte. Am Treppenabsatz hing ein Kinderbild von ihrem Vater und Amanda. Tally erkannte das Foto wieder, denn sie hatte einen kleineren Abzug davon in ihrem Schuhkarton. Und dann entdeckte sie auch ein Bild von sich selbst, als sie in der sechsten Klasse gewesen war. Es stammte aus dem einzigen Jahr, in dem Bart beschlossen hatte, die Porträtfotos zu kaufen, die jedes Jahr in der Schule von einem Fotografen gemacht wurden. Und eigentlich war es auch nicht Bart selbst gewesen, der die Bilder gekauft hatte, sondern seine damalige Freundin hatte Tally mit dem ausgefüllten Bestellformular und einem Scheck in die Schule geschickt: Mellanie – mit Doppel-L. Die reiche, schöne Mell. Tally blieb auf dem Treppenabsatz stehen. Sie hatte dieses Schulfoto schon lange nicht mehr gesehen. Sie trug darauf einen blauen Kaschmirpullover und winzige Diamantohrstecker, die Mell ihr für den Anlass geliehen hatte. Ein paar Monate nachdem das Foto aufgenommen worden war, war Mellanie dann nach Paris gezogen.

Ashley deutete auf das Bild. „Das bist du.“

„Ich glaube, sie weiß, wer das ist“, sagte Chase.

„Ich *weiß*, dass sie es weiß!“, erwiderte Ashley, drehte sich wieder zu Tally um und meinte: „Ich mag das Bild.“

Tally schwieg dazu.

„Meine Mutter hat gesagt, dass du in New York gewohnt hast, als das Foto gemacht wurde“, fuhr Ashley fort.

Tally nickte. „Ja, in Manhattan.“

„Mann, hast du ein Glück. Ich möchte auch mal nach New York.“ Ashley hüpfte die restlichen Treppenstufen hinauf.

„Ja, es ist ziemlich cool da.“

„Sag mal ...“, meinte Ashley und hielt inne. „Hast du geschrien, als du sie gefunden hast?“

Tally blieb ebenfalls mitten auf der Treppe stehen. „Wie bitte?“

„Na, als du deine Oma gefunden hast, ob du da geschrien hast?“

„Ashley!“, zischte Chase.

Doch Tally antwortete, dass sie nicht geschrien hätte.

Sechs

Chase stand in der Tür zur Waschküche, den Blick fest auf den Gegenstand gerichtet, der auf dem Rand der gefliesten Arbeitsfläche lag. Tally holte gerade Kleidung aus dem alten Seesack, während das runde Bullauge der Waschmaschinentür weit geöffnet war. Zu ihren Füßen lagen zwei kleine Haufen mit dunkler und heller Wäsche.

Tally war älter als Ashley, aber kleiner. Schlank. Hübscher. Als sie vor ein paar Stunden angekommen war, hatte sie distanziert gewirkt, so als würde sie schon darüber nachdenken, wie sie hier am besten wieder wegkäme. Nach einem ziemlich verkrampften Pizzaessen im Familienkreis hatte seine Mutter zu Tally gesagt, sie könne sich ja zum Eingewöhnen eine entspannte Dusche gönnen und ihre Wäsche waschen, bevor sie sich häuslich einrichtete. *Toll gemacht, Mama. Der obdachlosen Cousine zu sagen, dass sie sich waschen soll, bevor sie ihr Haupt heute Nacht auf eines deiner sauberen Kissen bettet.*

Jetzt ringelte sich rötlich braunes Haar in feuchten Löckchen um Tallys Gesicht. Die rosa Strähnchen hoben sich von den dunklen nassen Haaren ab. An einem Ohr glitzerten zwei Ohrstecker, am anderen fünf.

Der glänzende Gegenstand auf der Arbeitsfläche war ein Feuerzeug, das sie kurz zuvor aus dem Seesack geholt hatte.

„Rauchst du?“, fragte Chase.

Tally erschrak. Sie hatte ihren Cousin offenbar gar nicht bemerkt.

„Was hast du gesagt?“

Chase deutete mit dem Kopf auf das silberne Feuerzeug auf der Arbeitsfläche. „Ist das deins?“

Tally folgte seinem Blick und dann schienen sich ihre Schultern zu entspannen. Nein, sie entspannten sich nicht, sondern sackten förmlich nach unten. „Es gehört meinem Vater. Er hat mich gebeten, es für ihn aufzubewahren.“ Sie wandte sich wieder ihrer Wäsche zu.

„Sieht alt aus. Ist es aus echtem Silber?“

Tally zuckte mit den Achseln.

„Meine Mutter erlaubt ganz sicher nicht, dass du es im Schlafzimmer aufbewahrst.“

Tally sah wieder das schmale Feuerzeug an und dann Chase. „Aber ich will es doch gar nicht benutzen.“

Er zuckte mit den Schultern. „Ich sage ja nur, dass sie dir bestimmt nicht erlaubt, es mit nach oben zu nehmen.“

„Und warum nicht?“

„Weil du damit Feuer machen könntest?!“

„Aber ich will es doch gar nicht benutzen.“

„Rauchst du?“, wiederholte er.

Tally griff zur Arbeitsplatte hinüber, umschloss das Feuerzeug mit der Hand und steckte es in die Hosentasche. „Rauchst *du* denn?“

„Nein.“

Seine Cousine beugte sich über den Seesack und holte ein leuchtend rosafarbenes Kleid heraus. Sie zögerte kurz und warf es dann auf den Haufen mit der dunklen Wäsche.

„Warum hat dein Vater dich nicht mitgenommen?“, fragte Chase, der mit verschränkten Armen am Türrahmen lehnte.

„Weiß ich nicht.“ Nun kamen ein paar grüne Socken zum Vorschein. Zur dunklen Wäsche.

Chase glaubte ihr nicht. Er hätte gewettet, dass er wusste, weshalb ihr Vater ihr das Feuerzeug dagelassen hatte. Wahrscheinlich sollte es sie in der Zeit, in der er weg war, an ihn erinnern. Eine Art Garantie oder Pfand dafür, dass er zurückkommen würde. Oder als Trost, falls er doch nicht wiederkäme. Ganz plötzlich hätte Chase diese Szene, deren Zeuge er gerade wurde, gerne gefilmt. Das Mädchen, das in zerknautschten Klamotten wühlt, dazwischen das Feuerzeug findet und es auf einen mondbeschienenen Fleck auf der Arbeitsplatte legt; die provozierenden Fragen eines Außenstehenden und wie sie dann das Feuerzeug rasch in ihrer Hosentasche verschwinden lässt, damit niemand es sieht.

Wenn er jetzt in sein Zimmer hinaufrannte, um seine Kamera zu holen, wäre sie wahrscheinlich mit der Wäsche fertig, ehe er wiederkam. Der beste Moment war ohnehin schon vorbei: als sie das Feuerzeug angeschaut und dann mit hängenden Schultern dagestanden hatte.

Ein Augenblick, der für ihn jetzt verloren war.

„Keine Sorge, ich behalte dein Geheimnis für mich", fügte er hinzu.

„Aber es ist doch gar kein Geheimnis", widersprach sie, ohne aufzublicken.

Doch es war ganz sicher eines. Und er hatte definitiv die Absicht, es für sich zu behalten. Aber dann grinste er sie an und sagte: „Dann möchtest du also, dass ich meiner Mutter erzähle, du hättest ein Feuerzeug?"

„Ich möchte gar nichts von dir." Auch das erwiderte sie wieder, ohne aufzublicken. Sie ließ ein blassgelbes Top auf den Haufen mit der hellen Wäsche fallen.

„Ich könnte es ihr sagen, weißt du?"

Sie sah auf, aber ihr Blick verriet nicht, was sie dachte.

Einen Moment lang sahen sie sich in die Augen. „Ich werde es ihr nicht sagen", versprach Chase schließlich.

Tally beugte sich wieder vor und vergrub die Hände in die Untiefen des Seesacks. Chase wartete darauf, dass sie sich bei ihm für sein Schweigeversprechen bedankte, aber das tat sie nicht. Stattdessen holte sie einen orangefarbenen BH mit Spitzen aus dem Seesack und Chase wandte den Blick ab.

Eine Mischung aus Ärger und Faszination stieg in ihm auf. „Gern geschehen", sagte er und sah seine Cousine erneut an. Tally griff nochmals in den Seesack und holte wieder einen BH heraus, einen violetten. Diesmal zwang Chase sich, nicht wegzuschauen.

„Ich soll mich also bei dir dafür bedanken, dass du dich um deinen eigenen Kram kümmerst?", murmelte sie und bemerkte dabei gar nicht, wie sehr er sich anstrengte, nicht ihre Dessous anzustarren.

Chase lachte. „Autsch, das habe ich gehört."

„Ich hatte ja auch nicht geflüstert." Der lila BH landete auf dem rosa Kleid.

Er konnte sich nicht entscheiden, ob er von ihr fasziniert sein oder sich über ihre Bissigkeit ärgern sollte. Zu gern hätte er seine Kamera zur Hand gehabt. „Soll es etwa so weitergehen?"

Tally seufzte. „Keine Sorge, ich werde nur ein paar Wochen hier sein, und ich verspreche, euer Haus nicht in Brand zu setzen."

Wieder sahen sie sich an. Chase spürte, dass Tally irgendwie so war wie er – nein, dass er so war wie sie. „Was ist, wenn dein Vater nicht wiederkommt?", gab er leise zurück.

„Er kommt zurück." Sie sagte es ganz entspannt und ohne zu ihm aufzublicken.

Chase trat einen Schritt in den Raum hinein. „Hör mal, du schaffst es ganz sicher nicht, das Feuerzeug vor Ashley geheim zu halten. Sie wird auf jeden Fall in deinen Sachen herumschnüffeln und es dann finden."

Tally blinzelte und schaute ihn dann erstaunt an. „Deine Eltern lassen zu, dass deine Schwester in Sachen herumschnüffelt, die sie nichts angehen?"

„Sie kennen sie nicht so, wie ich sie kenne. Ich sag dir jedenfalls, dass sie es finden und dich dann verpetzen wird."

„Wieso kennen sie sie nicht so wie du?"

War das ihr Ernst? „Weil sie Eltern sind. Wie wäre es, wenn ich es für dich aufbewahre? Ich verspreche dir auch, dass ich kein Wort sage."

Ein paar Sekunden verstrichen, bevor Tally antwortete. „Und warum tust du das?"

Chase trat noch einen Schritt weiter in die Waschküche hinein. „Du glaubst wahrscheinlich, dass wir nichts gemeinsam haben, aber da irrst du dich."

Seine Cousine öffnete den Mund, als wollte sie etwas sagen, überlegte es sich dann aber anders.

„Lass es mich für dich aufbewahren."

Eine ganze Weile sah Tally ihn einfach nur an. Dann griff sie ohne ein Wort zu sagen in ihre Hosentasche und holte das Feuerzeug heraus. Chase trat einen Schritt auf sie zu, hielt ihr die geöffnete Hand hin, und sie legte das Feuerzeug hinein.

„Es hat meinem Großvater gehört. *Unserem* Großvater. Es ist das Einzige, was mein Vater noch von ihm hat." Sie blickte nicht auf.

Chase schloss seine Hand um das Feuerzeug. „Ich werde gut darauf aufpassen."

„Und woher weißt du, dass Ashley es in deinem Zimmer nicht finden wird?" Tally blickte auf und sah ihn an. Ihr Blick hatte etwas von dem Trotz verloren.

„Ich weiß, wie man Sachen vor Ashley versteckt, und außerdem teile ich nicht mit ihr das Zimmer."

„Und was versteckst du vor Ashley?"

Er steckte das Feuerzeug in die Tasche seiner Jeans und sie sah es darin verschwinden.

„Ich habe auch so meine Geheimnisse." Mit diesen Worten wandte er sich um und verließ die Waschküche.

Sieben

Die frisch gewaschene, nach Weichspüler mit Zitronenduft riechende Tagesdecke war noch ein Überbleibsel aus dem Jahr, in dem Ashley geradezu süchtig nach Lila gewesen war.

„Brittany Boltons Lieblingsfarbe war damals Lila, also war Lila auch die Lieblingsfarbe von allen anderen Mädels in der zweiten Klasse.“ Ashley lag bäuchlings auf ihrem Bett. Tally stand ihr gegenüber und war damit beschäftigt, frisch gewaschene und gefaltete Wäsche aus dem Wäschekorb zu nehmen und auf das lavendelfarbene Gästebett zu legen. „Die Tagesdecke habe ich benutzt, als ich ungefähr sieben war.“

Tally nickte. „Hmmm. Danke fürs Ausleihen.“

„Na ja, eigentlich gehört sie mir ja gar nicht mehr und eigentlich mag ich Lila nicht einmal mehr. Ich frage mich, wo die passenden Kissen mit den Schmetterlingen sind.“

Tally blickte auf. Sie war gerade dabei, ein Paar Socken aus dem Korb zu nehmen. „Was hast du gesagt?“

„Na ja, es gab damals auch passende Kissen mit Schmetterlingen drauf. In Pink und Lila und Türkis. Wahrscheinlich hat meine Mutter sie weggetan.“

„Ich komme bestimmt auch ohne sie zurecht.“

„Damals haben sie mir gefallen, aber jetzt finde ich sie total hässlich. Ich kann Lila echt nicht mehr sehen. Jetzt gefällt mir Melone. Das hier ist Melone.“ Ashley strich mit ihren Händen über die rötlich schimmernde Bettdecke, auf der sie lag, und lächelte.

Tally hätte am liebsten die Augen geschlossen und sich zurück nach San Antonio gezaubert, zurück in den Trailer ohne Klimaanlage, zurück in ihr eigenes Bett, zurück in die Küche mit den sechs Dosen Chili und sonst nicht viel. Zurück in die Zeit, als es Schokomuffins zum Frühstück gab. Zurück zu den leisen Klängen, die sie hörte, wenn ihr Vater draußen auf einer Obstkiste saß, Gitarre spielte und zusammen mit den Grillen sang. Zurück zu dem Leben, das sie geführt hatten, bevor ihr Vater den Brief gelesen hatte.

Wenn er gewusst hätte, wo sie gerade war, wäre er ganz bestimmt gekommen, um sie abzuholen. Wenn er gewollt hätte, dass sie bei Tante Amanda wohnte, dann hätte er sie gar nicht erst zu ihrer Großmutter, sondern gleich hierher gebracht.

Aber er hatte nicht gewollt, dass Amanda von seinem Plan erfuhr, nach Europa zu reisen. Sie hätte dann nämlich entweder versucht, es ihm auszureden, oder sie hätte die Hälfte des Schatzes für sich beansprucht. Der vergrabene Schmuck hatte seinen und Amandas Großeltern gehört. Neil hätte höchstwahrscheinlich darauf bestanden, dass Amanda die Hälfte bekam, die ihr zustand, und genau das hatte ihr Vater vermutlich verhindern wollen.

„Ja, Melone ist ’ne schöne Farbe“, antwortete Tally abwesend.

Ashley nahm ihr Handy vom Nachttisch, schaute auf das kleine Display und seufzte. „Ich habe Mallory vor zehn Minuten eine SMS geschickt! Wo steckt sie denn?“ Sie warf das Handy auf das Tischchen zurück. „Wer ist denn deine beste Freundin?“

Tally wusste nicht, was sie darauf antworten sollte. Ihr Freundeskreis in San Antonio war ziemlich klein gewesen. Marcella und Julio, PJ, Dan und Chelsea. Ihre Freunde wussten nicht einmal, wo sie war, denn ihr Vater hatte darauf bestanden, bei Nacht und Nebel aufzubrechen. Sie war schnelle Aufbrüche zwar gewohnt, aber sie war noch nie gegangen, ohne sich zu verabschieden. Bart fand es am besten, wenn niemand – nicht einmal Freunde – wussten, wohin sie gegangen waren, und so hatte er sie gebeten, mit niemandem darüber zu sprechen, bis er wieder zurück und ein wenig Gras über die Sache gewachsen war. So war es eigentlich immer, wenn sie einen Ort Hals über Kopf verließen.

In diesem Moment kam Amanda an der offenen Zimmertür vorbei und steckte den Kopf herein. „Brauchst du noch mehr Schubladenplatz, Tally? Ashley macht dir bestimmt noch ein wenig mehr Platz in ihrer Kommode, wenn es nötig ist."

Tally blickte auf. „Nein, danke."

„Brauchst du sonst noch etwas? Irgendetwas?"

„Nein, ich hab alles."

„Du sagst mir aber, wenn dir noch etwas einfällt, ja?"

„Ja, mach ich."

Amanda ging wieder. Tally zog eine der Schubladen der kleinen Kommode neben ihrem Bett auf und räumte Socken und Unterwäsche hinein. Die Frage nach ihrer besten Freundin schien inzwischen vergessen. Ashley griff wieder nach ihrem Handy und schaute aufs Display. Im nächsten Moment warf sie es erneut aufs Nachttischschränkchen zurück.

In der Ecke der einen Schublade sah Tally etwas Metallisches schimmern. Es war ein herzförmiges goldenes Medaillon an einer Goldkette. Sie nahm es in die Hand und hielt es Ashley hin. „Das gehört dir, oder?"

Ashley runzelte zweifelnd die Stirn.

„Es lag in der obersten Schublade." Tally reichte ihr die Halskette.

Die Cousine schaute die Kette in Tallys Hand an. „Ach, die trag ich schon lange nicht mehr."

Tallys Arm verharrte in der Luft.

„Willst du sie haben?“ Ashleys Augen leuchteten auf bei diesem vermeintlichen Akt der Großzügigkeit.

Ihre Cousine schüttelte langsam den Kopf. „Nein. Sie gehört doch dir! Aber trotzdem danke.“

„Ich trage sie doch gar nicht mehr. Du kannst sie echt haben.“

Tally drehte sich ganz langsam um und legte die Halskette wieder in die Schublade zurück, wo sie sie gefunden hatte. Dann legte sie einen kleinen Stapel gefalteter T-Shirts und Tops darüber.

„Und du hast also gar keine Geschwister oder so?“ Ashley klang gelangweilt.

„Nein.“

„Also, ich hab nur Chase. Er ist echt seltsam. Ich wollte immer eine Schwester.“

Tally legte eine Jeans in die Schublade, ohne etwas zu erwidern.

„Mann, du hast ja keine Ahnung, was du für ein Glück hast, keinen Bruder zu haben“, fuhr Ashley fort.

Eine Caprihose wanderte in die Schublade.

„Es ist so verrückt, dass meine Mutter einen Bruder hat und er dein Vater ist und dass dein Vater mein Onkel Bart ist.“

Tally blickte vom Wäschekorb auf.

„Das bedeutet, dass meine Mutter wie ich ist und dein Vater wie Chase“, fügte Ashley hinzu. „Onkel Bart ist wie Chase. Das ist einfach so verrückt.“

„Wieso ist das verrückt?“

Ashley zuckte die Achseln. Dann setzte sie sich auf ihrem Bett auf und ihr Blick wanderte zu Tallys Fuß. „Meine Eltern würden total ausflippen, wenn ich mir ein Tattoo stechen lassen würde.“

Tally warf einen Blick auf ihren Knöchel. „Wirklich? Das da hat mein Vater ausgesucht.“

„Ja, klar!?“, erwiderte Ashley skeptisch.

Tally blickte auf. „Hat er wirklich!“

„Dein Vater wollte, dass du dir eine Tätowierung stechen lässt?!“

„Ich habe nicht gesagt, dass er es *wollte*. Er hat mich gefragt, ob ich gern eine hätte. Ich habe Ja gesagt und das Motiv hier hat ihm am besten gefallen.“

Tally wandte sich wieder dem Kleiderstapel zu, der immer kleiner wurde. Noch eine Jeans, ein grauer Kapuzenpulli und das rosafarbene Kleid.

„Und wieso wollte dein Vater, dass du eine Tätowierung hast?“

Tally zuckte mit den Achseln. „Ich nehm an, weil er sich auch ein Tattoo hatte stechen lassen – noch eins. Er hatte nämlich vorher schon ein paar.“

„Hat das nicht wehgetan?“, wollte Ashley wissen und rieb sich dabei ihren eigenen Knöchel.

Tallys Blick wanderte jetzt ebenfalls zu dem auffliegenden Vogel hinab. „Doch, ein bisschen schon, aber das hatte er mir vorher gesagt und auch, dass es bald wieder aufhören würde wehzutun.“

Ashley schwang ihre Beine aus dem Bett und senkte verschwörerisch die Stimme. „Und du weißt wirklich nicht, wo dein Vater ist?“

„Er ist in Europa.“

„Aber du weißt nicht, wo.“

Tally zögerte kurz, bevor sie antwortete. „Nein, im Moment nicht.“

Ashley erhob sich von ihrem Bett und ließ sich in einen Sitzsack am Fenster fallen. Die Schaumstoffperlen der Füllung knirschten leise. „Was macht er denn da?“

„Wir haben da Verwandte und die versucht er ausfindig zu machen.“

„Und du bist doch auch eine Verwandte von mir, oder?“

„Ja.“

Ashley lehnte sich zurück und spielte mit einem ihrer Ohrringe. „Aber er kann sie ja gar nicht richtig kennenlernen, oder? Ich meine, spricht dein Vater denn irgendwelche anderen Sprachen außer Englisch? Wie will er sich denn mit ihnen verständigen?“

Tally holte tief Luft und atmete dann ganz langsam wieder aus. „Die Verwandten, nach denen er sucht, sind nicht ... sie sind gar nicht mehr ...“

Ashley richtete sich auf und saß jetzt mit kerzengeradem Rücken da. „Was sind sie nicht mehr?“

Tally zögerte. Sie gab schon viel zu viel preis. Ihr Vater hoffte nämlich eigentlich, dass sie mit niemandem aus der Familie darüber reden würde. Der Schatz war ein Geheimnis. „Sie leben nicht mehr. Er wollte herausfinden, wo sie begraben sind.“

„Und wieso?“, hauchte Ashley.

Sie erschraken, als sie plötzlich bemerkten, dass Chase am Türrahmen lehnte, als hätte er schon ein Weilchen dort gestanden. Hatte er gehört, wie Ashley ihn mit ihrem Vater verglichen hatte? „Mama lässt ausrichten, dass die Brownies fertig sind“, sagte er in diesem Augenblick. „Wir sollen runterkommen.“

„Okay.“ Tally griff nach dem leeren Wäschekorb und folgte Chase aus dem Zimmer.

„Brownies? Um zehn Uhr abends?“, rief Ashley, die immer noch im Zimmer war. „Cool!“

„Mittlerweile erscheint dir der Gedanke an das chaotische Nähzimmer meiner Mutter wahrscheinlich ziemlich paradiesisch, oder?“, sagte Chase auf dem Weg zur Treppe.

Sie hatte keine Zeit mehr, sich darauf eine Entgegnung einfallen zu lassen, denn Ashley war schon direkt hinter ihnen.

Acht

Amanda lehnte sich in ihrem Liegestuhl zurück und trank schlückchenweise lauwarme Limonade aus einem Plastikbecher. Neil stand ein paar Meter von ihr entfernt im schützenden Schatten eines Eukalyptusbaumes. Er unterhielt sich mit einem anderen Gemeindemitglied über Geldanlagemöglichkeiten. Hin und wieder konnte sie Gesprächsfetzen verstehen.

Der Mann wollte von Neil Informationen zur Altersvorsorge, weil er ein sorgenfreies Rentnerdasein führen wollte. Ihr Blick fiel auf einen Freund, der Arzt war. Er stand am anderen Ende des Rasens an einen Picknicktisch gelehnt und unterhielt sich mit einer Frau, die sich erst den Nacken rieb, dann den Unterarm und danach auf ihre Zehen deutete. Wieso glaubten die Leute eigentlich immer, sie könnten bei irgendwelchen geselligen Anlässen kostenlos professionelle Beratung in Anspruch nehmen? Egal, um welche Art von Party oder Picknick oder Sportveranstaltung es sich handelte: Sobald sich herumgesprochen hatte, dass Neil Finanzberater war, wurde er von irgendwelchen wissbegierigen Zeitgenossen mit Beschlag belegt und tauchte meist erst dann wieder auf, wenn es Zeit fürs Essen oder zum Gehen war.

Neil fing ihren Blick auf und zwinkerte ihr zu. Sie lächelte zurück.

Er war einfach zu nett, das war alles. Inzwischen kalkulierte Neil solche Unterbrechungen schon mit ein und steckte bei Anlässen dieser Art immer einen kleinen Stapel Visitenkarten ein.

Heute trug er ein lachsfarbenes Hemd und Khakihosen statt der knielangen Shorts und des T-Shirts, das sie ihm herausgelegt hatte. Amanda hatte dazu nichts gesagt. Es gefiel ihr, wenn er dieses Hemd anhatte. Seine leicht angegrauten Schläfen betonten den rosigen Schimmer. Er sah wirklich gut aus.

Auf sie kam bei Partys nie jemand zu, um sie zu fragen, wie man Kindern dabei helfen könnte, lesen zu lernen. Vielleicht machte es Neil auch deshalb nichts aus, bei solchen geselligen Anlässen über geschäftliche Angelegenheiten zu sprechen, weil es ihm gar nicht wie Arbeit vorkam. Ganz ähnlich empfand auch sie ihren Job in der Förderklasse der Grundschule. Jeden Tag erlebte sie dort Wunder. Es war immer, als öffne sich eine Tür, wenn ein Kind endlich das Prinzip des Lesens begriff und damit die Welt der Bücher vor ihm lag und es die Schwelle zum Universum übertreten konnte. Wenn das geschah, dann veränderte sich die gesamte Haltung eines Kindes.

Amanda richtete sich jetzt ein wenig in ihrem Liegestuhl auf und hielt Ausschau nach ihren Kindern und Tally. Das Picknick war gut besucht. Grüppchen von Menschen schlenderten umher und warteten vor den zischenden Gasgrills auf ihr Essen. Am anderen Ende des Parkplatzes fand ein Volleyballspiel statt, das zunehmend verbissener bestritten wurde, und kleine Kinder warfen Wasserbomben quer über den Rasen.

„Suchst du deine Kinder?“

Amanda blickte auf und sah Gina Kliever mit einer Coladose in der Hand neben ihrem Liegestuhl stehen. Ginas Tochter Kelly war im selben Alter wie Ashley, und Gina war schon häufig bei ihnen zu Hause gewesen, wenn sie ihre Tochter gebracht oder abgeholt hatte. „Ach, hallo, Gina. Ja, ich hab sie irgendwie aus den Augen verloren."

„Darf ich?", fragte Gina und deutete auf Neils leeren Stuhl, der neben dem von Amanda stand.

„Bitte, nur zu. Ich glaube kaum, dass Neil ihn in nächster Zeit brauchen wird."

Gina ließ sich auf den Stuhl fallen und streifte sich ihre Flipflops von den Füßen. „Ich glaube, dass eine ganze Horde von Teenagern nach drinnen gegangen ist, um in der Halle Basketball zu spielen. Zumindest ist Kelly da. Wahrscheinlich sind Ashley und Chase auch dabei."

Amanda suchte die Menge nach Tallys rot gesträhntem Haar ab, konnte sie aber nirgends entdecken. „Ich hoffe nur, dass sie ihre Cousine nicht vergessen haben. Sie kennt hier nämlich noch niemanden außer uns."

„Ach, ihr habt Verwandte zu Besuch?"

Amanda wandte sich ihrer Bekannten zu. „Meine Nichte, die Tochter meines Bruders. Sie heißt Tally."

„Tally? Was für ein ungewöhnlicher Name."

Amanda grinste. „Ich habe auch einen sehr ungewöhnlichen Bruder. ‚Tally' ist die Abkürzung von ‚Tallulah'."

„Wow. Den Namen hört man aber wirklich nicht oft. Ist das der Bruder, den du schon mal erwähnt hast? Der wilde und geheimnisvolle Bruder?"

„Ja. Das ist Bart."

„Schade. Den hätte ich gern kennengelernt, aber er hat dann wohl dieses Wochenende schon was anderes vor."

Amanda atmete schnaubend aus. „Das kann man wohl sagen."

Gina zögerte kurz und nickte dann. „Verstehe ... er hat sie also übers Wochenende einfach bei euch geparkt?"

„Na ja, nicht so ganz."

Ihr Gegenüber sah sie erwartungsvoll an.

„Er ist mal wieder unterwegs auf einem seiner kleinen Abenteuertrips, der ganz sicher mit Ruhm und Reichtum zu tun hat. So ist es jedenfalls meistens. Er treibt sich gerade irgendwo in Europa herum."

„Wirklich? Ist er denn oft in Europa?"

„Nein. Er ist bloß oft weg. Normalerweise nimmt er Tally dann mit, aber dieses Mal nicht."

„Wie alt ist sie denn?"

„Sie ist sechzehn. Er hatte sie in Tucson bei ihrer Großmutter mütterlicherseits gelassen, aber die ist vergangene Woche ganz plötzlich an einem Herzinfarkt gestorben. Bart hat bis jetzt weder etwas von sich hören lassen noch hat er eine Adresse oder Telefonnummer hinterlassen, unter der man ihn erreichen könnte. Das ist typisch für ihn. Deshalb haben wir Tally jetzt bei uns aufgenommen, bis er geruht, wieder nach Hause zu kommen."

„Wenn ich das richtig verstehe, gibt es also keine Mutter in dem Ganzen?"

„Tallys Mutter ist gestorben, als Tally noch ein Baby war. Sie hat damals versehentlich ihr Schlafmittel zu hoch dosiert – so lautet jedenfalls die offizielle Version."

„Wie furchtbar."

„Ja, das kann man wohl sagen."

Gina trank einen Schluck aus ihrer Coladose. „Wie lange ist denn dein Bruder schon weg?"

„Fast zwei Wochen."

„Und es hat noch niemand etwas von ihm gehört?"

„Nein."

Ein Trio von Schulmädchen kam lachend an ihnen vorbeigehüpft.

„Glaubst du … dass ihm etwas zugestoßen ist?", fragte Gina behutsam.

Amanda seufzte. „Ich habe keine Ahnung. Bart hat sich schon in so viele brenzlige Situationen hinein- und wieder herausmanövriert, dass das gar nichts heißen muss. Im Moment mache ich mir noch keine Sorgen, aber ich frage mich schon, ob er vielleicht für eine Weile untertauchen musste.

Ich weiß nicht so genau, womit er sein Geld verdient hat, bevor er weg ist. Vielleicht ..." Sie beendete den Satz nicht.

„Du meinst, dass er vielleicht auf der Flucht vor der Polizei ist?", fragte Gina.

„Oder vielleicht vor Leuten, mit denen man sich besser nicht anlegen sollte."

„Sodass er sich vielleicht ganz bewusst nicht bei seiner Tochter meldet ..."

Amanda zuckte mit den Achseln. „Ich weiß es nicht. Er hat Tally gesagt, dass er irgendwelche Verwandten in Polen ausfindig machen wolle – das ist die erbärmlichste Ausrede, die mir jemals untergekommen ist."

„Ihr habt also gar keine Verwandten in Polen?"

„Doch schon, die haben wir ganz sicher."

„Aber?"

„Ich weiß nicht, wie er sie ausfindig machen will. Meine Großmutter ist nach dem Zweiten Weltkrieg in die Vereinigten Staaten ausgewandert, als mein Vater noch ein Kind war. Sie war katholisch, aber mit einem jüdischen Arzt verheiratet. Als dann der Krieg ausbrach und ... na ja ... Ich bin sicher, dass wir dort noch entfernte Verwandte haben, aber es wird ein Ding der Unmöglichkeit sein, sie zu finden."

„Und wieso?"

Amanda strich sich mit der Hand durchs Haar. Sie sprach nicht oft über das, was sie über ihre Familie väterlicherseits wusste. Das wenige, was ihr Vater davon erzählt hatte, war nicht besonders schön. „Meine Großeltern mussten im Warschauer Ghetto leben, nachdem die Nazis Polen überfallen hatten. Mein Großvater war zwar kein praktizierender Jude, aber das spielte damals keine Rolle. Die beiden hatten die Mutter meines Großvaters und seine Schwestern während der ersten sechs Monate der deutschen Besatzung versteckt, was natürlich bei den Deutschen gar nicht gut ankam, als sie es herausfanden. Sie wurden alle ins Ghetto gebracht. Irgendwie ist es meiner Großmutter und meinem Vater gelungen, nach England zu fliehen. Mein Großvater konnte nicht entkommen. Er kam in Treblinka ums Leben."

„Treblinka?"

„Das war ein Konzentrationslager der Nazis."

„Wie furchtbar." Gina hatte vor Entsetzen ganz große Augen.

„Ja, eine schreckliche Geschichte."

„Und du glaubst nicht, dass irgendjemand von deiner Familie überlebt hat?"

Amanda trank einen Schluck von ihrer Limonade und verzog das Gesicht, weil das Getränk immer saurer wurde, je wärmer es wurde. „Es würde mich sehr wundern, wenn Familienangehörige meines Großvaters noch am Leben wären, denn sie waren alle Juden. Von der Familie großmütterlicherseits könnten Mitglieder überlebt haben, aber es wurden ja so viele Familien während des Krieges auseinandergerissen und verstreut. Ich habe ehrlich gesagt keine Ahnung, wieso Bart glaubt, auch nur einen Angehörigen aufspüren zu können."

Gina stupste mit dem Zeh eine Pusteblume an. „Dann bist du also ein Viertel Jüdin, ein Viertel Katholikin und gerade auf einem protestantischen Gemeindepicknick." Sie blickte zu Amanda und lächelte. „Und drauf und dran, gegrillte Schweinekoteletts zu verputzen."

Amanda lächelte zurück. „Ja, das ist schon komisch. Weißt du, in den Erzählungen meines Vaters hat es sich nie so angehört, als ob der unterschiedliche kulturelle Hintergrund meiner Großeltern eine große Rolle gespielt hätte. Und meine Großmutter hat überhaupt nicht über ihren verstorbenen Mann gesprochen. Na ja, vielleicht hat sie es doch getan, aber sie hatte immer noch einen so starken polnischen Akzent, dass ich sie kaum verstehen konnte. Sie klang immer wie Arnold Schwarzenegger in seiner Zeit als Conan der Barbar, nur mit weiblicher Stimme."

Gina warf den Kopf in den Nacken und lachte.

Amanda grinste und fuhr dann fort: „Als Kind hatte ich irgendwie Angst vor ihr. Sie hatte immer diesen versonnenen, abwesenden Blick, so als hätte sie das Gefühl, gar nicht hierher zu gehören."

„Und sie hat nie wieder geheiratet?"

„Doch, das hat sie, als mein Vater ein Teenager war. Und das Merkwürdige war, dass ich ihrem zweiten Mann viel näher stand als ihr. Für mich war dieser zweite Mann mein eigentlicher Großvater und nicht der mir fremde jüdische Arzt, der im Konzentrationslager ums Leben gekommen war. Ich habe mein jüdisches Erbe eigentlich nie weiter beachtet, weißt du? Irgendwie kommt es mir so vor, als gehöre dieser Teil meiner Vergangenheit zu jemand anderem." Amanda schüttete den Rest ihrer Limonade ins Gras.

Einen Moment lang schwieg Gina. „Und wie ist sie so?"

„Wie bitte?"

„Deine Nichte. Wie ist sie so?"

„Ach so. Sie ist offenbar ganz in Ordnung. Sie hat pinkfarbene Strähnchen, diverse Piercings und eine Tätowierung."

Gina bekam ganz große Augen. „Das ist nicht dein Ernst, oder?"

„Doch, aber eigentlich ist sie eher eine Stille. Überwiegend nett und höflich. Ein bisschen distanziert vielleicht, aber das war ja eigentlich klar. Ich glaube, sie weiß mehr über die Gründe, weshalb Bart in Europa ist, als sie zugibt."

„Meinst du wirklich?"

„Ja, aber es würde mir vermutlich kein bisschen weiterhelfen, wenn sie mir verraten würde, weshalb Bart dort ist. Ich glaube, er hat ihr wirklich nicht gesagt, wie er zu erreichen ist. Wenn sie das wüsste, dann wäre sie mit Sicherheit gar nicht hier."

Gina nickte. „Soll das heißen, sie ist nicht gerade begeistert davon, bei euch einquartiert zu sein?"

Amanda zuckte die Achseln. „Ja. Stell dir das mal vor. Da hat sie endlich ein anständiges Dach über dem Kopf, bekommt vernünftiges Essen, geht auf eine Schule, in der sie sicher ist und andere Kinder in ihrem Alter zum Reden hat, und sie kann es gar nicht erwarten, wieder in den gemieteten Trailer in einer der übelsten Gegenden von San Antonio zurückzukehren."

Gina streckte ihre Beine vor sich aus. „Vielleicht passt der ‚Trautes-Heim-Glück-allein'-Lebensstil eben nicht zu jedem."

„Wahrscheinlich."

Ein Weilchen schwiegen die beiden Frauen. Dann richtete sich Gina in ihrem Liegestuhl auf, kniff die Augen zusammen und blinzelte in Richtung Sonne. „Hey", sagte sie, „ist das da drüben nicht Chase?"

Amanda setzte sich ebenfalls auf und folgte Ginas Blick. Ungefähr zwanzig Meter von ihnen entfernt stand Chase in der flirrenden Hitze eines Grills. Vorgebeugt stand er da und schien sehr intensiv das Feuer zu betrachten, das wie wild um zischende Fleischstücke herumzüngelte. Er schaute zwar direkt in ihre Richtung, aber sie war ganz sicher, dass er sie nicht sah. Seine Lippen bewegten sich, während er in die Flammen starrte. Hinter dem Grill stand ein Mann mit Schürze, der gerade eine Sprühflasche zur Hand nahm. Chase trat noch einen Schritt vor.

„Was macht er da?", fragte Gina.

Amanda bekam die Frage nur am Rande mit, da in diesem Augenblick eine Stichflamme vom Grill hochschoss und der Mann einen Schritt zurücktrat und etwas Wasser hinterherspritzte. Aber Chase rührte sich nicht vom Fleck und der Mann wandte sich mit einer Mischung aus Überraschung und Sorge ihrem Sohn zu.

„Amanda?"

Amanda stand auf und schaute sich suchend nach Neil um, um festzustellen, ob er ebenfalls beobachtet hatte, was sie gerade sah. Halb von ihr abgewandt mit locker verschränkten Armen war Neil in ein Gespräch vertieft und nickte immer wieder, während ihm der Mann seinen Kummer mit seinem Notgroschen schilderte. Sie drehte sich wieder zu Chase und dem Mann am Grill um. Der Mann mit der Schürze sagte gerade etwas zu Chase, aber dieser starrte reglos in die Flammen, die weiter flackerten und züngelten. Er schien mit ihnen zu reden und hörte gar nicht hin, als der Mann mit ihm sprach.

Die friedlichen Picknickgeräusche traten in den Hintergrund und alle ihre Sinne waren in Alarmbereitschaft. *Unmöglich, dass er sich daran erinnern kann.*

Neun

Chase kam am Montag als Letzter zum Frühstück hinunter. Er hatte am Abend zuvor nicht einschlafen können und deshalb verschlafen.

„Ich wollte schon hochkommen und nach dir sehen“, sagte seine Mutter, als er die Küche betrat. Sie lächelte ihn an, aber das Lächeln wirkte gezwungen.

„Hab den Wecker nicht gehört“, erwiderte Chase müde und nahm sich ein Glas aus dem offenen Geschirrspüler. Er war sich bewusst, dass seine Mutter ihn weiterhin anblickte. Sie beobachtete ihn auch dann noch, als er sich ein Glas Saft einschenkte.

Schließlich ging er zum Tisch hinüber, um sich neben Ashley zu setzen, die sich gerade ein Brötchen mit Nutella bestrich. Auf der anderen Seite des Tisches knabberte Tally trockene Cheerios, die sie mit den Fingern aus einem Schälchen nahm. Neil war unterdessen fast vollständig hinter seiner Zeitung verschwunden, wünschte seinem Sohn aber, hinter den Seiten des Finanzteils verborgen, einen guten Morgen.

Amanda legte Chase ein auf die Hälfte zusammengeklapptes Omelett auf den Teller und verharrte eine Weile bei ihm. Er beugte sich über sein Essen und wich ihren Blicken aus.

Seine Mutter war am Vortag beim Picknick auf ihn zugekommen, als er gerade einen Schritt vom Grill zurückgetreten war. Ausgesprochen nervös hatte sie ihn gefragt, ob er wüsste, wo Tally sei. Er hatte Amanda zunächst gar nicht wahrgenommen. Urplötzlich schien sie aus dem Nichts aufgetaucht zu sein. Es dauerte einen Moment, bis er antworten konnte. Sein Herz hämmerte wild in seiner Brust, während Bilder des Grillfeuers in seinem Kopf herumwirbelten und bis in die finstersten Winkel seiner Erinnerungen vordrangen.

„Sie ist bei Ashley. Ich habe dir doch gesagt, dass Ashley Tally mitnehmen wollte."

„Ja, aber …" Sie stockte und biss sich auf die Lippen.

„Mach doch nicht so 'n großes Ding daraus, Mama. Ich bin ganz sicher, dass sie mit Ashley mehr Spaß hat als mit mir. Ich bin hier ungefähr der einzige Jugendliche in meinem Alter, falls du das noch nicht bemerkt hast."

„Hast du denn keinen Spaß?"

„Na, ‚Spaß' würde ich das nicht gerade nennen."

„Matt konnte also nicht kommen?"

„Nein, er ist mit seiner Familie ans Meer gefahren."

„Also …" Sie drehte sich zu Neil um, biss sich noch einmal auf die Lippe und wandte sich wieder Chase zu. „Du glaubst also, dass bei Tally alles in Ordnung ist?"

„Klar, Tally geht's gut. Kann ich jetzt gehen?"

„Du willst weg?"

„Ich meine, ob du sonst noch was wolltest?"

Einen Moment lang sah sie ihm direkt in die Augen. „Nein, das war's."

Chase griff nach seiner Gabel.

„Hast du gut geschlafen?"

Er blickte zu seiner Mutter auf. Ihre Hand lag auf der Lehne von Tallys Stuhl, aber ihn sah sie an. „Äh, ja, klar." Nervös aß er einen Bissen von seinem Omelett.

Amanda nickte und schaute ihn noch eine ganze Weile länger an. Er konnte ihr Unbehagen förmlich spüren. Erneut wandte er den Blick ab.

Sie hatte also mitbekommen, dass er gebannt in die Flammen gestarrt hatte.

Sie hatte es gesehen und wusste nicht, was sie davon halten und wie sie damit umgehen sollte.

Chase schob sich eine Gabel voll Ei in den Mund und sah dann auf. Ihre Blicke begegneten sich, aber sie sagte nichts.

Seine Mutter wandte sich langsam Tally zu. „Soll ich dich heute Morgen zur Schule begleiten, damit du dich zurechtfindest? Während der ersten Stunde bereite ich mich immer auf den Unterricht vor, hätte also Zeit."

„Ach, das geht schon", sagte Tally.

„Na gut. Dein Stundenplan ist vorn im Sekretariat. Man hat mir gesagt, dass dort jemand auf dich wartet, dir deine Schulbücher gibt und dich in deinen ersten Unterrichtsraum bringt."

„Das hast du ihr doch schon mal alles erklärt, Amanda", wandte Neil hinter seiner Zeitungswand ein.

„Ich schaff das schon. Es ist ja nicht das erste Mal, dass ich an eine neue Schule komme." Tally stand auf und stellte ihr Müslischälchen in den Geschirrspüler.

Ashley blickte von ihrem Brötchen auf und betrachtete das Schälchen. „Wieso isst du deine Cheerios eigentlich ohne Milch?"

Tally zuckte die Achseln. „Ich mag Cheerios lieber so."

Chase schob sich den letzten Bissen seines Omeletts in den Mund und griff dann nach seinem Handy, um zu schauen, wie spät es war. „Wir müssen los."

Amanda wandte sich ab.

Tally nickte und griff nach ihrem abgetragenen Rucksack, den sie aus Arizona mitgebracht hatte. Das Angebot ihrer Tante, ihr einen neuen zu kaufen, hatte sie dankend ausgeschlagen.

„Okay, habt ihr eure Marken fürs Mittagessen?“, erkundigte sich Amanda.

„Jap“, antwortete Chase. Tally nickte.

„Hast du die Luft in den Reifen auf der Beifahrerseite kontrolliert?“

Chase drehte sich um. Sein Vater lugte hinter der aufgeschlagenen Zeitung hervor.

„Das mach ich heute Nachmittag nach der Schule“, antwortete Chase.

Neil verschwand wieder hinter der Zeitung.

„Vergiss es nicht, Chase. Das ist nicht gut für die Reifen und außerdem schadet es deiner Sicherheit – und auch der von Tally.“

„Ist ja gut, ich mach's ja.“

Neil nahm die Zeitung erneut herunter. „Ach ja, noch was, Chase: Könntest du mir helfen, die Bücherregale abzuliefern, wenn ich heute Abend von der Arbeit komme?“

„Klar.“

„Ich bin um kurz vor fünf zu Hause, dann können wir das gleich erledigen. Wenn du willst, kannst du auch gern mitkommen, Tally.“

Die Angesprochene blinzelte. „Äh, ja. Okay.“

Die Zeitung wurde wieder hochgeklappt, und Chase und Tally gingen zur Tür, die in die Garage führte, und dann an den halb fertigen Holzprojekten des Vaters vorbei zu Chases Wagen. Chase öffnete das hinterste der drei Garagentore und sie stiegen in seinen Wagen. Er fuhr rückwärts aus der Garage, schaltete dann in den ersten Gang, und los ging's.

Er warf einen Blick zu seiner Cousine hinüber. „Wenn du willst, kann ich dich auch ins Sekretariat bringen.“

Sie schüttelte den Kopf. „Nee, lass mal. Ich komm klar.“

Er schaltete in den nächsten Gang. „Bist du wirklich nicht nervös?“

Tally neigte den Kopf zur Seite. „Ich bin doch in ein paar Wochen sowieso wieder weg.“

„Genau." Er schaltete in den dritten Gang. „Ich geh trotzdem mit dir. Meine Mutter möchte das auch."

Tally atmete hörbar aus und tat so ihre widerstrebende Zustimmung kund. „Deine Mutter ist ..." Sie beendete den Satz nicht.

Vierter Gang. Er wartete. „Sprich dich nur aus Tally. Immer raus damit."

„Nett. Sie ist sehr nett."

Chase sah seine Cousine an und sagte mit ironischem Unterton. „Ja, klar."

„Wahrscheinlich merkst du das gar nicht mehr, weil du immer mit ihr zusammen bist."

Ihr Cousin schaute wieder auf die Straße. „Ich habe ja nicht gesagt, dass ich sie nicht nett finde."

„Macht sie sich immer so viele Gedanken darüber, dass es allen Leuten gutgeht?"

Einen Moment lang schwiegen beide. „Nicht immer", antwortete Chase schließlich und war froh, dass sie nicht wissen wollte, wie er das meinte. „Wie hat es dir bei dem Picknick mit all den Freundinnen von Ashley gefallen?"

Sie schaute zu ihm hinüber. Ein Schmunzeln umspielte ihren Mund. „Ich glaube, ich hatte schon mehr Spaß, als man mich zum Schuldirektor zitiert hat."

„Zum Schuldirektor!? Dann bist du also eine Unruhestifterin, was?"

Sie drehte sich wieder nach vorn. „Nee, eigentlich nicht."

„Und wieso musstest du dann zum Direktor?"

Tally zögerte einen Moment lang. „Damit er mir gewisse Dinge mitteilen konnte."

Sie führte es nicht weiter aus.

Chase steckte eine CD von „Coldplay" in den Player und den Rest des Weges fuhren sie dann eingehüllt in Schlagzeug-, Bass- und Gitarrenklänge.

Zehn

Die Sekretariatsassistentin war groß und mollig und roch nach Rosen und Vanille. Chase musste niesen, als sie ihn fragte, ob er Tally zeigen wolle, wo ihre Klasse war. „Klar, das kann ich machen.“ Er nieste noch einmal und sie wünschte ihm „Gesundheit“.

„Also dann, Tallulah, hier sind deine Bücher.“ Die Frau deutete auf einen Stoß Bücher auf dem Tresen. „Du hast bis Ende der Woche Zeit, sie mit einem Schutzumschlag zu versehen. Und hier sind deine Spindschlossnummer und dein Stundenplan. Deiner Schulakte und den Zeugnissen aus Texas habe ich entnommen, dass du schon einen Kurs in Psychologie absolviert hast – den wählen ja die meisten Zehntklässler, die aufs College wollen –, deshalb haben wir dich stattdessen in den Soziologiekurs gesteckt.“

Chase beugte sich vor und sah sich den Stundenplan in Tallys Hand an. „Hey, dann bist du mit mir in einem Kurs. Ich hab zur selben Zeit Soziologie.“

Er blickte zu der Frau hinter dem Tresen. „Wussten Sie das, als Sie den Plan erstellt haben?“

Die Frau lächelte und zuckte die Achseln. „Die Stundenpläne für Schulwechsler werden von den Tutoren gemacht.“

Tally überflog den Stundenplan kurz. Geschichte, Mathe, Literatur, Soziologie, Anatomie und Töpfern.

Chase schüttelte den Kopf. „Oh Mann. In Geschichte hast du Carruthers. Tote haben mehr Persönlichkeit als dieser Typ."

Die Frau räusperte sich. „Ihr habt noch fünf Minuten bis zum ersten Läuten. Vielleicht solltest du Tallulah jetzt lieber helfen, ihren Spind zu finden, oder?"

Er grinste seine Cousine an. „Auf jeden Fall. Komm, Tallulah, ich zeig dir, wo dein Spind ist." Er drehte sich um und ging zu der Doppeltür, die auf den Schulhof führte. Tally nahm den Bücherstapel vom Tresen und folgte ihm.

Das Schulgelände lag in verschwenderischem Sonnenschein vor ihnen. Überall in den Beeten wuchsen Liebesblumen im Schatten großer alter Ahornbäume und riesiger Fächerpalmen. Auf dem Weg zu ihrem Spind zeigte Chase Tally die verschiedenen Fachbereiche. Überall um sie herum pulsierte der Mikrokosmos Schule. Hunderte von Schülern schoben sich durch die offenen Gänge. Als sie bei Tallys Spind ankamen, ertönte das erste Läuten, und das Menschengewimmel schien noch dichter zu werden.

„Wir treffen uns dann zum Lunch vor der Bibliothek, okay?", fragte Chase. „Matt kommt auch hin. Wir können in die Cafete oder so gehen. Direkt nach der Mittagspause haben wir dann Soziologie. Matt ist auch in dem Kurs. Kommst du bis dahin alleine zurecht?"

„Klar." Tally warf ihre Bücher für die Nachmittagskurse in den Spind und schlug die Spindtür zu, dass es knallte.

„Okay. Die Geschichtsräume sind da drüben", sagte Chase und deutete auf ein verputztes Gebäude, das ein Stück abseits des Menschengewimmels stand.

„Das hab ich schon kapiert."

„Also gut, dann bis später." Chase drehte sich um und trabte los. Tally schaute auf die Skizze des Schulgeländes in ihrer Hand, um sicherzugehen, dass sie später ihren Spind auch wiederfand. Dann machte sie sich auf den Weg in den Geschichtsunterricht und zu dem Lehrer, von dem Chase behauptet hatte, dass Tote es persönlichkeitsmäßig mit ihm aufnehmen könnten. Es läutete gerade zum zweiten Mal, als sie die Klasse betrat.

Der Vormittag verging rasch.

Mr Carruthers erwies sich doch als einen Hauch engagierter als ein Toter. Glücklicherweise lag die Geschichtsstunde nicht am Ende des Schultages. Der Mathelehrer schien ganz angenehm, aber Tally war keine große Leuchte in Mathe. Ihr Vater hatte einmal gesagt, dass Mathe für einen entweder Kunst oder eine Fremdsprache sei. Als sie ihn gefragt hatte, was denn auf ihn zuträfe, hatte er geantwortet: Kunst – aber keine, die er sich jemals zu Hause an die Wand hängen würde. Sie war froh, dass sie gar nicht lange genug auf Chases Schule gehen würde, um in Mathe schlechte Noten bekommen zu können. Der Literaturlehrer hatte einen nervösen Tick, aber ein freundliches Lächeln und eine beruhigende Stimme. Als er die Klasse fragte, ob irgendjemand schon „Die Rubaiyat des Omar Kayyam" gelesen hätte, wollte Tally sich erst melden, aber stattdessen tat sie, was sie immer tat, wenn sie in eine neue Schule kam – sie verschmolz mit ihrem Umfeld. Als es zur Mittagspause läutete, hatte sie dann auch eine Pause wirklich dringend nötig.

Sie fand auf ihrer Skizze vom Schulgelände die Bibliothek und traf kurz darauf Chase vor dem Gebäude an. Er stand an eine weinberankte Wand gelehnt neben einem Typen mit dunklem Haar, dunklem Teint und einem leicht schiefen Grinsen, der Jeans und ein verwaschenes Shirt trug.

„Ist alles gut gelaufen?", fragte Chase, als sie bei den beiden angekommen war.

„Ja, war ganz okay."

„Tally, das ist Matt Santino, Matt, meine Cousine Tally. Ich meine Ta-LUU-lah!"

Tally schnitt eine Grimasse und sah dann Matt an. „Hallo."

„Hey.“ Matt nickte ihr zu und erwiderte: „Pink ist meine Lieblingsfarbe.“

Tally sah skeptisch auf eine Locke ihres gesträhnten Haares hinunter, die ihr über ihre Schulter hing, und blickte dann wieder auf. „Machst du dich über meine Haare lustig?“

„Ist echt meine Lieblingsfarbe.“

Chase war bereits auf dem Weg in die Cafeteria.

Matt lächelte sie an und Tally versuchte, mit Chase Schritt zu halten.

„Ziemlich toller Vorname.“

„Ja, nicht?“

„Im Ernst. Du bist die erste Tallulah, die ich kennenlerne.“

„Da bist du nicht der Erste, der mir das sagt.“

„Haben deine Eltern sich den Namen ausgedacht, oder was?“, fragte Matt weiter.

„Er ist indianisch und bedeutet ‚springendes Wasser‘ oder so was Ähnliches. Ich weiß nicht so genau. Den Namen hat meine Mutter ausgesucht.“

„Cool. Ist sie Indianerin?“

„Sie ist … Nein, das war sie nicht.“

„Ach so.“ Matt schien sich plötzlich wieder daran zu erinnern, dass ihre Mutter tot war. Tally fragte sich, was Chase ihm wohl sonst noch alles über sie erzählt hatte. „’tschuldigung, hatte ich vergessen.“

„Keine Sorge, ich war gar nicht davon ausgegangen, dass du es weißt.“ Tally warf Chase einen Blick zu.

„Es ist nicht seine Schuld. Ich hab ihn gefragt“, erklärte Matt.

Tally blieb stehen. „Du hast gefragt?“

„Als er mir erzählt hat, dass du bei den Janviers wohnst, habe ich gefragt, wo denn deine Eltern sind, und da hat er es mir erzählt.“

„Hat er dir *was* erzählt?“

Matt sah von Tally zu Chase und dann wieder zu Tally. „Dass deine Mutter schon gestorben ist und dein Vater sich in Uruguay aufhält."

Tally sah zu Chase hin. „Du hast ihm erzählt, dass mein Vater in Uruguay ist?"

„Ich hab ihm gesagt, dein Vater wäre in Europa. Er verarscht dich."

Tally wandte sich wieder Matt zu, der sie angrinste.

Sie setzte ihren Weg fort und die beiden jungen Männer folgten ihr. Als sie bei der Cafeteria ankamen, war die Schlange an der Essensausgabe schon so lang, dass sie fast um das gesamte Gebäude herumreichte.

Chase seufzte hörbar und wandte sich dann an Matt. „Und, was hast du heute dabei, Mann?"

„Ein Baguette mit Putenbrust und Avocado."

Chase holte seine Essensmarke heraus. „Wollen wir tauschen?"

Matt griff in seine Tasche und holte eine Tüte heraus, die er Chase reichte. Chase nahm die Tüte und gab ihm dafür seine Essensmarke.

„Wir sehen uns dann beim Back Forty in vierzig Trillionen Jahren", sagte er und war kurz darauf bereits in dem Gewimmel von Schülern verschwunden, die in der Mittagssonne saßen und aßen.

„Ist das denn überhaupt erlaubt?", fragte Tally, die Chase nachblickte.

„Wer weiß das schon so genau. Die Frauen in der Cafeteria kennen ja nicht jeden mit Namen."

„Und was ist ‚Back Forty'?"

„Das ist die kleine stille Ecke, in der Chase gern meine Lunchpakete verspeist. Mach dir darüber mal keine Gedanken. Ich weiß, wo das ist."

Tally drehte sich zu ihm um und sah ihn an. „Du tauschst ein Baguette mit Putenbrust und Avocado gegen das Schulessen hier?"

Matt lächelte. „Meine Eltern haben einen Sandwichladen. Ich krieg also eine ziemliche Überdosis von allen Sandwiches, die es überhaupt gibt.“

In den nächsten Minuten kamen sie immer wieder ein, zwei Schritte in der Schlange voran. Jemand winkte Matt quer über den Hof zu und er winkte zurück.

„Bist du schon lange mit Chase befreundet?“, erkundigte Tally sich irgendwann.

„Erst seit letztem Jahr. Das würde ich eher nicht als lange bezeichnen.“

„Bist du da hergezogen?“

„Wie bitte? Ach nee. Ich hab schon immer hier gewohnt, aber da hab ich ihn erst kennengelernt. Wir waren Laborpartner im Chemiekurs. Ich war für den Bunsenbrenner verantwortlich, er hat all den Theoriekram gemacht.“

Wieder rückten sie ein paar Schritte weiter vor.

„Ihr seid offenbar ziemlich gut befreundet.“

„Ja. Chase ist in Ordnung. Cleverer Typ. Hat er dir erzählt, dass er Filme dreht? Die sind ziemlich tiefgründig und irgendwie seltsam. Wahrscheinlich wird er irgendwann berühmt damit. Das Zeugs, das er macht, ist das, wofür man Preise kriegt, weil es irgendwie so rätselhaft ist und keiner es richtig versteht und deshalb gut, weißt du?“

„Amanda hat mir von den Filmen erzählt“, entgegnete Tally. „Chase selbst hat noch nichts davon gesagt.“

„Ja, irgendwie mag er es nicht, wenn jemand davon weiß. Ich habe ehrlich gesagt auch erst ein paar von den Filmen gesehen.“

Wieder rückten sie ein Stückchen vor. Ein Mädchen ging vorbei und grüßte Matt. Er nickte ihr zu.

„Was halten denn seine anderen Freunde von seinen Filmen?“, fragte Tally und sah dem Mädchen nach.

Matt zögerte kurz. „Chase ist lieber für sich. Ich glaube, er betrachtet alles gern mit Abstand von außen, als eine Art unbeteiligter Beobachter, weißt du.“

Tally blickte über die Menge in die Richtung, in die Chase verschwunden war, aber er war nirgends zu sehen. „Er hat also keine Freunde außer dir?"

„Jedenfalls keine Freunde, denen er seine Filme zeigen würde. Das ist was anderes."

„Aber dir hat er doch welche gezeigt."

Matt grinste. „Hey, man muss doch wenigstens einen Freund haben, dem man auch seine verrücktesten Gedanken erzählen kann."

„Ja, wahrscheinlich muss man das."

Wieder gingen sie ein paar Schritte weiter und waren mittlerweile fast im Gebäude angekommen.

„Wie lange bleibt denn dein Vater weg?", wollte Matt wissen.

Tally verlagerte das Gewicht ihres Rucksacks. „Keine Ahnung."

„Du kannst ja mal fragen, ob du noch bei dem Soziologieprojekt mitmachen kannst, das Chase und ich dieses Halbjahr übernommen haben. Gimble steckt dich sowieso in eines mit rein, egal, wie lange du bleibst."

„Und was ... was für ein Projekt ist das?"

„Jeder hat für dieses Halbjahr eine bestimmte Aufgabe gekriegt. Es muss ein Video sein oder eine PowerPoint-Präsentation oder – gähn – eine Hausarbeit oder ... an die anderen Möglichkeiten kann ich mich nicht mal mehr erinnern. Es muss über irgendein wichtiges soziologisches Phänomen sein, das nicht zeitgebunden ist. Weißt du, etwas, das schon mal irgendwann zu einer anderen Zeit passiert ist und sich jederzeit wiederholen könnte. Du solltest bei uns mitmachen. Wir machen eine Dokumentation über den Holocaust. Dein Urgroßvater ist doch in einem Konzentrationslager umgekommen, oder?"

Endlich hatten sie die Essensausgabe erreicht. Matt nahm ein Tablett und hielt es ihr hin.

„Woher weißt du das?", wollte Tally wissen.

„Chase hat es mir vor einer Weile erzählt. Er hat mir einmal einen Film über Kampfameisen gezeigt, den er gedreht hatte. Es sollte eine düstere Metapher dafür sein, wie die Starken die Schwachen unterdrücken. Ich fand, dass es ein ziemlich cooler Film war, irgendwie auf traurige Weise cool. Und da hat er mir auch das von eurem Urgroßvater erzählt. Ich glaube, das könnten wir auch für das Projekt nutzen. Du könntest mir dabei helfen, Chase davon zu überzeugen, die Story eures Urgroßvaters ebenfalls zu erzählen. Ich glaube, das wäre richtig gut. Und wir müssten nicht Unmengen von Zeit mit dem Sammeln von Stoff und Informationen vergeuden."

„Ich weiß aber gar nichts über meinen Urgroßvater." Tally nahm das Tablett entgegen.

„Ihr könntet Chases Mutter fragen und habt bestimmt irgendwelche Familienfotos und Dokumente. Die meisten Leute bewahren doch solche Sachen auf. Und außerdem kennt Chase diese beiden Männer im Altersheim, die während des Zweiten Weltkriegs in Polen gelebt haben. Sie waren im selben Konzentrationslager wie euer Urgroßvater. Chase hat die beiden vergangenes Jahr kennengelernt und mir vor langer Zeit schon mal gesagt, dass er die beiden gern filmen würde. Das wäre das perfekte Setup für uns. Er fährt da heute hin, um mit seinem Vater irgendwas abzuliefern, und es wäre gut, wenn er dann auch gleich mit den beiden alten Knaben darüber reden könnte."

„Und was ist, wenn der Lehrer nicht will, dass ich bei euch mitmache?"

Matt schnitt eine Grimasse. „Das ist Gimble sicher egal. Er hat uns gesagt, dass wir in Dreiergruppen arbeiten können, solange wirklich jeder ein Drittel der Arbeit übernimmt." Er nahm eine Packung Brotsticks und eine Packung Dip und legte beides auf sein Tablett. Tally nahm das Gleiche.

„Ich weiß ja außerdem auch gar nicht, wie lange ich hierbleibe", wandte sie schließlich noch ein.

Matt nahm zwei kleine Milchpäckchen. „Wer weiß das schon so genau?“ Er hielt ihr eine der beiden Milchpackungen hin. „Möchtest du?“

Sie nickte. Matt scannte Chases Essensmarke ein und lächelte der Angestellten zu, die in der Nähe stand. „Wir fragen Gimble, okay?“

„Na gut, das können wir machen.“

Er deutete auf das Tablett in ihrer Hand. „Lass es am besten hier.“

Tally scannte ihre Marke und nahm die Essenssachen von ihrem Tablett, während sie aus der Schlange traten und wieder hinaus in den Sonnenschein gingen.

Elf

Amandas Klassenraum strahlte Ruhe aus. Sie drückte auf den Lichtschalter und die Leuchtstoffröhren an der Decke sprangen brummend an. Seufzend setzte sie sich an ihr Pult, auf dem schön geordnet Bücher, Akten, Buntstifte und Blätter mit Smiley-Aufklebern lagen. Sie schob drei Glitzerstifte zur Seite und stellte ihre Kaffeetasse ab.

Dann sah sie zu dem fast leeren Pult hinüber, das gegenüber von ihrem stand. Die Kollegin, mit der sie in den vergangenen sechs Jahren diesen speziellen Förderunterricht gemeinsam geleitet hatte, war im Mutterschaftsurlaub und hatte am Ende des Schuljahres ihren Schreibtisch geräumt und die persönlichen Sachen mit nach Hause genommen. Gary Shelley, der schon seit langer Zeit Beckys Stellvertreter war, hatte nicht viele persönliche Sachen mit an seinen Arbeitsplatz gebracht, jedenfalls nicht vieles, das er auf seinem Pult für alle sichtbar hinstellen wollte. Dort standen nur ein Tischkalender, eine Basketball-Tasse voller Stifte, eine bewegliche Holzfigur in Barbiegröße und gerahmte Fotos von seinen erwachsenen Söhnen, einen in Footballmontur und den anderen mit einer E-Gitarre.

Gary war ein paar Jahre älter als Amanda, ein liebenswerter und witziger Typ, der es liebte, jeden Tag eine andere Krawatte mit irgendwelchen Comicfiguren darauf zu tragen. Er war seit Kurzem geschieden und absolvierte jetzt berufsbegleitend ein Aufbaustudium in Projektmanagement. Als sie am ersten Schultag nach den Sommerferien den Klassenraum für die neuen Schüler vorbereitet hatten, hatte er Amanda mitgeteilt, dass dies sein letztes Schuljahr als Lehrer sei. Nach zwanzig Jahren Unterrichten wollte er noch einmal etwas anderes tun. Das war auch der Grund, weshalb er in diesem Schuljahr keine volle Stelle hatte übernehmen wollen. Amanda fragte sich, ob er sich nach der Scheidung, die, so hatte er Amanda erzählt, die Idee seiner Exfrau gewesen war, nicht im Grunde noch einmal ganz neu erfinden wollte. Sie spürte seinen Hunger nach Veränderung, um den sie ihn im Laufe des Tages immer wieder beneidete. Amanda hatte noch nie mit einem männlichen Kollegen zusammengearbeitet und fand, dass seine Anwesenheit in der Klasse für mehr Ruhe sorgte. Sie konnte schon jetzt sagen, dass Neil nicht einmal ansatzweise so mitteilungsbedürftig war wie Gary.

Amanda mochte Gary durchaus. Er war umgänglich, und man konnte gut mit ihm reden, aber ihr fehlte einfach Beckys Gesellschaft. Besonders an diesem Tag. Es wäre schön gewesen, mit einer vertrauten und vertrauensvollen Freundin über das hinter ihr liegende beunruhigende Wochenende reden zu können, bevor die Schüler langsam eintrudelten.

Sie ließ ihren Blick in eine Ecke des Raumes wandern, wo ein Kletterbaum aus Holz stand, den Neil gebaut hatte. Im Geäst des Baumes und unter den herabhängenden Zweigen, die aus Filz und Luftpolsterfolie gemacht waren, gab es kuschelige Leseecken. Die Schüler nannten diese Lernlandschaft den „Sherwood Forest“, obwohl es nur ein einzelner Baum war.

Neil hatte ihn vor ein paar Jahren an nur einem Wochenende gebaut, nachdem sie ihm eigentlich nur recht vage beschrieben hatte, wie sie ihn sich vorstellte. Sie wurde von allen anderen Lehrern darum beneidet. Was für ein Glück sie doch hätte, mit einem so talentierten Mann verheiratet zu sein, sagten sie.

Amanda begann, sich sanft die Schläfen zu massieren.

Neil hatte am Abend zuvor nicht über Chases Verhalten beim Picknick reden wollen. Nicht wenn Chase direkt nebenan in seinem Zimmer sei, hatte er gesagt, aber sie war hartnäckig geblieben.

„Er hat mit dem Feuer *gesprochen*, Neil!“, hatte sie angespannt geflüstert. Es war kurz nach zehn gewesen und sie hatten sich an ihrem Doppelbett gegenübergestanden.

„Woher willst du denn überhaupt wissen, dass er mit dem Feuer gesprochen hat?“ Neils gedämpfte Stimme hatte zweifelnd geklungen.

„Weil ich es gesehen habe.“

„Und als du zu ihm hingegangen bist, hast du ihn da gefragt, ob er mit dem Feuer gesprochen hat?“

„Nein, natürlich nicht.“

„Genau das ist der Punkt.“ Neil hatte sich sein Hemd vom Körper gezerrt und es in den offenen Wäschekorb geworfen.

Amanda war auf seine Seite des Bettes hinübergegangen. „Du hast es nicht gesehen. Du hast nicht gesehen, was ich gesehen habe. Er stand am Grill, hat in die Flammen gestarrt, und dabei haben sich seine Lippen bewegt. Er sah wie hypnotisiert aus.“

„Aber du hast doch selbst gesagt, dass du kurz darauf mit ihm gesprochen hast und er dir ganz normal vorkam.“

„Ja, aber davor …“

„Vielleicht hat er bloß geübt, wie er uns am besten fragen kann, ob er den Wagen haben und nach Hause fahren kann. Eigentlich wollte er doch gar nicht mitkommen. Keiner von seinen Freunden war da, aber du hast darauf bestanden, dass er mitkommt.“

„Jetzt versuch nicht, das Thema zu wechseln und mir die Schuld zuzuschieben. Es geht hier nämlich gar nicht um mich. Ja, es stimmt, ich wollte, dass wir als Familie gehen. Ja, ich möchte, dass wir als Familie mehr gemeinsam unternehmen, aber darum geht es hier doch gar nicht. Ich glaube, dass er sich erinnert, Neil.“ Ihr versagte die Stimme.

Neil zögerte und atmete ganz langsam ein. „Woran soll er sich denn erinnern können? Er war damals erst vier. Kannst *du* dich an irgendetwas erinnern, das passiert ist, als du vier warst? Ich jedenfalls kann mich an gar nichts von dem erinnern, was ich in diesem Alter erlebt habe. Das kann niemand.“

„Aber bei traumatischen Ereignissen ist das etwas anderes. Ich habe etwas darüber gelesen. Es kommt durchaus vor, dass ein traumatisches Erlebnis ein Kind ständig begleitet.“

„Und warum sollte er sich ausgerechnet jetzt erinnern? Das Feuer liegt schließlich schon dreizehn Jahre zurück. Meinst du nicht, dass es dann schon früher Anzeichen dafür gegeben hätte, dass er sich erinnert? Und dass er uns davon erzählt hätte? Du liebe Güte, lass die Vergangenheit doch endlich ruhen, Amanda. Darauf haben wir uns vor langer Zeit geeinigt – wir haben es versprochen.“

„Aber ich bin doch nicht diejenige, die die Vergangenheit nicht ruhen lassen kann. Er selbst hat es offenbar nicht vergessen!“

„Aber das weißt du doch gar nicht.“

„Ich habe mit eigenen Augen gesehen, wie er mit dem Feuer geredet hat!“

„Du hast gesehen, wie er an einem Gasgrill gestanden und die Lippen bewegt hat.“

Sie ließ sich aufs Bett plumpsen und seufzte. „Du hast es nicht gesehen.“

Neil setzte sich neben sie und legte ihr besänftigend den Arm um die Schultern. „Jetzt überleg doch mal, was du da sagst. Es ist unmöglich, dass Chase sich noch an das Feuer erinnert. Wenn es so wäre, dann wüssten wir das. Dieser

Kinderpsychologe, bei dem wir damals waren, hat doch gesagt, auf welche Anzeichen wir achten müssten, erinnerst du dich? Albträume, Stimmungsschwankungen, Aufsässigkeit. Erinnerst du dich?“

Sie nickte.

„Chase ist ein guter Junge, der sein ganzes Leben noch vor sich hat“, fuhr Neil fort. „Er wird nur noch ein knappes Jahr bei uns leben, dann geht er aufs College. Willst du das alles jetzt wieder hervorkramen, wo er gerade dabei ist, seine Kindheit hinter sich zu lassen?“

„Nicht ich bin diejenige, die etwas hervorkramt“, beharrte sie. „Er …“

„Bitte halte dich um seinetwillen zurück. Wenn an der Sache wirklich etwas dran ist – was ich aber nicht glaube –, dann werden wir es schon noch früh genug erfahren.“

„Ich …“

„Wir haben versprochen, dass wir ihm die Chance geben, so zu leben, als hätte es das Feuer nie gegeben. Da waren wir uns einig. Es ist nicht nötig, dass wir ihn mit dem konfrontieren, was damals passiert ist. Lass es auf sich beruhen. Wir warten einfach ab, was geschieht. Wenn noch einmal dreizehn Jahre vergehen, bevor er sich einen Moment lang erinnert, dann ist er beim nächsten Mal dreißig Jahre alt, wenn es passiert. Wenn es überhaupt noch passiert.“

„Meinst du nicht, dass wir vielleicht mit irgendjemandem darüber reden und uns Rat holen sollten?“

„Mit wem denn zum Beispiel?“

„Zum Beispiel mit Penny Ryder, der Schulpsychologin. Ich könnte sie mal ansprechen.“

Neil atmete hörbar aus. „Nur zu, frag sie ruhig. Sag ihr, was du heute Nachmittag zehn Sekunden lang gesehen hast, und erzähl ihr auch, was wir in den vergangenen dreizehn Jahren gemeinsam beobachtet haben. Und dann hör dir an, was sie sagt. Aber eines musst du mir versprechen – und das ist mein voller Ernst, Amanda: Ich möchte, dass du mir versprichst, nicht mit Chase darüber zu reden. Und vereinbare wegen dieser Geschichte nicht auch noch bei irgendjemandem einen Termin. Tu ihm das bitte nicht an. Nicht, solange dafür kein zwingender Grund besteht."

Es vergingen ein paar Sekunden, bis sie einwilligte.

Er streichelte ihre Schulter. „Versteh mich doch. Ich möchte nicht alles zerstören. Er hat doch noch sein ganzes Leben vor sich."

Sie nickte, und Neil erhob sich vom Bett, ging ins Bad, das direkt an das Schlafzimmer grenzte, und begann, seine Zähne zu putzen.

Amanda ließ ihren Kopf in die Hände sinken und rieb sich die Schläfen. Was Neil gesagt hatte, klang zwar einleuchtend, aber wenn Chase wirklich keine beunruhigenden Erinnerungen an das Feuer hatte, warum hatte er dann mit glasigem Blick am Grill gestanden und wie gebannt in die Flammen gestarrt?

Zum millionsten Mal wünschte sie sich, dass sie damals an dem verhängnisvollen Tag da gewesen wäre und miterlebt hätte, was Chase erlebt hatte. Dann wüsste sie, ob das, was passiert war, möglicherweise doch in seinem Gedächtnis haften geblieben sein könnte und dort Schlimmes angerichtet hatte. Wenn sie Chase an dem schicksalhaften Tag bei der Tagesmutter abgeholt hätte, dann wäre er nicht einmal da gewesen, als das Feuer ausbrach. Aber sie war zu dem Zeitpunkt im achten Monat schwanger gewesen und hatte an dem besagten Nachmittag einen Arzttermin gehabt. Deshalb hatte Neil seinen Sohn abgeholt. Als sie endlich von dem Feuer erfahren hatte, lag das Haus der Tagesmutter bereits in Schutt und Asche.

Eine Hand berührte sie leicht an der Schulter und Amanda fuhr zusammen. Sie nahm die Hände vom Gesicht.

„Alles in Ordnung?", fragte Gary, der neben ihrem Pult stand.

Sie lächelte peinlich berührt. „Ich habe gar nicht gehört, dass du hereingekommen bist.“

„Das habe ich gemerkt.“

„Bei mir ist alles in Ordnung ... Ich war bloß in Gedanken.“

Gary stellte seine Kaffeetasse auf sein Pult, setzte sich und schaltete seinen Computer ein. Heute blickte ihr Marvin der Marsmensch von seiner Krawatte entgegen. „Wie war die Beerdigung? Ist mit eurer Nichte alles reibungslos gelaufen? Habt ihr sie schon mitgebracht?“

„Ja, es ging alles ganz problemlos.“

„Und wie geht es ihr?“

„Wie bitte?“

„Deiner Nichte ... wie es ihr geht?“

„Ich glaube, ganz gut. Sie ist ein nettes, stilles Mädchen, aber irgendwie auch unnahbar. Sie will eigentlich gar nicht hier sein.“

„Und es gibt noch nichts Neues von deinem Bruder, nehme ich mal an.“ Er griff nach der Kaffeetasse und trank einen Schluck.

„Nein.“

Gary nickte und stellte die Tasse wieder ab. Er lachte leise vor sich hin. „Und ich dachte, dass sie euch das Leben vielleicht schon richtig schwergemacht hätte. So wie du mich angeschaut hast, als ich hereingekommen bin.“

Amanda legte abwesend einen Stift beiseite. „Ich wünschte, es wäre nur das.“

„Ach ja?“

Amanda merkte, dass sie rot wurde. Sie hatte eigentlich gar nicht vorgehabt, mit Gary über ihre Beobachtung bei dem Gemeindepicknick zu reden. „Ich habe nicht ... Es ist nichts ...“

„Hey, es geht mich auch gar nichts an.“ Gary öffnete seinen Aktenkoffer und nahm einige Notizen und Hefte heraus.

„Nein, ist schon gut. Es ist nur ... Neil und ich ... also, um ehrlich zu sein, mache ich mir Sorgen um Chase."

„Ist das euer Ältester?"

„Ja."

„Glaubst du, er steckt in Schwierigkeiten?"

Amanda schüttelte den Kopf. „Nein, das meine ich nicht. Neil und ich wissen nicht ..." Ihre Stimme erstarb.

„Wir brauchen nicht darüber zu reden, Amanda. Ich hätte nicht fragen sollen." Gary schlug das Heft auf, in dem seine Unterrichtsplanungen standen, und nahm einen Stift aus seiner Basketball-Tasse.

In diesem Augenblick sehnte Amanda sich danach, zu erfahren, was er wohl über die ganze Situation dachte. Gary war objektiv, sogar mehr noch als Becky, denn er kannte weder Chase noch Neil, hatte selbst zwei Söhne großgezogen und ihr bereits anvertraut, dass es mit den beiden auch schwere Zeiten gegeben hatte. Er würde ihr sicher sagen können, ob sie den Vorfall beim Picknick überbewertete, und sie hatte ja nichts zu verlieren.

„Also, eigentlich", begann sie, „würde ich sogar sehr gern deine Meinung dazu hören. Du hast ja selbst zwei Söhne."

„Also gut, dann schieß mal los."

„Neil meint zwar, dass ich das Ganze unnötig aufbausche, aber ich selbst glaube das nicht. Wirklich nicht."

Gary verschränkte lässig die Arme über der Brust. „Und was genau bauschst du angeblich auf?"

Amanda atmete hörbar und lange aus. „Also gut. Vorweg noch: Hier weiß niemand etwas von dem, was ich dir jetzt erzählen werde. Es ist vor langer Zeit passiert, als wir noch in Orange County gelebt haben. Und wir reden eigentlich nicht darüber."

Garys Gesichtsausdruck wurde sanfter, als er sie mitfühlend ansah. Sein Blick machte ihr Mut weiterzuerzählen.

„Als Chase vier war, hat der Sohn unserer Tagesmutter in seinem Zimmer im Obergeschoss des Hauses eine Zigarette angezündet. Da er unachtsam war, brach schließlich ein Feuer aus, das sich unbemerkt ausbreiten konnte, weil die Feuermelder im Obergeschoss nicht funktionierten. Chase schlief zusammen mit zwei weiteren Kindern in einem anderen Zimmer im Obergeschoss. Ihm und einem der Kinder gelang es, aus dem brennenden Zimmer in den Flur zu flüchten, und die beiden wurden gerettet. Aber in einem Kinderbettchen in dem Raum schlief noch ein Baby ... Das Feuer hatte sich inzwischen so weit ausgebreitet, dass niemand mehr in das Zimmer zu der Kleinen gelangen konnte, um sie zu retten."

Gary schüttelte den Kopf. „Das ist ja furchtbar."

„Ja, es war wirklich schrecklich. Chase wurde mit Verdacht auf eine Rauchvergiftung ins Krankenhaus gebracht, aber es ging ihm körperlich sofort besser, nachdem man ihm Sauerstoff gegeben hatte. Neil traf ein, als er noch in der Notaufnahme war. Ich war mit Ashley schwanger und hatte einen Arzttermin, als das alles passierte. Als ich schließlich in der Klinik ankam, wurde Chase gerade wieder entlassen."

„Gut, dass ihm nichts weiter passiert ist."

„Darüber waren wir auch froh, das kannst du mir glauben. Mir taten die Eltern des Babys so unsagbar leid. Alyssa hieß die Kleine." Amanda hielt kurz inne. Selbst nach all den Jahren empfand sie noch unglaubliches Mitgefühl für die Eltern.

Gary sah nachdenklich aus. „Hatte denn der Sohn der Tagesmutter die brennende Zigarette unbeaufsichtigt in seinem Zimmer liegen lassen? Ich meine, wenn er doch noch oben war, wieso hat *er* dann das kleine Mädchen nicht gerettet?"

„Der Polizei hat er erzählt, er hätte mit seiner Zigarette draußen auf dem Balkon gestanden – damit seine Mutter nicht mitbekäme, dass er rauchte –, als er bemerkt hätte, dass seine Vorhänge brannten. Da hätte er schon nicht mehr in das Zimmer zurückgekonnt. Ich persönlich glaube, dass er gelogen hat. Ich glaube, dass er auf dem Bett gelegen und geraucht hat und dabei eingeschlafen ist. Sein Zimmer ist in Brand geraten, er hat es mit der Angst gekriegt und hat sich über den Balkon aus dem Staub gemacht. Ich glaube, er hat an niemand anderen gedacht als an sich selbst."

„Und wo war die Tagesmutter währenddessen? Wie kam es, dass sie das Baby nicht vor dem Feuer retten konnte?"

„Sie war zu dem Zeitpunkt mit zwei älteren Kindern vor dem Haus und hat mit einer Nachbarin geplaudert. Sie hat später bei der Polizei ausgesagt, dass sie mit den beiden älteren Kindern draußen war, damit die drei Kleinen schlafen konnten. Sie wäre nur ganz kurz auf der anderen Straßenseite gewesen, weil die Nachbarn junge Katzen hatten, die die beiden Kinder unbedingt sehen wollten. Die Nachbarin war dann auch diejenige, die bemerkt hat, dass Rauch aus den Fenstern im Obergeschoss quoll. Zu diesem Zeitpunkt hat bereits das gesamte Obergeschoss lichterloh gebrannt. Später hat Carol mir dann erzählt, dass sie gerade neue Batterien für den Rauchmelder gekauft hatte, aber die hätten noch auf dem Küchentresen gelegen."

„Fragst du dich, wie sie vergessen konnte, sich um etwas so Wichtiges zu kümmern?"

„Ich weiß nicht. Sie war wirklich immer nett zu den Kindern. Chase mochte sie und ich mochte sie auch. Sie war eigentlich kein verantwortungsloser Mensch und nach diesen schrecklichen Ereignissen wirklich am Boden zerstört."

„Das kann ich mir vorstellen."

„Chase hat danach dann immer wieder nach dem Baby gefragt. Dauernd hat er mich gefragt, wo Alyssa sei, und er hat erzählt, seine Kleider würden nach Rauch riechen. Tagelang ging das nach dem Brand so. Die Nachbarin, von der Chase gerettet wurde, hat damals auch das Schreien des Babys gehört, also müssen es die beiden Jungen ebenfalls gehört haben."

„Und was habt ihr ihm wegen des Babys gesagt?"

Amanda zuckte mit den Achseln. „Was sagt man einem Vierjährigen in einer solchen Situation? Wir haben ihm gesagt, dass das Baby jetzt bei Jesus sei."

„Wie traurig."

„Aber dann nach ein paar Monaten hat Chase plötzlich aufgehört, darüber zu reden. Wir fanden das ein bisschen merkwürdig und haben deshalb auch einen Kinderpsychologen um Rat gefragt. Er sagte damals, dass so junge Kinder eine andere Wahrnehmung der Realität hätten. Er hat uns eine Liste mit Verhaltensweisen gegeben, die ein Hinweis darauf sein könnten, dass Chase bei der Verarbeitung des Erlebten Hilfe bräuchte. Aber er hat nie eine dieser Verhaltensweisen an den Tag gelegt. Es war, als hätte er irgendwann einfach einen Schalter umgelegt und danach so gelebt, als wäre das alles gar nicht passiert."

„Na ja, er war ja auch noch ziemlich klein."

„Das stimmt, aber es war trotzdem merkwürdig. Nachdem Ashley geboren war, hat er ein paar Mal ‚Alyssa' zu ihr gesagt, und jedes Mal, wenn das passierte, wusste ich nicht, wie ich darauf reagieren sollte. Nach einer Weile hat er dann auch damit wieder aufgehört."

Gary griff nach seiner Kaffeetasse. Er trank einen Schluck und wartete ab, dass Amanda weitersprach.

„Unser Sohn hat das Feuer danach nie wieder erwähnt." Amanda schaute zu den in warmen Farbtönen schimmernden Zweigen des Baumes, den Neil gebaut hatte. „Kein einziges Mal. Wir sind hierhergezogen, als Ashley drei Monate alt war, und Chase hat die Sache nie wieder erwähnt. Wir waren ganz sicher, dass er sie vergessen hat, und das war für uns auch in Ordnung, denn die Zeit damals war wirklich furchtbar. Neil und ich fanden es unsinnig, Chase an das zu erinnern, was mit Alyssa passiert war. Er schien immer ein bisschen Angst vor Feuer zu haben, aber wiederum nicht mehr als andere Kinder auch. Und wie gesagt, er hat das Feuer nie wieder erwähnt und wir deshalb auch nicht."

„Das kann ich gut verstehen", pflichtete Gary ihr bei.

Amanda wandte sich um und sah ihn an. „Inzwischen bin ich mir nicht mehr so sicher, ob das richtig war."

„Und wieso nicht?"

Sie senkte die Stimme, als enthülle sie ein Geheimnis. „Am Wochenende habe ich bei einem Picknick in unserer Gemeinde beobachtet, wie Chase vor einem Grill stand, aus dem Stichflammen schossen. Es war, als wäre er in Trance. Es sah aus, als spräche er mit dem Feuer, würde ihm etwas zuflüstern, und dabei hatte er einen ganz seltsamen Ausdruck im Gesicht. Das Ganze war irgendwie beunruhigend."

Gary runzelte die Stirn. „Weiß Chase, dass du das gesehen hast? Hast du ihn darauf angesprochen?"

„Als ich zu ihm hingegangen bin, um nachzusehen, was los ist, wollte er gerade von dem Grill weggehen. Ich habe ihn etwas gefragt, und mir kam es so vor, als wäre alles in Ordnung."

„Du hast ihm eine Frage gestellt?"

„Ja. Ich habe ihn gefragt, ob er wüsste, wo Tally sei. Es war eine völlig normale Frage und er hat mir darauf auch eine völlig normale und vernünftige Antwort gegeben."

Ihr Kollege schwieg. Er schien tief in Gedanken.

„Ich habe dann Neil davon erzählt und ihm gesagt, dass Chase sich ja vielleicht doch an das Feuer erinnern könne. Aber Neil meint, dass ich überzogen reagiere, dass es sicher eine vernünftige Erklärung für das gibt, was ich da beobachtet habe. Er sagt, dass wir es mit Sicherheit wüssten, wenn Chase sich an das Feuer erinnern könnte."

Gary massierte sich den Nacken. „Na ja, kann schon sein, aber warum sollte man sich da nicht Gewissheit verschaffen? Wieso fragt ihr Chase nicht einfach, ob er sich daran erinnert?"

„Das will Neil nicht. Er sagt, wenn wir diese Geschichte wieder hervorkramen, dann würden wir unter Umständen etwas zutage fördern, das lieber unausgesprochen bleibt. Neil will nicht Chases Zukunft aufs Spiel setzen, indem er in einer Vergangenheit herumwühlt, an die Chase sich nicht einmal erinnern kann. Er hat mir das Versprechen abgenommen, nicht mit Chase darüber zu reden."

Gary lehnte sich auf seinem Stuhl zurück. „Also, ehrlich gesagt fällt mir eigentlich so gut wie gar nichts ein, bei dem es besser ist, wenn man es weiter unter den Teppich kehrt. Ihr könntet ja einen Psychologen um Rat fragen, was ihr tun sollt ... und vielleicht auch, was ihr hättet tun sollen."

Ein Hauch von Reue war plötzlich in ihrer Miene zu erkennen. „Du meinst also, dass wir Chase schon vor langer Zeit auf das Thema hätten ansprechen sollen?"

Er zuckte mit den Achseln. „Wenn ihr von Anfang an offen mit der Sache umgegangen und bereit gewesen wärt, darüber zu reden – auch als er selbst schon gar nicht mehr darüber gesprochen hat –, dann würdest du dieses Gespräch jetzt nicht mit mir führen. Chase wüsste dann, dass er ein Feuer überlebt hat, bei dem ein Baby ums Leben gekommen ist, weil es immer und von Anfang an klar gewesen wäre. Und ich verstehe nicht, wieso du und dein Mann glaubt, dass er nicht damit fertig geworden wäre. Chase ist fast erwachsen. Hat er irgendwelche seelischen Probleme? Ist er depressiv oder hat er panische Angst vor Feuer?"

Amanda wollte gerade alle drei Fragen mit Nein beantworten, als ihr eines schlagartig bewusst wurde: Chase machte immer die Augen zu, wenn er seine Geburtstagskerzen ausblies. Ashley – und auch jedes andere Kind, das ihr einfiel – machte die Augen zu, wenn es sich etwas wünschte, öffnete sie aber wieder, wenn es dann die Kerzen ausblies.

Chase nicht.

Er wünschte sich etwas mit weit offenen Augen und schloss sie dann beim Ausblasen der Kerzen.

Zwölf

Als Neil mit dem geliehenen Lieferwagen rückwärts in die Auffahrt gefahren kam, standen Chase und Tally schon in der Nachmittagssonne vor dem Haus. Neben den beiden lagen die fertigen lackierten Kirschholzregale.

„Wieso verschenkt er sie eigentlich?", erkundigte Tally sich und strich dabei mit dem Zeigefinger über die frisch polierte Oberfläche eines der Regale.

„Irgendwer im ‚La Vista' hat ihn gefragt, ob er nicht Regale für die neue Bibliothek dort bauen könnte, also hat er es gemacht", antwortete Chase. „Es kommen andauernd Leute, die ihn bitten, etwas zu bauen und es ihnen dann zu spenden. Ich habe keine Ahnung, wieso er es immer macht."

Der Lieferwagen kam direkt vor ihnen zum Stehen. Chase trat hinten an die Ladefläche und öffnete die Klappe.

„Vielleicht, weil er einfach nett ist."

Chase betrachtete die Regale. Sein Vater hatte Ranken und Blüten in die Seitenwände geschnitzt und das Holz glänzte unter mehreren Lackschichten. Er schwieg.

Neil stieg aus dem Wagen aus. „Ich muss noch mal kurz rein, weil ich mein Handy vergessen habe", sagte er und ging zur Haustür, drehte sich aber dann noch einmal um und meinte: „In dem Schrank mit den Metallsachen liegen ein paar alte Decken. Kannst du die bitte holen und auf der

Ladefläche ausbreiten? Ich bin sofort zurück." Neil rannte ins Haus.

Chase ging wortlos zu dem Schrank an der Stirnseite der Garage und öffnete ihn. Tally folgte ihm und er reichte ihr zwei alte Militärdecken. Er bemerkte, wie ihr Blick über die Arbeitstische, Holzstapel, Sägen und Schleifmaschinen wanderte.

„Arbeitest du auch manchmal hier drin?", fragte sie.

Chase griff nach einer dritten Decke und stieß dann die Schranktür wieder zu. Er deutete mit dem Kopf zur Werkstatt. „Das ist *sein* Ding, nicht meins. Ich mache Filme, er macht Möbel."

„Du sagst das, als ob du das, was er hier macht, nicht gut findest."

„Und du fragst so, als ob ich es gut finden müsste. Er macht sein Ding und ich meins. Ashley lässt sich doch auch nicht hier in der Werkstatt blicken, oder?"

Sie gingen zurück zum offenen Garagentor, und Tally deutete mit dem Kopf zu Chases Wagen, der auf dem dritten Parkplatz der Garage stand.

„Wieso parkst du eigentlich als Einziger deinen Wagen hier in der Garage?", erkundigte sie sich.

Chase warf die Decken auf die Ladefläche des Lieferwagens und entgegnete: „Bist jetzt hat er mich noch nicht gebeten, meinen Parkplatz aufzugeben, damit er seine Werkstatt vergrößern kann."

Eine Weile waren sie schweigend damit beschäftigt, die Decken auf der Ladefläche auszubreiten. „Glaubst du, dass diese beiden Männer immer noch in dem Altersheim wohnen?", fragte Tally. „Die beiden, von denen Matt meint, dass du sie für dein Projekt interviewen solltest."

„Wahrscheinlich schon, aber ganz sicher weiß ich es nicht. Josef ist schon über neunzig und sein Zimmergenosse Eliasz ein paar Jahre jünger. Ich habe die beiden seit Ostern nicht mehr gesehen. Da hatte meine Mutter mich mit

Plätzchen zu ihnen geschickt. Osterplätzchen – und das, wo Eliasz Jude ist."

Tally neigte den Kopf ein wenig zur Seite. „Na ja, Plätzchen kann man doch immer essen. Da ist es doch egal, welche Verzierung drauf ist."

Chase ging zu dem ersten Regal zurück. „Ja, besonders bei einem blinden Mann."

„Wie bitte?"

„Eliasz ist blind."

„Ist ... ist das im Konzentrationslager passiert?", fragte Tally.

„Nein. Er war schon von Geburt an blind."

„Und was ist dann in dem Konzentrationslager passiert?"

In diesem Augenblick ging die Tür zur Küche auf und Neil kam heraus.

„Das habe ich ihn irgendwie nie richtig gefragt", antwortete Chase, während sein Vater auf die beiden zukam.

Neil deutete auf das Bücherregal, neben dem Chase stand. „Okay, dann lasst uns mal die Sachen aufladen, damit wir uns auf den Weg machen können. Ich möchte sie gern abliefern, bevor es dort Abendessen gibt und wir nicht mehr durchkommen, weil alle auf den Gängen unterwegs sind."

Chase war schon zweimal zuvor im „Alten- und Pflegeheim La Vista del Paz" gewesen. Das erste Mal, als sein Vater im vergangenen Jahr ein neues Rednerpult für den Speisesaal gebaut hatte. Ein Bekannter aus ihrer Kirchengemeinde hatte Neil erzählt, dass in der Einrichtung einige neue Möbel gebraucht würden. Er hatte eine Liste mit den Gegenständen dabeigehabt, die dringend benötigt wurden. In diese Listen konnte man sich als Spender eintragen und sein Vater hatte gleich hinter zwei Dinge auf der Liste einen Haken gemacht.

Chase hatte Josef und Eliasz an dem Tag kennengelernt, als er Neil bei der Auslieferung und dem Aufbauen des

Pultes geholfen hatte. Die beiden alten Männer hatten im leeren Speisesaal gesessen und gemeinsam das Kreuzworträtsel in einer Zeitung gelöst, die zwischen ihnen auf dem Tisch lag, als Neil das neue Rednerpult hereingerollt hatte. Josef hatte gerade eine Frage aus dem Rätsel laut vorgelesen.

Die beiden sahen aus wie Brüder. Beide hatten schlohweißes Haar, lang gezogene, große Ohren und große Nasen. Ihre Gesichter waren zerfurcht und ihre hängenden Wangen mit Altersflecken übersät. Sie hatten beide gleichzeitig gelächelt, und obwohl sie schon seit Jahren in den Vereinigten Staaten lebten, hatten sie noch einen starken polnischen Akzent. Außerdem hatten die beiden Strickjacken in Blautönen getragen. Die Augen des Jüngeren waren trüb gewesen und farblos, die des anderen klar und stahlgrau.

„Wollen Sie einen Vortrag halten?“, hatte dieser Mann beim Anblick des Pultes gefragt.

„Wer ist das, Josef? Was machen die hier?“ Der Blick des blinden Mannes war dem quietschenden Geräusch des Handkarrens gefolgt, auf dem sie das Pult innerhalb des Gebäudes transportiert hatten.

„Sieht ganz so aus, als würden sie ein neues Rednerpult bringen, von dem aus sie den Leuten in der Küche einen Vortrag darüber halten können, wie man das Brot verbrennen lässt, Eli.“

„Ich rieche frisches Holz“, sagte der blinde Mann, legte den Kopf in den Nacken und schnupperte.

„Ich habe gehört, dass Sie hier ein neues Rednerpult brauchen“, hatte Neil daraufhin erwidert. „Ich bin Neil Janvier und das hier ist mein Sohn Chase.“

„Freut mich, Sie beide kennenzulernen. Mein Name ist Josef Bliss“, hatte der ältere der beiden Männer gesagt. „Das hier ist Eliasz Abramowicz.“

„Freut mich ebenfalls“, hatte sein Vater geantwortet und dann hatten er und Chase das Pult vom Handkarren abgeladen.

„Haben Sie das selbst gebaut, Mr Janvier?“, hatte Josef sich erkundigt.

„Ja, das habe ich. Und bitte nennen Sie mich doch einfach Neil.“

In diesem Augenblick war die Leiterin der Einrichtung zu ihnen gestoßen, um sich bei ihnen zu bedanken. Sie hatte Neil gebeten, noch kurz mit in ihr Büro zu kommen, und dieser war ihr mit der Bemerkung gefolgt, er sei sofort wieder da.

„Sehr schöne Arbeit“, hatte Josef gesagt und das Rednerpult begutachtet. Dann hatte er sich an Eliasz gewandt. „Eli, wie hieß noch gleich der Möbeltischler aus Zyrardów, den wir damals im Lager kennengelernt haben?“

„Jaworski. Sieht das Pult wie ein Möbelstück von Jaworski aus?“

„Ja, könnte tatsächlich sein.“

Chase hätte Josef gern gefragt, was er damit meinte. Und ehe er merkte, wie ihm geschah, war ihm die Frage auch schon entschlüpft: „Lager?“

Daraufhin hatte Josef sich umgedreht und Chase angeschaut. „Ein Konzentrationslager, meine ich. Eliasz und ich waren im selben Konzentrationslager. Es lag etwas außerhalb von Warschau.“

„Sie meinen so ein Konzentrationslager von den Nazis?“

„Ja, genau so eines.“

„Dann sind Sie ... also beide Juden?“

„Eliasz ist Jude, ich bin Katholik. Man brauchte damals kein Jude zu sein, um als Feind Hitlers zu gelten.“ Josef hatte gelächelt, aber es war kein heiteres Lächeln gewesen.

„Wie sind Sie ... Was hatten Sie denn getan?“, fragte Chase.

„Er hat die Nazis geärgert“, hatte Eliasz daraufhin entgegnet. „Josef hat sich nicht an die Regeln des Ghettos gehalten.“

„Und Sie haben beide das Konzentrationslager überlebt?“

„Ja. Eliasz und ich sind beide aus Treblinka entkommen."
„Treblinka ...", wiederholte Chase.
„Ja. Hast du schon mal davon gehört? Das ist in Polen."
„Mein Urgroßvater ist in Treblinka umgekommen", hatte Chase eher zu sich selbst gemurmelt.
„Dort sind etwa eine Million Menschen ums Leben gekommen, mein Junge."
In diesem Augenblick waren die Leiterin der Einrichtung und Neil wieder im Eingang zum Speisesaal aufgetaucht und beendeten ihr Gespräch. Neil hatte auf die Uhr geblickt und Chase dann mit einer Geste bedeutet mitzukommen.
„Ich muss jetzt los", hatte Chase zu den beiden alten Männern gesagt.
„Komm uns doch mal irgendwann besuchen", hatte Josef erwidert. „Klingt ganz so, als hätten wir etwas, worüber wir reden müssen."
Chase hatte genickt, aber nichts weiter gesagt. Im Weggehen hatte er noch gehört, wie Eliasz meinte, dass es jetzt sicher schon Zeit für einen Tee sei und dass der Name „Janvier" für ihn weder polnisch noch jüdisch klinge.
Danach war Chase nur noch ein weiteres Mal in dem Altersheim gewesen, nämlich um Josef und Eliasz die Osterplätzchen zu bringen. Er hatte darauf gewartet, dass Josef die Sprache noch einmal auf das Konzentrationslager bringen würde, aber das hatte er nicht getan. Und Chase ebenfalls nicht.

Die große Uhr in der Eingangshalle schlug fünf, als Chase, Tally und Neil das Altersheim betraten. Neil begab sich auf die Suche nach der Leiterin, und Chase erkundigte sich währenddessen am Empfang, ob Josef Bliss und Eliasz Abramovicz immer noch dort wohnten. Die Frau am Empfang nickte.
„Sag bitte meinem Vater, dass ich gleich wieder da bin", bat er Tally und ging zu dem Gang, der in den B-Flügel führte.

Etwa in der Mitte des Ganges saß in einer sonnendurchfluteten Nische Josef im Rollstuhl und las in einer Sportzeitschrift.

„Chase!“, rief Josef, als er ihn sah.

Der Junge blieb stehen und trat in die Nische.

„Dachte ich mir doch, dass du das bist. Bringst du wieder Möbel?“, fragte Josef.

„Ja, Bücherregale. Zum Jubiläum und für die neue Bibliothek.“

„Ach ja, das Jubiläum. Das wird eine ganz große Sache. Eliasz ruht sich schon dafür aus, damit er mit allen Pflegerinnen Tango tanzen kann.“

Chase deutete mit einem Kopfnicken in die Richtung von Josefs Stuhl. „Sie sitzen also jetzt im Rollstuhl?“

„So bestrafen sie einen hier, wenn man beim Pinkeln zu oft umfällt.“

„Und ist das in Ordnung für Sie?“

„So ist das eben, wenn man sich einfach nicht von dieser Welt verabschieden kann und sich zu lange hier herumtreibt, Chase.“ Er tätschelte die Armlehnen seines Rollstuhls.

Die beiden schwiegen ein Weilchen. Plötzlich hatte Chase Hemmungen, Josef zu fragen, ob er und Eliasz bereit wären, ihnen vom Krieg zu erzählen und von Treblinka, und sich dabei auch noch filmen zu lassen. Vielleicht lehnte der Mann ja ab. Chase spürte, dass ein klitzekleiner Teil von ihm sich das sogar wünschte. Er war sich gar nicht so sicher, ob er wirklich wissen wollte, wie es im Konzentrationslager gewesen war. „Mr Bliss ...“

„Sag doch einfach Josef, bitte.“

„Also gut, Josef, ich möchte Sie gerne um einen Gefallen bitten. Wir haben vor, für die Schule einen Dokumentarfilm über den Holocaust zu drehen. Wir, na ja, also, wir haben uns gefragt, ob Sie und Eliasz vielleicht mit uns über das reden würden, was Sie im Krieg erlebt haben.“

„Sprechen wir also doch noch darüber, was, Chase?“

„Wie bitte?"

„Ich hab schon gedacht, du würdest nie mehr danach fragen."

„Ich, also, ich habe immer darauf gewartet, dass *Sie* davon anfangen."

„Wieso denn das?"

Chase machte den Mund auf und dann auch gleich wieder zu. Eigentlich wusste er es auch nicht.

Josef neigte den Kopf ein wenig zur Seite. „Du kannst jederzeit herkommen. Bring deine Freunde mit. Bring deine Kamera mit. Ich warte schon lange darauf."

Dreizehn

„Okay, also, ich sehe das so …“ Matt lag auf Chases ungemachtem Bett mit einem Blatt Papier in der Hand, auf dem die Liste mit den Anforderungen für das Soziologieprojekt stand. Das Blatt war zerknittert, hatte Eselsohren und war voller Colaflecken. „Vielleicht können wir ja mit ein paar Standfotos aus dem Internet anfangen. Weißt du, so Bilder aus Konzentrationslagern, die wir ein- und ausblenden, dazu unsere eigenen Kommentare, und das praktisch als eine Art Intro. Danach bringen wir Bilder von Josef und Eliasz, die wir dann noch mit ihren Stimmen unterlegen. Außerdem könnten wir ihnen Fragen stellen, aber nicht akustisch, indem wir die Fragen sprechen, sondern wir filmen sie in gedruckter Form mit. Während die beiden dann reden, könnten wir noch Fotos von deinem Urgroßvater dazu zeigen.“

Chase stand mit verschränkten Armen an seinen Computertisch gelehnt. Tally saß zu seinen Füßen auf dem Boden und kraulte den dösenden Cockerspaniel der Janviers. Chase wollte Matt gerade sagen, dass er schon zu viele mittelmäßige Dokumentarfilme gesehen hätte, da redete Matt aber schon weiter.

„Und dann lassen wir die beiden Typen einfach loslegen. Ich glaube, die können stundenlang über das Zeugs reden.

Wahrscheinlich haben wir am Ende ein paar Stunden Filmmaterial für ein Video von einer Viertelstunde Länge. Das Schwierigste an dem ganzen Projekt ist wahrscheinlich nicht, genügend Material zusammenzubekommen, sondern es zu kürzen und gut zu schneiden. Das Ganze wird bestimmt 'ne ganz lockere Nummer."

Tally betrachtete weiter den Hund, meinte aber an Matt gewandt: „Ich glaube nicht, dass uns das Projekt wie eine ganz lockere Nummer vorkommen wird."

„Na gut. Das war vielleicht nicht so besonders glücklich ausgedrückt, aber ihr wisst ja, was ich meine. Es wird uns nicht endlos viel Zeit kosten. Und ich habe zwei Leistungskurse, die mich echt umbringen, das kann ich euch sagen. Und einen Job und das Fußballtraining. Ich sag euch, das klappt bestimmt super."

„Ich will aber keine Fotos aus dem Internet benutzen", sagte Chase.

Matt richtete sich auf. „Wieso denn nicht? Das machen doch alle."

„Aber *ich* nicht."

„Hey, sogar der ‚History Channel' benutzt die Sachen von anderen Leuten."

„Vielleicht aus Museen und privaten Sammlungen, aber sie grasen doch nicht das Internet nach Bildern ab."

„Hör mal, Chase ...", setzte Matt noch einmal an.

„Außerdem ist diese Art von Einleitung schon dermaßen abgegriffen. Alte Fotos, die ein- und ausgeblendet werden und sich dann zu einem alten Typen auflösen, der im Rollstuhl sitzt und sich erinnert."

Matt schwang seine Beine herum. „Das machen die, weil es gut funktioniert. Diese Art von Einleitung funktioniert."

„Ich will mich aber nicht mit etwas begnügen, das funktioniert. Ich will etwas, das einen Eindruck hinterlässt."

Chase blickte zu seiner Cousine hinab. Tallys Hand lag immer noch auf dem Hunderücken, aber sie sah ihn jetzt an.

„Na, dann geh ich mal davon aus, dass du ’ne bessere Idee für ein Intro hast“, sagte Matt. „Aber bitte nicht diesen seltsamen Film-noir-Scheiß. Das Ding muss eine Aussage haben, die jeder Zehnjährige kapiert.“

„Klar habe ich eine bessere Idee.“

„Prima, dann schieß mal los.“

Er hatte nur ganz kurz überlegen müssen, um eine Einleitung für das Video zu entwickeln. Die Idee war ihm eingefallen, als er aus der Schule gekommen und gesehen hatte, dass Tally sehnsüchtig zum Anrufbeantworter geschaut hatte, in der Hoffnung, ein Blinken würde ihr verraten, dass eine Nachricht hinterlassen worden war. Ohne dass sie ein Wort sagen musste, war ihm klar, dass sie auf ein Lebenszeichen von Bart gehofft hatte. Aber es war keine Nachricht da.

„Wir fangen mit Geigenklängen an, sonst nichts. Es müssen hohe sphärische Klänge sein, so als ob man sich im Traum von jemandem befindet“, begann Chase. „Dann blenden wir auf das Bild eines Mannes, der über einen Friedhof geht. Das Gesicht des Mannes ist nicht zu sehen, sondern nur seine Füße. Man sieht, wie er durch Herbstlaub geht, und man sieht die Spuren, die er darin hinterlässt. Er sucht nach dem Grabstein seines Großvaters, der in Treblinka ums Leben gekommen ist. Er ist im Laufe seiner Suche schon auf vielen Friedhöfen gewesen. Er ist auf der Suche nach der Wahrheit. Er will die Wahrheit unbedingt wissen. Sein Großvater ist hinter einer Mauer der Unterdrückung ums Leben gekommen und niemand hat geklagt und getrauert. Er will die Wahrheit darüber wissen, was hinter dieser Mauer passiert ist. Was passiert ist, während alle weggeschaut und so getan haben, als gäbe es die Mauer nicht.“

Chase schaute wieder zu seiner Cousine hinab. Sie sah ihn mit halb offenem Mund an.

„Das wäre cool.“ Matt blickte an Chase vorbei ins Leere, um sich das Beschriebene bildlich vorzustellen. „Das wäre wirklich cool ... Ach, hey, jetzt kapier ich’s. Der Mann auf dem Friedhof ist dein Onkel Bart. Geil. Ja, das wäre echt geil.“

„Nein“, flüsterte Tally, die ihren Cousin weiterhin anstarrte.

Matt drehte sich um und sah sie an. „Doch, das wäre cool. Vertrau mir. Ich kenne Gimble. Der steht auf so was.“

Chase hielt dem Blick seiner Cousine stand. Etwas Rätselhaftes lag darin. „Und warum nicht?“

Sie schüttelte den Kopf, den Blick immer noch auf Chases Augen gerichtet. „Ich will nicht, dass mein Vater da mit reingezogen wird.“

„Und wieso nicht?“, gab Matt zurück. „Es ist der perfekte Rahmen für die Geschichte.“

Tally drehte sich um und sah Matt an. „Ich möchte nicht, dass mein Vater darin vorkommt. Lasst es uns bei den beiden Männern im Altersheim belassen, okay?“

„Es geht um die Wahrheit“, entgegnete Chase. „Es geht darum, was wahr ist. Dein Vater spielt dabei nur eine kleine, ganz untergeordnete Rolle. Du kannst nicht so tun, als wäre es nicht so. Sein Großvater – *unser Urgroßvater* – wurde von den Nazis umgebracht und dadurch wird Onkel Bart ebenfalls zu einem Teil der Geschichte. Und wir auch.“

„Wenn ich Teil davon bin, dann möchte ich, dass es ein unbekannter Mann ist, der über einen Friedhof geht. Es muss doch nicht extra erwähnt werden, dass es mein Vater ist.“

Chase schaute schweigend zu ihr hinab, aber Matt widersprach ihr sofort. „Müssen wir wohl, denn dadurch wird unser Projekt persönlich und unterscheidet sich wahrscheinlich von allen anderen. Wir müssen es so machen.“

„Nein, müssen wir nicht“, beharrte Tally. „Es gibt doch bestimmt Zehntausende von Personen wie meinen Vater, die nach dem Krieg verschollene Verwandte gesucht haben oder immer noch suchen. Für all diese Leute kann doch ebenso gut ein unbekannter Mann stehen.“

Matt schüttelte den Kopf. „Nein. Ich fände es besser, wenn es eine konkrete Person ist, denn dadurch wird unser Projekt zu etwas Besonderem."

„Aber das ist doch gar nicht der Grund, weshalb er nach Polen gefahren ist!", sagte Tally wütend.

„Und wonach sucht er dann dort?" Chase blieb ganz ruhig und gleichmütig.

Tally blickte zu ihm hoch. Ihr Blick war bange. Erneut fragte sich Chase, welches Geheimnis seine Cousine wohl mit sich herumtrug. Ihm war aber auch klar, dass sie es ihm nicht verraten würde.

„Es hat jedenfalls nichts mit dem zu tun, was im Konzentrationslager passiert ist, okay?", antwortete sie.

„Und warum ist er dann da?" Man sah Matt seine Neugier an.

„Er hat seine Gründe", antwortete Tally und fing wieder an, den schlafenden Hund zu kraulen.

Matt zögerte einen Augenblick und beugte sich dann zu ihr hinab. „Ist es etwas Illegales? Willst du es deshalb nicht sagen?"

„Matt!", warf Chase ein.

„Was hast du denn? Das würde doch erklären, wieso er verschwunden ist."

„Es ist nichts Illegales", antwortete Tally.

Doch Matt war nicht bereit, das Thema auf sich beruhen zu lassen. „Hey, mein Onkel ist Anwalt, und zwar keiner von den Rechtsverdrehern, die nach Unfällen Krankenwagen hinterherfahren. Er ist international tätig. Wenn dein Vater also einen Anwalt braucht …"

„Ich hab doch gerade gesagt, dass es nichts Illegales ist!"

In diesem Augenblick wachte der Hund auf und hob den Kopf.

„Und wieso hast du dann immer noch nichts von ihm gehört? Was ist denn, wenn er Hilfe braucht?"

„Matt!" Jetzt wurde auch Chase lauter.

„Was ist denn?"
„Jetzt chill mal!"
Matt hob abwehrend die Hände. „Okay, okay, ich wollte ja nur helfen." Er legte sich wieder auf das Bett und schnaubte. „Da versucht man mal, nett zu sein ..."
„Der Mann im Intro kann doch ruhig anonym sein. Er könnte für jeden stehen, der auf der Suche nach der Wahrheit ist", sagte Chase ganz ruhig. „Davon hängt doch nicht ab, ob das Projekt gut wird oder nicht."
„Also gut", murmelte Matt.
Tally blickte zu Chase auf. Sie lächelte nicht und flüsterte ihm auch keinen Dank zu, obwohl er das irgendwie von ihr erwartet hatte. Dann drehte sie sich zu Matt um, der ausgestreckt auf dem Bett lag.
„Er macht nichts Illegales. Mein Vater ist einfach so, Matt, das bin ich schon gewohnt."
„Was bist du gewohnt?" Matt sah sie bei der Frage nicht an.
„Ich bin es gewohnt, dass er nicht tut, womit jeder rechnet und was von ihm erwartet wird. Das hat er noch nie getan."
Matt richtete sich halb auf und sprach jetzt in unbeschwertem Ton. „Er tut immer genau das, was die Leute nie erwarten?"
Chase sah, wie ein verhaltenes Lächeln auf Tallys Gesicht trat, als sie merkte, was sie da gesagt hatte. Man konnte von ihrem Vater erwarten, dass er das Unerwartete tat.
Es klopfte und Amanda steckte den Kopf zur Tür herein. „Willst du zum Essen bleiben, Matt? Es gibt Cannelloni, und ich weiß, dass du die gern isst."
Matt lächelte. „Gerne, vielen Dank, Mrs J."
„In zehn Minuten können wir essen. Kommt ihr denn weiter?"
„Ja", antwortete Chase. „Wir haben schon einen Plan, der bestimmt funktioniert."

„Na, super.“ Seine Mutter lächelte und sah ihn ein Weilchen an, so als wollte sie noch etwas hinzufügen. Aber dann wandte sie sich an Tally.

„Könntest du bitte beim Tischdecken helfen, Tally?“

„Ja, mach ich.“ Ihre Nichte erhob sich vom Fußboden und folgte Amanda aus dem Zimmer.

Matt ließ sich wieder aufs Bett zurückfallen. „Mann, ich sag dir, deine Mom ist die Mutter des Jahres.“

„Ja, genau. Mutter des Jahres.“ Chase drehte sich um und ging die DVD-Hüllen auf dem Regal durch auf der Suche nach einer unbenutzten für das Projekt.

„Hey“, fuhr Matt fort, „was meinst du, wieso Tally nicht sagen will, weshalb ihr Vater in Europa ist? Wenn er da nichts Illegales vorhat, wieso sagt sie es dann nicht? Glaubst du, sie weiß es gar nicht?“

Chase fand eine unbenutzte DVD und fing an, die Verpackung abzulösen. „Doch, sie weiß es.“

„Meinst du?“

„Ich bin mir ziemlich sicher.“

„Und was glaubst du, weshalb er dort ist? Wahrscheinlich hat es gar nichts mit euren Verwandten zu tun, oder?“

Chase zerknüllte die Verpackungsfolie und warf sie in den Papierkorb unter dem Schreibtisch, wo sich die Folie augenblicklich wieder entknüllte. „Nein, ich glaube, dass dieser Teil wahr ist.“

„Und warum ist er dort?“

„Warum tut man etwas?“ Chase drehte sich zu seinem Freund um. „Weil man etwas haben will.“

Später an diesem Abend – es war kurz vor zehn – kam Tally noch einmal in das Zimmer von Chase und lehnte sich wortlos an den Türrahmen, während er seinen Computer herunterfuhr. Amanda war bereits ins Bett gegangen, Ashley war im Bad und Neil noch in der Werkstatt, wo er sich schon seit dem Abendessen aufhielt und einen Schaukelstuhl für das Krabbelzimmer in der Gemeinde glatt schmirgelte.

Er schaute sie erwartungsvoll an.

„Du hast gewusst, dass mein Vater nicht in Polen ist, um in dem Konzentrationslager zu recherchieren, oder?“, fragte sie.

„Na und? Das kann sich doch wohl jeder denken, der auch nur einen Funken Hirn hat. Wenn er dort nur wäre, um irgendwelche Dinge in Museen und Gedenkstätten zu recherchieren, dann wäre er ja wohl zu erreichen und nicht wie vom Erdboden verschluckt.“

„Er ist nicht verschwunden.“

„Niemand weiß, wo er ist, nicht mal du.“ Er spürte, wie Tally sich innerlich zurückzog, und er wünschte, er hätte sich die letzten Worte verkniffen. „Tut mir leid, aber es ist ganz offensichtlich, dass dein Vater da nach etwas sucht. Das ist cool. Mir ist es echt egal. Und mir ist auch egal, dass du weißt, was er da vorhat.“

„Das geht niemanden was an.“

„Ich hab ja auch nicht gefragt.“ Chase klappte seinen Laptop zu und schob ihn in die Mitte des Schreibtisches.

„Er hat mich gebeten, nichts zu sagen.“

„Dann lass es doch einfach.“

Tally zögerte einen Moment lang. Dann drehte sie sich um, ging in Ashleys Zimmer und machte die Tür hinter sich zu.

Vierzehn

Die Betonmauer wärmte Tally den Rücken, während sie darauf wartete, dass Chase aus dem Unterricht kam. Um sie herum unterhielten sich die anderen Schüler – entweder miteinander in Gruppen oder in ihre Handys auf dem Weg zum Schulbus oder zum Parkplatz. Sie gingen um sie herum und bemerkten zwar, dass sie da war, beachteten sie aber nicht weiter. Der dritte Tag in der neuen Schule war ebenso unauffällig verlaufen wie die ersten. Es geschah genau das, was sie sich erhofft hatte, nämlich möglichst anonym zu bleiben. Es gab hier noch mehr brünette Mädchen mit pinkfarbenen Strähnchen, die zerschlissene Rucksäcke trugen und im Unterricht nur dann den Mund aufmachten, wenn es gar nicht anders ging. Sie konnte sich also mühelos einfügen, sodass sie kaum wahrgenommen wurde.

In dieser Schule gab es wahrscheinlich ein paar Hundert Mädchen wie sie: anonyme Beobachterinnen mit durchschnittlichen Noten, die unter dem Radar flogen. Es würde ganz einfach sein, hier wieder wegzugehen, wenn ihr Vater zurückkam.

Sie lehnte den Kopf gegen die Mauer und genoss die Wärme in ihrem Rücken.

Wenn Amanda sie manchmal ansah, spürte sie genau, dass ihre Tante sich vorstellte, wie ihr Leben wohl aussehen mochte – nur mit Bart als Vater und ohne Mutter –, denn Amanda schien sich hauptsächlich über das Muttersein zu definieren.

Tally hatte bisher nur wenige Male geglaubt, eine Mutterfigur würde in ihr Leben treten, und beide Male war es dann doch anders gekommen. Sie war neun, als die erste Frau auftauchte, an die sie sich erinnern konnte. Ihr Vater hatte einen Job als Türsteher in einem Hotelkomplex in Cape Cod, und die beiden hatten mit drei anderen Mitarbeitern in einem kleinen Häuschen für Hotelangestellte gewohnt, von denen eine die Hotelfriseurin Connie war. Wenn sie nicht arbeitete, flocht Connie Tallys Haar zu kunstvollen Frisuren oder machte ihr Ringellocken, steckte es zu einer Hochfrisur auf oder färbte es immer wieder anders. Und immer wenn sie mit Tallys Haar beschäftigt war, erzählte sie ihr, was sie alles tun würde, wenn sie irgendwann ein kleines Mädchen wie Tally hätte. Tally erinnerte sich noch, wie sie ihren Vater gefragt hatte, ob er Connie heiraten würde, denn nachdem Tally ein halbes Jahr Connies Zuneigung genossen hatte, hielt sie das für eine ziemlich gute Idee. Ihr Vater hatte gleichzeitig gelacht und böse geguckt. „Na, du bist mir ja vielleicht eine, Tally“, hatte er auf ihre Frage erwidert. „Aber ich kann Connie nicht heiraten. Sie ist nämlich schon verheiratet und außerdem liebe ich sie nicht.“

Ihr Vater hatte ihr einen Hotdog in einer Scheibe pappigem Weißbrot gereicht – das war an dem Tag ihr Abendessen gewesen – und hatte ihr erzählt, dass Connies Mann seiner Firma Geld gestohlen hatte und jetzt dafür seine Zeit absäße. Tally wusste nicht, was „Zeit absitzen“ bedeutete, aber sie interessierte sich auch viel mehr dafür, wieso ihr Vater Connie nicht liebte.

„Es wäre doch völlig sinnlos, eine Frau zu lieben, die mit jemand anders verheiratet ist, oder, Tally? Da handelt man sich nur Probleme ein.“

Ein halbes Jahr später war Connie dann aus dem Häuschen ausgezogen, um zu ihrer Schwester nach Miami zu ziehen.

Wiederum ein halbes Jahr später hatte ihr Vater gehört, dass in Reno ein neues Casino eröffnet werden sollte und man noch Angestellte fürs „Black Jack" suchte. Er hatte also seinen Job im Hotel gekündigt, einen Gebrauchtwagen gekauft und war mit ihr Richtung Westen gefahren. Doch bis Reno waren sie nie gekommen. Ein paar Kilometer außerhalb von Tulsa hatte ihr Auto den Geist aufgegeben, und als Bart schließlich genug Geld zusammengespart hatte, um es reparieren zu lassen, hatte er ein paar Leute kennengelernt, die vorhatten, eine Sportsbar & Grill zu eröffnen und ihn gern als Mitarbeiter wollten. Zwei Jahre waren sie dann in Oklahoma geblieben, bis Bart Mellanie kennengelernt hatte, ein Dessousmodel aus New York, das anlässlich der Hochzeit ihrer Mitbewohnerin aus der Collegezeit nach Tulsa gekommen war.

Am Abend vor der Hochzeit war die gesamte Hochzeitsgesellschaft nach den Proben für die kirchliche Trauungszeremonie in die Sportsbar gekommen, um sich noch ein bisschen zu entspannen, und dabei waren Mell und Bart ins Gespräch gekommen, was bis zum Morgengrauen gedauert hatte. Nach der Hochzeit am Samstag hatte Mell sie in ihrer kleinen Wohnung besucht und Bart eingeladen, mit ihr nach New York zu kommen und als Bodyguard, Hausdiener, Chauffeur, Begleiter und persönlicher Assistent für sie zu arbeiten. Bart hatte ihr gesagt, das Angebot höre sich zwar verlockend an, aber er könne nicht ohne Tally mitkommen. Mell hatte ihm zugezwinkert und gesagt, sie hätte zwar nur eine Wohnung mit zwei Schlafzimmern, aber Tally könne gerne das Gästezimmer bekommen.

Tally hatte den Blick abgewandt, denn sie hatte gewusst, was Mell damit meinte. Obwohl sie erst zwölf war, wusste sie, dass Mell damit Bart anbot, mit ihr das Schlafzimmer zu teilen. Und das Bett. Sie wusste genug, um von Mells Zwinkern peinlich berührt zu sein.

Nachdem Mell wieder weg war, hatte ihr Vater ihr einen heißen Kakao gemacht und sie gefragt, ob sie gern nach New York ziehen würde.

„Möchtest du das denn?“, hatte sie entgegnet.

„Für eine Weile könnte es doch ganz lustig sein. Mell hat Geld.“

„Und wie lange bleiben wir da?“

Ihr Vater hatte mit den Achseln gezuckt. „Gefällt dir Tulsa?“

„Eigentlich nicht besonders.“

„Möchtest du dir die Straßen von New York aus einem Jaguar anschauen?“

„Na klar.“

„Dann spielt es doch eigentlich keine Rolle, wie lange, oder?“

Sie hatte einen Schluck von ihrem Kakao getrunken und dabei in ihrem Kopf die nächste Frage formuliert, während die heiße Süße auf ihrer Zunge brannte. „Wirst du bei ihr schlafen?“

Er hatte nur ganz kurz gezögert und dann geantwortet: „Du und ich, wir werden Mells Gäste sein. Wir schlafen im Gästezimmer.“

Sie hatte ihn danach nie wieder gefragt.

Während dieser sechs Monate in New York war sie ein paarmal nachts aufgewacht und hatte gesehen, dass das grün gestreifte Sofa gegenüber von ihrem Bett leer war. Sie hatte nicht gewusst, ob ihr Vater dann in Mells Schlafzimmer war, und eigentlich hatte sie es auch gar nicht wissen wollen, denn der überwiegende Teil dieser sechs Monate, in denen sie bei Mell hoch über der Fifth Avenue gelebt hatten, waren einfach nur toll gewesen. Mell hatte ihr teure Kleider gekauft, sie auf einer Privatschule angemeldet, sie all ihre teuren Abendkleider anprobieren lassen und manchmal auch Tally mit ins Fotostudio genommen, wo diese zuschauen konnte, wie ein Dutzend Männer in warmem, gelbem Licht um Mell herumwuselten und Mell nicht mehr angehabt hatte als einen BH und ein Höschen.

Inzwischen wusste Tally, dass Mells Aufmerksamkeit nicht mütterlicher Art gewesen war. Sie hatte Tally wie die kleine Schwester einer Busenfreundin behandelt, aber damals hatte sie die Beziehung zwischen Mell und ihr als mütterlich empfunden. Tally hatte irgendwann angefangen, an Mells spontaner Großzügigkeit Gefallen zu finden, und manchmal hatte sie sich sogar vorgestellt, wie es wohl wäre, für immer bei Mell zu bleiben. In dieser Zeit hatte sie einmal mitbekommen, wie ihr Vater – angetrunken von Mells sehr teurem Whiskey – Mell erzählt hatte, dass Virginia Kolander ihn für den Tod von Janet verantwortlich mache.

„Wer ist denn Janet?“, hatte sie gefragt.

Tally hatte den vorsichtig tastenden Tonfall von Mells schleppender Stimme mitbekommen, obwohl das Gespräch hinter einer verschlossenen Tür stattgefunden hatte.

„Tallys Mutter! Die Frau, die ich heiraten wollte!“ Die Worte kamen zwar nuschelnd heraus, aber der Tonfall war unmissverständlich: Bart Bachmann liebte Janet Kolander, Tallys Mutter, die schon seit zwölf Jahren tot war, immer noch.

Schon bald nach diesem Abend hatte Mell dann verkündet, dass sie nach Paris ziehen und keinen ihrer Angestellten mitnehmen würde.

Ihr Vater hatte zu diesem Zeitpunkt so viel Geld gespart, dass es für zwei Tickets nach Nashville reichte, wo Freunde von „ganz früher“ eine Pferderanch betrieben und ihm einen Job in den Stallungen angeboten hatten.

„Manchmal ist man eben der mit der Schaufel, Tally“, hatte er gesagt, nachdem er am ersten Tag nichts anderes getan hatte, als Ställe auszumisten – weit entfernt von dem Luxus eines Apartments in Manhattan.

Sie hatte an einem winzigen wackeligen Küchentisch gesessen und zugeschaut, wie er sich die mist- und strohverkrusteten Stiefel ausgezogen hatte.

„Ich vermisse Mell", hatte sie gesagt.

„Du vermisst, dass dir jemand alles hinterherträgt. Ein solches Leben führen wir nur im Traum, Tally, und nicht in der Wirklichkeit. Am Ende muss man seinen eigenen Weg finden. Es ist in Ordnung, mal ein bisschen Ferien von der Wirklichkeit zu machen, aber man kann nicht so leben, als wäre immer Urlaub."

„Und wieso nicht?"

Er hatte seine Stiefel neben der Eingangstür ihres winzigen Apartments abgestellt und geantwortet: „Weil es dich nicht glücklich machen würde."

„Aber Mell war glücklich."

Er war zu ihr gegangen, hatte sich hingekniet, sodass er mit ihr auf Augenhöhe war, und hatte gesagt: „Zwei Dinge musst du wissen, Tally. Erstens, dass es Mells Leben war, das wir da gelebt haben. Sie hatte sich ein Leben aufgebaut und wir haben sie darin besucht. Und zweitens: Mell war nicht glücklich."

„Für mich hat sie aber glücklich ausgesehen."

„Ja, Geld kann so was bewirken. Überleg doch mal, Tally: Findest du nicht, dass es schon ein bisschen seltsam war, dass sie uns gefragt hat, ob wir bei ihr wohnen wollen, obwohl wir uns erst seit einem einzigen Tag kannten?"

„Aber du bist doch mitgegangen."

Er legte ihr die Hände auf die Schultern. „Ich habe gedacht, es wäre eine nette kleine Abwechslung. Und ich wollte wissen, was man für Geld kaufen kann und was nicht. Ich bereue nicht, dass wir nach New York gegangen sind, aber ich bereue ganz sicher auch nicht, dass wir dort wieder weggegangen sind. Überleg doch mal, wie schnell sie uns hat ziehen lassen."

Selbst jetzt, als sie fern von Tennessee mit geschlossenen Augen an der warmen Mauer lehnte, zuckte Tally immer noch innerlich zusammen, wenn sie daran dachte, wie schnell Mell aus ihrem Leben verschwunden war, nachdem sie genauso plötzlich hereingeschneit war.

Danach hatte es keine Mutterfiguren mehr gegeben, die sich in ihr Leben eingemischt hätten. Bart hatte danach noch ein paar Freundinnen gehabt: Da war die Geschäftsführerin des „Luigi's" gewesen, die ihnen erlaubt hatte, in ihrem Keller zu schlafen, als sie ohne einen Cent in der Tasche nach Dallas gekommen waren. Damals war sie dreizehn gewesen. Dann war da noch die Frau, die in einem schicken Schönheitssalon in Houston für die Maniküre zuständig war. Sie hatte für Bart die Kaution bezahlt, als er festgenommen wurde, weil er ohne Führerschein, ohne Papiere und ohne Versicherung gefahren war und außerdem noch ein paar offene Verkehrsdelikte in seiner Akte stehen hatte, die schon Jahre zurücklagen.

Bei keiner dieser Frauen hatte Tally jedoch das Bedürfnis verspürt, in ihr eine Mutter zu sehen.

Amanda war eine Mutter wie aus dem Bilderbuch. Sie hatte alle Eigenschaften, die Tally aus der Ferne an anderen Müttern beobachtet hatte: Sie war sanft, freundlich, großzügig, verständnisvoll und eine wahre Beschützerin. Und sie kam ihr nicht wie ein Mensch vor, der die Hälfte eines Erbes einforderte, das jemand anderem hinterlassen worden war. Doch ihr Vater wollte seiner Schwester nicht trauen. Er wollte niemandem trauen.

An jenem Tag, an dem er beschlossen hatte, alles hinzuschmeißen und nach Polen zu gehen, war er früher als sonst von seiner Arbeit als Chauffeur nach Hause gekommen. Als Tally aus der Schule kam, wo sie sich für ihre Oberstufenkurse hatte eintragen müssen, hatte er an dem kleinen Einbautisch in ihrem gemieteten Trailer gesessen.

Auf dem Tisch hatte eine kleine offene Schachtel gestanden. Es war die Schachtel, die Bart in den vergangenen zwei Jahren im Kofferraum seines Autos aufbewahrt hatte. „Das ist nur Zeugs von meinem Vater", hatte er immer gesagt, und sie wusste, dass darin das silberne Feuerzeug lag, eine Taschenuhr, der Ehering ihrer Urgroßmutter und ein Brief von seinem Vater, den er jedoch nie geöffnet hatte.

Jetzt hatte dieser Brief auseinandergefaltet vor ihm auf dem Tisch gelegen.

„Du bist früh zu Hause", hatte sie gesagt.

Er hatte sich ihr zugewandt und sein Gesicht hatte gleichzeitig erschöpft und angespannt ausgesehen.

„Ich arbeite nicht mehr für Mr Charles."

Sie hatte gegen den Türrahmen gelehnt dagestanden und sich innerlich auf das vorbereitet, was er als Nächstes sagen würde. Wenn ihr Vater einen Job kündigte, dann gab es immer schon einen neuen Plan. „Und warum nicht?"

„Es gibt ein paar Dinge, die mache ich einfach nicht, Tally."

Einen Moment lang hatten beide geschwiegen, während sie überlegt hatte, wie wohl die Chancen standen, dass sie in San Antonio bleiben würden.

„Und jetzt?", hatte sie schließlich gefragt.

„Ich gehe nach Polen", hatte er geantwortet, den Brief in die Hand genommen und damit herumgewedelt. „Ich habe die ganze Zeit immer gedacht, dass das hier entweder eine Gardinenpredigt oder eine Entschuldigung wäre, und ich hatte weder auf das eine noch das andere Bock. Dabei ist es in Wirklichkeit eine Schatzkarte, Tally. All das Gold und der Schmuck, den mein Vater damals für seinen Vater im Garten vor den Nazis versteckt hat – ich weiß jetzt, wo das alles ist. Es steht in diesem Brief hier."

Sie hörte jedes Wort, das er sagte, aber trotzdem flüsterte sie: „Was?"

„Als er noch ein kleines Kind war, hat mein Vater alles Gold und den Schmuck der Familie vor den Nazis versteckt, bevor sie in seinen Heimatort kamen. Sein Vater hatte es ihm aufgetragen."

„Aber ..."

„Wahrscheinlich ist das alles immer noch dort und ich werde jetzt hinfahren und es mir holen."

„Aber nächste Woche sind die Ferien zu Ende ..."

„Du kommst nicht mit, Tally. Du bleibst ein, zwei Wochen bei deiner Großmutter in Tucson. Ich habe schon alles geregelt. Wenn ich wieder zurück bin, können wir wohnen, wo es uns gefällt."

„Aber, Papa ..."

„Wir können nicht in San Antonio bleiben, Tally."

In diesem Augenblick hatte sie gewusst, dass das, was Mr Charles von ihrem Vater verlangt hatte, illegal war und dass er jetzt zu viel wusste. Sie ließ sich an der geschlossenen Tür herabgleiten, bis sie auf dem Po sitzend dagegen lehnte.

„Tut mir leid, Tally, wirklich. Aber wir können nicht hierbleiben."

Eine ganze Weile sagte sie gar nichts.

„Und wann geht es los?", wollte sie schließlich wissen.

Er erhob sich. „Am liebsten sofort."

Noch ein paar Minuten ließ er sie einfach dort auf dem Boden sitzen, bevor er ihr die Hand hinstreckte, um ihr aufzuhelfen. „Unseren nächsten Wohnort darfst du dann aussuchen, Tally, egal, wo. Wenn du wieder nach Manhattan zurückwillst, dann machen wir das. Wo auch immer du hinwillst – außer Texas."

„Und wieso zu Großmutter Virgie?", fragte sie und ergriff dabei seine ausgestreckte Hand.

„Weil sie sich wahrscheinlich so sehr darüber freuen wird, dich wiederzusehen, dass sie keine Fragen stellt. Was ich in Polen vorhabe, ist unser kleines Geheimnis, Tally. Mein Vater hat niemandem außer mir davon erzählt, und er hat geschrieben, dass er es mir überlässt, zu entscheiden, was ich damit mache. Na ja, und weil ich möchte, dass du aufs

College gehst und in einem schönen Haus wohnst, werde ich eben etwas unternehmen."

Als sie sah, wie er den Ehering und die Taschenuhr an sich nahm, wusste sie, dass sie unterwegs als Erstes bei einem Pfandleiher haltmachen würden.

„Und wie lange wirst du weg sein?"

„Eine Woche, vielleicht zehn Tage, aber höchstens zwei Wochen", antwortete er und steckte dabei den Ring und die Uhr in die Hosentasche. „Ich bin zurück, ehe du dich's versiehst."

Eine Stunde später sahen sie San Antonio nur noch im Rückspiegel.

Das war jetzt mehr als drei Wochen her. Er hatte versprochen anzurufen, aber sie hatte immer noch nichts von ihm gehört.

Den Brief aus der Schachtel hatte sie nicht gelesen, also kannte sie auch sein Reiseziel nicht so genau. Sie wusste bloß, dass es irgendwo in der Nähe von Warschau war.

„Hey."

Tally machte mit einem Ruck die Augen auf. Neben ihr stand Chase.

„Hast du wirklich geschlafen? Ich habe dich schon zweimal angesprochen. Komm, lass uns gehen."

„Ich habe nicht geschlafen. Ich war nur in Gedanken." Tally setzte sich langsam in Bewegung, so als hätte sie tatsächlich geschlafen und wäre plötzlich aus einem Traum gerissen worden.

Fünfzehn

Amanda schloss die Tür zu Penny Ryders Büro und ging den gefliesten Gang entlang zu ihrem Klassenraum. Ihre Absätze klapperten auf den Boden und durchbrachen in unregelmäßigem Rhythmus die Stille, die während der Unterrichtsstunden in den Gängen und Hallen herrschte. Sie mochte es lieber, wenn es hier überall vor Kindern wimmelte, wenn das Geräusch ihrer eigenen Schritte nicht von Tausenden anderer Geräusche zu unterscheiden war.

In ihrem Klassenraum war es still, weil dort niemand mehr war. Gary war bereits gegangen, und sie war ein wenig enttäuscht darüber, dass er nicht auf sie gewartet hatte, um zu erfahren, was Penny ihr geraten hatte. Amanda setzte sich auf den Stuhl hinter ihrem Pult und betrachtete die Visitenkarte, die Penny ihr kurz zuvor über ihren Schreibtisch hinweg gereicht hatte.

„Der Typ kann wirklich gut mit jungen Erwachsenen", hatte Penny gesagt. „Er ist selbst noch ziemlich jung – neunundzwanzig, glaube ich –, aber schon ein großartiger Psychotherapeut. Ich denke, dass sein Alter dabei eine entscheidende Rolle spielt. Junge Leute vertrauen ihm einfach."

Amanda hatte die Karte ein wenig zögerlich genommen. „Ich glaube nicht, dass Neil dazu bereit wäre. Ich meine, überhaupt jemanden um Rat zu fragen."

Penny nickte und faltete langsam die Hände. „Folgendes, Amanda: Wenn Chase sich nicht mehr an das Feuer erinnert oder die Erinnerung irgendwo sicher in einer Ecke des Unterbewusstseins verstaut hat, in die er all die Jahre nie hineingeschaut hat, dann werden sich nicht plötzlich automatisch alle Schleusen öffnen, wenn man das Feuer erwähnt. Wenn die Erinnerung allerdings nicht allzu tief vergraben ist und wenn sie stark und mächtig ist und Druck aufgebaut hat, dann könnten sich durchaus Schleusen öffnen, wenn die Sprache darauf kommt. Aber findest du nicht auch, dass jetzt der richtige Zeitpunkt dafür wäre und nicht erst in ein paar Jahren, wenn er nicht mehr zu Hause lebt und sich an das Leben als Student in einer anderen Stadt gewöhnen muss oder noch später, wenn er seinen ersten Job hat, heiratet oder Kinder bekommt? Wenn du wirklich glaubst, dass da Gefühle und Gedanken vorhanden sein könnten, mit denen Chase nicht fertigwird, dann seid ihr es ihm schuldig, ihn jetzt mit professioneller Hilfe zu versorgen."

„Aber was ist, wenn er sich wirklich nicht daran erinnert?"

Penny öffnete ihre gefalteten Hände wieder. „Dann wird es auch keine negativen Auswirkungen haben, wenn ihr es ansprecht."

Amanda bedankte sich bei Penny und sagte, sie müsse alles noch einmal überdenken. Als sie jetzt allein war, schaute sie sich den Namen auf der Visitenkarte genauer an: Brandon Pinelli. Sie klopfte mit der Ecke der Visitenkarte nachdenklich auf die Platte ihres Lehrerpultes.

In den vergangenen Tagen war es Chase allem Anschein nach ganz gut gegangen. Er hatte Tally netterweise mit in die Schule genommen, hatte ihr geholfen, sich dort zurechtzufinden, und er hatte sie bei seinem Soziologieprojekt mitmachen lassen. Er hatte den Luftdruck der Autoreifen geprüft, wie Neil es ihm aufgetragen hatte, er hatte sich selbst mit dem Videoprojekt beschäftigt, hatte Ashley geärgert, hatte alles mit einer Prise Ironie gewürzt, wann immer sich die Gelegenheit dazu geboten hatte, hatte seine Klamotten überall herumliegen lassen und den größten Teil seiner Freizeit still mit seinen eigenen Hobbys und Dingen verbracht, die ihm wichtig waren. Es war alles in allem eine ganz normale Woche gewesen.

Und trotzdem ... Diese unerklärlichen Sekunden bei dem Picknick ließen ihr keine Ruhe. Penny hatte gesagt, dass sie und Neil Chase doch einfach vorsichtig fragen könnten, ob er sich noch an den Brand erinnern könnte, dann bräuchten sie über diese wenigen Sekunden keine Mutmaßungen mehr anzustellen, sondern hätten Klarheit.

Aber sie hatte sich ein solches Gespräch schon vorgestellt. Sie hatte es sich bereits in unterschiedlichen Szenarien ausgemalt – und keine dieser Vorstellungen hatte sie auch nur im Geringsten beruhigen können.

„Chase, erinnerst du dich eigentlich noch an das Feuer im Haus deiner Tagesmutter, damals, als du vier warst?“

„Feuer? Welches Feuer? Was ist denn passiert?“

Was sollten sie ihm dann erzählen? Alles? *„Erinnerst du dich an die Flammen, an den Rauch, daran, wie du aus dem Zimmer gekrochen bist, in dem du deinen Mittagsschlaf halten solltest, und daran, wie das Baby geschrien hat, das die Feuerwehrleute nicht retten konnten?“*

Oder Chase könnte antworten: *„An das Feuer? ... Na klar. Das Feuer ... Keiner ist gekommen. Ich musste aus dem brennenden Zimmer kriechen. Und dann war da noch ein Baby ... Was ist eigentlich aus dem Baby geworden?“*

Oder: *„Natürlich erinnere ich mich an das Feuer. Ihr etwa nicht?“*

Und dann würde er fragen, warum sie bis jetzt nie darüber gesprochen hatten. Ja, warum eigentlich nicht?

Amanda holte tief Luft und strich über die Visitenkarte. *Gott, was soll ich nur tun?* Doch sie vernahm nichts als Schweigen.

Der Klingelton ihres Handys durchbrach die Stille. Es war eine SMS von Ashley. Sie erinnerte ihre Mutter daran, sie bitte von der Probe der Tanzgruppe abzuholen. Amanda nahm ihre Büchertasche und verließ den Klassenraum, die Visitenkarte lag immer noch in ihrer Hand. Das Klappern ihrer Absätze nahm sie jetzt gar nicht mehr wahr.

Beim Abendessen herrschte eine eher gedämpfte Atmosphäre. Amanda hatte Spaghetti bolognese gekocht, die offenbar niemand aus der Familie so richtig mochte, aber es war ein Gericht, das sich an so prall gefüllten Tagen wie diesem schnell und unkompliziert zubereiten ließ. Ashley stocherte in ihrem Teller herum, Chase aß lieber Salat und Brot und Neil aß seinen Teller kommentarlos leer. Nur Tally verputzte ihre Portion, ohne sich zu beschweren.

Als Neil den letzten Bissen gegessen hatte, stand er sofort auf, wischte sich den Mund mit der Serviette ab und sagte: „Ich muss heute Abend noch den Schaukelstuhl in den Krabbelraum der Gemeinde bringen." Er nahm seinen Teller und brachte ihn in die Küche.

„Hast du nicht Lust mitzufahren, Chase?", fragte Amanda.

Ihr Sohn blickte von seinem Salat auf. Neil war bereits in der Küche und stellte dort seinen Teller auf die Arbeitsplatte neben der Spüle.

„Brauchst du dabei Hilfe, mein Schatz?", rief Amanda ihrem Mann zu.

„Chase kann gerne mitkommen, wenn er will", antwortete Neil und warf dabei seine Papierserviette in den Müll. „Aber wenn du was Besseres zu tun hast, kannst du auch gerne hierbleiben, Chase. Das verstehe ich. Es ist ja auch nur ein Stuhl."

„Ich schreibe morgen einen Physiktest", antwortete Chase, während er gleichzeitig versuchte, eine Cocktailtomate mit der Gabel aufzuspießen.

„Na gut, das ist natürlich wichtiger. Bis später dann." Und mit diesen Worten verschwand Neil in der Garage.

„Kann ich aufstehen?", fragte Ashley, deren Handy geklingelt hatte. Sie zog es aus der Hosentasche und rauschte ab ins Wohnzimmer, um dort ungestört zu telefonieren.

Chase stand ebenfalls auf und brachte wortlos seinen Teller in die Küche. Er sah Tally kurz an und verließ dann die Küche durch den Durchgang zum Wohnzimmer. Amanda vernahm Augenblicke später seine Schritte auf der Treppe, die nach oben führte.

Sie wandte sich an Tally. „Dann müssen wir beide offenbar den Abwasch allein erledigen."

Ihre Nichte stand auf. „Mir macht das nichts. Ich spüle gern Geschirr. Eure Teller sind hübsch und sie passen alle zusammen."

Amanda lächelte, nahm den Topf mit den Nudeln und ging in die Küche, wo sie ihn abstellte und dabei bemerkte, dass das Lämpchen des Anrufbeantworters in der Küche blinkte. Das war ihr bisher gar nicht aufgefallen. Sie drückte auf den Abspielknopf und eine Frauenstimme erklang.

„Hallo, Mrs Janvier, hier ist Nancy Fuentes vom Jugendamt in Tucson. Ich wollte nur kurz nachfragen, ob Sie etwas von Tallys Vater gehört haben. Bei uns hier gibt es nichts Neues von ihm. Es wäre nett, wenn Sie mich morgen irgendwann anrufen könnten ... sehr nett."

Die Frau hinterließ ihre Telefonnummer, der Anrufbeantworter piepste noch einmal, und dann war es wieder still. Amanda blickte zu Tally. Ihre Nichte war mit einem Essteller in jeder Hand kurz vor der Arbeitsplatte stehen geblieben und starrte wortlos zur Spüle hinüber.

Amanda nahm Tally die beiden Teller ab. „Dein Vater hat sich bestimmt nur darin verschätzt, wie lange es dauert, in einem fremden Land nach Angehörigen zu suchen. Und er spricht ja auch kein Wort Polnisch."

Tally hob den Kopf. Die Enttäuschung stand ihr ins Gesicht geschrieben.

Amanda hätte sie am liebsten in die Arme genommen. Stattdessen stellte sie die beiden Teller in die Spüle und überlegte, was sie sagen konnte, um ihrer Nichte Mut zu machen und ihr zu versichern, dass schon alles gut werden würde. „Hat dein Vater dir mal erzählt, wie er und ich beim Campen verloren gegangen sind?"

Tally blinzelte und schüttelte dann den Kopf.

Amanda ging ins Esszimmer zurück und Tally folgte ihr. „Wir waren zum Zelten im Yosemite-Nationalpark. Ich war damals acht und er elf, und unsere Eltern hatten uns erlaubt, allein eine kleine Wanderung zu unternehmen. Sie hatten uns eindringlich ermahnt, unbedingt immer auf dem ausgeschilderten Weg zu bleiben, aber Bart hat sich noch nie gern innerhalb vorgegebener Grenzen bewegt. Als er dann in der Ferne das Rauschen eines Wasserfalls hörte, verließen wir den Pfad, um ihn uns aus der Nähe anzuschauen. Es war ein wunderschöner kleiner Wasserfall, aber wie du dir wahrscheinlich schon denken kannst, fanden wir danach nicht wieder zurück auf den Weg."

Amanda reichte Tally eine Flasche mit Salatdressing und bat sie, diese in den Kühlschrank zu stellen.

„Und was ist dann passiert?", fragte das Mädchen.

„Nun ja, nachdem wir auf der Suche nach dem Weg etwa eine Stunde herumgeirrt waren, fing ich an zu weinen. Ich war ganz sicher, dass man uns niemals finden würde und wir entweder verhungern oder von Bären gefressen würden. Bart sagte, ich solle aufhören zu heulen, denn er hätte gehört, dass wilde Tiere Angst wittern könnten. Außerdem sei er müde und hätte keine Lust mehr, den Weg zu suchen. Er wolle lieber den Wald nach Indianerpfeilspitzen durchkämmen. Also suchten wir nach Pfeilspitzen statt nach dem richtigen Weg. Und dabei fanden wir dann ein paar Stunden später den Weg. Wir fanden den Weg, als wir eigentlich gar nicht mehr danach gesucht hatten. Auf dem Rückweg stießen wir dann auf einen Suchtrupp, und ich erinnere mich noch, wie Bart eine Standpauke dafür bekam, dass wir nicht auf dem Weg geblieben waren. Unsere Mutter konnte gar nicht wieder aufhören, uns zu berühren, so als müsste sie sich unaufhörlich vergewissern, dass wir tatsächlich wieder da waren. Als wir dann am Abend in unseren Schlafsäcken lagen und einschliefen, lagen wir in ihren Armen."

Tally blickte auf die Dressingflasche in ihrer Hand.

„Weißt du, vielleicht sucht dein Vater ja gerade wieder nach Pfeilspitzen statt nach dem Weg und hat dabei völlig die Zeit vergessen", sagte Amanda.

„Ich weiß, wonach er sucht", murmelte Tally.

Amanda spürte, wie ihr Herz schneller schlug. „Ach wirklich?"

Tally nickte.

„Wenn du mir erzählen könntest, was es ist, könnten wir uns ja auf die Suche nach ihm machen. Wir müssten nicht länger darüber rätseln, wo er ist und ob es ihm gutgeht."

Dieser Vorschlag schien ihrer Nichte nicht zu behagen, denn sie schwieg.

„Steckt er in irgendwelchen Schwierigkeiten, Tally? Musstet ihr deshalb so schnell aus San Antonio verschwinden?"

Erneut antwortete Tally nicht.

„Du musstest versprechen, nichts zu verraten, oder?"

„Ja."

Oh Bart. Amanda hätte ihren Bruder am liebsten erwürgt. Seine Tochter so unter Druck zu setzen, nur um seine eigenen Ziele und Zwecke zu erreichen. Wahrscheinlich hatte er Tally auch noch gesagt, dass sie nicht weinen dürfe, damit ihr niemand ihre Angst anmerken konnte. Amanda machte einen Schritt auf ihre Nichte zu und legte ihr vorsichtig die Hand auf die Schulter.

„Es ist in Ordnung, ein Versprechen zu brechen, wenn dadurch jemandem geholfen werden kann. Wenn dein Vater

Hilfe braucht, dann müssen wir auch in der Lage sein, sie ihm zu geben."

„Ich, also, ich glaube nicht, dass er Hilfe braucht."

„Und woher willst du das wissen?"

Tally zuckte mit den Achseln. „Wenn er Hilfe bräuchte, würde er sie schon bekommen."

„Kannst du mir denn sagen, wieso er aus San Antonio wegwollte?"

Wieder zuckte Tally mit den Achseln. „Papa bleibt doch nie gern lange an einem Ort."

„Hatte er in San Antonio irgendwelche Schwierigkeiten, Tally? Wird er von der Polizei gesucht? Du kannst es mir ruhig sagen."

Ihre Nichte wich ihrem Blick einen Moment lang aus. Als sie ihre Tante wieder ansah, funkelten ihre Augen wütend. „Wieso glaubt eigentlich jeder, dass mein Vater in Schwierigkeiten steckt? Er ist kein schlechter Vater. Ich weiß, dass das alle denken. Aber das stimmt nicht!"

Amanda musste erst einmal tief schlucken. „Aber natürlich ist er kein schlechter Vater."

Tally schien aber keineswegs überzeugt zu sein.

„Ich glaube nicht, dass er ein schlechter Vater ist", wiederholte Amanda. „Und ich werde dich auch nicht noch einmal bitten, dein Versprechen zu brechen. Wenn du aber doch irgendwann erzählen möchtest, wonach dein Vater sucht, dann bin ich da. Ich fände es gut, wenn er wüsste, dass du in Sicherheit und gut aufgehoben bist."

Als sie daran erinnert wurde, dass Bart nicht wusste, wo sie sich aufhielt, schien dies Tally schwer zu schaffen zu machen. Sie seufzte. „Ich hab den Brief ja gar nicht gelesen."

Amanda hatte keine Ahnung, wovon ihre Nichte sprach. „Welchen Brief denn?"

„Den Brief von seinem Vater."

Der Vater von Amanda und Bart war vor zwei Jahren gestorben. „Von seinem Vater? *Meinem* Vater?"

Tally nickte einmal ganz kurz. „Du hast ihm doch ein Päckchen geschickt, als Großvater gestorben ist. In dem Päckchen waren der Ehering und andere Sachen und auch ein Brief. Diesen Brief meine ich."

Vor ihrem inneren Auge sah Amanda noch einmal das kleine an Bart adressierte Päckchen, das sie aufgegeben hatte. Darum hatte ihr Vater sie vor seinem Tod noch gebeten. Darüber hinaus hatte ihr Bruder aber nichts aus dem Nachlass ihres Vaters bekommen, selbst wenn wirklich nicht viel zum Teilen da gewesen war. Trotzdem schmerzte es Amanda immer noch, dass ihr Vater all seinen Besitz ihr vermacht und Bart nur eine kleine Pappschachtel bekommen hatte. Vielleicht hatte Bart ja in einem der wenigen steifen Gespräche mit seinem Vater unmissverständlich klargestellt, dass er nichts von ihm haben wollte. Das sähe ihrem Bruder zumindest ähnlich. Die Schachtel war versiegelt gewesen, als ihr Vater sie ihr in der Woche vor seinem Tod gegeben hatte. Sie hatte also keine Ahnung gehabt, was darin gewesen war.

„Und was stand in dem Brief?", fragte Amanda beinahe flüsternd.

„Ich hab doch gerade gesagt, dass ich ihn nicht gelesen habe. Wegen des Briefes ist er jedenfalls weg. Mir hat er gesagt, dass er nach Warschau wollte. Etwas Genaueres weiß ich nicht."

„Aber warum?"

„Du hast gesagt, dass du das nicht tun würdest", sagte Tally, nahm ein paar Teller vom Esstisch und ging damit in die Küche.

„Dass ich *was* nicht tun würde?", fragte Amanda und folgte ihr.

„Mich bitten, mein Versprechen zu brechen." Tally stellte die Teller auf der Arbeitsfläche ab.

„Ich will doch nur dein Bestes, Tally. Ich muss auch gar nicht wissen, weshalb er weg ist, aber es ist wichtig, dass wir wissen, wo er ist. Und es ist auch wichtig, weil er nicht weiß, wo *du* gerade bist." Amanda legte ihren Arm um die Schultern des Mädchens und hielt sie behutsam fest. „Ich will nicht, dass du ein Versprechen brichst oder dass dir wehgetan wird. Von niemandem."

Ihre Nichte ließ sich diese Umarmung nur ganz kurz gefallen, bevor sie sich daraus befreite.

Sechzehn

Eine Schwesternhelferin in einem weinroten Kittel brachte Eliasz' Rollstuhl vor dem Kamerastativ in Position.

Chase blickte zu ihr auf. „Am besten wäre es, wenn Sie den Stuhl so drehen, dass Eliasz meine Cousine ansieht. Sie wird die Fragen stellen und ich filme alles leicht seitlich. Dadurch sieht es natürlicher aus und nicht so gestellt."

„Ja, macht mich bloß nicht unnatürlich", scherzte Eliasz, wobei sein osteuropäischer Akzent richtig stark durchkam.

„Aber sorgt dafür, dass er nicht besser aussieht als ich, sonst muss ich mir das bis in alle Ewigkeit anhören", kommentierte Josef.

„Könnten wir nicht ein paar von den Lehnsesseln holen, die in der Eingangshalle stehen?", fragte Tally zögerlich. „Natürlich nur, wenn das möglich ist. Ich glaube, es wäre doch schön, wenn Mr Bliss und Mr Abramovicz bei dem Gespräch nicht im Rollstuhl, sondern in normalen Sesseln sitzen könnten, oder?"

„Ja, genau, normal und natürlich – das ist genau mein Ding", sagte Eliasz, und Josef lachte.

„Es ist kein schönes Bild, wenn wir unnatürlich und unnormal darauf aussehen", fügte Josef hinzu.

Die Schwesternhelferin sagte, sie könnten die Sessel gern holen, also machte sich Matt gleich auf den Weg.

Chase schaute zu Tally hinüber. „Das sieht bestimmt schön aus“, pflichtete er ihr bei und sie nickte.

Ein paar Minuten später saßen die beiden Männer auf den mit altrosafarbenem Stoff bezogenen Sesseln. Die Nachmittagssonne schien durch ein Seitenfenster auf ihre flaumigen Köpfe. Unscharf im Hintergrund zu sehen stand ein Flügel, der etwas Friedvolles vermittelte. Als Letztes stellte Chase noch einen Topf mit einer Palme ein Stückchen hinter Eliasz' Sessel.

„Ich stelle nur noch die Pflanze hinter Sie, Mr Abramovicz“, erklärte Chase dem Blinden.

„Ja“, entgegnete der Mann, „das rieche ich.“

Als alles an Ort und Stelle war, sprach Matt als Erster. „Also gut, erst einmal vielen Dank, dass Sie sich zu diesem Gespräch bereit erklärt haben.“

„Es war auch eine echte Leistung, das Meeting noch in unseren Terminkalender zu zwängen, nicht wahr, Josef?“, erwiderte Eliasz.

Sein Freund nickte. „Ja, wirklich. Ihr habt einen guten Tag ausgesucht. Am Donnerstag wäre es gar nicht gegangen.“

Die beiden Männer lachten.

„Na, dann haben wir ja richtig Glück gehabt.“ Matt wandte sich an Chase. „Und, kann's losgehen?“ Dieser nickte.

„Okay. Also, Tally hat eine Liste mit Fragen, die sie Ihnen stellen wird und …“

Josef hob eine Hand. „Entschuldigt, dass ich unterbreche, aber wie wäre es denn, wenn wir einfach unsere Geschichte erzählen und ihr dann am Ende entscheidet, ob ihr noch Fragen dazu habt? Ja?“ Er wandte sich an Chase.

„Ja, so könnten wir es auch machen. Das ist eine gute Idee“, gab dieser zurück.

Josef richtete seine Aufmerksamkeit jetzt wieder auf Matt. „Wie lang soll der Film denn werden?“

„Wir brauchen Material für ungefähr zwanzig Minuten", antwortete Matt.

„Wir sollen herausarbeiten, welche historischen Auswirkungen der Holocaust und insbesondere das Warschauer Ghetto auf die Geschichte haben", erklärte Chase, stellte dabei das Objektiv ein und wich Matts starrem Blick aus.

Josef lächelte. „Ihr braucht also zwei verschiedene Dinge."

„Äh, wir müssen in weniger als drei Wochen ein prima Projekt abliefern", meinte Matt.

„Wieso lassen wir sie nicht einfach erst einmal anfangen zu erzählen und sehen dann, wohin uns das führt?" Tally legte das Blatt mit den Fragen behutsam auf ihrem Schoß ab.

„Ist mir recht." Chase stellte noch einmal etwas an der Kamera ein.

Matt kniff sichtlich angefressen die Lippen zu einem schmalen Strich zusammen. „Na gut."

„Wo sollen wir anfangen, Eliasz?", fragte Josef an seinen Freund gewandt.

„Das Ghetto beginnt ja schon, bevor es überhaupt ein Ghetto gibt", antwortete Eliasz. „Es beginnt immer hier." Er deutete auf seinen Kopf. „Es fängt bei einem Denken, einer Idee, einem Menschen an. Würdest du das nicht auch sagen, Josef?"

„Doch, da würde ich dir zustimmen. Ich habe meinen Freund Eliasz einen Monat vor dem Überfall der Deutschen auf Polen kennengelernt, das war Anfang August 1939. Er war damals vierzehn und ich zweiundzwanzig und er kam mir sehr jung vor. Da war auf der einen Seite ich, ein wichtiger Regierungsbediensteter mit viel Verantwortung, der für so vieles zuständig war, und auf der anderen er, der junge Sohn einer jüdischen Familie, die in meiner Straße eine Bäckerei betrieb. Ich war gerade von Lodz nach Warschau gezogen, wo ich meine neue Arbeitsstelle angetreten hatte –

ich war der stellvertretende Chef des Wasserwerkes, ein verantwortungsvoller Posten. Meine Eltern wollten eigentlich, dass ich Priester wurde, aber ich war in ein wunderschönes Mädchen namens Katerina verliebt, also kam das Priesteramt für mich nicht mehr infrage. Katerina arbeitete damals als Krankenschwester."

Josef hielt kurz inne, und Chase zoomte währenddessen auf die runzelige Hand des alten Mannes, an der er einen Ehering drehte.

„Möchtet ihr wissen, wie wir uns kennengelernt haben?", fragte der alte Mann.

Matt zögerte, aber Tally sagte sofort Ja, und Chase richtete die Kamera rasch wieder auf das Gesicht des Mannes.

„Ich lernte Katerina ein paar Monate vor dem Überfall der Deutschen auf Polen kennen. Sie hatte eine wunderschöne Schmetterlingsbrosche verloren, die ich in einem Park in der Nähe des Krankenhauses fand, wo sie arbeitete. Es war eine ganz besondere Brosche und ich hatte noch nie zuvor etwas Ähnliches gesehen. Ich glaube, sie war aus Gold und hatte die Form eines Schmetterlings mit ausgebreiteten Flügeln. Es war eine winzige Kette daran befestigt, an der ein weiterer kleinerer Schmetterling hing. Die Brosche war mit ein paar kleinen Saphiren und winzigen Perlen besetzt. Ich glaube nicht, dass sie besonders wertvoll war, aber auf jeden Fall war sie etwas ganz Besonderes. Ich fand sie damals im Gras unter einer Parkbank und dachte, wem auch immer die Brosche gehörte, die Besitzerin hätte sie sicher gern zurück. Später erfuhr ich dann, dass Katerina sie von ihrer verstorbenen Großmutter geerbt hatte und dass die Brosche ihr sehr viel bedeutete.

Ich ging von da an zwei Wochen lang jeden Nachmittag in den Park, um die Besucher zu fragen, ob sie vielleicht eine Brosche verloren hätten. Es gefiel mir in dem Park und deshalb machte mir diese kleine Mühe im Grunde nicht das Geringste aus. Eines Nachmittags sprach ich zwei

Krankenschwestern an, die während ihrer Mittagspause durch den Park spazierten. Eine von ihnen war Katrina, die andere hieß Sofia. Sofia war Halbjüdin. Die beiden teilten sich ein möbliertes Zimmer. Als ich sie fragte, ob eine von ihnen vielleicht im Park eine Brosche verloren hätte ... also, ihr könnt euch gar nicht vorstellen, wie Katrina strahlte, als ich das schöne Schmuckstück aus meiner Tasche holte. Und dann fing sie vor Freude an zu weinen. Sie wollte mir unbedingt einen Finderlohn geben, aber ich wollte keinen. Ich wollte sie viel lieber auf einen Kaffee einladen, weil ich sie so hübsch und so nett fand. Und schließlich sagte sie tatsächlich zu, wenn auch ein wenig zögerlich. Aus der Tasse Kaffee wurde dann ein drei Stunden langes Gespräch, und ich wusste sofort, dass ich sie heiraten wollte. Den Verlobungsring kaufte ich schon Wochen, bevor ich ihr schließlich einen Antrag machte. Der Ring war so wunderschön. Ein mandelförmiger Smaragd mit kleinen Brillanten an beiden Seiten. Auch sie fand ihn bezaubernd. Das waren die schönsten Tage meines Lebens, obwohl die Gefahr einer Invasion bereits seinen Schatten auf unseren Alltag warf."

Josef schloss die Augen und Chase zoomte ganz nah an die glitzernde Linie ungeweinter Tränen unter den geschlossenen Augenlidern des Mannes.

„Das ist eine wunderschöne Geschichte", sagte Tally.

Josef brauchte eine ganze Weile, bis er die Augen wieder öffnete. „Ja, aber es ist nicht das, was ihr eigentlich hören wollt, oder?"

„Waren Sie mit Katrina verheiratet, als Sie nach Treblinka gebracht wurden?", erkundigte Matt sich.

„Nein. Nein, das war ich nicht. Aber wir wollen ja nicht vorgreifen."

Er fuhr fort zu erzählen: „Als ich nach Warschau zog, kannte ich dort niemanden. Ich mietete eine Wohnung direkt gegenüber von der Bäckerei, die den Eltern von Eliasz gehörte. In den Stunden vor Tagesanbruch machte mich der

Duft, der aus ihrer Backstube zu mir herüberzog, völlig verrückt. Eliasz' Eltern waren nämlich großartige Bäcker. Ich habe fast jeden Tag etwas in ihrem Laden gekauft. Über Eliasz konnte ich immer nur staunen, weil er trotz seiner Erblindung so wunderschöne Brotlaibe formen konnte. Keiner machte so schöne Brotlaibe wie Eliasz."

Dieser lächelte. „Ich habe ihm immer gesagt, dass man sie aus dem Handgelenk formen muss!"

Josef lächelte. „Eliasz' Familie war sehr gut zu mir. Ich wurde oft zum Essen eingeladen, und sie gaben sich alle große Mühe, damit ich mich willkommen und zu Hause fühlte. Alle waren so freundlich. Aber ihr wisst ja, was dann im September geschah, nicht wahr? Die Deutschen drangen von Westen nach Polen ein und die Sowjets von Osten. Die schwache polnische Armee war gegen beide völlig machtlos und konnte sie nicht aufhalten. Innerhalb von drei Wochen gab es Polen nicht mehr. Die Menschen versuchten zwar, das Land zu verlassen, aber das war so gut wie unmöglich, weil es kein Benzin gab. Überall standen verlassene Autos auf den Straßen herum. Die Leute ließen sie einfach stehen, wenn der Tank leer war, mitsamt dem auf den Autodächern festgezurrten Gepäck, und gingen zu Fuß weiter. Sie nahmen nur das mit, was sie tragen konnten. Aber es nützte ihnen alles nichts. Es gab kein Entrinnen. Wir gehörten jetzt zu Deutschland. Deutschland und den Sowjets. Alles änderte sich. Katerinas Familie ging noch vor der Machtergreifung der Deutschen in Polen nach Wien, wo sie Verwandte hatte. Katerina selbst blieb in Polen, weil auch ich dort blieb. Ich hätte damals darauf bestehen sollen, dass sie mit nach Österreich ging. Dass ich das nicht getan habe, bereue ich seitdem jeden Tag aufs Neue."

Erneut beobachtete Chase, wie Josef seinen Ehering am Finger drehte. Einen kurzen Moment lang schwieg der alte Mann. Dann sprach er weiter. „Im Oktober wurde mir klar, dass die Deutschen Furchtbares mit den polnischen Juden vorhatten. Eliasz und seine Familie und alle anderen Juden in Warschau mussten Armbinden mit einem gelben Stern darauf tragen, Nichtjuden durften nicht mehr in jüdischen Geschäften einkaufen, Juden durften keine Lebensmittel und Medikamente mehr in nichtjüdischen Geschäften kaufen, und mit der Zeit verschlimmerte sich die Versorgungslage der Juden immer mehr. Sie durften keine Bankkonten mehr haben und bei etlichen wurde der gesamte Besitz konfisziert. Ich versuchte, Eliasz und seiner Familie so gut wie möglich zu helfen, aber das war sehr schwierig und auch riskant. Sie verloren ihre Bäckerei. 1940 wurde dann das Ghetto errichtet."

„Und was genau war das Ghetto?", erkundigte sich Matt und beugte sich dabei auf seinem Stuhl vor. Auch Chase merkte, dass er gespannt ein wenig nach vorn rutschte.

„Die Nazis trennten einen kleinen Teil der Stadt ab, siedelten die Polen, die dort lebten, um und zogen eine Mauer um diesen Bezirk", antwortete Josef. „Die Mauer war dreieinhalb Meter hoch und obendrauf noch mit Glasscherben und Stacheldraht gesichert. In dieses Gebiet wurden dann alle Warschauer Juden gepfercht – eine halbe Million Menschen auf einer Fläche von 400 Hektar."

„Mit wie vielen Menschen habt ihr denn damals in einer Wohnung gelebt, Eliasz?"

„Wir wohnten mit fünf Familien in einer Wohnung, die eigentlich für eine Familie gedacht war", antwortete Eliasz. „Die Nazis kamen jeden Tag, um uns zur Arbeit zu bringen. Wenn man nicht arbeitsfähig war, bekam man keine Lebensmittelmarken, und ohne Nahrungsmittel war man so gut wie tot. Wir taten deshalb so, als ob ich sehen könnte. Mein Vater, mein Bruder und ich arbeiteten in einem Steinbruch, und solange ich bei meinem Vater stehen und graben konnte, wo er grub, kam ich ganz gut zurecht. Manchmal kamen Lastwagen und brachten viele von uns in Arbeitslager. Das hat man uns jedenfalls gesagt. Später erfuhren wir aber, dass man die Menschen eigentlich wegbrachte, um sie zu töten.

Aber auch das Ghetto selbst war ein Ort des Todes. Monat für Monat starben vier- bis fünftausend Menschen an Krankheiten oder Hunger. Jede Mutter, die ein Baby hatte, suchte verzweifelt nach einer Möglichkeit, wie sie ihr Kind aus dem Ghetto hinausschmuggeln könnte. Den meisten Müttern war nämlich bewusst, dass ihre Kinder sterben würden, wenn sie sie dort bei sich behielten. Meine Mutter war eine von diesen Frauen, denn sie sorgte sich um meine Schwester Marya. Wir wussten nicht, wie wir sie hinausschmuggeln sollten, denn das Tor war bewacht, und es gab strenge Vorschriften darüber, wer hinausdurfte. Also beteten wir um einen Ausweg. Und wer kam eines Tages ins Ghetto, um die dortigen Wasserleitungen zu inspizieren? Josef.“

Dieser nickte. „Ich kam mit einem anderen Inspektor in das Mietshaus und erkannte Eliasz und seine Mutter Raiza sofort wieder. Mit Blicken signalisierte ich ihr, nicht zu erkennen zu geben, dass sie mich kannte. Ich wusste, dass ich ihnen nicht würde helfen können, wenn mein Kollege vom Wasserwerk von meiner Sympathie für die Familie erfuhr. Raiza drückte Eliasz’ Arm ganz fest, damit er in dem Augenblick, in dem er meine Stimme erkannte, nicht reagierte. Ich sagte, ich müsse im Bad kontrollieren, ob alle Wasserleitungen in Ordnung wären. Dann schrieb ich hinter einer Kommode die Frage an die Wand, wie ich ihnen helfen könne. Meinen Stift ließ ich dort zurück, damit Raiza ihre Antwort aufschreiben konnte. Am darauffolgenden Tag erklärte ich meinen Vorgesetzten, es gäbe im Ghetto Probleme mit der Wasserleitung und ich müsse erneut dorthin. Der andere Inspektor weigerte sich, mich noch einmal dorthin zu begleiten, was mich nicht weiter wunderte, denn ich hatte ihm schon viele Male gesagt, er solle im Ghetto wegen der großen Seuchengefahr möglichst nichts anfassen.

Ich wusste, dass ich alleine gehen konnte, wenn ich ihm nur genügend Angst einjagte.

Bei meinem zweiten Besuch in der Wohnung im Ghetto behauptete ich, ich müsse noch einmal die Wasserleitungen im Bad kontrollieren. Eliasz führte mich hin, und ich stellte fest, dass meine Nachricht von der Wand entfernt worden war. Eliasz kniete sich hin und zog auch mich nach unten. Dann nahm er meine Hand in die seine und zog einen Stein aus der Mauer. Unter dem Stein befand sich ein Zettel mit einer Nachricht und dahinter der Stift, den ich zurückgelassen hatte. Die Nachricht lautete: ‚Bitte bringen Sie Marya aus dem Ghetto.' Ich flüsterte Eliasz zu: ‚Aber wie denn?'"

„Ich tippte vorsichtig gegen die Tasche, um ihm zu zeigen, dass er meine Schwester in der Tasche hinausschmuggeln solle", erklärte Eliasz. „In Zeichensprache erklärte ich ihm, dass wir Marya vor der Flucht ein Schlafmittel geben würden, denn wir durften auf keinen Fall das Risiko eingehen, dass sie beim Verlassen des Ghettos in der Tasche anfing zu schreien."

„Da verstand ich, wieso meine Nachricht weggewischt worden war und wieso die neue Nachricht und der Stift versteckt worden waren", fuhr Josef fort. „Wir konnten auch den Mitbewohnern in der Wohnung nicht trauen. Wir wussten nicht, ob mich nicht vielleicht einer von ihnen verraten würde. Im Ghetto hatte alles seinen Preis. Alles. Also sagte ich so laut, dass alle es hören konnten, dass die Wasserleitungen in einem schrecklichen Zustand seien und ich wiederkommen und sie in Ordnung bringen müsse. In zwei Tagen um zehn Uhr vormittags käme ich wieder. Diesen Zeitpunkt hatte ich gewählt, weil dann die meisten Bewohner der Wohnung bei ihren Arbeitseinsätzen waren.

Ich schrieb Raiza eine Nachricht, sie müsse im Haus herumerzählen, dass Marya hohes Fieber hätte und sie sich Sorgen um die Kleine mache. Nachdem ich Marya dann in der Werkzeugtasche mitgenommen hatte, sollte sie so tun, als verließe sie mit dem Baby das Haus, um einen Arzt aufzusuchen. Wenn sie dann ohne das Baby zurückkäme, sollte sie verzweifelt weinen, als wäre die Kleine gestorben. Ich wusste, dass es Raiza nicht schwerfallen würde zu weinen, wenn sie ohne ihr Kind nach Hause zurückkehren musste.

Ich schob also den Stein wieder in die Mauer zurück, beugte mich zu Eliasz und fragte: ‚Wohin soll ich sie denn bringen?', denn ich war natürlich davon ausgegangen, dass die Familie außerhalb des Ghettos Freunde hatte, die das Kind aufnehmen würden, und dass meine Aufgabe nur darin bestand, das Baby hinauszuschmuggeln. Und weißt du noch, was du darauf geantwortet hast, Eliasz?"

Sein Freund nickte: „Ich habe gesagt: ‚Wohin der Herr dich führt.'"

„Sie hatten keinen Plan", fuhr Josef fort, „sie waren verzweifelt, und ich war ihre einzige Verbindung zur Außenwelt. An diesem Abend war ich mit Katerina verabredet, und ich war sehr bedrückt, weil ich nicht wusste, wie ich eine sichere Bleibe für Marya finden sollte. Katerina erkundigte sich, was denn los sei, aber ich wollte es ihr nicht sagen, denn mir war klar, dass das, was ich vorhatte, sehr riskant war. Doch sie ließ nicht locker, und so erzählte ich es ihr schließlich und wünschte gleichzeitig, ich hätte meinen Mund gehalten, denn sie war einfach zu gutherzig. Als ich ihr alles berichtet hatte, sagte sie sofort, es sei bestimmt eine Fügung, dass ich ihr das alles erzählt hätte. Ich hatte keine Ahnung, was sie damit meinte, aber sie sagte: ‚Komm mal mit', und wir gingen in ihre Wohnung, wo Sofia gerade zu Abend aß. Ich hatte Sofia nach der Begegnung im Park natürlich häufig gesehen, aber als wir in der Wohnung ankamen, flüsterte Katerina ihrer Freundin etwas ins Ohr. Sofia bekam ganz große Augen, drehte sich zu mir um und sah mich auf eine Art und Weise an, dass ich einen Moment lang dachte, sie wäre böse auf uns. An jenem Abend erfuhr ich dann, dass Sofia zu einer Gruppe von Leuten gehörte, die Kinder aus dem Ghetto schmuggelten. Es war eine unglaublich gefährliche Arbeit. Katerina hatte kurz zuvor versehentlich von Sofias Aktivitäten erfahren und geschworen, mit niemandem darüber zu reden. Deshalb war Sofia zunächst auch böse gewesen, dass Katerina es mir erzählt hatte. Und ich werde euch auch sagen, wieso sie zunächst böse war.

In dieser Nacht erklärte sich Sofia bereit, mir zu helfen. Sie war überrascht und auch erleichtert darüber, dass wir schon alles geplant hatten und meine Werkzeugtasche und ein Schlafmittel für die Flucht benutzen wollten. Ihre Freunde bedienten sich bei ihren Aktivitäten ganz ähnlicher Täuschungen. Wir vereinbarten einen Treffpunkt, und Sofia versprach, sich danach um alles Weitere zu kümmern. Ich fragte sie, wer denn Marya aufnehmen würde, woraufhin sie antwortete, es sei besser, wenn ich das nicht wüsste, dass das Kind aber in Sicherheit gebracht werden würde. Und dann haben wir es genau so gemacht: Eliasz beschaffte von einem der vielen jüdischen Ärzte im Ghetto ein Schlafmittel. Zwei Tage später um kurz vor zehn verabreichte Raiza Marya das Mittel. Ich kam kurz darauf mit meiner Werkzeugtasche, die voller Kartoffeln war, in ihre Wohnung und gab Raiza den Kartoffelsack, den sie in ein Tuch wickelte und sich wie ein Baby vor die Brust hielt. Dabei standen ihr Tränen in den Augen, die sie aber mit aller Macht unterdrückte. Ich legte ihr schlafendes Baby in meine Werkzeugtasche und zog den Reißverschluss zu.

Dann tadelte ich sie lautstark dafür, dass sie mir mit ihren Wasserleitungen so viel Unannehmlichkeiten bereitete, gleichzeitig legte ich ihr meine Hand auf die Wange und flüsterte, dass ihr Kind jetzt bald in Sicherheit sei. Dann verließ ich eilig die Wohnung, weil ich ihre verzweifelte Trauer einfach nicht mehr ertragen konnte.

Ich begab mich zu dem vereinbarten Treffpunkt, dem Keller einer Schlachterei ein paar Straßen von meiner Wohnung entfernt. Dort wartete Sofia bereits auf mich. Ich übergab ihr das Baby, das immer noch tief und fest schlief, stieß dann einen Seufzer der Erleichterung aus und bedankte mich bei ihr. Als sie mich ansah, spürte ich genau, wie bestürzt sie über die Endgültigkeit war, die in meinen Worten mitschwang.

‚Josef', sagte sie daraufhin zu mir. ‚Es gibt noch Hunderte von Säuglingen im Ghetto, die zum Tod verurteilt sind.'

‚Was meinst du denn, wie oft solche Aktionen gelingen können?' Ich versuchte immer noch zu verstehen, was sie eigentlich von mir wollte.

Und Sofia antwortete: ‚Wie oft könntest du denn zulassen, dass ein Kind stirbt, das du eigentlich retten können hättest?'

So etwas würde ich nie zulassen. Ich erkannte in diesem Augenblick, dass Gott es so gefügt hatte, dass ich Eliasz und seine Familie vor der Entstehung des Ghettos kennengelernt hatte, damit wir diese Kinder retten konnten.

Am nächsten Tag ging ich wieder ins Ghetto und hinterließ hinter der Kommode in Eliasz' Wohnung eine Nachricht mit der Frage, ob er und seine Familie mir dabei helfen könnten, weitere Säuglinge aus dem Ghetto zu schmuggeln. Ich hatte nie vor, Katerina in eine dieser Aktionen mit hineinzuziehen. Ich sagte Eliasz, dass wir mehr Ärzte bräuchten, die bereit wären, uns mit Schlafmitteln zu versorgen, und fragte ihn, ob er solche Ärzte ausfindig machen könne."

„Natürlich erklärten wir uns einverstanden", unterbrach Eliasz ihn.

„Und haben Sie noch mehr Ärzte gefunden, die bereit waren, Ihnen zu helfen?" Tallys Stimme war leise, aber hoffnungsvoll. Auch sie hockte gespannt auf ihrem Platz und hatte sich zu den beiden Männern vorgebeugt.

„Oh ja. Die Nazis hatten viele Ärzte ins Ghetto eingesperrt. Dutzende", erklärte Eliasz. „Allein in dem Mietshaus, in dem ich wohnte, gab es ungefähr zehn."

Chase sah, wie Tally nickte und sich auf ihrem Stuhl zurücklehnte. Ihr schien eine Frage unter den Nägeln zu brennen, aber sie stellte sie dann doch nicht.

Josef wandte sich wieder an Eliasz. „Wie viele Kinder hast du aus dem Ghetto hinausgeschmuggelt, Eliasz? Zweiundzwanzig?"

„Fünfundzwanzig."

Josef nickte. „Fünfundzwanzig. Es wurden fünfundzwanzig kleine Kinder gerettet."

In Chase stieg ein seltsames Gefühl auf, als er sich vor Augen malte, wie Josef immer wieder kleine Kinder den Klauen des sicheren Todes entrissen hatte. Er wandte sich erschüttert von der Kamera ab und atmete tief durch. Unauffällig warf er den anderen einen Blick zu. Tally schien die Einzige zu sein, die etwas mitbekommen hatte. Einen Moment später trat er dann schon wieder hinter die Kamera. Er hatte keine Ahnung, wieso die Vorstellung von den geretteten Kindern ihn dermaßen mitnahm. Aus dem Augenwinkel sah er, wie auch Tally sich wieder den beiden Männern zuwandte.

„Wow", sagte Matt, „fünfundzwanzig. Und war dann der Krieg zu Ende? Haben Sie deshalb damit aufgehört?"

Josef lächelte und schüttelte den Kopf. „Nein. Nein, das war nicht der Grund, weshalb wir damit aufgehört haben. Wir wurden erwischt. Das war der Grund."

„Sie wurden erwischt?", fragte Tally entsetzt.

Josef nickte. „Und wir wurden alle nach Treblinka gebracht, einen Ort, den man damals als Arbeitslager bezeichnet hat."

„In Wirklichkeit war es ein Todeslager", murmelte Eliasz. „Aber das weißt du ja sicher, Chase, weil dein Urgroßvater auch dort gestorben ist."

„Und was ist mit der Organisation passiert, von der die Kinder hinausgeschmuggelt wurden?", hörte Chase sich sagen.

Josef zögerte einen Moment lang. „Der Schleuserring innerhalb des Ghettos war zerschlagen, weil man uns alle geschnappt hatte. Nach unserer Verhaftung haben dann aber andere weitergemacht und wieder kleine Kinder aus dem Ghetto geschmuggelt."

„Wie viele denn noch?", fragte die fremde Stimme aus Chases Innerem.

„Wie bitte?", fragte Josef nach.

„Wie viele Babys danach noch gerettet wurden?"

Josef zuckte mit hängenden Schultern. „Ach, es waren Hunderte."

Siebzehn

Tally trat mit Chase und Matt im Schlepptau in das gleißende Licht des heißen Septembernachmittags hinaus. Die Autos auf dem Parkplatz des Altersheims „La Vista del Paz“ glänzten in der sengenden Sonne. Als sie Chases Wagen erreichten, öffnete er erst einmal alle Türen, um die Hitze, die sich im Wageninneren staute, entweichen zu lassen.

„Wir werden wohl noch mal herkommen müssen.“ Matt fuhr sich mit einer Hand durch sein dunkles Haar. „Bis jetzt haben sie sich nicht mal ansatzweise über die Auswirkungen des Ghettos auf die Geschichte geäußert.“

„Na ja, vielleicht müssen wir das dann ansprechen.“ Chase öffnete den Kofferraum und verstaute sein Stativ.

„Wieso denn das?“

„Ich glaube, es ist nicht ihre, sondern unsere Aufgabe, das auf unser Soziologieprojekt zu übertragen. Gimble gibt uns mit Sicherheit keine fünfzehn Punkte dafür, dass wir nur auf unserem Hintern sitzen und zuhören, wie zwei alte Männer von der Hölle auf Erden berichten.“

Matt schaute grimmig drein. „Willst du damit sagen, dass wir nicht noch mal herkommen?“

„Nein, das will ich damit nicht sagen. Wir müssen auf jeden Fall noch mal herkommen, aber wir können nicht von den beiden alten Männern erwarten, dass sie uns sagen, was ihre Erlebnisse und Erfahrungen für unsere Generation bedeuten. Das müssen wir schon selbst herausfinden." Er lehnte seine Kameratasche gegen den Ersatzreifen im Kofferraum und polsterte sie mit einer alten Decke ab.

„Wahrscheinlich hast du recht." Matt lehnte sich ans Auto. „Und was bedeutet das dann?"

Chase klappte den Kofferraumdeckel zu und wandte sich an Tally. „Was meinst du, was das bedeutet, Tally?" Sein Tonfall war leicht ironisch, aber ein kurzer Seitenblick auf Matt bestätigte ihr, dass der die Ironie gar nicht mitbekommen hatte.

Eine Windbö wirbelte ihnen entgegen. „Ich glaube, man kann nicht innerhalb von zehn Minuten nach einem Gespräch mit Überlebenden des Holocaust auf einem Parkplatz entscheiden, was das bedeutet", erwiderte sie.

Matt schaute auf die Uhr, stieß sich vom Wagen ab und sagte: „Also, ich muss jetzt zum Fußballtraining. Ihr beiden Denkernaturen könnt ja weiter über dieser Frage meditieren. Ich für meinen Teil glaube, es bedeutet, dass es massenhaft Menschen auf dieser Welt gibt, die nichts als Scheiße im Hirn haben, und ebenso massenhaft Leute, die solche Leute mit Scheiße im Hirn auch noch ganz toll finden. Wie war es denn sonst möglich, dass die Nazis überhaupt an die Macht gekommen sind? So, und jetzt muss ich echt los. Du kannst gern vorn sitzen, Tally, ich muss ja als Erster aussteigen."

Matt schlüpfte auf den Rücksitz und Chase und Tally saßen vorne. Das Rauschen der Klimaanlage, die auf vollen Touren lief, und die eher nachdenkliche Stimmung führten dazu, dass die Fahrt zum Fußballplatz schweigend verlief.

„Wir können ja am Mittwochnachmittag noch mal hinfahren, aber das ist nächste Woche auch der einzige Termin, an dem ich Zeit habe." Als sie am Fußballplatz ankamen, zwängte Matt sich vom Rücksitz und griff nach seiner Sporttasche.

„Okay, also bis dann“, erwiderte Chase.

„Tschüss, Tally.“

„Bis dann.“

Matt trabte los und Chase fuhr wieder an. Im Außenspiegel beobachtete Tally, wie Matt einen anderen Spieler begrüßte und die beiden dann zusammen zur Umkleidekabine gingen.

Als sie wieder auf offener Strecke waren, fragte Chase sie: „Wieso hast du Eliasz eigentlich gefragt, ob er noch mehr Ärzte im Ghetto gefunden hätte, die bereit waren, ihnen zu helfen?“

Tally hielt seinem Blick stand. „Kannst du dir das nicht denken?“

Chase schaute wieder nach vorn auf die Straße. „Fragst du dich etwa, ob unser Urgroßvater einer von ihnen war?“

„Warum nicht? Möglich wäre es doch. Schließlich war er auch Arzt und er hat im Ghetto gelebt.“

Chase trommelte auf dem Lenkrad herum. „Ja, vielleicht war er dabei. Und?“

„Ich finde das, was Josef und Eliasz damals gemacht haben, unglaublich mutig. Ich wüsste wirklich gern, ob unser Urgroßvater dabei auch mitgemacht hat. Interessiert dich das denn überhaupt nicht? Ich habe deine Reaktion genau mitbekommen, als die beiden erzählt haben, wie viele Kinder sie aus dem Ghetto herausgeschmuggelt haben.“

Chase zuckte zusammen, als hätte sie ihn geschlagen.

„Du hast dich kurz von der Kamera abgewandt, als sie erzählt haben, wie viele Kinder sie gerettet haben“, fuhr Tally fort. „Ich konnte sehen, wie sehr dich das, was sie damals gemacht haben, berührt hat. Als Josef dann erzählt hat, dass sie damit aufhören mussten, weil sie erwischt und ins Konzentrationslager gebracht wurden, da hast du gefragt, wie es mit dem Schleuserring weitergegangen ist. Wie es den beiden selbst ergangen ist, danach hast du dich gar nicht mehr erkundigt.“

„Na und?"

Tally sah ihn an. „Das sollte keine Kritik sein. Ich fand es einfach nur toll, dass du wissen wolltest, wie es mit dem Rest der jüdischen Kinder im Ghetto danach weitergegangen ist. Ich verstehe nicht, wieso du das nicht zugeben willst."

„Was denn zugeben?" Sein Tonfall war ungefähr genau so trocken wie der heiße Wind außerhalb des Wagens.

Sie starrte ihn an. „Was ist denn nur los mit dir?"

Ihr Cousin schaute schweigend nach vorn auf die Straße. Tally wandte sich von ihm ab und blickte zum Seitenfenster hinaus.

„Ich weiß nicht, warum", murmelte Chase einen Moment später.

„Warum was?", fragte Tally ebenfalls murmelnd.

„Ich weiß auch nicht, wieso ich so heftig reagiert habe, als die beiden erzählt haben, wie viele Kinder gerettet wurden."

Tally drehte sich wieder um, sodass sie ihn ansehen konnte. „Du tust ganz so, als ob das, was sie damals getan haben, verrückt war."

Chase atmete hörbar aus und schüttelte den Kopf. „Nein, das meine ich gar nicht."

„Was denn dann?"

Eine Weile schwieg er, den Blick ziellos nach vorn gerichtet. „Als Josef angefangen hat zu erzählen, wie er das erste Baby gerettet hat, da hatte ich so eine Art Déjà-vu." Er redete zwar mit ihr, aber seine Stimme klang abwesend, und in Gedanken war er offenbar ganz woanders.

„Wie meinst du das?"

„Irgendwas wurde plötzlich klarer. Etwas, das bis jetzt schwer zu verstehen war …"

Sie verstand nicht, worauf Chase hinauswollte. Er schaute zwar nach vorn auf die Straße, schien aber gar nichts zu sehen außer einer Offenbarung in der Ferne, die nur für ihn erkennbar war.

„Ich habe keine Ahnung, wovon du redest." Tally drehte sich wieder nach vorn, um auf den Verkehr vor ihnen zu achten. „Pass auf, die Ampel wird gleich rot."

„Was?"

„Die Ampel!"

Chase trat voll auf die Bremse und der Wagen kam erst kurz hinter der Haltelinie mit quietschenden Bremsen zum Stehen. Ein abbiegender Wagen hupte.

„Tut mir leid", murmelte Chase.

Tally neigte den Kopf zur Seite. „Was ist eigentlich los?"

Chase trommelte mit den Fingern aufs Lenkrad. „Ich glaube, ich erinnere mich gerade wieder an etwas."

Unbehagen befiel Tally, weil Chases Stimme so seltsam klang. „Woran denn?"

Doch ihr Cousin schwieg. Kurz darauf schaltete die Ampel wieder auf Grün. „Willst du auch was trinken?"

„Jetzt?"

„Ja, da vorne ist ein Laden, in dem es tolle frisch gepresste Säfte gibt."

„Okay."

Einen Augenblick später bogen sie auf den Parkplatz einer Einkaufspassage. Chase parkte vor dem Laden mit der lila-weiß gestreiften Markise und Tischen mit Sonnenschirmen davor.

„Ich bin gleich wieder da. Such uns hier draußen schon mal einen Platz." Chase stieg aus dem Auto und verschwand in dem Lokal, während Tally sich an einen kleinen Tisch unter einem der Sonnenschirme setzte.

Ein paar Minuten später kam Chase mit zwei eiskalten, blutroten Getränken wieder heraus. Eines davon reichte er ihr. „Kirsche-Mango."

„Danke." Tally trank einen Schluck. Der Saft war süß und aromatisch. „Der ist gut."

Chase setzte sich auf den Stuhl ihr gegenüber. „Ja, sag ich doch."

Der Schirm über ihnen vibrierte ein wenig, als ein leichter Windstoß darunterfuhr. Chase trank einen weiteren Schluck von seinem Getränk und spielte dann mit dem Strohhalm herum.

„Sagst du mir, wieso wir gerade hier haltgemacht haben?“, fragte Tally.

Chase trank sehr langsam und bedächtig noch einen weiteren Schluck und meinte dann: „Ich möchte dir etwas erzählen, das ich noch nie einem Menschen erzählt habe. Ich erwarte von dir, dass du dieses Geheimnis für dich behältst, denn du selbst hast ja auch eins.“

Tally schwieg verwirrt.

Er sah sie erwartungsvoll an.

„Also gut.“

Chase nickte einmal, als wollte er sich selbst versichern, dass er ihr trauen konnte. „Als ich vier war, hat das Haus meiner Tagesmutter gebrannt. Ich kann mich nicht an alles erinnern, was an dem Tag damals passiert ist, aber an einiges schon. Zum Beispiel an das Geräusch des Feuers, als es sich in dem Zimmer ausgebreitet hat, in dem ich eigentlich schlafen sollte. Das Feuer hat gebrüllt ... wie ein Tier.“ Er schaute weg und schwieg eine Weile.

„Auch an andere Einzelheiten kann ich mich noch erinnern“, fuhr er schließlich fort. „Aber diese Erinnerungen sind eher wie Stillleben. An alles, was im Zusammenhang mit dem Feuer passiert ist, konnte ich mich noch nie erinnern, ja, nicht einmal an das Feuer selbst, und das hat mich immer irgendwie belastet. Es ist, als ob mein Gehirn das alles irgendwo abgespeichert hat, ich aber nicht drauf zugreifen kann. Und das Feuer, das ist irgendwie immer noch lebendig, und es greift immer noch nach mir, als ob es mich haben will. So als wüsste es, dass ich damals davongekommen bin.“

Tally wusste nicht, was sie dazu sagen sollte, und deshalb schwieg sie weiter.

Chase hob den Becher mit seinem Saft und nahm mit geschlossenen Augen einige Schlucke aus dem Strohhalm. Dann blickte er wieder zu ihr auf. „Ich weiß, dass das ein bisschen verrückt klingt, und deshalb habe ich bis jetzt auch noch nie mit jemandem darüber geredet. Meine Eltern glauben, dass ich mich gar nicht an das Feuer erinnern kann. Sie sprechen nie darüber.

„Und wie ist es passiert?"

„Der Sohn der Tagesmutter hatte damals Zigaretten in sein Zimmer geschmuggelt. Ich war im Obergeschoss in dem Zimmer neben seinem und sollte meinen Mittagsschlaf halten. Zumindest meine ich, dass es so war. Außer mir war da, glaube ich, noch ein Junge. Als unser Zimmer angefangen hat zu brennen, habe ich gewartet, dass jemand kommt und mich holt, und als das nicht passierte, bin ich auf allen vieren aus dem Zimmer gekrochen und das andere Kind hinter mir her. Ich erinnere mich noch genau daran, wie mir der Rauch im Hals gebrannt hat."

„Wieso ist denn niemand gekommen?"

„Na ja, irgendwann ist dann ja noch jemand gekommen, aber ich kann mich nicht erinnern, wer das war. Eine Frau jedenfalls, aber an ihr Gesicht erinnere ich mich nicht. Es gibt so vieles, das in meiner Erinnerung wie ausgelöscht ist." Er trank wieder einen Schluck und fuhr dann fort: „In letzter Zeit kommt es mir so vor, als ob da in meinem Kopf was in Bewegung ist – als ob die Erinnerung teilweise wieder zurückkehrt. Als ich zum Beispiel das Feuerzeug deines Vaters gesehen habe, das war so ein Moment. Der Sohn der Tagesmutter hatte so ein Feuerzeug. Daran habe ich mich aber erst erinnert, als ich an dem Abend, an dem du bei uns angekommen bist, deines gesehen habe. Und als Josef beschrieb, wie er diese Kinder gerettet hat, da hat irgendwas in mir *klick* gemacht, als ob eine Tür aufgegangen ist. Ich kann es gar nicht beschreiben. Es ist, als wären die Erinnerungen fast in greifbarer Nähe, aber eben nur fast."

Einen Moment lang war Tally nachdenklich. „Na ja, vielleicht, weil du ja auch gerettet worden bist", sagte sie. „Vielleicht hat es dich deshalb so betroffen gemacht, als Josef von der Rettung der Kinder erzählt hat."

„Vielleicht." Chase spielte immer noch mit dem Strohhalm in seinem Becher herum. „Früher hat Feuer mich immer nervös gemacht", gestand er, den Blick fest auf die Flüssigkeit in seinem Becher gerichtet. „Ich habe zwar nie etwas gesagt, aber ich habe es immer gehasst, wenn irgendeine Form von Feuer in meiner Nähe war. In letzter Zeit kommt es mir aber immer mehr so vor, als ob ich mich dem Feuer stellen und es mit ihm aufnehmen möchte. Als ob sich jetzt nach all den Jahren alles immer mehr zuspitzt und ich jetzt bereit wäre zu beweisen, dass ich stärker bin als das Feuer."

Tally betrachtete intensiv die Kondensationstropfen an ihrem Glas. „Wie kann man denn so etwas beweisen?", fragte sie.

Chase zuckte mit den Achseln

„Hast du Angst davor, dich an alles zu erinnern?", fragte sie.

Ihr Cousin zögerte kurz und antwortete dann: „Manchmal schon und manchmal möchte ich dann einfach nur die letzte Seite des Buches aufschlagen und die Auflösung lesen. Ich möchte den Schrank aufmachen und endlich wissen, was darin ist, verstehst du?"

Beide schwiegen einige Sekunden lang.

„Und was willst du jetzt machen?", fragte Tally.

„Ich weiß es nicht. Es ist, als würden alle Einzelheiten von damals jetzt langsam durchsickern, aber ich habe keinen Einfluss darauf, wie schnell das geht."

„Willst du denn nicht mit deinen Eltern darüber reden?"

Chase hob den Kopf und sah sie an. „Was soll ich ihnen denn sagen? Mal im Ernst. Die glauben doch, dass ich mich an gar nichts mehr erinnern kann."

„Du könntest ihnen aber sagen, dass du dich doch daran erinnerst."

„Und was würde das bringen? Sie waren ja nicht mal dabei. Ich bin der Einzige, von dem ich erfahren kann, was damals genau passiert ist."

„Aber das heißt doch nicht, dass es nichts bringen würde, wenn du ihnen davon erzählst."

Chase zog seinen Strohhalm aus dem Becher heraus und beobachtete, wie ein blutroter Tropfen vom Strohhalm auf den Deckel seines Bechers tropfte. „Ich glaube, ihnen ist es lieber, wenn wir weiter so tun, als wäre es nie passiert."

Tally runzelte nachdenklich ihre Stirn. Sie hatte Amanda und Neil und das Miteinander in der nach außen hin intakten Familie während der vergangenen Woche beobachtet. Sie erlebte zum ersten Mal hautnah den Lebensstil, von dem sie wusste, dass die meisten Menschen ihn wunderbar normal fanden. Das Familienleben der Janviers war irgendwie gleichförmig. Vielleicht hatte Chase ja recht.

„Ich glaube, du irrst dich", sagte sie dann aber. „Ich glaube, deine Eltern wüssten gern, woran du dich noch erinnern kannst. Sie scheinen doch gute Eltern zu sein."

Chase lächelte und erhob sich. Er war fertig und wollte gehen. „Genau das ist der Punkt, Tally. Gute Eltern wollen nicht an die Gelegenheiten erinnert werden, bei denen sie ihre Kinder nicht beschützen konnten."

Achtzehn

Wenn Amanda ihre Augen schloss, stellte sie sich vor, dass sie auf dem Waldweg in einem Kiefernwäldchen stand, neben dem ein unberührter Gebirgsbach entlangfloss. Die Luft war dünn und süß und umhüllte sie wie unsichtbare zarte Spitze. Ein Teppich aus Tannennadeln unter ihren Füßen flüsterte ihr zu, dass der Wald sich stetig selbst erneuerte. Safrangelbe Sonnenstrahlen zwischen den Kiefernzweigen erinnerten sie daran, dass über den Wipfeln der Bäume noch mehr kam.

Sie sog den Duft von Holz und Harz ein und stellte sich, an die Garagenwand gelehnt, vor, dass sie an einem kräftigen Baumstamm stand und der Duft dessen, was möglich war, in ihre Lunge strömte.

Das Motorengeräusch irgendeines Schneidewerkzeugs riss sie aus ihrem Traum und sie öffnete die Augen. Neil stand über seinen Arbeitstisch gebeugt und formte das nachgiebige Holz zu etwas Nützlichem. Das Geräusch der Säge endete mit einem hohen, kreischenden Ton und Neil pustete einmal der Länge nach gegen das bearbeitete Holz in seinen Händen. Eine Wolke von Holzstaub setzte sich langsam auf seiner Werkbank ab. Er strich fast zärtlich über das Werkstück, hielt es sich dann ganz nah ans Gesicht, um prüfend die Maserung zu betrachten. Noch einmal strich er dann behutsam mit dem Daumen darüber und blies erneut dagegen, um auch den letzten kleinen Krümel Sägemehl zu entfernen.

Es schien Neil nichts auszumachen, dass sie ihm bei seiner Arbeit in der Holzwerkstatt zuschaute, aber so ganz sicher konnte man da nicht sein. Es kam nicht oft vor, und wenn doch, schien er immer ein ganz klein wenig angespannt, so als belauschte sie ihn bei etwas ganz Privatem. Die einzige Person, die Neil jemals ganz offiziell eingeladen hatte, ihm in der Holzwerkstatt Gesellschaft zu leisten, war Chase, und das war inzwischen auch schon ein paar Jahre her. Amanda wand sich innerlich immer noch, wenn sie daran zurückdachte, wie Neil so getan hatte, als würde ihm Chases ganz offenes Desinteresse an der Holzbearbeitung nichts ausmachen.

„Er kann doch nichts dafür, dass ihm das keinen Spaß macht, Amanda“, hatte Neil damals gesagt, nachdem Chase zum dritten Mal die Einladung seines Vaters, mit ihm zusammen in der Holzwerkstatt zu arbeiten, ausgeschlagen hatte. „Das ist nun mal einfach nicht sein Ding.“

Chase war fünfzehn gewesen, als Neil ihn das letzte Mal darauf angesprochen hatte, und er hatte sich zu dem Zeitpunkt gerade sein erstes Computerprogramm zur Filmbearbeitung gekauft. Amanda wusste, wie sehr Chase sich darauf freute, das Programm endlich zu installieren, und sie wusste auch, wie sehr Neil sich danach sehnte, dass sein Sohn seine Liebe zu allem, was mit Holz zu tun hatte, teilen würde. Das Timing von Neils letzter Einladung hätte allerdings auch nicht schlechter sein können. An diesem Tag hatte es sie um ihrer beider willen geschmerzt. Für sie war ganz offensichtlich gewesen, dass auch Chase sich unglaublich unwohl gefühlt hatte, als er das Angebot seines Vaters ausschlug.

Ihr Mann hatte danach das Holzwerkzeug, das er für Chase gekauft hatte, endgültig weggeräumt und dann mit einem neuen Projekt begonnen – allein. Manchmal stieß Amanda auf das unbenutzte Werkzeug, wenn sie in der Garage nach Dekosachen oder Einmachgläsern suchte. Die Sachen waren immer noch originalverpackt und Neil hatte nicht einmal die Preisschilder entfernt.

Jetzt schaute Neil zu ihr herüber. Er sagte zwar nichts, aber sie konnte ihm ansehen, was er dachte. Wenn sie gekommen war, um ihm etwas mitzuteilen, dann sollte sie es doch einfach tun.

„Es riecht so gut hier drinnen“, meinte sie.

Er senkte den Kopf ein wenig und betrachtete wieder das längliche Werkstück in seiner Hand. „Das ist Zedernholz.“ Ein ganz feines Lächeln umspielte seinen Mund.

„Ist das ein Teil des Bücherregals?“ Sie deutete mit dem Kopf auf das geschnitzte Holzstück in seinen Händen.

„Nein, das ist für eine Truhe gedacht. Die Loughlins möchten Hannah zum Geburtstag gern eine Zedernholztruhe schenken.“

Ihr war sofort klar, dass Neil angeboten hatte, die Truhe für Hannah kostenlos zu bauen. Das Mädchen hatte Leukämie, und seine Eltern Dick und Julie Loughlin, mit denen die Janviers befreundet waren, hatten wahrscheinlich nicht einmal direkt erwähnt, dass sie ihrer unheilbar kranken Tochter gern eine Zedernholztruhe schenken würden – einen Ort, in den sie ihre Hoffnungen hineinlegen konnte. Neil hatte irgendwann selbst in Erfahrung gebracht, dass sie diesen Wunsch hegten, und dann hatte er sich erkundigt, ob er ihr eine solche Truhe bauen sollte.

Das war etwas, das ihr an Neil meist sehr gefiel: seine Einfühlsamkeit. Seine Großzügigkeit.

„Das ist wirklich lieb von dir“, entgegnete sie daher. „Die wird bestimmt wunderschön.“

„Das hoffe ich auch.“

„Die Loughlins haben schon so viel durchgemacht. Das relativiert doch die eigenen Sorgen, oder?“, murmelte sie.

„Welche Sorgen denn?“ Er legte das geschnitzte Holzstück zur Seite und griff nach einem glatten Brett in derselben Größe.

Amanda runzelte die Stirn. „Na ja, zum Beispiel die Frage, wie lange Tallulah bei uns bleibt, oder nicht zu wissen, wo mein Bruder steckt, und diese Geschichte mit Chase.“

Neil blickte auf und sah sie an. „Also, ich habe den Eindruck, dass es Chase ganz gut geht, und ich dachte, es gefällt dir, dass Tally hier ist.“

Sie trat ein Stückchen näher. „Ich habe Tally wirklich gern hier, aber sie vermisst Bart. Es wäre schön, die Gewissheit zu haben, dass es ihm gutgeht. Und ... und dass es Chase gutgeht, also, da bin ich mir nicht so sicher.“

Neil nahm einen Stift zur Hand, notierte ein paar Zahlen und sagte: „Wenn dein Bruder sich nicht meldet, heißt das doch wahrscheinlich, dass es ihm gutgeht. Solange wir nichts hören, gehe ich mal davon aus, dass alles in Ordnung ist. Vermutlich taucht er in ein, zwei Wochen einfach wieder hier auf. Und falls er uns aus irgendeinem polnischen Gefängnis anruft, können wir sowieso nichts für ihn tun.“

Sie wartete darauf, dass er jetzt auch noch Chase erwähnte.

„Und was ist mit Chase?“, fragte sie, als das nicht geschah.

„Ich habe dir doch schon gesagt, was ich darüber denke. Ich habe ihn diese Woche ein bisschen genauer beobachtet. Mir kommt er völlig normal vor.“ Neil legte den Stift wieder aus der Hand und griff nach dem Maßband.

Amanda sah zu, wie er es auszog, es an ein honigfarbenes Zedernholzbrett hielt und dann mit dem Stift etwas anzeichnete. Dann ließ er das Maßband wieder los, sodass es in die metallene Hülle zurückschnellte.

„Ich habe gestern in der Schule mit Penny Ryder gesprochen“, gestand sie nach einer Weile.

Neil blickte auf und sah sie an. Ausdruckslos.

„Du hast doch gesagt, das könnte ich machen“, wandte sie angesichts seines unausgesprochenen Vorwurfs ein.

„Ich weiß, was ich gesagt habe. Und was hat sie gemeint?“ Sie konnte seiner Stimme anhören, dass er sich nur mühsam beherrschen konnte.

„Sie hat gesagt, falls Chase doch noch verdrängte Erinnerungen an das Feuer hat, dann sind wir es ihm schuldig, ihm bei der Verarbeitung zu helfen, solange er noch hier bei uns zu Hause lebt.“

Neil notierte sich weitere Zahlen auf einem Zettel. „Hast du sie denn auch gefragt, woran wir erkennen können, dass er diese Erinnerungen verdrängt hat und welche Symptome dann auftreten müssten? Hält sie es für möglich, dass dreizehn Jahre ohne einen Hinweis auf unverarbeitete Erinnerungen vergehen können und er dann – *Peng!* – eines Tages beim Gemeindepicknick urplötzlich anfängt, mit einem Gasgrill zu reden?“

„Neil!“

„Ich sag doch nur, wie es ist, Amanda. Um seinetwillen. Hast du mal daran gedacht, wie er sich wohl fühlt, wenn er den Eindruck hat, dass du ihn für verrückt hältst?“

Amanda reagierte gereizt. „Ich habe nie gesagt, dass ich ihn für verrückt halte!“

„Das habe ich auch gar nicht behauptet. Ich habe nur gefragt, ob du mal daran gedacht hast, wie es sich wohl für ihn anfühlt, wenn er den *Eindruck* bekommt, dass du ihn für verrückt hältst. Was soll er denn denken, wenn du zu ihm sagst: ‚Hey, Chase, ich habe gesehen, wie du mit dem Feuer geredet hast, und ich möchte mich nur vergewissern, dass du nicht übergeschnappt bist‘?“

Amanda setzte zu einer Erwiderung an, überlegte es sich dann aber anders. Sie wusste nicht, was sie auf Neils Bedenken einwenden sollte. Sie hatte sich durchaus schon vorgestellt, wie Chase wohl reagieren würde, wenn sie sich in all dem völlig geirrt haben sollte.

Aber was war denn, wenn sie sich nicht irrte? „Penny hat gesagt, wenn Chase keine schlimmen Erinnerungen an das Feuer von damals hat, dann würde es ihm auch nicht schaden, wenn wir ihn darauf ansprechen", meinte Amanda. „Wenn wir ihn fragen und er Nein sagt, passiert gar nichts."

Neil legte den Stift zur Seite. „Und wenn er Nein sagt, aber wissen will, was passiert ist, was willst du ihm dann erzählen?"

Amanda blickte auf das geschnitzte Holzstück für Hannah Loughlins Truhe hinab. „Die Wahrheit", gab sie zurück, blickte wieder auf und sah ihren Mann direkt an.

„Die Wahrheit", echote er.

„Ja."

„Alles? Auch dass er dabei hätte sterben können und dass ein Baby bei dem Feuer ums Leben gekommen ist?" Neils Stimme geriet ins Stocken und er sah sie jetzt nicht mehr an.

Amanda hob die Hand und massierte sich die Nasenwurzel, während sie bis zehn zählte, um einen Ansturm von Gefühlen abzuwehren. Vor ihrem inneren Auge sah sie Alyssas verzweifelte Eltern bei der Beerdigung ihrer kleinen Tochter. Sie sah die Überreste des niedergebrannten Hauses wieder vor sich, an dem sie auf dem Rückweg von der Trauerfeier vorübergekommen waren. Sie sah Chase vor sich, wie er am selben Abend in seinem Bett gesagt hatte, dass sein Schlafanzug nach Rauch röche, und wie er dann später noch einmal aufgewacht war, weil er Alyssa hatte schreien hören.

„Du solltest es dir gut überlegen, Amanda." Diese letzten Worte flüsterte Neil fast.

Als sie die Hand wieder von ihrem Gesicht nahm, war diese ganz nass. Sie hatte gar nicht gemerkt, dass ihr Tränen übers Gesicht liefen.

„Aber es ist die Wahrheit", sagte sie. „Wovor glauben wir ihn denn schützen zu müssen?"

Neil beugte sich auf der Werkbank vor und stützte den Oberkörper auf seine Arme. „Wenn er sich nicht erinnern kann, braucht er auch nicht zu wissen, was passiert ist." Er sprach jedes Wort mit Nachdruck aus.

„Und was ist, wenn er sich doch erinnert?" Amandas Stimme wurde jetzt schriller und lauter, was sie selbst überraschte.

Neil blickte erschrocken auf. „Wenn Chase sich erinnern würde, dann wüssten wir das."

„Aber woher denn? Woher sollten wir das denn wissen?"

„Weil er es nicht vor uns verbergen könnte!" Neil fluchte sonst nie, aber jetzt entfuhr ihm ein leiser Fluch, und eine Ader an seinem Hals begann zu pochen. Amanda starrte ihn an. Und genau in diesem Augenblick wusste sie, dass Neil ihr etwas verschwieg. Etwas, das er über das Feuer wusste und sie *nicht* ...

Einen Moment lang sagte keiner von ihnen etwas, und es war nichts zu hören außer dem Nachhall ihrer eigenen Worte, die sie gerade ausgesprochen hatte. *Aber es ist die Wahrheit.*

„Neil." Ihre Stimme klang jetzt schwach. „Was ist los?"

Er stand immer noch an der Werkbank, den Oberkörper mit den Armen abgestützt. Sein Brustkorb hob und senkte sich ein paarmal, bevor er erwiderte: „Bitte tu das nicht." Dabei sah er sie nicht an.

„Was soll ich nicht tun? Was ist los? Was weißt du?" Amanda versuchte, Blickkontakt mit ihm herzustellen, aber er wandte sich ab.

Noch einmal sprach sie ihn an. „Was weißt du, Neil?"

Einen Moment lang herrschte wieder Schweigen und dann drehte er sich mit einem Ruck zu ihr um. „Es geht nicht um das, was ich weiß, sondern um etwas, das ich *nicht* weiß. Kannst du die Sache nicht einfach auf sich beruhen lassen?"

Angst machte sich in ihrer Brust breit. „Was weißt du *nicht?* Sag es mir!" Sie berührte Neil jetzt mit beiden Händen, aber ihr Mann schwieg weiterhin.

„Wenn es etwas mit Chase zu tun hat, dann habe ich ein Recht darauf, es zu erfahren“, sagte sie. „Ich bin schließlich seine Mutter!“

Als er sich wieder zu ihr umdrehte und sie ansah, standen ihm Tränen in den Augen. „Keith hat gesagt ...“

Ihr Herz hämmerte wie wild. Keith war der Sohn der Tagesmutter. Der Junge, der in seinem Zimmer die Zigarette angezündet hatte. „Keith? Was hat Keith gesagt? Nun rede schon!“

Neil hatte sich wieder abgewandt. Als er jetzt erneut sprach, klang seine Stimme müde und erschöpft. „Keith hat damals der Polizei gesagt, dass Chase vor dem Ausbruch des Feuers in sein Zimmer gekommen sei und das Feuerzeug dort hätte liegen sehen. Chase hätte das Feuerzeug in der Hand gehabt, als er von der Toilette wieder in sein Zimmer zurückgekommen sei. Keith hat damals ausgesagt, er habe Chase das Feuerzeug weggenommen und ihm gesagt, er solle wieder in sein Bett gehen und schlafen. Dann sei er auf den Balkon hinausgegangen, um die Zigarette zu rauchen. Er hat behauptet, er hätte das Feuerzeug auf seinem Bett liegen gelassen und mit dem Rücken zur Balkontür gestanden und geraucht. Erst als er den Rauch wahrgenommen hätte, hätte er sich umgedreht. Nach seiner Aussage hat sein Zimmer da aber schon lichterloh gebrannt.“

Neil schwieg jetzt.

„Was willst du damit sagen?“, fragte sie, und ihre Stimme klang ganz monoton, weil sie so fassungslos war.

Neil drehte sich noch einmal zu ihr um, sah sie aber nicht an. „Ich will gar nichts sagen.“

„Du glaubst, dass Chase das Feuer gelegt hat? Du glaubst, dass Chase für den Tod des Babys verantwortlich ist? Willst du das damit sagen?“ Hitze stieg in ihr auf, und sie spürte, dass sie anfing zu hyperventilieren.

„Lass es, Amanda!“

„Du glaubst, dass Chase das Baby umgebracht hat?“

„Amanda.“

„Keith hat gelogen. Er hätte doch alles ausgesagt. Wie konntest du so etwas auch nur denken?“

Neil drehte sich um. „Du denkst es doch auch gerade. Hör dir doch mal selbst zu, wie du mit mir redest, und dann sag mir, dass du es dir nicht auch gerade vorstellst.“ Neils Stimme brach und sein Gesicht war nur noch eine schmerzverzerrte Maske. „Er war damals erst vier! Er war noch viel zu jung, um zu wissen, was er tat, und das weißt du auch. Wenn dieser Idiot in einem Haus voller kleiner Kinder sein Feuerzeug auf dem Bett liegen gelassen hat, dann hat auf jeden Fall er das Baby getötet. Aber du kannst mir nicht erzählen, dass du mit absoluter Sicherheit sagen kannst, dass Chase das Feuer nicht verursacht hat. Wir waren nicht dabei.“

„Nein“, wimmerte Amanda und starrte ins Leere. „Nein. Das ist unmöglich. Keith hat gelogen. Die Polizei hätte doch ... Ganz bestimmt hat er das nicht ...“ Ihre Stimme erstarb.

„Das stimmt. Die Polizei hat Keith nicht geglaubt.“

Amanda blickte ruckartig auf. „Aber du glaubst ihm? Willst du das sagen?“

„Nein! Nein, das tue ich nicht. Ich will nicht glauben, dass Keith die Wahrheit gesagt hat, aber es geht hier nicht um das, was ich glaube und denke. Es geht hier nicht um das, was irgendwer denkt. Es geht hier nur darum, was damals wirklich passiert ist. Du sagst immer wieder zu mir: ‚Was ist, wenn er sich doch erinnert? Was ist, wenn wir uns irren?‘ Ich stelle dir dieselbe Frage: Was ist, wenn wir uns wirklich irren? Was ist, wenn Keith doch die Wahrheit gesagt hat?“

Amanda schloss die Augen und versuchte, sich die Ereignisse vorzustellen, versuchte zu sehen, wie der Sohn der Tagesmutter achtlos eine brennende Zigarette auf seinem Bett zurückließ, so wie sie es immer getan hatte, wenn sie über die schrecklichen Ereignisse nachgedacht hatte.

„Chase hat das Feuer nicht verursacht.“ Sie machte die Augen erst wieder auf, als sie das Bild ganz klar vor sich sah.

Einen Moment lang sah Neil seine Frau einfach nur an. „Willst du Chase jetzt immer noch darauf ansprechen?“

Als sie ihm eine Antwort schuldig blieb, drehte Neil sich wieder zu seiner Werkbank um.

Sie stand reglos da, unfähig, ihm zu antworten.

„Lass die Sache einfach auf sich beruhen.“ Neil nahm das geschnitzte Holzstück für die Zedernholztruhe wieder in die Hand, strich mit den Fingern darüber und liebkoste die winzigen Vertiefungen und Wölbungen.

Amanda wandte sich von ihm ab, denn der intensive Geruch des Zedernholzes wurde ihr zu viel. Sie verließ die Garage, ohne eine Antwort auf seine Frage zu haben.

Und eifersüchtig auf das Stück Holz, das Neil einen so innigen Trost spenden konnte.

Neunzehn

Das Mondlicht fiel durch die Jalousien auf Chases Bettdecke. Abgesehen davon war das blaue Flimmern seines Laptopbildschirms die einzige Lichtquelle in seinem Zimmer.

Der junge Mann kniete auf dem Boden und starrte die Streifen des Mondlichts an, die an einen weißen Lattenzaun erinnerten. Seine Hand spielte abwesend mit dem ausgefransten Rand eines Lochs in seinen Jeans.

Er hatte Tally an diesem Tag mehrmals dabei ertappt, wie sie ihn erst angesehen und dann richtiggehend angestarrt hatte. Jedes Mal, wenn sie gespürt hatte, dass es ihm auffiel, hatte sie sich abrupt abgewandt – im Auto auf dem Weg zur Schule und dann in der Mittagspause, während Matt darüber lamentiert hatte, wie lang die Abstände zwischen den Fußballweltmeisterschaften seien, und dann noch einmal später beim Abendessen.

Er hätte es ihr nicht erzählen sollen. Aber es hatte sich trotzdem gut angefühlt, endlich mit jemandem darüber zu reden ... Die Reue darüber, überhaupt etwas gesagt zu haben, hatte im Widerstreit gelegen mit der Erleichterung, die es ihm verschafft hatte, endlich über das Feuer zu sprechen.

Er war sich ziemlich sicher, dass er Tally trauen konnte, denn schließlich hatte auch sie Geheimnisse. Und Tally schien anders zu sein als die anderen Mädchen, die er kannte – nicht ausschließlich auf sich selbst fixiert und auf Jungen, die pausenlos um sie herumschlichen. Sie war keine ältere Ausgabe von Ashley. Sie war irgendwie ... anders. Vielleicht lag es auch daran, dass sie die Tochter von Onkel Bart war, von einem Mann, den er schon seit Jahren insgeheim bewunderte, denn glaubte man den Legenden, die sich um seine Person rankten, dann ließ er sich von niemandem etwas sagen. Vielleicht lag es aber auch daran, dass beide etwas geheim halten wollten, weil sich für sie alles verändern würde, wenn es ans Licht käme.

Wahrscheinlich würde sie es seinen Eltern also nicht erzählen. Aber dass er sich ihr anvertraut hatte, schien ihre Meinung über ihn geändert zu haben, und das machte ihm zu schaffen.

Chase rutschte auf den Knien vorwärts und griff unter sein Bett. Er schob etliche Videokassetten, eine alte Ausgabe einer Kinozeitschrift und eine leere Keksschachtel zur Seite und tastete suchend nach einer verzierten Aluminiumkassette. Schließlich ertasteten seine Finger das kühle Metall. Er zog die Kassette hervor, stellte sie ins Mondlicht und gab die Zahlenkombination des Schlosses ein. Die Kassette ging auf und gab den Blick auf eine Sammlung von Feuerzeugen, Streichholzheftchen aus schicken Restaurants und Bars und einen dünnen Stapel Zweidollarscheine frei.

Chase nahm ein antikes Feuerzeug aus der Kiste und strich über die glänzende Hülle mit den eingravierten Schnörkeln. Es fühlte sich in seiner Hand ganz kühl an. Er legte den Daumen auf den Zündmechanismus, ließ ihn ein Weilchen dort ruhen und fuhr dann über das Rädchen. Mit einem Klick erschien die Flamme, duckte sich und hob dann ihr kleines Köpfchen, als wollte sie nachschauen, wer es wohl freigelassen hatte. Sie schien ihm zuzuwinken. *Was hast du vor?*

Damals hatte im Haus so ein Feuerzeug wie das von Tally gelegen. Silbern und mit einem Klappdeckel.

Er erinnerte sich, dass Keith, der Sohn der Tagesmutter, Zigaretten in seinem Zimmer gehabt hatte. Und Keith hatte auch genau so ein Feuerzeug gehabt wie das hier. Chase konnte sich nicht mehr daran erinnern, wie das Zimmer in Brand geraten war, aber er erinnerte sich an den Gestank von brennendem Stoff und Tapeten. An den hörbaren Applaus der Flammen.

Aber er konnte sich nicht mehr daran erinnern, wie das Feuer ausgesehen hatte.

Besser erinnern konnte er sich an das Feuer, dem er auf dem Feld hinter ihrem Haus zwei Jahre später mit dem schmalen gelben Feuerzeug, das er dort auf dem Boden gefunden hatte, Leben eingehaucht hatte. In jenem Augenblick, als er dem zweiten Feuer zum Leben verholfen hatte, hatte es jedoch versucht, davonzulaufen, hatte versucht, ihm wehzutun.

Chase hatte diesem Feuer, das sich losreißen wollte – dem Echo jenes Feuers, welches das Haus der Tagesmutter in Schutt und Asche gelegt hatte –, einen Namen gegeben. Er nannte es Ghost.

Er war damals ungeheuer erleichtert gewesen, dass er Ghost mit einem Gartenschlauch hatte Einhalt gebieten können, bevor es sich seinen Weg zum Gartenzaun zurückgebahnt hatte und bevor irgendjemand etwas davon mitbekommen hatte. Danach hatte er Jahr für Jahr versucht, so zu tun, als existiere Ghost gar nicht.

Aber in letzter Zeit – auch schon bevor er das Streichholzheftchen in der Straßenbahn gefunden hatte – stellte Chase sich immer wieder vor, wie er Ghost endgültig und ein für alle Mal besiegen und zum Schweigen bringen würde, um ihn dann zu vergessen. Und als er Tallys Feuerzeug gesehen hatte, das dem von Keith so ähnlich sah, da war dieser Wunsch noch stärker geworden.

Chase drehte und wendete das Feuerzeug in seiner Hand und betrachtete die kleine Flamme aus allen möglichen

Blickwinkeln. Keiths Feuerzeug war nicht ganz genauso gewesen wie das hier, aber sehr ähnlich. Auf dem anderen waren kleine Gravuren und auch Schnörkel und Verzierungen gewesen, und der Zündmechanismus hatte das gleiche klickende Geräusch gemacht, wenn das Feuer dem Befehl gehorchte und erschien.

Er schloss die Augen und durchforschte seine Hirnwindungen.

Keith hatte ihm am Tag des Brandes das Feuerzeug gezeigt. Nein, Keith hatte ihn ausgeschimpft, weil er es angefasst hatte.

Keith.

Rote Haare. Nein, nicht richtig rot, sondern eher kupferbraun, grünes T-Shirt. Keith war in sein Zimmer zurückgekommen. Hinter ihm war noch das Geräusch der Toilettenspülung zu hören gewesen. Keith hatte ihn mit dem Feuerzeug in der Hand dort stehen sehen und ihn böse angeguckt.

„Hey! Was soll das? Was machst du damit?“

Er erinnerte sich.

„Das ist nichts für kleine Kinder. Geh wieder in dein Zimmer. Du hast hier nichts zu suchen.“

Wieder schloss Chase die Augen.

Er sah wieder die blaue Decke vor sich. Nein, es war gar keine Decke, sondern ein Teppich oder eine Matratze. Ja, er hatte auf einer mit blauem Stoff bezogenen Matratze gelegen.

In dem Zimmer gab es zwei solcher blauen Matratzen und ein Kinderbett.

Der andere kleine Junge, der außer ihm noch dort schlief, war blond und hatte ein gestreiftes Hemd an mit einem orangefarbenen Fleck am Kragen – wahrscheinlich vom Mittagessen.

Jetzt hatte Keith das Feuerzeug in der Hand. Er stand an seinem Bett. Die Tür war einen Spaltbreit offen. Er drückte oben auf das Feuerzeug und eine muntere kleine Flamme tanzte aus dem silbernen Feuerzeug empor. Keith hatte eine Zigarette im Mund. Er neigte den Kopf leicht zur Seite, um sie anzuzünden. Mit einem Klick wurde der Deckel wieder über den Zündmechanismus gestülpt, und weg war die Flamme.

Dann folgte eine Erinnerungslücke und danach war da Rauch. Und das Brüllen des wilden Tieres.

Keine Luft, keine Luft.

Mama! Papa!

Heiß.

Jemand weint.

Keine Luft.

Der Teppich ist heiß. Seine Augen brennen. Jemand weint laut.

Mama!

Papa!

Er erschrak, als es an seiner Tür klopfte, und das Feuerzeug fiel ihm aus der Hand. Mit einem Ruck machte er die Augen auf.

„Chase?“

Es war Tally.

„Kann ich deinen Computer mal benutzen? Am anderen sitzt Ashley.“

Ihre Stimme klang durch die geschlossene Tür winzig und dünn. Er verspürte plötzlich einen ungeheuren Druck auf den Ohren.

Chase griff in dem Moment nach dem Feuerzeug, als die Tür aufging und eine Flut bernsteinfarbenen Lichts in sein Zimmer strömte. Tally stand im Türrahmen und wollte gerade etwas sagen.

„Ich ... ich dachte schon, du wärest gar nicht hier drin“, begann sie und verhaspelte sich beim Sprechen. „Du hast nicht geantwortet und es war auch kein Licht an.“

„Ich hab zu tun“, entgegnete Chase, aber seine Worte waren nicht mehr als ein Flüstern, und er wusste nicht genau, ob sie ihn überhaupt verstanden hatte.

„Wieso sitzt du denn hier im Dunkeln?“

Sie stand jetzt im Zimmer und sah ihn an. Er spürte, dass ihm Schweißperlen auf der Oberlippe standen.

„Ist alles in Ordnung? Soll ich deine Mutter holen?“, fragte sie.

„Nein!“, krächzte er und rappelte sich auf. Dabei ließ er das Feuerzeug fallen und es landete mit einem leisen dumpfen Geräusch auf dem Teppichboden. Einen kurzen Moment lang starrten sie beide auf die Stelle, an der es lag.

Dann kniete Tally sich hin und hob es auf. „Was machst du damit?“, fragte sie und ihre Stimme klang misstrauisch.

„Nichts“, antwortete Chase hastig.

Sie drehte und wendete das Feuerzeug in ihren Händen. Er merkte, dass sie fieberhaft nachdachte – aber über was? Vielleicht, ob sie alles seinen Eltern erzählen sollte?

„Ich hab gedacht, dass ich mich vielleicht wieder an alles erinnern könnte, wenn ich es mir anschaue, und so war es auch. Der Sohn der Tagesmutter hatte damals genauso ein Feuerzeug wie das hier. Er hat mich dabei erwischt, wie ich es mir angeschaut habe, und daraufhin hat er mich aus seinem Zimmer geworfen.“

Tally blickte wortlos von dem Feuerzeug zu ihm und dann wieder auf das Feuerzeug.

Chase ließ sich schwerfällig auf sein Bett fallen. Er musste sie davon überzeugen, ihm das Feuerzeug dazulassen. Dieses Feuerzeug war der Schlüssel zu den Erinnerungen an seine Vergangenheit. Eine Vergangenheit, die er verloren hatte, jetzt aber offenbar endlich zurückbekam. Er konnte es ihr unmöglich zurückgeben. Jedenfalls jetzt noch nicht.

„Ich erinnere mich an das Zimmer, in dem ich war, an das andere kleine Kind und sogar daran, was der andere Junge angehabt hat“, fuhr Chase fort. „Ich erinnere mich, wie der Sohn der Tagesmutter sich die Zigarette angezündet hat, die dann das Feuer verursacht hat. Ich erinnere mich, dass ich keine Luft gekriegt habe, und an diese Hitze, daran, dass mich jemand gepackt hat. Es kommt alles langsam wieder."

Tallys Blick ruhte auf dem Feuerzeug. „Ich glaube, du solltest es deinen Eltern erzählen."

Das Feuerzeug glänzte in ihrer Hand. Er würde eine Abmachung mit ihr treffen müssen, falls sie es zurückhaben wollte. Chase erhob sich, schloss die Zimmertür, kam zum Bett zurück und setzte sich wieder. „Ich glaube, dass ich damit lieber noch warte. Wenn ich ihnen jetzt etwas davon erzähle, solange alles noch so unklar ist, machen sie sich nur Sorgen, und wenn sie sich Sorgen machen, hilft mir das kein bisschen weiter. Und ihnen auch nicht. Aber ich verspreche dir, dass ich es ihnen sage. Wenn es so weit ist, werde ich mit ihnen darüber reden."

„Aber es kann doch auch sein, dass deine Eltern die Dinge wissen, an die du dich noch nicht erinnern kannst. Vielleicht können sie sie dir ja sagen. Dann bräuchtest du nicht mehr herumzurätseln oder irgendwelche Vermutungen anzustellen, und das hier bräuchtest du dann auch nicht." Bei diesen Worten hielt sie das Feuerzeug hoch.

„Wenn sie den Wunsch hätten, mir das zu sagen, woran ich mich nicht erinnern kann, dann hätten sie es doch schon längst getan. Ich glaube, das Feuer verfolgt sie genauso wie mich, aber irgendwie auf andere Weise. Sie möchten es am liebsten vergessen. Ich dagegen möchte mich erinnern. Wenn ich später zu ihnen gehen und ihnen erklären kann: ‚Hey, ich möchte euch nur sagen, dass ich mit dem klarkomme, was damals passiert ist, als ich vier war. Ich erinnere mich daran, aber ich kann damit leben', dann kriegen wir beide, was wir uns wünschen."

Tally ging zum Bett hinüber und setzte sich neben ihn. Beide wurden vom Mondlicht beschienen. „Aber was ist, wenn du dich nicht an alles erinnern kannst? Wenn die Erinnerung einfach nicht wiederkehrt oder an einem bestimmten Punkt immer abbricht?"

„Darüber mache ich mir Gedanken, wenn es so weit ist."

Tally saß eine Weile einfach schweigend neben ihm. „Wieso kannst du dich nicht einfach darüber freuen, dass du damals mit dem Leben davongekommen bist? Warum musst du dich unbedingt erinnern?"

Das Gespenst von Ghost wirbelte um ihn herum. Chase konnte die Asche riechen, den Geruch seiner Macht – selbst jetzt, wo er im kühlen Schatten seines mondhellen Zimmers saß. „Weil es mir so vorkommt, als ob mich das Feuer an etwas erinnern will."

Wieder verstrich ein Moment schweigend.

„Das versteh ich nicht", sagte Tally schließlich.

„Ich erwarte auch nicht, dass das irgendjemand außer mir versteht."

Tally schien nicht gerade überzeugt.

„Jedes Mal, wenn ich mich an etwas Neues erinnere, ist es, als ob es mich ein Stückchen mehr loslässt", erklärte Chase.

„Woran erinnerst du dich denn?"

Chase sah wieder die blauen Matratzen vor sich. Keith. Das Feuerzeug. Den blonden Jungen. Dann Rauch. Hitze. Die betäubende Explosion von Macht. Angst.

„An alles in der Mitte", sagte er. „An das Feuer selbst."

Tally schwieg. Als sie Luft holte, um etwas zu sagen, hielt sie ihm das Feuerzeug wieder hin. „Du kannst es aber nicht behalten", meinte sie. „Wenn mein Vater zurückkommt, musst du es mir wiedergeben."

Chase spürte, dass ihn ein wonniges Gefühl durchfuhr, als er nach dem Feuerzeug griff. „Ich will es doch gar nicht behalten." Seine Finger schlossen sich um das glatte Metall. „Im Grunde kann ich es gar nicht erwarten, es dir zurückzugeben."

Tally nickte und stand dann auf.

„Willst du immer noch an meinen Computer?“, fragte er.

Sie ging zur Tür. „Ich seh mal nach, ob Ashley jetzt fertig ist. Du solltest hier nicht im Dunkeln herumsitzen. Das ist gruselig.“

„Du kannst gern das Licht anmachen.“

Beim Hinausgehen drückte Tally auf den Lichtschalter. Dann drehte sie sich noch einmal zu ihm um. „Verlier es bloß nicht. Mein Vater würde ausflippen.“

„Nein, ich pass schon drauf auf.“

Sie zögerte noch kurz und verließ dann das Zimmer. Ganz leise zog sie die Tür hinter sich zu.

Er wartete, bis ihre Schritte erst im Gang und dann auf der Treppe nicht mehr zu hören waren. Dann drehte und wendete er das Feuerzeug in seinen Händen, öffnete es und betätigte mit dem Daumen den Zündmechanismus.

Eine kleine Flamme sprang hervor und flackerte in einer langsam wiegenden Bewegung.

Chase.

Chase.

Chase.

Die Flamme schien bedürftig. Hungerte nach Bestätigung.

Chase runzelte beunruhigt die Stirn.

Zwanzig

Ihre Tante saß mit einem langstieligen, funkelnden Weinglas am Esstisch. Eine kleine Schachtel mit Fotos stand geöffnet darauf und eine Handvoll Fotos lag ausgebreitet auf der glänzenden Tischplatte. Amanda trank einen Schluck aus dem Glas, stellte es wieder ab und seufzte leise.

Tally war eigentlich ins Esszimmer gekommen, um mit Amanda zu reden, aber sie wusste nicht, wie sie das Schweigen brechen sollte. Irgendwie hatte sie das Gefühl, in einen heiligen Augenblick hereingeplatzt zu sein.

Amanda erschrak. „Ach, Tally. Ich habe dich gar nicht kommen gehört. Ich hab mich richtig erschrocken."

„Tut mir leid. Ich wollte dir nur sagen, dass wir morgen nach der Schule noch mal ins Altersheim fahren. Wir bringen aber nach der Schule erst das Auto von Chase nach Hause. Matt holt uns dann hier ab."

„Klar. Freut mich, dass das Projekt so gut läuft … zumindest scheint es so, als ob es gut läuft, oder?"

Tally trat noch einen Schritt ins Zimmer hinein und nickte. „Doch, schon. Das sind wirklich zwei interessante Typen. Eliasz ist Jude und blind, Josef ist Katholik. Hat Chase dir erzählt, dass sie damals Kinder aus dem Warschauer Ghetto herausgeschmuggelt haben?"

„Nein, hat er nicht, aber ich habe auch noch gar nicht nachgefragt, wie euer erstes Interview gelaufen ist. Ich gebe mir Mühe, nicht in alles meine Nase hineinzustecken. Chase macht also seine Sache gut und kommt voran? Ich meine mit dem Projekt? Läuft es gut mit den Filmaufnahmen?"

Das seltsame Gespräch, das Tally mit Chase geführt hatte, lag noch nicht einmal eine Minute zurück. Sie hatte keine Ahnung, was sie Amanda darüber sagen sollte, wie Chase zurzeit mit seinen schulischen Herausforderungen fertigwurde. „Doch, ich glaube schon. Beim Filmen und beim Bearbeiten des Filmmaterials können Matt und ich Chase ja nicht viel helfen."

„Ja, stimmt. Daran hatte ich gar nicht gedacht."

Tally schaute auf die Fotos. Sie wirkten alle trist und farblos. Männer und Frauen in dunkler Wolle mit stoischen, ernsten Gesichtern. Kinder mit kurz geschnittenen Haaren in Anzügen und Halbschuhen.

„Sind die aus Polen?", fragte sie.

Amanda nickte. „Ich hatte gehofft, dass auf den Bildern vielleicht irgendwelche Hinweise zu finden wären, wohin dein Vater gereist ist. Aber meine Großmutter hat nicht viel von ihrem Leben dokumentiert. Zur Hälfte dieser Fotos gibt es gar keine Angaben, und bei vielen der abgebildeten Personen weiß ich noch nicht einmal, wer das ist. Ich habe fast den Eindruck, als hätte sie auch gar nicht gewollt, dass wir es wissen."

Tally betrachtete die Personen auf den sepiafarbenen Bildern. Auf einem war ein großer bärtiger Mann in einem weißen Arztkittel zu sehen. Er blickte ins Leere, als ob er lieber in die Zukunft geschaut hätte, statt für einen Fotografen zu posieren.

„Ist das mein Urgroßvater?", erkundigte sie sich.

Amanda nickte. „Ja, das ist Aron Bachmann. Es wurde sechs Monate vor dem Einmarsch der Deutschen aufgenommen. Wahrscheinlich ist es das letzte Foto von ihm."

„Sind auch Bilder von meiner Urgroßmutter dabei?"

„Es gibt eines, auf dem sie vor dem Krankenhaus steht, in dem sie gearbeitet hat. Es muss auch irgendwo in der Schachtel sein. Ich glaube, das Bild wurde vor ihrer Heirat aufgenommen. Und dann gibt es noch das hier." Amanda gab ihr ein Foto von einer Frau in einem cremefarbenen knöchellangen Kleid und mit einem kleinen Sträußchen Teerosen in der Hand. Braune Locken umspielten ihr ausdrucksloses Gesicht. „Ich glaube, das wurde an dem Tag aufgenommen, als sie hier in Amerika zum zweiten Mal geheiratet hat", sagte Amanda. „Wahrscheinlich sind die meisten Familienfotos im Ghetto verloren gegangen, als sie und mein Vater geflohen sind. Wenn ich mich zurückerinnere, dann muss ich sagen, dass meine Großmutter keine besonders gefühlsbetonte Frau war. Ich hatte immer irgendwie ein bisschen Angst vor ihr. Ich glaube, dass der Krieg sie verändert hatte. So wie er fast alle Menschen verändert hat."

„Wie hieß sie eigentlich?"

„Marta."

„Und wie sind sie und Großvater aus dem Ghetto herausgekommen?", fragte Tally.

Amanda schüttelte den Kopf. „Darüber hat sie nie gesprochen. Mein Vater muss sich zumindest an Bruchstücke dessen erinnert haben, was damals passiert war, aber auch er wollte nie darüber reden. Er war sechs, als die Deutschen Polen überfielen, und fast zwölf, als der Zweite Weltkrieg zu Ende war. Er muss also zumindest einige Erinnerungen an das Ghetto gehabt haben. Aber er wollte nie darüber reden. Nie. Das musste ich wohl oder übel akzeptieren."

„Wie war er denn so?"

Amanda klopfte mit der Handfläche auf den Sitz des Stuhles neben ihr. „Dein Vater hat also nicht viel erzählt?"

Tally setzte sich. „Nein. Er hat nie über früher gesprochen. Er hat mir einmal erzählt, dass er und sein Vater über so ziemlich alles unterschiedlicher Meinung waren. Wenn mein Vater etwas Blaues sah, sagte sein Vater, es wäre rot. So auf diese Art."

Ihre Tante griff ein Foto heraus, auf dem ein kleiner Junge in kurzen Hosen und Jackett zu sehen war, der an einer verschlissenen Couch stand. Sie reichte es Tally.

„Das ist mein Vater Edward. Wahrscheinlich ist er da ungefähr vier oder fünf Jahre alt."

Amanda trank noch einen Schluck aus ihrem Weinglas und stellte es dann wieder ab. „Mein Vater war älter als die Väter meiner Freundinnen, weil er schon einmal verheiratet gewesen war. In mancherlei Hinsicht war er wie Neil und dann wieder auch kein bisschen so wie er. Aber ich weiß nicht, ob er und Bart überhaupt irgendwas gemeinsam hatten außer ihrer Entschlossenheit."

Tally schwieg und wartete ab, dass Amanda weitersprach.

„Mein Vater – also dein Großvater – mochte keine Überraschungen, und Bart, nun ja, der war ja eine Art personifizierte Überraschung", fuhr Amanda fort. „Unsere Mutter, eine sehr zarte und empfindliche Person, kam mit dieser Unterschiedlichkeit der beiden gar nicht gut zurecht. Sie stritten oft und über alles Mögliche. Als Bart dann von zu Hause fortging, wurde irgendwie alles besser, zumindest eine Zeitlang." Amanda drehte sich kurz zur Seite, um Tally anzusehen. „Das meine ich gar nicht böse. So war es nun mal."

Tally nickte.

„Aber ich habe Bart sehr vermisst", fuhr ihre Tante fort. „Es wurde zwar ruhiger, aber auch langweilig. Meine Eltern führten auch eine etwas seltsame Ehe. Mein Vater und seine erste Frau waren sieben Jahre verheiratet gewesen und hatten keine gemeinsamen Kinder. Ich weiß nicht so genau, wieso es zur Scheidung kam, denn auch darüber wurde nie gesprochen, aber ich glaube, dass er einigen Ballast aus der ersten mit in die zweite Ehe gebracht hat. Na ja, und dann waren da zusätzlich auch noch die belastenden Kriegserinnerungen. Das hat ihn die ganze Zeit auf Schritt und Tritt verfolgt. Ich war dann letztlich genauso froh wie Bart ein paar Jahre zuvor, als ich endlich auf eigenen Füßen stand. Allerdings habe ich nicht so extrem mit meinem Elternhaus gebrochen wie Bart. Nach der Scheidung unserer Eltern hat unsere Mutter schon nach zehn Monaten wieder geheiratet. Sie lebt jetzt in Australien."

„Ja, das hat mir mein Vater erzählt", sagte Tally.

Amanda schaute sie einen Moment lang an. „Hat … hat dein Vater jemals etwas darüber gesagt, dass Großvater ihm nicht den Anteil seines Nachlasses vererbt hat, der ihm zugestanden hätte?"

„Seines Nachlasses?"

„Ich meine sein Testament. In seinem Testament hat Großvater Bart nicht berücksichtigt. Ich habe sogar noch versucht, Bart einen Teil meines Erbes zu überlassen, aber er wollte damals nichts davon haben."

Tallys Vater hatte ihr nie etwas von einem Nachlass oder einem Testament erzählt.

„Es war nicht besonders viel, Tally. Ich möchte, dass du das weißt. Nach Abzug der Erbschaftssteuer und den Kosten für das Begräbnis war kaum noch etwas davon übrig."

„Okay." Tally wusste nicht so genau, worauf ihre Tante hinauswollte.

„Und ich weiß auch nicht, was in der Schachtel war, die ich im Auftrag meines Vaters an Bart geschickt habe."

„In welcher Schachtel?"

„Na, in der Schachtel mit dem Brief. Du hast doch gesagt, in der Schachtel, die ich nach dem Tod meines Vaters geschickt habe, wäre ein Brief gewesen." Amanda trank wieder einen Schluck Wein und sah Tally über ihren Brillenrand hinweg an.

Tally wusste nicht, wie viel von alldem ihr Vater für sich behalten wollte, aber den Inhalt des Briefes auf jeden Fall, da war sie sicher. Er hatte sie gebeten, mit niemandem darüber zu reden, aber alles andere hatte er nicht erwähnt. Doch das spielte ja jetzt offenbar auch keine Rolle mehr, denn die Taschenuhr und der Ehering waren ja ohnehin längst weg.

Amanda stellte das Glas wieder ab. „Ich will dich ja nicht drängen, mir zu sagen, was in dem Brief stand, Tally, wirklich nicht. Aber wenn sonst noch etwas in der Schachtel war, das einen Hinweis darauf geben könnte, wo Bart ist, dann solltest du vielleicht doch darüber reden."

„Da war nur der Brief, der Ehering eurer Großmutter, eine Taschenuhr und ein Feuerzeug."

Amanda blinzelte. „Das war alles?"

Tally nickte.

Amanda fuhr mit den Fingern am Stiel des Weinglases entlang. Es folgte eine lange Pause. Tally wollte schon aufstehen und weggehen, als ihre Tante weitersprach.

„So viele Geheimnisse", murmelte Amanda.

„Wie bitte?"

„Wir haben so viele Geheimnisse. Und wir tun so, als würden wir sie nur wahren, um anderen nicht wehzutun."

Offenbar redete ihre Tante mit sich selbst. Tally wusste nicht, ob von ihr eine Reaktion erwartet wurde.

„Meine Großmutter hatte so ihre Geheimnisse, mein Vater hatte seine und du hast auch welche. Und ich …" Amandas Stimme erstarb. Sie schloss ihre Finger um den Stiel des Glases und führte es zum Mund. Als sie es wieder abgestellt hatte, wandte sie sich erneut Tally zu. „Und was gewinnt man dadurch? Überleg doch mal. Welches Geheimnis hat schon mal für irgendjemanden etwas Gutes bewirkt? Fällt dir auch nur eine Sache ein?"

„Ich habe es versprochen", sagte Tally leise.

„Ich verlange ja auch gar nicht, dass du mir dein Geheimnis verrätst, Tally. Ich frage dich nur, welches Geheimnis schon jemals positive Folgen hatte."

Tally runzelte die Stirn. Eine Sache fiel ihr ein, bei der ein Geheimnis viel Gutes bewirkt hatte. „Manchmal kann man dadurch Menschenleben retten", sagte Tally.

Amanda blinzelte sie an. „Wie meinst du das?"

„Josef und Eliasz haben damals im Zweiten Weltkrieg fünfundzwanzig Babys aus dem Ghetto herausgeschmuggelt. Die Kinder wären wahrscheinlich alle umgekommen, wenn sie nicht weggebracht worden wären, denn es gab dort weder genug zu essen noch Medikamente. Josef hat uns erzählt, dass damals Hunderttausende von Menschen im Ghetto ums Leben gekommen sind."

„Babys …", wiederholte Amanda.

„Ja, fünfundzwanzig Babys. Aber das musste natürlich alles heimlich passieren. Und als ihr Geheimnis herauskam, da hat man sie ins Konzentrationslager gesteckt. Sie hätten noch mehr Babys retten können, wenn ihr Geheimnis geheim geblieben wäre, aber irgendjemand hat sie verraten."

„Das war dann also ein gutes Geheimnis", sagte Amanda leise.

„Na ja, irgendwie schon."

„Ich wünschte, ich wüsste, dass es ihm gutgeht", fügte Amanda nach einer weiteren langen Pause hinzu.

Tally nahm an, dass sie damit Bart meinte, aber die Worte ihrer Tante schienen seltsam vage.

„Du machst dir aber doch keine Sorgen, oder?", fuhr Amanda dann fort. „Du wunderst dich, aber du machst dir keine Sorgen."

Tally schwieg. Ihr Vater hatte einmal zu ihr gesagt, dass es dumm sei, sich wegen etwas Sorgen zu machen, das noch gar nicht passiert sei und wahrscheinlich auch gar nicht passieren würde.

Schweigend saßen die beiden Frauen in der stillen Küche. Amanda nahm ein Foto von einer dunkelhaarigen Frau in einem langen weißen Kleid in die Hand und strich mit dem Finger am Rand des Fotos entlang.

„Ich weiß nicht, wer das hier ist."

Als Tally darauf nichts erwiderte, sprach Amanda weiter. „Weißt du, deiner Mutter bin ich ein Mal begegnet", sagte

Amanda matt. „Sie und dein Vater waren in Los Angeles, um Freunde zu besuchen. Neil und ich wohnten damals noch in Orange County. Meine Eltern kamen auch zu dem Treffen.“ Amanda drehte sich zu Tally. „Sie war damals mit dir schwanger, aber man konnte es noch nicht wirklich sehen.“

Soviel Tally wusste, gab es nicht viele Leute, die ihre Mutter gekannt hatten. Es war ihr also in ihrem Leben bisher noch nicht so oft passiert, dass sie hatte fragen können, wie ihre Mutter so gewesen war. Vielleicht hätte sie irgendwann ihre Großmutter danach fragen können, wenn ihnen mehr Zeit geblieben wäre.

„Mochtest du sie?“, fragte Tally.

Amanda nickte. „Deine Mutter war so … so schön. Wirklich umwerfend. Aber nicht so wie ein Model oder ein Filmstar. Als wir uns das erste Mal gesehen haben, fand ich sie noch gar nicht so besonders schön. Ihre Augen und auch ihr Mund waren irgendwie … hart. Ich weiß gar nicht, wie ich es sonst beschreiben soll. Aber je länger ich Janet anschaute, desto mehr wurde mir klar, was für eine aparte Schönheit sie war. Und Bart war bis über beide Ohren in sie verliebt.“

„Hat sie ihn auch geliebt?“

Amanda schüttelte langsam den Kopf. „Ich weiß es nicht. Ich glaube jedenfalls nicht, dass sie damals schon bereit war, Barts Familie vorgestellt zu werden. Ich glaube, es war Barts Idee, uns zu treffen, damit wir uns kennenlernen. Und als wir dann alle in einem Raum zusammensaßen, schien selbst er sich zu wünschen, er hätte niemandem gesagt, dass er in der Gegend sei. Du weißt ja, dass er und unser Vater kein normales Gespräch miteinander führen konnten, ohne sich zu streiten. Janet und ich haben damals nicht viel miteinander gesprochen. Ich wollte sie gerne besser kennenlernen, aber sie war kein besonders gesprächiger Mensch. Jedenfalls hat sie mit mir nicht viel geredet.“

Tally schloss die Augen und versuchte sich vorzustellen, wie ihre Mutter Amanda die Hand gegeben und gesagt hatte: „Freut mich, dich kennenzulernen“, und wie Amanda mit Chase auf dem Arm dagestanden hatte, der damals ja noch ein Baby gewesen sein musste.

Als sie die Augen wieder öffnete, sah ihre Tante sie an. „Du hast ihre Augen, aber insgesamt siehst du doch deinem Vater ähnlicher. Und auch mit meinem Vater hast du Ähnlichkeit.“

Wieder verstrichen ein paar Sekunden schweigend.

Tally griff nach dem Foto ihres Urgroßvaters. „Kann ich mir das Foto mal ausleihen? Ich würde es gern Josef zeigen.“

Amanda betrachtete das Foto von Aron Bachmann. „Wieso denn das?“

„Weil Josef und Eliasz uns erzählt haben, dass es damals viele jüdische Ärzte gab, die ihnen dabei geholfen haben, Kinder aus dem Ghetto zu schmuggeln. Sie haben ihnen Schlafmittel gegeben und so getan, als ob die Babys, die zur Behandlung zu ihnen gebracht wurden, gestorben wären.“

„Und jetzt fragst du dich, ob Aron Bachmann einer von diesen Ärzten war.“

„Das wäre doch möglich.“

Amanda schaute wieder das Foto in Tallys Hand an. „Ja, möglich wäre es. Das wäre ja wirklich was, wenn sie ihn gekannt hätten, oder? Fragst du sie?“

Tally nickte.

„Dann nimm das Foto nur.“ Ihre Tante schob die auf dem Tisch verteilten Fotos wieder zu einem Haufen zusammen und legte sie in die Schachtel zurück. „Erzählst du mir dann, was sie gesagt haben?“

Amanda stand auf, legte den Deckel auf die Schachtel und stellte sie auf die Anrichte. „So, ich muss jetzt noch ein paar Klassenarbeiten korrigieren“, sagte sie und schob ihren Stuhl unter den Tisch. Als sie das Esszimmer verließ, fragte Amanda Tally, ob sie vielleicht Lust auf eine schöne Tasse heiße Schokolade hätte.

Einundzwanzig

Amanda lehnte in ihrem Klassenraum am Geländer des Baumhauses, das Neil gebaut hatte, und blickte zu dem Neunjährigen hinauf, der ganz versunken in einer Ecke kauerte und ein Buch in der Hand hielt. Beim mühsamen Entziffern der einzelnen Wörter bewegten sich die Lippen des Jungen unablässig mit. Es hatte schon zum Unterrichtsschluss geläutet und mit Ausnahme einer weiteren Schülerin hatten auch bereits alle Kinder den Klassenraum verlassen.

Von ihrer Position aus konnte Amanda Gary sehen, der zusammen mit dem Mädchen und einem Mathebuch in einer Ecke des Raumes saß. Das Mädchen hockte mit finsterer Miene da. In diesem Moment sagte Gary irgendetwas, das es zum Lächeln brachte.

Amanda richtete ihre Aufmerksamkeit wieder auf den Jungen im Baumhaus.

„Es ist Zeit zu gehen, James“, sagte sie leise. „Du willst doch sicher nicht deinen Bus verpassen, oder?“

Der Junge blickte auf und schlug dann sein Buch zu. Er hangelte sich zur Hälfte die Strickleiter hinab und sprang dann von dort aus auf den Boden. „Ich nehme es mit nach Hause.“

„Toll.“ Amanda schaute zu, wie er seine Schultasche von seinem Platz holte und den Roman hineinschob. Er grölte noch einen Abschiedsgruß in den Raum und flitzte dann hinaus.

Kurz darauf erhob Gary sich. „Du wirst das kapieren, Madison. Du verstehst es doch eigentlich jetzt schon. Nicht aufgeben, ja?"

„Na gut", murmelte das Mädchen.

„Bis morgen dann."

Das Mädchen zockelte hinaus und Gary wandte sich an Amanda.

„Meine Güte, waren die Eingeborenen heute wieder unruhig", scherzte er.

„Das kann man wohl sagen."

Gary musterte sie einen Moment lang. „Wie läuft es?"

Amanda zog die Schultern hoch und ließ sie dann wieder sinken. „Ganz gut."

Ihr Kollege fing an, Arbeitsmaterialien in den Schrank zu räumen, der hinter seinem Pult stand. „Du kommst mir heute schon den ganzen Tag irgendwie abwesend vor, so als ob du ganz weit weg wärst."

Dabei hatte sie gedacht, es wäre ihr recht gut gelungen, die Fassade aufrechtzuerhalten und unbeschwert zu wirken. Amanda wollte seine Beobachtung mit einer geistreichen Bemerkung kontern, aber es kam einfach nichts heraus.

Er trat einen Schritt auf sie zu. „Was ist denn los? Ist was mit Chase?"

Wieder wollte Amanda etwas sagen, aber eine Woge der Frustration brach sich in ihrem Inneren.

Gary kam noch näher heran und lehnte sich über ihr Pult. „Möchtest du vielleicht darüber reden?"

Sie blinzelte Tränen weg und räusperte sich. „Nein", sagte sie, und ihre Stimme klang sogar in ihren eigenen Ohren seltsam gepresst. Sie setzte sich auf ihren Stuhl hinter dem Pult.

„Alles klar." Gary nahm ein Papiertuch aus der Schachtel auf seinem Schreibtisch, gab es ihr und wollte gerade wieder an seinen Platz zurückgehen, als sie ihre Hand ausstreckte und ihn aufhielt.

„Tut mir leid", murmelte sie. „Tut mir wirklich leid. Ich kann ja selbst kaum fassen, wie ich mich gerade aufführe." Amanda tupfte sich mit dem Papiertuch über die Augen.

„Hey, es ist doch kein Zeichen von Versagen, wenn du eingestehst, wie du dich wirklich fühlst. Wenn ich eines aus meiner Scheidung gelernt habe, dann das."

Sie presste die Lippen fest aufeinander und schüttelte den Kopf, während sie das Papiertuch akkurat zu einem Quadrat zusammenfaltete. „Ich weiß gar nicht, wie ich mich eigentlich fühle", meinte sie.

„In Bezug auf was? Wart ihr bei einem Psychologen? Hat er euch etwas gesagt, womit ihr noch nicht richtig fertigwerdet?"

Amanda lehnte sich nach vorn, die Ellbogen auf der Tischplatte und den Kopf auf die offenen Handflächen gestützt. Sie war nur wenige Zentimeter von Gary entfernt und nahm den Duft seines Rasierwassers wahr.

„Nein, nicht das, was ein Psychologe gesagt hat, setzt mir zu, sondern etwas, das Neil gesagt hat."

Gary beugte sich vor und versuchte Blickkontakt aufzunehmen. Sie spürte, wie sie innerlich ein wenig erschauderte.

„Was hat Neil denn gesagt?" Seine Stimme war samtweich.

Amanda sprang von ihrem Stuhl auf und fing an, auf dem Teppich hinter ihrem Pult hin und her zu tigern. „Ich hasse das. Ich hasse dieses Mutmaßen und Spekulieren. Ich will die Wahrheit wissen. Neil sagt, dass ich das gar nicht will, aber da irrt er sich. Ich will die Wahrheit. Ich bin nicht so wie er. Ich kann mich nicht hinter einem Stapel Holz verkriechen und mich damit zufriedengeben, über das zu spekulieren, was damals wohl tatsächlich passiert ist!"

„Was meinst du mit, ‚was tatsächlich passiert ist'? Reden wir immer noch über das Feuer? Über Chase?"

Amanda rieb sich die Stirn, während sie weiter auf dem Teppich hin und her ging. „Ja. Es geht um den Brand."

„Was ist damit?"

„Neil sagt … also, Neil … er sagt, dass der Sohn der Tagesmutter damals bei der Polizei ausgesagt hätte, Chase habe in seinem Zimmer mit dem Feuerzeug herumgespielt und dabei hätte er ihn erwischt, und zwar unmittelbar bevor er selbst sich mit dem Feuerzeug eine Zigarette angezündet hätte."

Gary wartete. „Und weiter?"

„Daraufhin hätte er Chase zurück in sein Zimmer gescheucht, wo er nämlich eigentlich seinen Mittagsschlaf halten sollte."

„Aha."

Amanda seufzte und blieb stehen. Sie war jetzt nur etwa einen halben Meter von Gary entfernt, der immer noch an ihr Pult gelehnt dastand. „Keith hat damals bei der Polizei ausgesagt, dass er sich die Zigarette in seinem Zimmer angezündet und dann das Feuerzeug auf sein Bett geworfen hätte. Danach sei er zum Rauchen auf den Balkon hinausgegangen, damit man den Rauch in seinem Zimmer nicht riechen könnte."

Gary sah sie weiter interessiert an und hörte intensiv zu.

„Er hat ausgesagt, er wäre draußen auf dem Balkon gewesen, als das Feuer ausbrach, und hätte mit dem Rücken zur geschlossenen Balkontür gestanden. Als er den Rauch gerochen und sich umgedreht hätte, hätten seine Vorhänge und auch die Tür bereits in Flammen gestanden. Wenn er die Wahrheit sagt, dann …" Ihre Stimme erstarb.

„Dann hat nicht er, sondern jemand anders das Feuer verursacht."

„Und das Baby umgebracht." Amandas Stimme brach und jetzt liefen Tränen über ihr Gesicht. Gary schloss die Tür des Klassenzimmers. Dann ging er wieder zu ihr, nahm sie behutsam in den Arm und führte sie zu ihrem Stuhl.

„Jetzt lass uns mal einen Augenblick nachdenken", meinte er, während sie sich wieder setzte.

„Neil glaubt, dass Chase es getan hat", murmelte sie. „Er glaubt, dass Chase noch einmal in Keiths Zimmer zurückgegangen ist, das Feuerzeug auf dem Bett liegen sah und damit herumgespielt hat. Der Einsatzleiter der Feuerwehr hat damals gesagt, das Feuer hätte sich vom Bett aus ausgebreitet. Ich habe bis jetzt immer gedacht, Keith wäre mit der brennenden Zigarette in seinem Bett eingeschlafen, denn Neil hat mir nie erzählt, was der Junge damals bei der Polizei ausgesagt hat. Die Polizei hat Keith nicht geglaubt, weil er auch in Bezug auf etliche andere Einzelheiten des Tages gelogen hatte, zum Beispiel, wo er sich vor dem Feuer und dann während des Brandes aufgehalten hatte. Aber Neil glaubt ihm! Er sagt zwar, dass er es nicht tut, aber er fragt sich, ob Keith nicht vielleicht doch die Wahrheit gesagt hat. Und das ist doch eigentlich dasselbe!"

„Moment mal …", setzte Gary beruhigend an.

Aber Amanda fuhr gleich fort: „Neil meint, das ist auch der Grund, weshalb Chase nie wieder über das Feuer gesprochen hat, seit wir hergezogen sind. Er hat den Brand kein einziges Mal erwähnt. Nicht ein Mal! Neil glaubt, dass er mit der Erinnerung nicht fertigwerden würde und sein Unterbewusstsein deshalb die Erinnerung an das Feuer ausgeblendet hat."

„Amanda, ihr stellt beide Vermutungen über etwas an, das ihr gar nicht wissen könnt", sagte Gary leise.

„Neil meint, wenn wir das jetzt alles ans Licht zerren und dafür sorgen, dass Chase sich damit auseinandersetzt, dann würde ihn der Schrecken dessen, was wirklich passiert ist, wieder einholen. Wenn Chase sich daran erinnert, dass er den Brand verursacht hat, dann wird er natürlich auch wissen, dass er die Schuld am Tod des Kindes trägt."

Amanda beugte sich vor und wünschte, sie hätte nichts gesagt, wünschte, sie wüsste gar nichts.

„Jetzt hör mir mal zu, Amanda.“ Garys Stimme war ganz nah. Er beugte sich über sie. „Hörst du mir zu?“

Sie nickte.

„Selbst wenn euer Sohn das Feuer gelegt hat, war es ein Unfall. Überleg doch mal, was alles vorher passiert ist, bevor er das Feuerzeug überhaupt in die Hand gekriegt hat – immer vorausgesetzt, es war tatsächlich so. Er sollte eigentlich seinen Mittagsschlaf halten, war aber wach, und zwar unbeaufsichtigt und im Obergeschoss. Wo war überhaupt die Tagesmutter, als das alles passiert ist?“

„Sie war mit zwei älteren Tageskindern draußen.“

„Und wie ist Chase an das Feuerzeug gekommen, mal angenommen – nur für einen kleinen Augenblick –, dass er das Feuer gelegt hat? Woher hatte er es?“

„Keith hat es auf seinem Bett liegen gelassen.“

„Und warum ist dann nicht der Rauchmelder losgegangen?“

Amanda gab ein ersticktes Schluchzen von sich. „Die Batterien waren leer“, flüsterte sie.

Gary streckte seine Hand aus und strich ihr zärtlich über die Schulter. „Wer ist also tatsächlich für das verantwortlich, was mit dem kleinen Mädchen passiert ist?“ Bei seiner Berührung lief ihr ein Schauer über den Rücken.

„Aber ... aber wir hatten Chase doch gesagt, dass er niemals mit Streichhölzern spielen darf“, stammelte sie. „Er wusste, dass Feuer gefährlich ist ...“

„Aber habt ihr ihm auch etwas über Feuerzeuge gesagt? Du und Neil, ihr raucht doch beide nicht, oder? Glaubst du wirklich, dass er schon mal gesehen hatte, wie Feuer aus so einem kleinen Ding kommt? Er war damals schließlich erst vier, Amanda.“

„Ich weiß es nicht. Ich weiß es doch nicht“, murmelte Amanda verzweifelt.

Gary streichelte ihr tröstend die Schulter. „Stimmt. Du weißt es nicht. Du weißt nicht, was passiert ist. Deshalb nützen auch alle Spekulationen gar nichts. Dann fängst du nämlich an zu sagen: ‚Was wäre, wenn …?' Und damit sind allen möglichen Spekulationen Tür und Tor geöffnet."

„Was soll ich denn tun?", fragte Amanda und blickte dabei auf. „Ich weiß einfach nicht, was ich tun soll."

„Also, ich an deiner Stelle würde mir professionelle Hilfe suchen. Wenn du Vertrauen zu Penny hast, und allem Anschein nach ist das ja der Fall, dann ist es wahrscheinlich klug, sich an ihren Rat zu halten."

„Aber ich möchte ja gar nicht, dass Chase sich erinnert. *Ich* möchte wissen, was tatsächlich passiert ist, aber ich möchte nicht, dass er es ebenfalls weiß."

„Aber er ist der Einzige, der dir deine Frage wirklich beantworten könnte, meinst du das?"

Sie nickte.

„Amanda?"

„Was?"

„Es war ein Unfall. Es war nicht seine Schuld, dass das Baby ums Leben gekommen ist. Selbst wenn Chase das brennende Feuerzeug an die Bettdecke gehalten hat, war es nicht seine Schuld. Er war ein unbeaufsichtigtes Kleinkind in einem Haus ohne funktionierenden Feueralarm und hatte Zugang zu offenem Feuer. Eure Tagesmutter ist für die Tragödie verantwortlich und nicht dein damals vier Jahre altes Kind. Egal, was damals tatsächlich passiert ist."

Wieder begannen ihre Tränen zu fließen. „Ich möchte einfach nicht, dass es wahr ist."

„Es war nicht seine Schuld", sagte Gary, während seine Hand weiter auf ihrer Schulter ruhte.

Zweiundzwanzig

Die altrosafarbenen Sessel waren schon an Ort und Stelle, als Tally, Chase und Matt im „Altersheim La Vista del Paz“ ankamen, um das Interview mit Josef Bliss und Eliasz Abramovicz fortzusetzen, mit dem sie am Mittwoch begonnen hatten.

„Die beiden feinen Herren hier wollen das Interview nur fortsetzen, wenn sie wieder in den schicken Sesseln sitzen dürfen“, schmunzelte eine Mitarbeiterin des Pflegeteams und deutete dabei mit dem Kopf auf die Lehnsessel.

„Wir haben sogar einen Satz davon für unser Zimmer beantragt“, sagte Josef, während er sich mühsam aus dem Rollstuhl in einen der Sessel hievte.

„Ja, und einen Flachbildfernseher sowie eine Minibar.“ Eliasz zwinkerte und ließ sich in dem anderen Sessel nieder.

„Sie sind mir vielleicht zwei Komiker“, meinte die Pflegerin und wandte sich dann an die drei jungen Leute. „Okay. Geht gut mit den beiden um. Seit ihr das letzte Mal da gewesen seid, haben wir nichts als Ärger mit ihnen gehabt.“

„Jetzt aber still, Schätzchen. Bereiten Sie doch schon mal alles für unsere Fußpflege vor.“ Josef wedelte dabei mit seiner faltigen Hand und lächelte.

Die Frau zauste ihm einmal durch sein flaumiges Silberhaar und ging.

„Sie beide sind also Zimmergenossen?“ Matt nahm auf dem Stuhl Platz, der gegenüber von einem der beiden alten Männer stand. „Wie sind Sie überhaupt im selben Altersheim gelandet und wieso beide ausgerechnet in San Diego?“

Eliasz' ziellloser Blick blieb an Matt hängen.

„Ihr möchtet also, dass wir heute von San Diego aus rückwärts erzählen?“

„Nein.“ Chase richtete das Stativ aus. „Wir möchten, dass Sie genau da weitererzählen, wo wir das letzte Mal aufgehört haben – beim Ghetto. Sie hatten gerade fünfundzwanzig Babys gerettet.“

„Ja, aber wir haben nur noch den heutigen Tag, um den ganzen Rest zu drehen, also …“ Matts Stimme erstarb, als er zu Chase hinüberschaute.

„Ihr wollt also, dass wir es möglichst flott abhandeln“, meinte Josef, „wolltest du das damit sagen?“

„Wir möchten, dass es weiterhin authentisch ist.“ Chase beugte sich vor, um in den Sucher zu schauen.

„Also, es authentisch zu halten dürfte nicht weiter schwer sein. Was habt ihr gesagt, wo wir stehen geblieben waren?“

„Sie hatten gerade fünfundzwanzig Babys aus dem Ghetto geschmuggelt.“ Tally saß genau wie beim letzten Mal zwischen Chase und Matt. Sie hatte das Foto ihres Urgroßvaters in der Hand.

„Ach ja.“ Josef sah zu Chase hin. „Bist du bereit? Läuft die Kamera schon?“

Chase nickte.

„Ja. Fünfundzwanzig Säuglinge. Wir hätten natürlich noch mehr gerettet, aber ein Mann, der dringend Medikamente für seine Frau brauchte, hat uns für ein paar Zloty verraten. Das war fünf Monate, nachdem wir damit angefangen hatten, Ende August 1942. Die Nazis holten mich, Eliasz, seine Mutter und seinen Vater sowie fünf weitere Personen ab. Wir wussten nicht, ob die Gestapo von Katerina und Sofia wusste, und ich betete, dass das nicht der

Fall war. Kurz bevor wir die letzten beiden Kinder herausgeschmuggelt hatten, hatte Sofia mir erzählt, dass wir uns einen neuen Treffpunkt suchen müssten. Wir hatten also – wie soll ich sagen – schon so eine Vorahnung gehabt, dass da irgendetwas im Gange war.

Bei unserer letzten Aktion bat uns ein junger Vater, nicht nur seine neugeborene Tochter, sondern auch den sechs Jahre alten Sohn aus dem Ghetto herauszubringen. Seine Frau war bei der Geburt des Babys gestorben, und der Vater fürchtete auch um das Leben seines Sohnes, denn es gab Gerüchte, dass er und sein Sohn mit dem nächsten Transport nach Treblinka gebracht werden sollten. Zunächst lehnten wir ab, weil wir uns in diesem Fall eine neue Fluchtmethode hätten ausdenken müssen. Ein sechs Jahre altes Kind hätte natürlich nicht in die Werkzeugtasche gepasst. Aber Sofia sagte, wir könnten es ja durch die Kanalisation versuchen wie andere Schleuser auch. Mit Katerinas Hilfe wagten wir es dann eines frühen Morgens.

Wir hofften, dass wir vielleicht den Verdacht, den man offenbar bereits gegen uns hegte, etwas zerstreuen könnten, indem wir dieses Mal anders vorgingen, aber als wir dann in Treblinka eingeliefert wurden, hörten wir, dass man die Krankenschwester, die nur unter dem Namen Sofia bekannt war, beim Herausschmuggeln der Kinder erwischt hatte und dass sie hingerichtet worden war. Die Gerüchte besagten außerdem, dass außer Sofia noch eine weitere Frau bei den Aktionen mitgemacht hätte und dass dieser Frau die Flucht gelungen war. Die Leute im Lager, von denen wir das alles erfuhren, kannten Katerinas Namen nicht, und darüber war ich sehr froh. Wenn diese Personen ihren Namen nicht kannten, dann die Gestapo vielleicht auch nicht. Und ich war unsagbar erleichtert darüber, dass Katerina entkommen war.

Sofia hatte alle Unterlagen darüber gehabt, wohin die geretteten Kinder gebracht worden waren. Was mit diesen

Unterlagen passiert ist, kann ich nicht sagen. Ich bezweifle, dass überlebende Eltern dieser Kinder, die wir herausgeschmuggelt haben, sie jemals wiedergesehen haben. Ich habe jedenfalls nie herausgefunden, was aus meiner kleinen Schwester Marya geworden ist", sagte Eliasz.

„Ich war gerade in der Wohnung von Eliasz und seinen Eltern, als die Gestapo kam, um uns abzuholen. Das war nicht einmal eine Stunde, nachdem sie Sofia umgebracht hatten, aber das wusste ich zu dem Zeitpunkt noch nicht. Ich habe kaum verstanden, was sie sagten, denn mein Deutsch war nicht besonders gut, aber doch gut genug, um zu wissen, dass sie uns Verbrechen gegen den Führer vorwarfen. Es war ihnen völlig gleichgültig, ob wir Munition, Waffen oder Säuglinge geschmuggelt hatten. Das Einzige, das für sie zählte, war, dass wir uns einer ihrer Anordnungen widersetzt hatten. Und weil ich ein Judenfreund und zudem an ihren kriminellen Machenschaften beteiligt gewesen war, galt mein Verbrechen sogar als noch schlimmer."

„Als sie uns zu dem Zug führten, der uns nach Treblinka bringen würde, war Josef bewusstlos von ihren Schlägen", berichtete Eliasz weiter. „Mein Vater und ich hatten ihn deshalb zwischen uns genommen, um ihn zu stützen. Und das war auch gut so, weil wir auf diese Weise vertuschen konnten, dass ich blind war. Ich ging einfach immer dorthin, wohin mein Vater ging, und schleppte dabei meine Seite von Josef mit." Eliasz wandte sich an seinen alten Freund. „Habe ich mich eigentlich schon jemals bei dir dafür bedankt, dass du damals bewusstlos geprügelt wurdest, Josef?"

Dieser grinste. „Nicht, dass ich mich erinnere."

Eliasz lächelte zurück. „*Dziękuję przyjaciel.*"

Josef winkte mit seiner runzligen Hand ab. „Es war mir ein Vergnügen." Der alte Mann lächelte, ließ seine Hand wieder sinken und fuhr dann fort: „Treblinka war eigentlich bloß eine kleine Bahnstation. Dachten wir jedenfalls.

Aber während die Juden im Ghetto regelrecht verhungerten, hatten die Nazis Zwangsarbeiter eingesetzt, um innerhalb von ein paar Monaten das Todeslager zu errichten, das dann unter diesem Namen zu trauriger Berühmtheit gelangen sollte. Es befand sich in einer der schönsten Gegenden Polens. Kein Ort jedenfalls, von dem man angenommen hätte, dass dort dermaßen unvorstellbare Gräuel geschahen.

Das Lager bestand aus drei Bereichen. Im einen Bereich lebten die Wachmannschaften, in einem weiteren die deutschen und die ukrainischen Gefangenen und im anderen befanden sich die Gaskammern. Es gab Dutzende dieser Gaskammern, aber kein Krematorium. Ich kann euch gar nicht sagen, wie grauenhaft es dort war – einfach unbeschreiblich, unaussprechlich. Viele der Menschen, die mit uns dorthin transportiert wurden, wurden noch am Tag, an dem wir dort ankamen, getötet – auch Eliasz' Eltern und viele andere.

Aber Eliasz und ich waren jung und stark, und solange wir den Anschein aufrechterhalten konnten, dass Eliasz sehen konnte, ließ man uns auch am Leben. Das gesamte Lager war von einem etwa vier Meter hohen Zaun umgeben, der aus Maschendraht und obendrauf noch mit Stacheldraht gesichert war. Die Nazis wollten, dass dieser Zaun getarnt war, indem Zweige in die Maschen des Drahtes geflochten wurden. Das haben Eliasz und ich monatelang gemacht. Tag für Tag haben wir alte Zweige gegen neue ausgetauscht. Ich hatte euch ja schon erzählt, was für wunderbares Zopfbrot Eliasz backen konnte, nicht wahr? Nun, unsere Aufgabe am Zaun war sehr ähnlich. Deshalb sagte ich zu ihm: ‚Flechte die Zweige genau wie den Teig, Eliasz. Flechte sie wie einen Zopf.' Und so haben wir überlebt."

„Und wie seid ihr dann rausgekommen?", fragte Matt.

„Etwa ein Jahr nachdem wir nach Treblinka gebracht worden waren – es war Anfang August –, zettelten ein paar Widerstandskämpfer einen Aufstand an. Sie brachen ins

Munitionsdepot ein, stahlen dort Waffen und fingen an, auf die Soldaten auf den Wachtürmen zu schießen und in den Gebäuden Feuer zu legen. Es waren sehr mutige Männer. Ich glaube aber nicht, dass auch nur einer von ihnen damals überlebt hat. Aufgrund ihres heldenhaften Mutes gelang es ein paar wenigen Gefangenen, in die Wälder zu flüchten. Eliasz und ich waren auch darunter. Das Lager wurde nur wenige Monate später aufgelöst, weil es durch die Feuer so stark beschädigt worden war."

Als Josef das Wort „Feuer" aussprach, glaubte Chase, die Hitze an seinen Armen zu spüren. Er hatte das Gefühl, innerlich aus dem Altersheim weggezogen zu werden, weg von dem Geruch nach Alter und Ammoniak. Stattdessen erfüllte leichter Rauchgeruch seine Lunge. Er schloss die Augen und sah Flammen und Gestalten in einem Nebel aus Rauch. Ein Bett. Ein Kinderbettchen. Jemand weinte.

Rauch.

Flammen.

Angst.

„Chase?"

Er erschrak, als Tally seinen Namen sagte, und öffnete ruckartig die Augen.

„Was ist denn los?" Die Bilder und der Geruch, von dem sie begleitet wurden, verflüchtigten sich wieder.

Seine Cousine starrte ihn an, aber Matt, der auf seiner anderen Seite saß, schien gar nicht mitbekommen zu haben, dass Chase innerlich wie weggetreten gewesen war.

„Wow", meinte Matt. „Sie sind also in die Wälder geflüchtet. Und dann?"

Eliasz lachte. „Dann haben wir wie die Kaninchen gelebt, sind durch die Gegend gestreift, haben in Erdhöhlen geschlafen und in den Gärten Salat gestohlen, und beim kleinsten Knacken im Unterholz sind wir weggerannt."

Josef grinste. „Es war fast komisch, aber schließlich lernten wir eine Frau kennen, die uns bis zum Ende des

Krieges Unterschlupf in ihrer Scheune gewährt hat. Als sie uns fand, waren wir etwa siebzig Kilometer von Treblinka entfernt. Sie hatte auch einen schwerkranken Mann, den sie pflegte. Ich glaube, er hat nicht einmal gewusst, dass wir da waren.

Als der Krieg dann zu Ende war, sind wir nach Österreich gegangen, weil wir dachten, wenn Katerina und ihre Familie irgendwohin geflohen sind, dann dorthin zu ihren Verwandten. Die Frau, die uns versteckt hatte, besorgte uns auch Papiere, damit wir überhaupt dorthin reisen konnten. Ich habe Katerina aber nie gefunden. Ich weiß nicht, wohin sie gegangen ist, nachdem sie gemeinsam mit Sofia durch die Kanalisation geflohen war. Es gab keinerlei Hinweise, dass sie getötet oder gefasst worden wäre, also ging ich davon aus, dass sie ausgewandert war. Das taten ja alle. Aber ich habe nie wieder etwas von ihr gehört. Und es ist mir auch nicht gelungen, in Wien ihre Familie ausfindig zu machen.

1947 sind Eliasz und ich dann nach Amerika gekommen. Erst waren wir in Chicago, dann in Texas und schließlich in Kalifornien. In jeder Stadt, in der wir gewohnt haben, hatten wir eine Bäckerei. Wir haben viele gute Jahre erlebt, nachdem wir Polen verlassen hatten. Viele. In Chicago habe ich dann eine wundervolle Frau kennengelernt, die geduldig darauf gewartet hat, dass ich über den Verlust von Katerina hinwegkam."

„Sie war der Inbegriff von Geduld", scherzte Eliasz. „Nein, sie war ein wahres Wunder. Helen hat nämlich zehn Jahre gewartet, bis er über Katerina hinweg war."

„Was soll ich dazu sagen? Ich war eben verliebt in meine Katerina", erklärte Josef. „Ich wusste nicht, wo sie war, und habe mich immer wieder gefragt, ob sie nicht vielleicht nach Amerika ausgewandert war, wie so viele andere auch – ich konnte sie einfach nicht loslassen. Es ging einfach nicht. Ich frage mich bis heute, was wohl aus ihr geworden ist."

„Zu deinem Glück hat Helen damals *dich* nicht losgelassen." Eliasz wandte sich an die drei Jugendlichen. „Helen war zwar nicht Katerina, aber sie hat mich fünfundvierzig Jahre lang bei ihr und Josef leben lassen und sich kein einziges Mal darüber beklagt, dass sie mich am Hals hatte. Sie war eine wahre Heilige, und wenn das ein Jude sagt, will das schon etwas heißen."

Josef lachte. „Wir hatten also viele gute Jahre, und als ich dann vor ein paar Jahren in diese Pflegeeinrichtung kam, ist Eliasz mitgekommen, obwohl er das zu dem Zeitpunkt noch gar nicht nötig gehabt hätte. Und wenn man das alles zusammen betrachtet, hatten wir beide wirklich ein gutes Leben."

Matt lehnte sich in seinem Stuhl zurück und streckte sich. „Cool. Dann sind Sie also praktisch schon Ihr Leben lang Freunde."

„Ja, das sind wir."

Chase schaltete die Kamera aus und schraubte den Deckel aufs Objektiv. „Das war wirklich großartig. Wir werden die Aufnahme jetzt bearbeiten und dann unsere eigenen Kommentare hinzufügen, aber wenn Sie wollen, komme ich mit der fertigen DVD wieder vorbei und spiele sie Ihnen vor."

„Ja", sagte Josef. „Das wäre nett."

„Ich schau mir immer gern einen guten Film an", scherzte Eliasz.

Matt lachte ebenfalls und stand auf. Er sah auf die Uhr. „Hey, ich glaube, wir müssen jetzt aber los."

„Also dann, schön, dass wir euch helfen konnten", sagte Josef.

Chase begann, seine Filmausrüstung einzupacken, und Matt half ihm dabei, zweifellos, damit es etwas schneller ging. Auch Chase hatte es eilig wegzukommen. Aus dem Augenwinkel sah er, wie Tally sich zu Josef hinabbeugte und ihm ein Foto zeigte. Der alte Mann nahm es entgegen.

„Was ist das?“, fragte er, während er in seiner Hemdtasche nach seiner Brille tastete.

„Das ist Aron Bachmann, der Urgroßvater von Chase und mir. Er war bis zum Krieg Arzt in Warschau“, erklärte Tally.

Josef sah sich das Foto genau an und neigte dabei den Kopf ein wenig zur Seite.

„Er war Jude“, fuhr Tally fort, „aber er war mit einer Katholikin verheiratet. Seine Frau, sein Sohn und auch er selbst wurden ebenfalls ins Ghetto umgesiedelt. Er ist in Treblinka ums Leben gekommen, aber was nach dem Ghetto mit meiner Urgroßmutter und meinem Großvater passiert ist, das wissen wir nicht genau. Wir wissen bloß, dass sie nach England geflüchtet sind.“

„Das ist er also. Aron Bachmann.“ Josefs Stimme klang nachdenklich.

„Aron Bachmann?“ Eliasz neigte seinen Kopf zu den beiden. „Wie sieht er denn aus, Josef?“

Josef hielt sich das Foto ganz dicht vor die Augen. „Mittelgroß, Ende dreißig, würde ich sagen. Schnauzbart.“

Eliasz nickte. „Der Aron Bachmann, den ich gekannt habe, hatte auch einen Bart. Jedenfalls ist er mir so beschrieben worden. Meine Mutter hat meinen Vater immer damit geärgert, dass sie sagte, er solle sich doch auch so einen schönen Bart wachsen lassen. Und er war ebenfalls Arzt.“

Chase unterbrach das Zusammenpacken seiner Ausrüstung. „Hat er auch zu denen gehört, die beim Herausschmuggeln der Babys geholfen haben?“

„Nein. Er war der junge Vater, der uns gebeten hat, seinen Sohn und die neugeborene Tochter aus dem Ghetto zu schmuggeln.“ Eliasz drehte sich zu Josef um.

Tally schaute zu Chase, der fragend ihren Blick erwiderte.

„Ja“, sagte Josef, „ich glaube, du hast recht.“

„Sie sind also ganz sicher, dass der Vater Aron Bachmann hieß und Arzt war?“, fragte Tally.

„Ja. Ja, ich glaube schon. Seine Kinder waren die letzten beiden, die wir gerettet haben. Könnte der kleine Junge dein Großvater gewesen sein?“

Wieder sahen Tally und Chase sich an.

„Es kann unmöglich derselbe Aron Bachmann gewesen sein“, meinte Chase. „Als unser Großvater aus dem Ghetto entkommen ist, war seine Mutter bei ihm, hat man uns erzählt.“

„Aber Sie haben ja erzählt, dass die Mutter des kleinen Jungen und des Babys schon gestorben war, oder? Sind Sie sicher?“ Tally runzelte irritiert die Stirn.

„Ja. Sie hatte eine schlimme Infektion, und ihr Mann hatte keine Medikamente, um sie zu retten“, antwortete Josef.

Tally wandte ihre Aufmerksamkeit wieder Eliasz zu, weil ihr ein neuer Gedanke gekommen war. „Wissen Sie, aus welchem Teil von Warschau Aron Bachmann stammte?“

Eliasz rieb sich das Kinn. „Daran kann ich mich leider nicht erinnern. Die Menschen im Ghetto kamen von überall her. Ich weiß nicht einmal, ob ich es jemals gewusst habe.“

Josef gab ihr das Foto zurück. „Du siehst verwirrt aus.“

„Ach, ich hatte gehofft, dass Sie sich vielleicht erinnern könnten, in welchem Teil von Warschau die Familie Bachmann damals gewohnt hat. Mein Vater ist nämlich gerade irgendwo da drüben, und ich weiß nicht, wo genau.“ Tally steckte das Foto wieder in ihren Rucksack.

„Aber das ist noch nicht alles, oder?“, fragte Josef.

„Na ja, wenn es tatsächlich derselbe Aron Bachmann sein sollte, dann war die Frau, die mit unserem Großvater geflohen ist, gar nicht seine leibliche Mutter“, erklärte Chase. „Aber sie hat so getan, und zwar für den Rest ihres Lebens. Und unser Großvater hat nichts dagegen unternommen.“

Josef strich sich übers Kinn. „Vielleicht war es für beide die einzige Möglichkeit, den Krieg und das Ghetto hinter sich zu lassen und damit fertigzuwerden. Wir mussten alle unseren eigenen Weg finden, um damit fertigzuwerden. Urteile nicht zu hart über sie oder euren Großvater."

Eine Weile sagte niemand etwas und im Raum herrschte eine unbehagliche Stille.

Matt deutete mit dem Kopf in Eliasz' Richtung. „Wieso haben Sie eigentlich nie geheiratet, Eliasz?"

Der alte Mann grinste. „Ich habe nie eine Frau gefunden, die so schön war wie Helen."

Matt lachte. „Und woher wussten Sie, dass sie schön war? Sie sind doch blind."

„Ach, das heißt doch nicht, dass ich nicht sehen kann. Was siehst du, wenn du die Augen schließt, mein junger Freund?"

Matt zuckte mit den Achseln. „Na, gar nichts."

„Und du?", fragte Eliasz in Tallys Richtung. Als sie nicht antwortete, wandte er sich an Chase. „Was siehst du, wenn du deine Augen zumachst? Du, der Denker?"

„Ich ... ich weiß nicht, was ich dann sehe", murmelte Chase.

„Wenn ihr, die ihr sehen könnt, die Augen schließt, dann seid ihr genau wie ich. Ihr seht mit den Augen eures Denkens und eurer Träume, und die kommen nie zur Ruhe. Wenn man das Schlimmste bei Menschen erlebt hat – und auch das Allerbeste –, dann wird alles sehr klar. In meinen Träumen sehe ich meine Mutter, und ich sehe meine Schwester, die sie so geliebt und trotzdem hergegeben hat. Ich sehe Helen, die mich bei sich zu Hause aufgenommen hat, als wäre ich ihr Bruder. Und ja, ich sehe auch den Nazisoldaten, der meine Eltern erschossen hat, und die Wachen, die sich einen Spaß daraus machten, uns anzupinkeln, während wir an dem Zaun arbeiteten, und die junge Frau aus der Gegend, in der ich früher gewohnt hatte, die sie sich einfach gegriffen und vergewaltigt haben. Ich sehe das Vollkommene und ich sehe das Grauenhafte. Schließt die Augen, und sagt mir noch mal, dass ihr nichts sehen könnt."

Die Zeit schien in diesem Moment des Schweigens stillzustehen. Chases Stimmbänder fühlten sich in seiner Kehle völlig nutzlos an, und ihm war bewusst, dass er die Augen am liebsten gar nicht schließen wollte.

„Okay, Mann“, sagte Matt. „Also, das war ja jetzt echt voll intensiv.“

Dann wandte er sich an Chase. „Schade, dass du die Kamera schon abgebaut hattest, Mann.“

Sein Freund griff nach der Kameratasche und dem Stativ. Es war Zeit zu gehen.

Dreiundzwanzig

Matt hielt vorm Haus der Janviers und Chase und Tally stiegen aus in den spätnachmittäglichen Sonnenschein. „Hey, danke, dass ihr mit zum Training gekommen seid“, rief er ihnen noch zu. „Tut mir echt leid, dass es so lange gedauert hat.“

Chase hängte sich die Kameratasche über die Schulter. „Ist schon okay. Mir hätte eigentlich auch klar sein müssen, dass wir da im Altersheim mindestens eine halbe Stunde brauchen würden. Wäre wahrscheinlich doch besser gewesen, wenn ich mit dem eigenen Wagen hingefahren wäre.“

„Ja, aber dann hättet ihr nicht die fantastischen Fußballspieler gesehen.“

Chase schlug die Tür des Wagens zu. „Nein. Aber ich hätte dann meine Hausaufgabe für Englisch schon fertig.“

„Tut mir leid, Alter.“

„Ist schon gut. Ich hab noch ’ne Dose Red Bull im Kühlschrank. Werd das heute Abend schon noch schaffen. Bis dann.“ Chase ging zur Haustür, und Tally wollte ihm gerade folgen, als Matt ihr nachrief: „Tally, warte mal!“

Sie drehte sich noch einmal um.

Matt beugte sich mit dem ganzen Oberkörper aus dem Beifahrerfenster und neigte den Kopf zur Seite. „Hast du Lust, mal auszugehen?“

„Ausgehen?“

„Ja.“ Matt grinste sie an. „Ausgehen.“

„Du meinst du und ich? Zusammen?“

Er lachte. „Ja, so was in der Art.“

„Aber ich weiß doch gar nicht, wie lange ich überhaupt hierbleibe“, wandte sie ein.

Matt lächelte sie immer noch an. „Aber am Samstag wirst du doch schon noch hier sein, oder?“

„Wahrscheinlich schon.“

„Na gut, also möchtest du dann am Samstag ausgehen?“

Tally drehte sich zum Haus um, wie um sich zu vergewissern, ob Chase schon hineingegangen war, aber er stand noch mit der Hand am Türgriff da. Sie hatte keine Ahnung, was er wohl davon hielt, dass Matt sie zu einem Date einlud. Und sie hatte auch keine Ahnung, was wohl Neil und Amanda dazu sagen würden. Tally drehte sich wieder zu Matt um.

„Ich klär das“, meinte sie schließlich.

„Cool.“ Aber Matt klang eher nachdenklich als euphorisch. „Ich melde mich später.“

„Okay.“

Die Reifen von Matts Wagen quietschten ein ganz klein wenig, als er anfuhr. Tally drehte sich wieder zur Haustür um. Chase sah sie immer noch an. Sie merkte, dass sie errötete.

„Was guckst du denn so?“, murmelte sie, während sie auf ihn zuging.

„Was bringt es denn, mit ihm auszugehen, wenn du sowieso nur ein paar Wochen hierbleibst?“ Chases Hand lag weiterhin auf dem Türknauf.

„Muss denn immer alles etwas bringen?“ Sie wartete seine Antwort gar nicht ab. „Außerdem habe ich ja auch noch gar nicht zugesagt.“

„Wenn meine Eltern es erlauben, gehst du dann mit Matt aus?“

Tally schaute ihn prüfend an. Vielleicht befürchtete Chase, dass sie Matt etwas von dem erzählen würde, was er ihr anvertraut hatte, aber das würde sie niemals tun.

„Werden sie das denn?“, fragte sie.

„Wenn sie sich bei ihrer Entscheidung danach richten, was ihrer Meinung nach dein Vater dazu sagen würde, na ja, dann werden sie bei alldem, was sie über Onkel Bart wissen, wahrscheinlich Ja sagen.“

Sie kniff wütend ihre Augen zusammen. „Was meinst du mit ‚was sie über Onkel Bart wissen‘?“

„Du weißt genau, was ich damit meine.“ Er schloss die Haustür auf.

„Nein, weiß ich nicht.“ Tally griff nach seinem Arm.

„Mach dir keine Sorgen. Du solltest das als Kompliment auffassen. Ich fand Onkel Bart schon immer faszinierend.“ Chase machte die Tür auf, aber sie packte ihn noch fester.

„Warte! Du meinst, dass ich nicht mit Matt ausgehen sollte?“

Chase zögerte nur einen ganz kleinen Moment. „Interessiert dich überhaupt, was ich denke?“

„Macht es dir denn was aus, wenn ich mit ihm ausgehe?“

Ihr Cousin sah sie nur an, antwortete aber nicht.

„Ich würde ihm nichts erzählen“, sagte sie ganz leise und ließ ihn wieder los.

„Was erzählen?“, fragte Chase nach. Aber er betrat den gefliesten Eingangsbereich und ging gleich zur Treppe, ohne ihre Antwort abzuwarten.

Der Tisch im Esszimmer war mit chinesischem Essen bedeckt, das einen intensiv würzigen Duft verbreitete. Neil sprach leise ein Tischgebet und sie begannen zu essen.

Nachdem sie eine Weile schweigend gespeist hatten, räusperte Amanda sich und sagte: „Neil, diese Männer in dem Altersheim, die Tally, Chase und Matt für ihr Soziologieprojekt interviewt haben, kannten einen Aron Bachmann, der wie sie im Warschauer Ghetto gelebt hat. Und er war auch Arzt."

Neil blickte von seinem Essen auf. „Wirklich? Aber das war nicht dein Großvater, oder?"

Amanda schüttelte den Kopf und sah zu Chase hinüber. „Also, ich glaube eher nicht. Dieser hier hatte eine Frau, die gleich nach der Geburt eines kleinen Mädchens gestorben ist. Also ..." Ihre Stimme erstarb.

„Trotzdem interessant, dass es im Ghetto zwei Aron Bachmanns gab, die auch noch beide Ärzte waren. Wie viele Menschen haben denn damals überhaupt in dem Ghetto gelebt?" Neil trank einen Schluck Mineralwasser.

„Etwa dreihundertfünfzigtausend", antwortete Chase, ohne von seinem Teller aufzublicken. „Insgesamt waren es wohl in all den Jahren eine halbe Million."

„Ach, wirklich so viele?" Neil stellte sein Glas wieder ab. „Na ja, vielleicht ist es ja dann doch gar nicht so seltsam, dass es zwei Aron Bachmanns gab."

„Aber er könnte es gewesen sein." Wieder sprach Chase, ohne von seinem Teller aufzublicken.

„Was hast du gesagt?", fragte Neil.

„Nein, könnte er nicht", mischte sich jetzt Ashley ein.

Chase blickte auf. „Er könnte es *wohl* gewesen sein."

„Also, ich wüsste nicht, wie", setzte Amanda wieder an und blickte erst zu ihrem Sohn und dann zu ihrem Mann. „Die Frau des Aron Bachmann, den die beiden Männer aus dem Altersheim gekannt haben, ist im Ghetto gestorben ist. Er kann es also nicht gewesen sein."

„Aber was weißt du denn eigentlich über deine Großmutter?", fragte Chase. „Ich meine, über die Frau, die von sich behauptet hat, deine Großmutter zu sein. Du hast mir erzählt, dass sie nie vom Krieg, dem Ghetto und ihrem Leben vor dem Krieg erzählen wollte und noch nicht mal über ihren verstorbenen ersten Mann. Und Großvater hat über all das auch nie gesprochen."

„Das bedeutet doch aber nicht, dass sie nicht wirklich deine Großmutter war und dass es im Ghetto damals nicht zwei Aron Bachmanns gegeben haben kann, Chase."

Neil schob sich eine Gabel voll Essen in den Mund. Die Cashewnüsse darin gaben ein krachendes Geräusch von sich, während er kaute.

„Und beide waren Ärzte?", fuhr Chase fort. „Beide haben ihren kleinen Sohn aus dem Ghetto schmuggeln lassen? Beide kamen nach Treblinka? Beide sind dort gestorben? Findest du nicht, dass das ein bisschen viel Zufall ist?"

„Aber ... aber wer war dann diese Frau – die Frau, die angeblich meine Großmutter war?" Amanda runzelte die Stirn.

„Ich weiß es auch nicht. Eine Nachbarin, eine Freundin deiner Großmutter, eine Cousine oder eine Schwester. Wahrscheinlich gab es viele Leute, die deinen Vater aufgenommen hätten. Er war ja damals noch ein kleines Kind – erst sechs oder sieben Jahre alt, oder?"

Neil stützte seine Ellenbogen auf den Tisch und beugte sich vor, wobei seine Gabel in seiner Hand pendelte. „Und du glaubst also, dass dein Großvater sich nicht an seine richtige Mutter erinnern konnte? Und dass diese andere Frau ihn in dem Glauben gelassen hat, er hätte beide Eltern verloren?"

Chase schüttelte den Kopf und spießte mit der Gabel ein Stück Ananas auf. „Nein, das glaube ich nicht. Ich glaube, dass er sich sehr wohl daran erinnert hat, wer seine Mutter war. So etwas vergisst man doch nicht einfach so. Dass er damals noch so klein war, heißt ja nicht zwangsläufig, dass er sich nicht erinnern konnte."

In diesem Moment bekam Amanda einen Hustenanfall. Sie griff nach ihrem Wasserglas und stieß es dabei fast um, aber Chase schien das gar nicht mitzubekommen.

„Wahrscheinlich musste er sich einfach damit abfinden, weil Krieg war und auch weil die Gefahr bestand, jemand würde herausfinden, dass er Jude war", sagte Tally.

„Na gut, aber was war dann, als der Krieg zu Ende war? Da wäre es dann doch gleichgültig gewesen."

„Ihnen war es aber offensichtlich nicht egal", widersprach Chase.

Neil trank einen Schluck aus seinem Glas, wandte dabei aber den Blick nicht von Chase. Tally konnte seine Miene nicht deuten.

„Aber welchen Sinn hätte denn diese Geheimniskrämerei nach dem Krieg noch gehabt oder auch Jahre später noch, als beide schon hier in Amerika gelebt haben und diese Frau, Maria Bachmann, wieder geheiratet hatte?", fragte Neil und stellte dabei sein Glas wieder hin. „Es gibt doch nichts, das eine solche Geheimhaltung rechtfertigt."

Chase zuckte mit den Achseln. „Es war ja auch nicht dein Geheimnis."

Amanda hustete erneut. „Na ja, wahrscheinlich werden wir das nie erfahren, und ich für mein Teil bin ganz froh darüber, weiter das zu glauben, was ich immer geglaubt habe: dass die Frau, die ich als meine Großmutter gekannt habe, wirklich meine leibliche Großmutter war."

„Ja, das glaube ich gerne", flüsterte Chase einfach so vor sich hin, ohne jemand speziell anzusprechen. Aber Tally hatte ihn gehört.

„Was hast du gesagt?", fragte Amanda.

„Nichts."

Bei einem zufälligen Seitenblick auf ihre Tante bemerkte Tally, dass Amanda ganz blass geworden war.

„Na ja, jetzt ist es ja auch sowieso egal", sagte Neil und wischte sich den Mund mit der Serviette ab.

„Na, weiß ich jetzt, wer meine Urgroßmutter war, oder weiß ich es nicht?", fragte Ashley herausfordernd. In diesem Augenblick begann ihr Handy zu vibrieren und sie holte es aus der Hosentasche.

„Ich glaube, du kannst sagen, dass du es weißt, aber leg bitte das Handy weg", sagte Neil und sah zu seiner Tochter hinüber. „Du weißt genau, was deine Mutter und ich von Handys beim Essen halten."

Ashley schnaubte leise und steckte das Handy wieder in die Tasche. Das lange Schweigen, das darauf folgte, bereitete Tally Unbehagen. Sie schaute zu Amanda hinüber, der einzigen Person am Tisch, die nicht aß. Ihre Tante starrte auf den Teller vor sich, hob den Kopf, um Onkel Neil anzusehen, und schaute dann wieder nach unten. Sie sah verloren aus.

Tally beschloss, das Thema zu wechseln. „Eliasz, der blinde Mann aus dem Altersheim, hat gesagt, dass er in seinen Träumen sehen kann."

Vier Augenpaare richteten sich schlagartig auf sie. Auf dem Gesicht von Chase breitete sich ein kaum wahrnehmbares Grinsen aus.

„Er kann in seinen Träumen sehen?", fragte Neil.

„Ja, und auch wenn er die Augen schließt."

Neil kaute den Bissen, den er im Mund hatte, zu Ende und schluckte. „Ich glaube, da hat er dich auf den Arm genommen, Tally."

Seine Nichte schaute zu Chase hinüber, der seinen Kopf ein wenig schief legte. *Das lässt du dir gefallen?*, schien sein Blick zu sagen.

„Nein, hat er nicht", widersprach sie.

„Ist er von Geburt an blind?"

„Ja."

„Dann hat er dich auf jeden Fall auf den Arm genommen, Tally. Ich bin sicher, es ist für jemanden, der von Geburt an blind ist, absolut unmöglich, sich Bilder von Dingen vorzustellen, die er noch nie gesehen hat."

Ashley beendete ihr Schmollen über den verpassten Handyanruf und sagte an ihren Vater gewandt: „Woher willst du denn das wissen?"

„Also gut. Lass uns mal überlegen." Neil setzte sich auf seinem Stuhl zurück. „Wie soll sein Gehirn ein Bild zusammensetzen von, sagen wir mal, einem roten Apfel, wenn er noch nie die Farbe Rot oder einen Apfel gesehen hat? Er verfügt doch gar nicht über die Grundelemente, mit denen er da arbeiten könnte. Es müsste bereits ein reales Bild in seinem Kopf vorhanden sein, damit er es sich vorstellen oder davon träumen kann."

Tally holte Luft, um einzuwenden, dass es sich ganz und gar nicht so angehört hatte, als würde Eliasz sie auf den Arm nehmen, aber dann durchbrach Chases Stimme die Stille.

„Aber was ist, wenn er nicht so einfache Dinge wie rote Äpfel, sondern sehr komplexe und intensive Bilder sieht?", fragte er. „Bilder, die ihn geformt haben und verändert, ja, die ihn beinahe umgebracht hätten?"

Tally merkte, wie Amanda auf der anderen Seite des Tisches zusammenfuhr.

Neil sah seinen Sohn über den Tisch hinweg an und entgegnete: „Ich bezweifle ja nicht, dass Eliasz' Erinnerungen an den Krieg sehr intensiv sind, aber sie können in seinem Inneren keine visuelle Form haben. Man muss etwas gesehen haben, um eine visuelle Erinnerung an etwas herzustellen. Ich bin ganz sicher, dass das, woran Eliasz sich erinnert, das ist, was er gefühlt, gehört und gerochen hat."

Chase sah seinen Vater direkt an. „Er hat gesagt, dass die Frau seines besten Freundes schön war."

Neil blinzelte ganz kurz. „Er erinnert sich sicher an ihren Duft oder an die Form ihres Gesichtes, wie er es mit den Fingern ertastet hat, und an den Klang ihrer Stimme. Aber wie sie wirklich ausgesehen hat, das kann er unmöglich wissen."

„Und was ist, wenn er es doch kann?" Amandas Stimme klang dünn und brüchig.

Neil drehte sich zu seiner Frau. „Das ist nicht möglich, Liebes. Schlag es nach, oder recherchiere es im Internet, wenn du mir nicht glaubst. Ich wette mit jedem von euch, dass ich recht habe. Menschen, die blind zur Welt gekommen sind, können weder in ihren Träumen noch mit geschlossenen Augen sehen. Das würde nämlich bedeuten, dass sie aus dem Nichts etwas erschaffen könnten."

Es folgte ein unbehagliches Schweigen.

„Ich bin satt." Chase stand auf, nahm seinen Teller und ging in die Küche.

„Und ich informiere mich mal im Internet darüber." Ashley sprang von ihrem Stuhl auf und ging ins Wohnzimmer. „Aber ich wette nicht mit dir, Papa", rief sie über die Schulter zurück.

Neil stand ebenfalls auf und brachte wortlos seinen Teller in die Küche. Einen kurzen Moment lang standen er und Chase nebeneinander an der Spüle. Dann drehte Chase sich um und ging zur Treppe.

„Hausaufgaben?", rief Neil ihm nach.

„Jap", antwortete Chase von der dritten Stufe aus.

Kurz darauf hörte Tally, wie die Tür, die von der Küche in die Garage führte, geöffnet und dann wieder geschlossen wurde. Tally sah Amanda an, die ihr matt zulächelte und dann sagte, Tally bräuchte nicht in der Küche zu helfen, weil alle anderen sich ja auch verkrümelt hätten. Tally beschloss, trotzdem zu bleiben und zu helfen.

Sie sprachen nicht miteinander. Nicht darüber, dass Matt mit ihr ausgehen wollte. Das hatte Zeit bis zum nächsten Morgen.

Und auch nicht über das, was ein blinder Mann in seinen Träumen sehen kann.

Vierundzwanzig

Amanda stand mit fünf Kleiderbügeln in der Hand vor Neils geöffnetem Kleiderschrank. Auf jedem der Bügel hing ein frisch gebügeltes Oberhemd. Sie beugte sich zu den Hemden vor, die bereits auf der hölzernen Kleiderstange hingen, und atmete tief ein. Man konnte „Dior Homme" riechen – Neils Lieblingsduft –, vermischt mit einem kaum wahrnehmbaren Hauch von Kaffee und Leder. Der Geruch war unglaublich beruhigend.

Als sie Neil auf dem College kennengelernt hatte, war sie von seinem guten Geschmack in Bezug auf Kleidung und Düfte sehr beeindruckt gewesen und auch ein wenig überrascht, denn eigentlich achtete Neil gar nicht so sehr auf sein Äußeres. Er trug sein Haar unauffällig kurz geschnitten und für seine teure Garderobe wählte er neutrale, gedeckte Farben. Er kaufte nie etwas mit einem Logo, das größer war als ein Zwanzig-Cent-Stück. Sein geschniegelter Look war eher zufällig und unbeabsichtigt. Neil wusste nicht, dass er eine beeindruckende Erscheinung war, und hielt das auch nicht für wichtig.

Als einziges Kind eines Professorenehepaares war Neil in einem akademischen Umfeld groß geworden und hatte seine gesamte Kindheit und Jugend hindurch die Atmosphäre des Bildungsbürgertums praktisch inhaliert. Er kannte sich auf so vielen Gebieten aus, vermittelte ihr aber dennoch nie das Gefühl, ungebildet oder gar dumm zu sein. Das war ein Zug, den sie an ihm liebte. Während ihrer ersten Treffen hörte sie ihm fast nur zu, wenn er tiefschürfende philosophische Themen wie das Problem des Bösen auf der Welt erläuterte oder erörterte, ob es Geist unabhängig von Materie gibt und dass Atheisten im Grunde auch einem Glauben anhängen – weil sich auch die Nichtexistenz Gottes nicht beweisen lässt. Was Amanda aber am erstaunlichsten fand, war seine Freundlichkeit Fremden gegenüber. Neil hielt Menschen die Türen auf, und zwar Frauen und Männern gleichermaßen. Er bot in Bussen und Taxis seinen Platz an, gab viel Trinkgeld, rannte Leuten hinterher, die versehentlich ihre Portemonnaies oder Autoschlüssel liegen oder fallen gelassen hatten, und unternahm wirklich außergewöhnliche Anstrengungen, um entlaufene Hunde und Katzen wieder ihren Herrchen zuzuführen. Es war eine Superman-ähnliche Freundlichkeit, die Art von Wohlwollen und Großmut, wie Comic-Helden sie an den Tag legen, wenn sie mit verbissenem Eifer einen völlig Fremden retten, als ginge es um ihr eigenes Seelenheil. Diese Eigenschaft gehörte mit zum Ersten, weshalb Amanda sich zu Neil hingezogen gefühlt hatte: seine Achtsamkeit Menschen gegenüber, die er gar nicht kannte.

Neil war ein guter Mann und er bot ihr ein gutes Leben. Sie hatten ein schönes Zuhause in einer exklusiven Wohngegend, finanziell ging es ihnen gut, sie hatten zwei gesunde Kinder, mehrere schöne Autos, sie waren schon viel gereist, waren auf Hawaii, in Vail und Orlando gewesen. Neil trank nicht übermäßig viel, war nicht gewalttätig, rauchte und spielte nicht und betrog sie auch nicht. Er war in der Gemeinde aktiv, stellte wunderschöne Dinge in seiner Holzwerkstatt her, die er dann verschenkte, machte ihr Mut, sich beruflich weiterzuentwickeln, schimpfte nicht mit den Kindern, ärgerte die Nachbarn nicht, trieb sich nicht nächtelang herum und war kein Workaholic.

Er war ein guter Mann.

Ein seltsames Gefühl erfüllte sie, als sich Erinnerungsfetzen an den Tag, an dem sie sich Gary anvertraut hatte, mit dem Duft ihres Mannes vermischten.

Gary war in den vergangenen Tagen ein guter Zuhörer gewesen – ruhig, objektiv und letztlich die Stimme der Vernunft. Aber seine mitfühlende Berührung verwirrte sie auch. Als er den Klassenraum verließ, nachdem sie ihm versichert hatte, dass alles in Ordnung sei, hatte sie noch lange seine Hand auf ihrer Schulter gespürt. Die Atmosphäre schien ein wenig angespannt, als er sich verabschiedet hatte, so als wüsste er, dass etwas zwischen ihnen geschehen war, als er sie getröstet hatte.

Amanda schloss die Augen, vergrub ihr Gesicht noch tiefer in den Ärmeln von Neils Oberhemden und atmete mehrfach ein. Das schlaffe Gewebe gab dabei nach und sie kippte langsam nach vorn. Sie hob den Kopf und griff mit der freien Hand nach vorn, um sich abzustützen.

Nach einem kurzen Moment schob sie die Hemden, die bereits an der Stange im Schrank hingen, zur Seite und hängte die frisch gewaschenen und gebügelten Markenhemden daneben, die neutral rochen. Amanda lehnte sich an den Türrahmen des begehbaren Kleiderschranks und verschränkte die Arme vor der Brust.

Das Gespräch beim Abendessen war ihr den ganzen Abend immer wieder durch den Kopf gegangen. Sie wusste nicht, wieso Chase eine so große Sache daraus gemacht hatte, dass seine Großmutter mit ihm vielleicht gar nicht blutsverwandt war. Es war, als wünschte er sich förmlich, dass seine Großmutter eine Hochstaplerin gewesen sei. So als wäre er froh darüber, dass es in der Vergangenheit der Familie Geheimnisse gab. So als wäre das alles Teil von etwas Größerem, etwas, das gar nichts mit ihrer Großmutter oder blinden Männern zu tun hatte. Und Neil schien das alles gar nicht mitzubekommen.

Sie hatte sich so sehr gewünscht, dass Neil über den Tisch hinweg Blickkontakt gesucht und ihr so signalisiert hätte: *Mach dir keine Sorgen, Amanda. Ich rede nachher noch mit ihm.* Sie hatte sich gewünscht, dass er dasselbe spürte wie sie: dass Chase den Versuch unternahm, ihnen etwas mitzuteilen. Aber all das hatte Neil nicht getan. Er hatte seinen Teller zur Spüle gebracht und war dann in seiner Holzwerkstatt verschwunden. Und da war er jetzt, zwei Stunden später, immer noch.

Amanda schloss die Augen und stellte sich vor, wie Neil an Chases Zimmertür klopfte und dann den Raum betrat. Sie malte sich aus, wie er sich auf das Bett seines Sohnes setzte und diesen fragte, ob er wirklich glaube, dass der blinde Mann im Altersheim in seinen Träumen sehen könne. Und als sie sich dann vorstellte, wie Chase das bejahte, malte sie sich aus, wie Neil nachhakte: „Dann erzähl mir doch mal, warum."

Im nächsten Moment war es Gary, den sie auf Chases Bettkante sitzen sah und der sich traute, sich die Antworten von Chase auch anzuhören.

Amanda öffnete ruckartig die Augen. „Hör auf damit", flüsterte sie.

Sie trat einen Schritt von der Tür des Schranks zurück und schloss sie. Wie betäubt ging sie in das angrenzende Bad mit den Granitflächen und den passenden Waschbecken, auf das sie sich mit beiden Armen aufstützte, und atmete ganz langsam tief ein und aus.

Sie kannte Gary erst seit drei Wochen. Er konnte die ganze Situation allein aus dem Grund objektiv beurteilen, weil er nicht emotional beteiligt war. Gary hatte weder etwas zu gewinnen noch zu verlieren, wenn er völlig offen und ehrlich zu ihr war, und sie wollte gern glauben, dass nichts Falsches daran war, sich ihm anzuvertrauen. Sie wollte gern glauben, dass er nur ein unvoreingenommener Kollege war, ein objektiver Beobachter.

Aber während der gesamten Zeit, die sie gemeinsam im Klassenraum verbracht hatten, hatte sie Unbehagen empfunden, genau wie am Tag zuvor auch schon. Im Grunde seit er sie berührt hatte, um sie zu trösten. Es war ihr schwergefallen, sich auf die Kinder zu konzentrieren, und sie hatte das Gefühl gehabt, dass Gary die ganze Zeit zu ihr herüberschaute. Auch er spürte es also – ein Unbehagen, das zuvor nicht vorhanden gewesen war.

Zwischen zwei Unterrichtsstunden war er dann an ihr Pult gekommen, während sie Noten in ihren Computer eingegeben hatte.

„Alles in Ordnung?" Er trug an diesem Tag eine „Monster AG"-Krawatte.

„Ja, alles gut." Aber sie spürte selbst, wie wenig überzeugend ihre Antwort klang.

„Hör mal, du brauchst dir wirklich keine Sorgen zu machen, dass du mir neulich zu viel erzählt hast oder dass ich jetzt anders über dich oder Neil denke. Er ist ganz bestimmt ein toller Vater."

„N-nein ...", stammelte sie. „Ich ... ich hatte einfach nur so viel im Kopf, weißt du."

„Ja, natürlich."

„Und es ist mir ein bisschen peinlich. Normalerweise habe ich nicht solche Zusammenbrüche wie neulich."

„Wahrscheinlich musstest du es nur mal rauslassen. Das ist doch ganz normal. Das würde dir sicher jeder Psychologe bestätigen."

Die Erinnerung an seine Hand auf ihrer Schulter war plötzlich da und verdrängte alle anderen Gedanken. Sie wand sich ein bisschen auf ihrem Stuhl. „Ich hätte damit lieber gleich zu Penny gehen sollen."

Er lächelte. „Na toll. Dann hab ich also als Schulter zum Anlehnen total versagt?"

„Ganz und gar nicht. Du warst wunderbar." In dem Augenblick, in dem sie es ausgesprochen hatte, wünschte sie,

sie hätte es für sich behalten. Sie spürte, dass sie errötete, und konnte Gary nicht ansehen.

Eine Gruppe von Schülern drängte in diesem Moment schwatzend und lachend in den Klassenraum, und sie stand schnell auf, um sie zu begrüßen. Als der Schülerlärm langsam verebbte, warf Amanda einen verstohlenen Blick in Garys Richtung. Er sprach gerade mit einigen Viertklässlern, aber er musste ihren Blick gespürt haben, denn er sah auf, sprach dabei aber weiter mit den Kindern. Ein winziges Lächeln umspielte seinen Mund, aber es war ein fragendes Lächeln.

Als es dann zum Unterrichtsende läutete, schien Gary es ausgesprochen eilig zu haben. Vielleicht bildete sie es sich nur ein, aber es dauerte keine fünf Minuten, da war er auch schon verschwunden. Als er sich verabschiedete, warf er ihr noch einen langen Blick zu.

„Dann sehen wir uns also morgen?", fragte sie.

„Ja", antwortete er.

Sie hatte ihm nachgesehen, wie er den Raum verließ und den langen Korridor zu der großen Doppelglastür entlangging, die in ihr anderes Leben führte. Als sie ihre Sachen zusammengepackt hatte, hörte sie Gary immer wieder „Ja, ja, ja" sagen.

Auch als Amanda jetzt zu Hause in ihrem Bad am Waschbecken lehnte, hatte sie Garys Antwort noch im Ohr. Langsam blickte sie auf und betrachtete sich im Spiegel über dem Waschbecken.

„Was treibst du da eigentlich?", fragte sie ihr Spiegelbild verwirrt, aber es kam kein Ton heraus. Nur ihre Lippen bewegten sich.

Es war nicht richtig, dass sie diese Augenblicke mit Gary immer wieder durchlebte, einfach nicht richtig. Neil war ein guter Mensch, ein guter Ehemann und Vater. Er liebte Chase und wollte ihm Kummer ersparen. Sie waren sich in Bezug auf ihr derzeitiges Dilemma in vielem nicht einig, aber in einem schon: Sie liebten Chase beide und wollten sein Bestes.

Wenn Neil die Sache doch auch nur so sehen könnte wie Gary …

Nein, nein, nein, nein! Das ist doch lächerlich. Ich bin in niemanden verliebt außer Neil. Sie senkte den Kopf. *Das hier passiert gar nicht. Es passiert gar nicht.*

Zwei Tränen entwischten ihren geschlossenen Augen und tropften nebeneinander auf die Granitplatte.

„Ich liebe Neil", flüsterte sie.

Wieder sah sie ihr Spiegelbild an. „Ich liebe Neil."

Amanda wischte die Tränen weg, trocknete die nassen Fingerspitzen an ihrer Jeans ab und wandte sich dann vom Spiegel ab.

Fünfundzwanzig

Chase kniete in einem gefliesten Raum. In der einen Hand hielt er einen Ziegelstein und in der anderen einen Bleistiftstummel. Neben ihm kniete noch jemand. Er drehte sich zur Seite und sah Eliasz.

Dieser nahm ihm den Ziegelstein und den Stift aus der Hand. „Beeil dich!“

Eliasz hatte immer noch das Gesicht eines alten Mannes und knorrige Hände, aber seine Stimme klang jung, und er sah Chase direkt an.

„Sie können ja sehen“, meinte Chase.

Der Pole schien Chase gar nicht zu hören und machte sich auch nicht die Mühe, das Offensichtliche zu kommentieren. Er warf eine Werkzeugtasche aus Segeltuch in Chases Hände. „Beeil dich, bevor es zu spät ist!“

„Zu spät wozu?“

Ein Fenster zerbrach und er vernahm die Schreie einer Frau. Winzige Glassplitter regneten auf ihn und die Tasche herab. Ein *Wuuusch* trat an die Stelle des Schreis und ein Feuerband fiel in den Raum.

Ghost.

Chase blickte zu Eliasz, aber der alte Mann war weg. Der geflieste Raum war ebenfalls verschwunden und an seinen Knien spürte er die Hitze des Teppichbodens. In seinen

Händen hielt er die Werkzeugtasche aus Segeltuch. Rauch und Asche stoben um ihn her und in der Ecke des Raumes wirbelte Ghost.

Wie hypnotisiert schaute Chase dem Tanz zu. Jemand weinte. Er bekam keine Luft.

Mama! Papa! Die Worte brannten in seiner Kehle.

Er musste hier raus. Chase kroch von den tanzenden Flammen weg. War die Tür dort drüben? Er stieß gegen irgendetwas. Arme und Beine.

Da war noch ein kleiner Junge. Der Junge weinte. Es war der Junge mit dem Fleck auf dem Hemd. Er schlug mit der Faust gegen die Tür.

Weg da!, schrie Chase. *Weg da!*

Aber der Junge ging nicht aus dem Weg. Chase stemmte sich mit aller Kraft gegen ihn. Der Junge schrie auf, schwankte und fiel hin, aber Chase gelang es, die Tür zu öffnen. In diesem Augenblick gab es wieder ein lautes zischendes Geräusch.

Der andere Junge krabbelte über ihn hinweg und dann vor ihm her. Chase spürte einen stechenden Schmerz, als ihn der Fuß des Jungen oberhalb des einen Ohres traf.

Der tanzende Ghost brüllte seinen Namen, als er davonkroch. Und jemand weinte.

Chase blickte auf und erkannte durch den Rauch hindurch Eliasz, der ihn ansah. „Du hast die Tasche vergessen."

Chase wandte sich zu dem verqualmten Dunkel um, wo Ghost wie ein siegreicher Drache brüllte. Die Tasche lag dort, wo er sie hatte fallen lassen, fast schon in Reichweite der munteren, hungrigen Flammen. Chase versuchte noch einmal, zurückzukriechen, aber seine Beine wollten ihm einfach nicht gehorchen. Er fiel vornüber auf den Teppichboden und schmeckte die Teppichfasern auf der Zunge. Die Tasche konnte er in den Schatten vor sich sehen; er sah, wie Ghost danach griff.

„Nein!“, schrie Chase.

Arme reckten sich ihm entgegen und zogen ihn zurück. Um sich zu wehren, schlug er wild um sich, bis er mit dem Kopf gegen etwas Hartes schlug und der Traum – der Rauch, die Flammen – verschwunden waren.

Chase schlug die Augen auf.

Tally kniete mit ängstlichem Blick neben ihm. Die rosa Strähnchen in ihrem Haar hatten im bernsteinfarbenen Licht der Nachtlampe auf dem Flur einen seltsam gedämpften Farbton.

Er selbst lag auf dem Boden im Flur.

„Chase“, sagte sie.

„Was ist los?“, fragte er mit heiserer Stimme und blickte sich verwirrt um.

„Ich glaube, du bist schlafgewandelt“, antwortete sie leise. „Und du hattest einen Albtraum.“

„Was machst du denn hier?“ Ihm war sofort bewusst, wie unfreundlich seine gedämpfte Stimme klang, obwohl er immer noch nicht richtig wach war.

„Ich ... Du ... Ich bin aufgestanden, weil ich zur Toilette musste, und als ich hier in den Flur gekommen bin, bist du auf dem Teppich herumgekrochen. Und du hast gestöhnt. Du bist nicht in deinem Zimmer, weißt du das?“

Ihre Stimme war beim Sprechen lauter geworden. Sie sprach nicht länger flüsternd, sondern leise und aufgewühlt. Chase kämpfte sich in eine sitzende Position hoch und schaute dann zum anderen Ende des Korridors, wo sich die Tür zum Schlafzimmer seiner Eltern befand. Er wartete ein paar Sekunden, um zu sehen, ob unter der Tür des Zimmers ein Lichtstreifen erschien. Als das nicht der Fall war, stand er auf und auch Tally erhob sich.

„Geh wieder ins Bett“, sagte er leise. „Es ist alles in Ordnung.“

Seine Cousine zögerte. „Du hast mich echt erschreckt“, meinte sie schließlich.

„Tut mir leid." Er drehte sich um und ging an ihr vorbei zur Treppe.

„Wohin gehst du?"

Er drehte sich noch einmal um. „Ich darf mir doch wohl noch ein Glas Wasser holen?" Er wartete ihre Reaktion auf seine bissige Antwort nicht ab und ging hinunter in die Küche. Tally folgte ihm. Die Uhr über dem Herd verriet ihm, dass es 3:10 Uhr war.

„Ich hab dir doch gesagt, du sollst wieder ins Bett gehen." Er zog die Kühlschranktür auf, nahm eine Wasserflasche heraus und schraubte den Deckel ab.

„Ich muss doch nicht tun, was du mir sagst."

Chase trank einen tiefen Zug, ohne den Blick von ihr abzuwenden. Dann setzte er die Flasche wieder ab. „Was willst du?"

„Ich will mich nur vergewissern, dass mit dir alles in Ordnung ist."

„Ich hab dir doch gesagt, dass alles okay ist!"

Sie trat einen Schritt auf ihn zu. „Du bist ja schweißgebadet. Du hattest einen Albtraum, in dem es um das Feuer ging, oder? Ich hab dich gehört."

Er trank noch einmal aus der Flasche, diesmal keinen so tiefen Zug. „Was hast du denn gehört?"

„Du hast gesagt, dass du keine Luft kriegst. Du hast irgendwie geweint. Und gerufen: ‚Heiß, heiß, heiß.'"

„Na und?"

„Du warst nicht mal in deinem eigenen Zimmer, sondern auf dem Flur!"

Chase zuckte mit den Achseln. „Ich bin ja wohl nicht der einzige Schlafwandler auf der Welt."

„Du hast nach deinen Eltern gerufen."

Chase wandte den Blick ab und errötete. Er hörte wieder die Stimme aus seinem Traum. *Mama! Papa!*

Sie trat einen Schritt auf ihn zu. „Ich glaube, du solltest deinen Eltern sagen, an was du dich wieder erinnerst."

„Ich muss doch nicht tun, was du sagst“, sagte er und äffte ihren Tonfall nach.

„Ich habe ja auch gar nicht gesagt, dass du das musst; ich habe nur gesagt, du solltest es lieber tun.“

Er trank erneut aus der Flasche und wischte sich mit leicht zittrigem Handrücken über den Mund. „Ich habe dir doch schon gesagt, dass sie davon nichts wissen wollen.“

„Ich glaube, da irrst du dich.“

Jetzt, wo der Schrecken nachließ, trat Ärger an dessen Stelle.

„Seit wann bist du denn eine solche Expertin in Sachen Eltern?“, fragte er. „Wo sind denn *deine* Eltern, hä?“

Tally wich zurück, als hätte er ihr einen Schlag versetzt.

„Lass uns eines klarstellen, okay?“, fuhr Chase fort. „Ich lebe in der realen Welt. Das hier ist meine Wirklichkeit und von der hast du absolut keine Ahnung. Du bist nur für ein paar lausige Wochen hier. Und, wie ich noch hinzufügen darf, du wirst nicht bleiben. Wenn du wieder weg bist, bin ich immer noch hier. Ich muss hierbleiben. Deshalb bin ich der Einzige, der darüber entscheidet, über welchen Teil meines Privatlebens ich mit meinen Eltern rede und über welchen nicht. Ich habe leider nicht den Vorteil, mit nur einem Elternteil zu leben, das mich so behandelt, als sei ich bloß ein Mitbewohner.“

„Wie ein *was*?“, hakte Tally fassungslos nach.

„Du hast genau verstanden, was ich gesagt habe. Du weißt ja noch nicht mal, wo dein Vater gerade ist. Er weiß nicht, wo du bist, und allem Anschein nach ist das für keinen von euch beiden eine große Sache. Du hast seit einem Monat nichts mehr von ihm gehört. Das ist auf keinen Fall die wirkliche Welt, Schwester.“

Es vergingen ein paar Augenblicke, bis Tally darauf reagierte. „Ich bin nicht deine Schwester.“

Chase nickte. „Genau das wollte ich damit ja auch sagen.“

Die beiden standen schweigend im Mondlicht, das durch das große Fenster über der Spüle in die Küche fiel. Der Hund Sammy kam aus Ashleys Zimmer zu ihnen getrottet und setzte sich schwanzwedelnd zwischen sie.

„Ich will mein Feuerzeug zurück", sagte Tally schließlich.

Für den Bruchteil einer Sekunde bereute Chase, dass er so grob zu ihr gewesen war. Jetzt war er drauf und dran, das Feuerzeug zu verlieren. Aber der Traum hatte eine Tür geöffnet und er hatte eine Gestalt gesehen. Er hatte die sich windende Gestalt des Feuers gesehen. Endlich, nach all den Jahren, hatte er Ghost von Angesicht zu Angesicht gesehen. Vielleicht brauchte er das Feuerzeug gar nicht mehr.

„Gut." Er stellte die Wasserflasche auf die Arbeitsfläche und rannte, immer zwei Stufen auf einmal nehmend, die Treppe hinauf in sein Zimmer. Er konnte Tallys Schritte hinter sich hören.

Sein Zimmer roch nach dem Schweiß und der Anspannung seines Albtraums, und er zögerte kurz, bevor er es betrat. Tally zögerte ebenfalls, so als ob auch sie diesen ganz speziellen Geruch des Schreckens wahrnahm. Chase knipste seine Nachttischlampe an, kniete sich neben sein Bett und bemerkte dabei, dass sein Bettzeug völlig zerwühlt war. Er kramte unter dem Bett nach der Kassette und stellte sie auf das Durcheinander seines Bettzeugs. Nachdem er die Zahlenkombination eingestellt hatte, öffnete er den Deckel. Das Feuerzeug lag ganz zuoberst. Er nahm es heraus und hielt es Tally hin, die ein paar Schritte entfernt stand.

Sie kam auf ihn zu und nahm es ganz langsam aus seiner geöffneten Hand. Als sie es an sich genommen hatte, klappte Chase den Kassettendeckel wieder zu und stand auf.

„So. Bist du jetzt zufrieden?", fragte er.

Tally hob ganz langsam den Kopf, um ihn anzusehen. „Nein. Du?"

„Du wolltest es zurück, jetzt hast du es."

Seine Cousine betrachtete das Feuerzeug in ihrer Hand. Er rechnete eigentlich damit, dass sie jetzt kehrtmachen, sein Zimmer verlassen und dann zurück in Ashleys Zimmer gehen würde, aber stattdessen fragte sie ihn: „Was ist da heute im Altersheim eigentlich passiert?"

„Was meinst du damit?", fragte er nach, obwohl er es genau wusste.

„Als Josef von der Flucht aus dem Konzentrationslager erzählt hat, da bist du plötzlich ganz blass geworden. Ich dachte schon, du würdest umkippen."

„Da hast du falsch gedacht."

Sie blickte zu ihm auf. „Was ist passiert?"

Er glaubte nicht, dass er das irgendjemandem erklären konnte. Er glaubte nicht, dass es möglich war, zu beschreiben, wie es war, wenn eine Erinnerung in Form von Puzzleteilen wiederkam. „Gar nichts ist passiert. Ich hab mich nur wieder an ein bisschen mehr erinnert, sonst nichts."

Sie wandte sich zum Gehen und Chase streckte seine Hand aus und fasste sie behutsam am Arm. „Tally ..."

Tally drehte sich wieder zu ihm um. Ihr Blick war traurig und er ließ ihren Arm sofort wieder los.

„Hör mal, was ich in der Küche gesagt habe, tut mir leid", sagte Chase leise. „Das über deinen Vater. Das tut mir echt leid. Ich war wütend. Ich hätte es nicht sagen sollen."

Sie schaute auf das Feuerzeug in ihrer Hand hinunter und schwieg eine ganze Weile. Dann streckte sie ihm die Hand mit dem Feuerzeug hin.

„Ich möchte nicht, dass Ashley es findet", erklärte sie mit ausdrucksloser Stimme.

Chase zögerte und nahm dann das Feuerzeug. „Ich sorge dafür, dass nichts damit passiert."

Tally ging schweigend aus seinem dämmrigen Zimmer in den Flur, wo sie ihn erst einige Minuten zuvor gefunden hatte. Sie begab sich wieder in Ashleys Zimmer, deren leises Schnarchen sich wie eine Frühlingsbrise anhörte.

Sechsundzwanzig

Das Licht der Morgensonne umgab Tally, als sie die Küche betrat. Onkel Neil stand am Küchentresen und überflog die Zeitung, während er seinen Kaffee trank. Er blätterte um und wich dabei der Wasserflasche aus, die Chase in der Nacht dort stehen lassen hatte. Amanda stand hinter ihm am Herd und machte gerade Rühreier. Ashley war noch oben und Chase hatte sich offenbar auch noch nicht blicken lassen.

Tally gähnte lautlos und fragte sich, ob es Chase genauso schwergefallen war, wieder einzuschlafen wie ihr. Sie bekam einfach dieses Bild nicht aus dem Kopf, wie er zusammengekrümmt auf dem Teppichboden im Flur gelegen und wie ein verlorenes Kind vor sich hin gewimmert hatte. Das war kein gewöhnlicher Albtraum gewesen.

„Guten Morgen, Tally", sagte Neil, ohne von seiner Zeitung aufzublicken. Ihre Tante drehte sich um und lächelte sie an. Amanda sah müde aus.

„Morgen", erwiderte Tally. Sie wusste nicht so recht, ob das jetzt ein guter Zeitpunkt war, um zu fragen, ob sie Matts Einladung zu einem Date am Samstagabend annehmen durfte, aber sie wusste auch, dass er sie in der Schule danach fragen würde. Und eines wollte sie ganz sicher nicht: fragen, wenn Chase und Ashley dabei waren. Also brachte sie es am besten jetzt gleich hinter sich, bevor die beiden herunterkamen. „Matt hat mich gefragt, ob ich am Samstagabend mit ihm ausgehe."

Neil und Amanda sahen sie beide gleichzeitig an.

„Du meinst zu einem Date?", fragte Amanda.

„Nur ihr beide?" Neil senkte sein Kinn ein wenig.

Sie sahen beide leicht schockiert aus.

„Ja."

Neil warf einen Blick in Amandas Richtung und bedeutete dann Tally mit einer Geste, näher zu kommen. Er setzte sich neben sie. „Möchtest du das denn?"

Darüber hatte Tally ehrlich gesagt noch gar nicht so recht nachgedacht. „Ich weiß nicht. Kann schon sein."

„Ich glaube nicht ...", setzte Amanda an.

„Was, meinst du, würde dein Vater dazu sagen, wenn er hier wäre?", unterbrach Neil sie.

Tallys Blick fiel auf die halbvolle Wasserflasche auf der Arbeitsplatte. „Ich weiß nicht, was er sagen würde", meinte sie. „Vielleicht würde er gar nichts Besonderes darin sehen."

„Und wie siehst du das?"

Tally reagierte mit einem Achselzucken. „Sagt ihr Nein?"

„Hast du gedacht, dass wir Nein sagen würden?" Neil trank einen Schluck aus seiner Kaffeetasse.

Tally knabberte an ihrer Unterlippe. Sie glaubte, dass sie nicht zustimmen würden, und deshalb nickte sie als Antwort auf Neils Frage.

„Wieso?"

Tally überlegte einen Moment lang. „Weil ich hier nur zu Besuch bin und weil mein Vater Matt nicht kennt."

„Gute Gründe?", fragte Neil.

Sie nickte. Na ja, sie waren jedenfalls gut genug. Außerdem verspürte sie eigentlich auch gar nicht den brennenden Wunsch, mit Matt allein zu sein.

„Wahrscheinlich ist es das Beste, erst einmal einfach befreundet zu sein, findest du nicht?"

Erneut nickte sie.

„Ich glaube, du bist ziemlich klug." Neil trank einen Schluck Kaffee und nahm die Zeitung wieder zur Hand. Amanda stellte einen Teller mit Rühreiern vor Tally.

„Das finde ich auch", pflichtete ihre Tante ihm bei. Aber Amanda sah sie dabei kaum an.

In diesem Augenblick kam Ashley in die Küche und erkundigte sich, worüber ihre Eltern gerade sprächen.

„Nichts", sagte Amanda, während sie ihrer Tochter ebenfalls einen Teller mit Ei reichte.

Tally wartete darauf, dass auch Chase in der Küche auftauchte. Nur Sekunden bevor sie aufbrechen mussten, kam er in die Küche und warf zur Begrüßung ein allgemeines „Hey" in den Raum. Seinen Rucksack hatte er über der einen Schulter hängen, seine Kameratasche über der anderen. Er schwieg, während er sich einen Apfel aus der Obstschale nahm und nach der halbleeren Wasserflasche auf dem Tresen griff. Dann ging er zur Tür, die in die Garage führte.

„Wir machen heute die Aufnahmen auf dem Friedhof", rief er Tally noch zu und zog dann die Tür zur Garage auf.

„Chase! Du hast nicht genug zu essen dabei", sagte Amanda. „Und ich weiß nicht, wessen Wasser das ist!"

„Pass beim Rückwärtsfahren auf die Truhe auf", rief Neil ihm noch nach.

Chase verschwand in der Garage, ohne auf eine der Ansagen seiner Eltern zu reagieren.

Tally nahm die Schultasche, die zu ihren Füßen stand.

„Welche Friedhofsaufnahmen meint er denn?", fragte Amanda sie.

„Ach, das Intro für unser Soziologieprojekt. Dabei soll Matt auf einem Friedhof herumlaufen, als würde er nach den Grabsteinen von Verwandten suchen, die er durch den Holocaust verloren hat."

„Aber Matt sieht doch kein bisschen jüdisch aus", warf Ashley ein.

„Es werden auch nur seine Füße zu sehen sein“, entgegnete Tally auf Ashleys Einwand.

Aus der Garage ertönte jetzt die Hupe von Chases Auto.

„Ich muss jetzt los“, rief Tally.

Sie ging zur Tür in die Garage und zog sie hinter sich zu. Vorsichtig stiefelte sie um all die Holzteile herum, die dort gerade in Arbeit waren, und stieg zu Chase ins Auto. Sie hatte kaum die Tür zugeschlagen, als ihr Cousin auch schon den Rückwärtsgang einlegte und aus der Garage fuhr.

„Na, da hast du ja wirklich ganz toll auf die Truhe geachtet“, bemerkte sie.

Chase griff nach der Sonnenblende, an der die Fernbedienung für das Garagentor angebracht war. Er drückte auf den Knopf und das Tor glitt hinab.

„Ich wusste doch, wo sie steht“, meinte er, gab Gas und fuhr dann von der Garagenauffahrt auf die Straße.

„Haben wir es irgendwie eilig oder so?“, fragte sie.

„Ich hab verschlafen.“ Chase schaltete in den ersten Gang und fuhr los.

„Na, ich hab auch nicht gerade toll geschlafen.“ Tally betrachtete die stillen Häuser in der Straße. Einige Rasensprenger waren bereits eingeschaltet und besprengten die ohnehin schon sattgrünen Rasenflächen mit glitzernden Wassertropfen.

„Wir reden nicht drüber.“ Chase sah nicht zu ihr hin.

Sie drehte sich zu ihm. „Was?“

„Wir werden nicht darüber reden, was letzte Nacht passiert ist.“

Sie schüttelte den Kopf. „Manchmal benimmst du dich echt wie ein Kind, Chase. Kannst du nicht einfach sagen: ‚Hey, ich möchte lieber nicht über das reden, was letzte Nacht passiert ist‘?“

„Ich möchte lieber nicht über das reden, was letzte Nacht passiert ist“, wiederholte er und klang dabei gereizt und kurz angebunden.

Tally wandte sich wieder von ihm ab und schaute nach vorn auf die Straße. „Ich hab keine Ahnung, warum ich eigentlich nett zu dir bin."

Ein paar Sekunden verstrichen, bis er sagte: „Das verstehe ich auch nicht."

Sie wandte sich ihrem Cousin wieder zu. „Und warum willst du nicht darüber reden?"

Es folgte erneut Schweigen. „Weil ich es selbst noch nicht verstehe." Chase bremste ab, weil er abbiegen musste, und trank einen Schluck von dem abgestandenen Wasser. Er verzog das Gesicht. „Mir fehlen immer noch ein paar Minuten."

„Wie meinst du das? Welche Minuten?"

Nach einem weiteren kurzen Zögern antwortete Chase: „Ich kann mich daran erinnern, dass ich in Keiths Zimmer war, bevor das Feuer ausbrach. Ich erinnere mich, wie ich aus dem Elternschlafzimmer entkommen konnte, als es voller Rauch war … und jetzt erinnere ich mich endlich auch, wie ich das Feuer in den Zimmerecken gesehen habe. Aber die Zeit dazwischen ist immer noch wie ausgelöscht."

„Vielleicht hast du geschlafen, denn eigentlich solltest du ja deinen Mittagschlaf halten, oder?"

Chase schüttelte den Kopf. „Ich hab aber nicht geschlafen."

„Und woher weißt du das?"

Er sah sie an. „Ich weiß es eben." Dann richtete er den Blick wieder nach vorn auf die Straße. „Und es war noch jemand in dem Zimmer. Ich habe jemanden weinen gehört."

„Den anderen kleinen Jungen?"

Chase machte eine Pause. „Vielleicht noch jemanden außer ihm. Ich weiß es nicht. Deshalb möchte ich erst mal noch nicht darüber reden. Es ist echt frustrierend." Er trank einen Schluck Wasser und verschloss dann die Flasche wieder. „Das Wasser schmeckt ekelhaft."

Tally überlegte einen Moment. „Weißt du eigentlich, wann die Sache mit dem Feuer war?"

„Das hab ich dir doch schon gesagt. Ich war damals vier."
„Ich meine das genaue Datum."
Chase zuckte mit den Achseln. „Ein paar Wochen vor Ashleys Geburt. Mai oder Juni – so um den Dreh."
„Und wo war das?"
„Was?"
„Wo es war? In welcher Stadt?"
„Ich nehme an, da, wo ich auch geboren wurde, in Laguna Hills. Worauf willst du eigentlich hinaus?"
„Wenn du das Datum weißt und den Ort, dann ließe sich darüber doch sicher etwas in irgendeinem Archiv finden. Über einen Brand in einem Wohnhaus, noch dazu im Haus einer Tagesmutter, wurde doch bestimmt in der Zeitung berichtet, oder?"
Chase konzentrierte sich auf die Straße, schien dabei aber tief in Gedanken zu sein. „Ja, wahrscheinlich schon."
„Vielleicht könntest du ja mal im Internet recherchieren. Könnte doch sein, dass es wirklich einen Zeitungsbericht gibt, der dir dabei helfen könnte, die Lücke zu schließen."
Chase trommelte mit den Daumen aufs Lenkrad. „Schon erstaunlich, dass ich darauf nicht selbst gekommen bin."
Eine Weile fuhren sie schweigend.
„Sagst du's mir, wenn du was herausfindest?", fragte sie.
„Ja, mach ich."
„Chase?"
„Was?"
„Ich lasse das mit dem Date mit Matt."
„Und wieso?"
„Weil ich es nicht will."
Den Rest des Weges fuhren sie schweigend.

Siebenundzwanzig

Amanda spülte das Frühstücksgeschirr und sah zu, wie die Rühreireste in den Abfluss glitten. Neben ihr füllte Neil, den Wirtschaftsteil der Zeitung unter den Arm geklemmt, einen Thermobecher mit Kaffee. In kaum wahrnehmbaren Wellen wehte der Duft von „Dior Homme“ in ihre Richtung.

Von der anderen Seite der Küche aus rief Ashley ihr noch einen Gruß zum Abschied zu und war dann auch schon zur Haustür hinaus. Neil schraubte gerade den Deckel seines Bechers zu, als die Tür ins Schloss fiel.

Amanda wandte sich ihm zu. „Das war wirklich gut, wie du die Sache mit Tally geregelt hast“, sagte sie.

„Du meinst die Sache mit dem Date?“

Sie nickte. „Du hast sie dazu gebracht, eine kluge Entscheidung zu treffen, ohne ihr zu sagen, was wir ihr erlauben würden beziehungsweise was nicht.“

Neil klopfte auf den Deckel des Bechers, um sich zu vergewissern, dass dieser fest verschlossen war, und zuckte mit den Achseln. „Ach, ich weiß nicht, ob das so toll war.“

Amanda verschränkte die Arme und lehnte sich mit dem Rücken an die Spüle. „Doch, das war es.“

Neil öffnete einen der Hängeschränke und zuckte noch einmal mit den Achseln.

„Ich war drauf und dran, es ihr einfach zu verbieten“, gestand Amanda.

Neil lächelte, während er Keksschachteln und Crackerpackungen zur Seite schob. „Das habe ich gemerkt.“

„Mir ist egal, was Bart getan hätte.“

„Ja, ich weiß. Haben wir keine Müsliriegel mehr?“

Amanda griff ins obere Regal und reichte Neil eine Schachtel mit Haferflocken-Waldbeeren-Riegeln. „Ich wünschte nur …“

Neil nahm die Schachtel und wartete einen Moment, bevor er nachhakte: „Du wünschtest was …?“

Amanda konnte ihm nicht sagen, was sie sich wünschte. Sie wusste nicht, wo sie anfangen sollte. Sie wusste nur, dass sie sich wünschte, es wäre anders zwischen Neil und Chase und auch zwischen Neil und ihr.

„Ach nichts.“ Sie machte die Schranktür wieder zu.

„So, wir sollten jetzt lieber aufbrechen, sonst kommen wir zu spät.“ Neil steckte den Müsliriegel in seinen Aktenkoffer.

„Neil …“ Amanda stieß sich von der Arbeitsplatte ab.

„Hmm?“

„Hast du … Hat Chase gestern Abend versucht, uns etwas zu sagen?“

Neil blinzelte verwirrt. „Gestern Abend?“

„Als er so hartnäckig darauf bestanden hat, dass meine Großmutter und mein Vater Geheimnisse gehabt haben könnten, von denen sie geglaubt haben, sie könnten mit niemandem darüber reden.“

Neil schloss seinen Aktenkoffer und fragte, ohne sie dabei anzusehen: „Was denn zum Beispiel?“

„Na ja … zum Beispiel … ach, ich weiß auch nicht. Manchmal sind die Dinge nicht so, wie sie scheinen.“

„Ich weiß wirklich nicht, worauf du hinauswillst.“

„Also, als er gesagt hat, dass Eliasz in seinen Träumen sehen kann, und als Chase gemeint hat, dass ein Blinder

Dinge sehen kann, die in gewisser Weise versucht haben, ihn umzubringen ..."

„Amanda."

„Neil, ich glaube, dass er versucht hat, uns etwas mitzuteilen. Hast du denn nicht bemerkt, wie distanziert und abwesend er die ganzen letzten Wochen war?"

Neil sah sie an. „Du meinst seit dem Grillen in der Gemeinde, oder?"

„Ja, genau das meine ich."

Neil nahm seinen Aktenkoffer in die Hand. „Chase ist wie immer. So sind alle jungen Männer in seinem Alter. So war ich auch."

„Ja, aber ..."

„Amanda, wir hatten uns doch darauf geeinigt, die Sache auf sich beruhen zu lassen."

Seine Frau strich mit der Hand über die Lehne des Küchenstuhls, der neben ihr stand. „Ich war damit aber *nicht* einverstanden." Als sie zu ihm aufsah, erkannte sie den Schmerz in Neils Blick.

„Hast du vergessen, was ich dir erzählt habe?", fragte er. „Was Keith damals bei der Polizei ausgesagt hat?"

„Nein, wie sollte ich das wohl vergessen haben?"

Einen Moment lang schwieg Neil. Als er dann weitersprach, klang seine Stimme müde, fast resigniert. „Was willst du eigentlich, Amanda?"

Sie musste erst einmal schlucken. „Ich will keinen Fehler machen."

„Und du glaubst, dass ich einen mache?" Er stand vor ihr, als ob er sich behaupten müsste, und es schien, als warte er nur darauf, dass sie seine Motive infrage stellte. Als sie nichts weiter sagte, griff er nach seinem Kaffeebecher.

„Ich darf heute nicht zu spät kommen." Mit diesen Worten ging er an ihr vorbei zum Ausgang. Im nächsten Augenblick war er auch schon zur Tür hinaus und ging auf dem Steinweg zu seinem Wagen. Durch das Fenster über der

Spüle sah Amanda, wie er die Fahrertür des Nissan öffnete. Ein Mann, den sie nicht kannte, ging gerade mit seinem Hund vorbei, und Neil wünschte ihm heiter und freundlich einen guten Morgen.

Der Tag verging schnell, aber in Amandas Gedanken herrschte ein heilloses Durcheinander. In ihrem Leben schien alles irgendwie aus dem Ruder zu laufen.

Garys fragender Blick von der anderen Seite des Raumes machte es auch nicht besser.

Als es während des Tages einmal fünf Minuten etwas ruhiger gewesen war, hatte er sie gefragt, ob etwas nicht in Ordnung sei, und sie hatte nur einen kurzen Moment Zeit gehabt, um ihm von dem angespannten Gespräch beim Essen am Vorabend zu erzählen. Darüber, was Chase und auch was Neil gesagt hatten.

Eine neue Gruppe von Schülern hatte jedoch den Klassenraum betreten, bevor sie in Erfahrung bringen konnte, was Gary gesagt hätte, wenn er dabei gewesen wäre.

Als es um kurz nach drei zum Schulschluss geläutet und Amanda das letzte Kind hinausgeschickt hatte, damit es den Schulbus nicht verpasste, ließ sie sich auf den Stuhl hinter ihrem Pult sinken. Gary war nicht im Raum. Sie lehnte sich zurück und schloss die Augen.

Wenn sie darüber nachdachte, dann fand sie die Art und Weise, wie Neil am Morgen die Situation mit Tally bewältigt hatte, etwas seltsam. Irgendetwas daran zerrte an ihren Nerven. Obwohl er so geschickt mit der Situation umgegangen war, war sie andererseits auch wütend. Nein, eigentlich nicht wütend, sondern eher eifersüchtig.

Sie wünschte sich, dass auch Chase in den Genuss dieser erzieherischen Sternstunden kam. Seiner Nichte hatte Neil an diesem Morgen seine ganze Aufmerksamkeit gewidmet – einem Mädchen, das er kaum kannte. Doch was war mit seinem Sohn?

Wieso konnte Neil nicht mit Chase auch so umgehen? Wieso konnte er sich nicht mit seinem Sohn, seinem eigen Fleisch und Blut, hinsetzen und ihn so beraten, wie er Tally beraten hatte?

Nicht sie, Amanda, war unvernünftig, sondern er. Nicht sie war diejenige, die eine gewisse Distanz zwischen sich und die Kinder gebracht hatte, sondern er.

All die vielen Stunden, die er in seiner Holzwerkstatt verbrachte, um dort wunderschöne Sachen für Menschen zu bauen, die er kaum oder sogar überhaupt nicht kannte. Das alles waren Stunden, die er ihr und den Kindern stahl.

Sie drifteten immer weiter auseinander, und diese Sache mit Chase war wie Wind in den Segeln dieser Entwicklung, der die Distanz, die zwischen ihnen lag, noch vergrößerte. Sie wurde für Neil immer mehr zu einer Fremden.

In dem Augenblick, als ihr dieser Gedanke kam, bahnte sich ein kraftloses Lachen seinen Weg aus ihrem tiefsten Innern. Amanda spürte, wie ihr Tränen die Wangen hinabliefen. Es war so komisch.

Sie wurde für Neil zu einer Fremden.

„Und genau die findet er ja so toll", flüsterte sie, während sie sich die Tränen von den Wangen wischte.

„Hey."

Mit einem Ruck öffnete sie ihre tränennassen Augen. Sie war gleichzeitig beschämt und erschrocken. Gary war noch einmal zurückgekommen. Wann genau, das wusste sie nicht, jedenfalls stand er jetzt direkt neben ihr.

„Möchtest du, dass ich jemanden anrufe? Penny vielleicht?"

Sie schüttelte den Kopf und lachte. „Ich glaube nicht, dass das, was ich jetzt brauche, eine Kinderpsychologin ist."

„Ich weiß, dass es mich eigentlich nichts angeht, aber diese Sache mit deinem Sohn ..."

Amanda unterbrach ihn. „Es geht nicht nur um Chase." Sie barg das Gesicht in den Händen.

„Okay, wenn es also nicht …"

Amanda drehte ihren Kopf, um ihn ansehen zu können. „Ich glaube, du weißt, dass es nicht das ist."

Gary wandte den Blick ab. Dann entfernte er sich ein paar Schritte und kam wieder zurück. Er lehnte sich an ihr Pult, seine linke Hand nur Zentimeter von ihrer entfernt. Einige Augenblicke verstrichen schweigend.

„Du musst mit jemandem reden", sagte Gary. „Glaub mir."

„Ich weiß nicht, was ich tun soll", murmelte sie, sah ihn dabei aber nicht an.

„Amanda."

Langsam wandte sie ihren Kopf, um ihn anzusehen.

„Du und Neil, ihr solltet eine Eheberatung aufsuchen." In Garys Blick schwang so viel Unausgesprochenes mit.

„Dazu ist Neil ganz sicher nicht bereit", entgegnete sie, ohne ihren Blick von ihm abzuwenden. „Er glaubt, dass schon alles in Ordnung kommt, wenn ich diese Geschichte nur auf sich beruhen lasse."

„Dann geh allein."

„Allein gehen …", wiederholte sie.

„Ja, wenn es nicht anders geht."

Seine Nähe, seine Zuversicht und sogar sein Mitgefühl waren wie Hohn. Sie erinnerten sie daran, wonach sie sich bei Neil so sehnte.

„Hast du das auch getan, als es in deiner Ehe schwierig wurde?", fragte sie. „Bist du zur Eheberatung gegangen? Ist deine Frau mitgegangen?" Sie war selbst überrascht über ihren unfreundlichen Ton. Und auch Gary schien erstaunt zu sein.

Bevor er zu einer Antwort ansetzte, schwieg er kurz. „Das hätten wir jedenfalls tun sollen."

„Wäre sie denn mitgegangen?"

Wieder ließ er etwas Zeit verstreichen, bevor er antwortete. „Ich habe zu lange gewartet, sie darum zu bitten."

„Verstehe. Also ist es deine Schuld, dass sie dich verlassen hat, willst du das damit sagen?" Die Worte waren schon heraus, bevor sie sich bremsen konnte.

Gary erstarrte, und sie merkte, wie ihr Gesicht ganz heiß wurde.

„Es tut mir leid", sagte sie schnell. „Ich weiß nicht, warum ich das gesagt habe."

Gary sah sie an. „Es hat einiges gegeben, das ich hätte anders machen können, ja, sogar anders machen *müssen.* Man möchte nicht derjenige sein, der seine Ehe aufgibt, Amanda. Sei du nicht diejenige, die aufgibt."

Sie betrachtete sein Gesicht und ließ ihren Blick dann zu seiner Superman-Krawatte wandern. Superman, der Held, der Unbekannte rettet.

„Hörst du mir eigentlich zu?", fragte er.

Ihr Blick blieb an Supermans phänomenalem Oberkörper hängen, dessen Muskeln praktisch das hautenge blaue Kostüm sprengten.

„Neil verbringt seine Zeit lieber in der Holzwerkstatt als mit mir oder unseren Kindern."

„Wenn das stimmt, dann sagt er dir dadurch doch etwas", sagte Gary sanft. „Ich will damit das, was er tut oder nicht tut, gar nicht entschuldigen. Ich sage nur, dass er dir damit etwas mitzuteilen versucht."

„Was soll ich denn tun?", rief sie. „Ich kann doch keine Gedanken lesen!"

Gary wartete, bis sie wieder aufblickte. „Wenn ihr wollt, dass die Sache funktioniert, dann werdet ihr einen Weg finden müssen, miteinander zu kommunizieren."

Er nahm seinen Aktenkoffer und verließ den Raum.

Amanda saß noch eine ganze Weile da, verloren in widerstreitenden Gedanken und sich noch vage des Nachhalls von Garys Schritten auf dem langen Schulkorridor bewusst. In der nachfolgenden Stille vernahm sie das Klingeln ihres Handys, das in ihrer Handtasche lag. Automatisch holte sie es heraus, obwohl sie sich nicht wirklich dafür interessierte, wer der Anrufer war.

„Hallo?"

„Hallo, Amanda. Hier ist Nancy Fuentes vom Jugendamt in Pima County."

„Ach, hallo, Nancy."

„Hören Sie, wir haben hier einen Brief erhalten, der an ‚Tally Bachmann bei Virginia Kolander' adressiert ist. Es steht kein Absender darauf, aber die Briefmarke stammt aus der Ukraine. Ich habe den Brief an Tally weiterleiten lassen und er müsste eigentlich heute bei Ihnen ankommen. Wenn es darin irgendwelche Informationen über den Aufenthaltsort von Bart Bachmann gibt, dann rufen Sie mich bitte an, ja?"

„Ja, natürlich."

„Wunderbar! Ich bin etwas in Eile, weil ich in zwei Minuten im Gericht sein muss."

„Okay, dann auf Wiedersehen."

Amanda stand auf, nahm ihre Büchertasche und die Handtasche und fragte sich, was um alles in der Welt Bart wohl in der Ukraine machte.

Achtundzwanzig

Im Arbeitsraum der Oberstufe war nur das Klicken der Tastaturen und das Brummen der Computerkühlungen zu vernehmen. Chase entschied sich für einen Rechner, der möglichst weit von der Eingangstür und von allen anderen Schülern, die dort arbeiteten, entfernt war. Von den Mitschülern würde sich wahrscheinlich keiner für seine Recherchen interessieren, und die Schulleitung wollte sowieso nur wissen, ob die Websites, die aufgerufen wurden, pornografische, gewalttätige oder anarchistische Inhalte hatten. Trotzdem ging es niemanden außer ihn etwas an, was er suchte. Er wollte ungestört sein.

Den größten Teil des Vormittags verbrachte Chase damit, zu überlegen, wieso er eigentlich nicht selbst schon auf die Idee gekommen war, im Internet nach Einzelheiten über den Brand von damals zu suchen. Tatsache war aber, dass seine Angst dem Wunsch gewichen war, mit ihr fertigzuwerden und sie zu besiegen. Er hatte bisher gar nicht daran gedacht, sich genauer über das Feuer zu informieren, weil er sich dadurch etwas näherte, dessen Macht und Wesen für ihn nicht greifbar waren. Doch das änderte sich jetzt.

Ghost war nicht länger ein gestaltloses Ungeheuer aus seiner Vergangenheit. Ghost war nun ein Gegner, etwas, das besiegt werden musste. So viel hatte ihm sein Traum jedenfalls gezeigt – dass er mit Ghost noch eine offene Rechnung hatte.

Er würde das tun, was die Männer in Treblinka getan hatten, die Männer, die an jenem Tag im August beschlossen hatten, die Waffen ihrer Feinde zu stehlen und damit Krieg gegen sie zu führen.

Seine Erinnerung an den Tag, an dem Ghost seinen Namen bekommen hatte, war sehr viel präziser und vollständiger als die Erinnerung an den Tag, als das Haus seiner Tagesmutter bis auf die Grundmauern niedergebrannt war. An dem besagten Tag war es warm gewesen und ganz still. Seine Mutter hatte in der Garage – die damals wirklich noch eine Garage gewesen war – in irgendwelchen Kisten herumgekramt und Ashley hatte ihren Mittagsschlaf gehalten. Er war im Garten hinter dem Haus gewesen und hatte mit dem Gartenschlauch versucht, seinen Namen an den Gartenzaun zu schreiben, während er darauf wartete, dass Ashley endlich wach wurde; denn seine Mutter hatte ihm versprochen, dass sie nach Ashleys Mittagsschlaf an den Strand gehen würden. Im Haus hatte er sich gelangweilt und in der Garage war es ihm zu warm gewesen.

Eine leicht abschüssige Rasenfläche zog sich die gesamte Breite des Gartens hinter dem Haus entlang, gesäumt von Inseln aus Erde, auf denen Sagopalmen, Strelitzien und einige Jacarandabäume wuchsen, die jedes Jahr im Juni ihre violetten Blüten wie Konfetti auf den Steinboden der Terrasse verstreuten. Ein Klettergerüst aus Holz mit einer geschwungenen gelben Rutsche und einer Turnstange stand in einer Ecke des Gartens. In der anderen gab es einen Gemüsegarten, der irgendwann einmal einem Swimmingpool weichen würde. Eine gewöhnlich verriegelte Gartenpforte führte in das Brachland hinter dem Garten. Chase durfte nicht auf das Feld, weil es dort Klapperschlangen, Kojoten und wilde Kakteen gab, und schon allein der Gedanke daran, sich mit einem davon anzulegen, genügte als Motivation, seinen Eltern zu gehorchen. An diesem Nachmittag hatte er jedoch auf der anderen Seite des Zaunes das Miauen einer Katze vernommen. Als er wegen des Geräusches aufblickte, stellte er fest, dass der Metallriegel der Pforte nicht verschlossen war, sondern lose oben auf dem Sperrschlitz lag. Und dann hörte er die Katze erneut.

Chase ließ den Schlauch ins Gras fallen, ging zu der Gartenpforte und zog sie langsam auf. Kojoten fressen Katzen, das wusste jeder, und er wollte nicht, dass nur wenige Zentimeter von seiner Gartenpforte entfernt eine Katze von einem Kojoten gefressen wurde. Er trat durch die Pforte von einer grünen Wiese auf bloße Erde und in ein grünlich braunes Meer von Strandsalbei, wildem Senf und Kakteen. Ein paar Meter entfernt glaubte er am Fuße eines jungen Pfefferbaumes etwas Schwarzweißes aufblitzen zu sehen.

„Kätzchen?“

Noch einmal ein kurzes Aufblitzen.

Das war Ozzie, die Katze der Nachbarn. Das musste sie sein.

Chase blickte über seine Schulter zurück in die Sicherheit seines Gartens. Er sah, wie der Gartenschlauch munter Wasser über den Rasen plätschern ließ. Der Betonweg, der zur Garage führte, lag still und verlassen da. Seine Mutter war nirgends zu sehen. Er wusste, dass sie ihm mit der Katze helfen würde, wenn er sie fragte, aber er wusste auch, dass sie böse sein würde, dass er trotz des Verbotes die Pforte geöffnet hatte.

Die Katze miaute erneut.

„Ozzie?“

Miau.

Chase ging auf einen Strauch zu, und er spürte, wie sein Herz wild in seiner Brust pochte. Als er ein Rascheln vernahm, machte er einen Satz und sah im selben Moment eine unbekannte Katze ins Gestrüpp rennen. Es war nicht Ozzie.

An seinen Flipflops klebten Kletten, die ihm die Füße zerkratzten. Chase blickte nach unten und sah einen kleinen Haufen von schmuddeligen Zigarettenkippen, mehrere braune Bierflaschen und ein schmales Feuerzeug, das die Farbe von Zitronenwackelpudding hatte. Er hockte sich hin, zupfte eine der Kletten ab und schaute sich den Beweis seines Ungehorsams genau an. Er wusste, dass manchmal Jugendliche hierherkamen. Mr Barrett von nebenan hatte ihnen einmal zugerufen, sie sollten verschwinden und nach Hause gehen, sonst würde er die Polizei rufen.

Aber nichts von alledem spielte in dem Augenblick für Chase eine Rolle. Sein Blick wurde wie magisch von dem Feuerzeug angezogen. Er wusste, dass in dem harten Kunststoff das Feuer schlief. Er hatte schon einmal gesehen, wie jemand das kleine Metallrädchen oben auf dem Plastikkörper mit dem Daumen in Schwung gebracht hatte, um das Feuer aus seinem Schlaf zu wecken, und er hatte ungeheuren Respekt vor der Macht, die Menschen mit Feuerzeugen besaßen. Das Feuer musste alles tun, was sie ihm befahlen. Wenn sie wollten, musste es erscheinen. Wenn sie es nicht mehr wollten, verschwand es wieder.

Chase wusste sofort, dass er diese Art von Macht auch haben wollte, aber er konnte Feuer nicht leiden. Er mochte es nicht, wenn seine Mutter Kerzen anzündete oder sein Vater Feuer im Kamin machte, denn in seinem Kopf waren Traumbilder von einem Feuer, das ihn mannshoch überragte. Er mochte den Traum nicht. Er wollte ihn am liebsten einfach wegschnipsen.

Während er weiter am Boden hocken blieb, griff er nach dem Feuerzeug und schloss seine kleinen Finger darum. Es war warm und leicht und erinnerte ihn an einen dieser PEZ-Spender, bloß ohne den Comicfigurenkopf obendrauf. Er hielt es aufrecht, wie er es schon bei Erwachsenen gesehen hatte, und fuhr mit dem Daumen über den Zündmechanismus. Aber nichts geschah. Er versuchte es noch einmal und dann noch einmal, und beim vierten Versuch tauchte dann wie ein Geist aus der Flasche die Flamme auf. Vor Überraschung kippte Chase vornüber, das Feuerzeug fiel ihm aus den Händen, und die Flamme erstarb.

Seine Überraschung darüber, dass er dem Feuerzeug tatsächlich eine Flamme entlockt hatte, hielt aber nur einen kurzen Augenblick an. Chase hob das Feuerzeug wieder auf und betätigte erneut mit dem Daumen den Zündmechanismus. Die kleine Flamme gehorchte dem Befehl, erschien, verbeugte sich und neigte sich anmutig wie ein Tänzer.

Während Chase ihr zuschaute, wurde ihm ganz langsam bewusst, dass das, was er für einen Traum gehalten hatte, Wirklichkeit war. Der Traum, in dem es nur ihn gab und keine Ashley, weil Ashley noch in Mamas dickem Bauch war. Der Traum, in dem Rauch gewesen war und Macht und Hitze. Der Traum, der stückweise wiederkehrte.

Das Haus der Tagesmutter. Ein kleiner Junge wie er, mit einem orangefarbenen Fleck auf dem Hemdkragen.

Blaue Matratzen. Ein Gitterbett. Zeit für den Mittagsschlaf.

Auch dort war ein Feuerzeug gewesen, aber ein anderes als das hier.

Und ein großer Junge mit roten Haaren. Keith.

„Du hast hier nichts zu suchen."

„Das ist nichts für Kinder."

„Geh wieder ins andere Zimmer, wo du hingehörst."

Rauch. Hitze. Macht.

Jemand weint.

Mama! Papa!

Plötzlich waren da schwarze Stiefel und Wasser und Asche, und alles wurde farblos und schwer.

Der Traum war gar kein Traum, sondern Wirklichkeit.

Er drehte und wendete das Feuerzeug und betrachtete es von allen Seiten.

„Ich erinnere mich an dich", sagte Chase.

Und die kleine Flamme winkte. *Ich erinnere mich auch an dich,* schien sie zu flüstern.

Chase fühlte sich mächtig, wie er da mit der kleinen Flamme sprach, die nur ein winziger Geist des Feuers aus dem Traum war. Das flackernde Orange, Gelb und Blau war wunderschön und anmutig. Wieso nur hatte er solche Angst davor gehabt? Das Feuer musste ihm doch gehorchen.

Der nächste Handgriff erfolgte spontan. Chase sollte sich später daran erinnern, dass genau das der Augenblick gewesen war, in dem er dem kleinen Ghost hatte vermitteln wollen, dass er wusste, wie er ihn glücklich machen konnte. Chase kniete sich hin und errichtete einen kleinen Haufen aus Stöckchen und trockenem Gras, eine Art Minialtar, an dem er dem kleinen Ghost zeigen würde, dass er keine Angst vor ihm hatte.

Er hielt das Feuerzeug ganz dicht an den kleinen Haufen und die Flamme fiel ausgehungert darüber her. Prasselnde Geräusche, die ihn an Zähneklappern erinnerten, kamen von den brennenden Stöcken, und Fetzen grauen Rauchs kräuselten sich himmelwärts. Es war verblüffend, wie anmutig der kleine Ghost war. Chase lächelte und riss dann ein Büschel trockener Halme aus, die er auf seinen kleinen Liebling warf. Eine winzig kleine Explosion ließ das Feuer aufwirbeln. Chase griff nach einer weiteren Handvoll Gras, um die fröhliche Flamme zu füttern. Der kleine Ghost streckte sich, um nach dem Geschenk zu greifen, und Chase spürte seine Wärme im Gesicht. Ein dünner Flammenarm griff über den kleinen Haufen hinweg nach einem Büschel braunen Grases.

Yesss!, schien der kleine Ghost zu sagen.

Chase spürte, wie ein wenig Angst in ihm aufflackerte. Der kleine Ghost beachtete ihn gar nicht mehr. Er streckte sich weiter in die Höhe, breitete dann seine kleinen Arme aus, und jetzt klang das eben noch leise zischelnde Geräusch wie Applaus. Eine Feuerfaust griff nach ihm und Chase erhob sich.

Der kleine Ghost kroch jetzt von ihm fort und er fasste alles an, was ihm in den Weg kam. Er wurde immer größer, breitete sich wie verschüttete Milch im Gebüsch aus.

„Hey!“, rief Chase.

Aber der kleine Ghost ignorierte ihn nicht nur, er drehte sich sogar noch um und kam jetzt wieder auf ihn und den Gartenzaun zu.

„Nein!“, schrie Chase nun.

Alles meins, schien der kleine Ghost zu sagen.

Chase blickte zum Haus hinüber, wo seine Mutter immer noch in der Garage herumräumte und Ashley in ihrem Gitterbettchen schlief. Er sah, wie der Schlauch einen schäumenden Wasserschwall aufs Gras spuckte. Chase ließ das Feuerzeug fallen und rannte zur Gartenpforte, nahm den Schlauch, rannte zurück, so weit der Schlauch es zuließ, und der Schlauch sandte einen Bogen glitzernden Wassers über die kleine knisternde Gestalt von Ghost. Qualm stieg auf, das Wasser regnete herab, und der kleine Ghost kämpfte dagegen an.

„Hör auf!“ Chase schüttelte den Schlauch, als wollte er aus reiner Willenskraft erreichen, dass mehr Wasser herauskam. Tristes Schwarz trat immer mehr an die Stelle des leuchtenden Gelb und Orange. Das Wasser siegte. Chase spürte, wie sein Herz wie wild gegen seine Brust hämmerte.

Der kleine Ghost zischte seinen Namen, während er erlosch: *Chase*. Und dann war er weg.

Minutenlang stand Chase reglos da, während das Wasser auf verkohlte, matschige Erde fiel, und war nicht in der Lage, zum Haus zurückzugehen.

Der kleine Ghost war gar nicht klein. Ghost war groß. Ghost war mächtig. Ghost war unberechenbar.

Rinnsale aus matschigem Wasser flossen über seine Flipflops. Er drehte sich um und ging in den Garten zurück. Den Schlauch warf er ins Gras, dann drehte er sich zur Pforte um und stieß sie zu, aber der Schnappriegel wollte einfach nicht einrasten. Er rüttelte an dem Tor, Metall schlug gegen Metall, aber der Riegel rastete nicht ein.

Immer wieder hämmerte er an die Pforte, wobei ihm heiße Tränen übers Gesicht liefen, aber der Riegel rührte sich nicht.

So traf ihn eine ganze Weile später seine Mutter an – weinend und ans Gartentor hämmernd.

„Chase! Was ist denn los?“, fragte sie und kam auf ihn zugelaufen.

„Ich krieg sie nicht zu! Ich krieg sie nicht zu! Jemand hat sie offen gelassen und ich krieg sie nicht wieder zu!“ Seine Mutter griff nach oben, hob den Riegel an und mühelos glitt die Metallschließe hinein. Dann kniete sie sich hin.

„So, jetzt ist es wieder in Ordnung, okay? Ich hab’s in Ordnung gebracht.“

Chase stand einfach nur da und starrte das geschlossene Tor an. Eine Woge der Erleichterung überrollte ihn, während er immer noch heftig atmete. Dann hob seine Mutter den Kopf und schnupperte. Sie runzelte die Stirn, und Chase wagte kaum zu atmen, während er darauf wartete, dass sie etwas sagte.

Doch nach einer kleinen Weile hörte sie auf zu schnuppern und ihre Stirn glättete sich wieder. Sie schaute auf ihn hinab. „Ashley ist aufgewacht. Wollen wir jetzt an den Strand gehen?“ Ihre Stimme klang sanft und liebevoll.

Chase nickte ganz langsam und bedächtig. Seine Mutter nahm ihn bei der Hand, die immer noch vom Trommeln gegen das Tor brannte, und führte ihn weg.

„Hat es Spaß gemacht, mit dem Schlauch zu spielen?“, fragte sie und drehte den Wasserhahn zu.

Er konnte nicht darauf antworten.

Es gab nur ein paar Details, die Chase wissen wollte. Auf folgende Frage brauchte er unbedingt eine Antwort: Was war zwischen dem Augenblick geschehen, als Keith ihn aus seinem Zimmer verscheucht hatte, und dem Augenblick, als der Junge mit dem Fleck auf dem Hemd gemerkt hatte, dass ihr Zimmer in Flammen stand und sie hinausmussten? Wenn es im Internet einen Zeitungsbericht oder eine Archivmeldung gab, dann war es jedenfalls möglich, dass jemand die Antworten auf diese Fragen kannte und Chases Erinnerungslücken füllen konnte. Er gab eine Reihe von Stichworten in eine Suchmaschine ein: Wohnhausbrand; Tagesmutter; Laguna Hills 1995. Das war Ashleys Geburtsjahr. Dann drückte er auf „Suchen".

Auf dem Bildschirm wurden 50.000 Treffer gemeldet. Mit gerunzelter Stirn scrollte Chase Seite um Seite herunter. Auf der fünften Seite fand er schließlich einen Link zu einer juristischen Fachzeitschrift mit dem Hinweis auf die Klage eines Ehepaars namens Brent und Michelle Tagg gegen die Tagesmutter Carol June White aus Laguna Hills und den Prozess, zu dem es gekommen war. Die Taggs hatten Ms White wegen fahrlässiger Tötung ihrer kleinen Tochter Alyssa Rose Tagg verklagt, die bei einem Brand im Obergeschoss des Hauses von Ms White ums Leben gekommen war, wo sie unbeaufsichtigt ihren Mittagsschlaf gehalten hatte. Die Batterien beider Rauchmelder im Haus waren leer gewesen. Man ging davon aus, dass das Feuer im Zimmer von Ms Whites Sohn ausgebrochen war. Der Sohn hatte zugegeben, sich kurz vor Ausbruch des Feuers in seinem Zimmer eine Zigarette angezündet zu haben.

Das alles hatte sich im Mai 1995 ereignet. Zwei weitere Kinder, deren Namen nicht genannt wurden, hatten sich ebenfalls unbeaufsichtigt in dem Haus aufgehalten, hatten aber gerettet werden können.

Die Taggs hatten den Prozess gewonnen.

Der Artikel beschrieb noch weitere Fälle fahrlässiger Tötung, aber Chase las nicht weiter.

Eine starke Müdigkeit überfiel ihn, während sein Gehirn sich endlich beruhigte und ihm Zugriff auf die Erinnerungen an das Bettchen, die Schreie, den Namen des Babys, das seinen Mittagsschlaf in dem Zimmer mit den blauen Matratzen gehalten hatte, gewährte. Er sah das Gitterbettchen im Rauch, sah, wie Ghost in der Ecke des Zimmers tanzte. Hörte die Schreie eines Babys, das nach Luft rang. Alyssa.

Und im selben Augenblick erinnerte er sich an eine weitere Einzelheit, die ihm entfallen war: Er war ganz kurz in dem Zimmer von Keith gewesen, als dieser nicht da gewesen war.

Das Läuten der Schulklingel hörte Chase nicht.

Neunundzwanzig

Als Tally aus Chases Wagen stieg, wehte eine Brise an ihr vorüber und hieß sie, wie es schien, mit einem Streicheln im Garten der Erinnerung willkommen.

Der Friedhof, eine Verbindung aus Gras und Stein und pastellfarbenen Farbklecksen, lag still und schläfrig in der Nachmittagssonne vor ihr.

Matt kletterte mit einer Getränkedose in der Hand vom Rücksitz. Sein Blick schweifte über die abfallenden Rasenflächen und die stummen Grabsteine aus Marmor oder Granit, von denen sie unterbrochen wurden.

„Wow." Seine Stimme durchdrang die Stille. „Gleichzeitig unheimlich und cool. Ich glaube, ich war noch nie auf einem Friedhof."

Tally schnupperte und nahm den Duft der Eichen, des frisch gemähten Grases und der verwelkten Rosen in sich auf. „Ich auch nicht." Chase schien die Landschaft gar nicht wahrzunehmen und auch die Bemerkungen seiner beiden Begleiter hörte er allem Anschein nach nicht. Sie wandte sich an ihn: „Du?"

Chase hängte sich die Kamera über die Schulter und schlug die Autotür zu. „Ja, als mein Großvater starb."

„Der Großvater, der als kleiner Junge im Ghetto gelebt hat?", fragte Matt.

Chase setzte sich in Richtung des ältesten Teils des Friedhofes in Bewegung. „Bei dem auch."

Ihr Cousin schritt zügig und zielstrebig voran, ohne sich umzudrehen und sich zu vergewissern, ob Tally und Matt ihm folgten. Für einen kurzen Moment taten sie das auch nicht.

„Was hat er eigentlich für ein Problem?", wollte Matt von Tally wissen. „Er hat noch kein Wort gesagt, seit wir aus der Schule gekommen sind. Hast du ihm zu Hause den letzten Keks weggefuttert oder was?"

Tally sah Chase nach und beobachtete, wie er an den Denkmälern verflossener Leben entlangschlenderte. Einer Sache war sie sich ganz sicher: Chase hatte etwas über das Feuer erfahren, das er bisher nicht gewusst hatte. „Ich weiß nicht. Vielleicht geht ihm einfach viel durch den Kopf."

„Was denn zum Beispiel?" Matt klang skeptisch.

Tally schlug die Beifahrertür zu. „Na, alles mögliche Zeugs halt." Sie setzte sich ebenfalls in Bewegung und folgte Chase.

Matt schloss sich ihr an. „Was denn für Zeugs?"

Eine Welle geschwisterlicher Loyalität überrollte sie. Matt wusste nichts von dem Feuer. Die einzigen Personen in Chases Leben, die davon wussten, waren seine Eltern. Und die verhielten sich, als hätte sich das Ganze nie ereignet. Sie war die Einzige, der er die lückenhaften Erinnerungen an den Brand jemals anvertraut hatte. Sonst niemandem. Nicht einmal seinem besten Freund.

„Ich bin doch erst seit kurzer Zeit hier. Woher soll ich das wissen?" Ihr war bewusst, dass sie nicht besonders überzeugend klang.

Matt berührte sie am Arm und blieb stehen. „Du weißt es ziemlich genau. Ich merke doch, dass du weißt, was an ihm nagt. Geht's um ein Mädchen?"

„Nein, es ist nichts, worüber wir reden sollten." Tally machte Anstalten, weiterzugehen, aber Matts Hand lag weiterhin auf ihrem Arm, und er packte diesen jetzt etwas fester, damit sie stehen blieb.

„Worüber sollten wir nicht reden?"

Als sie nicht antwortete, schaute er verärgert weg und wandte ihr den Rücken zu. „Ich denke, ich habe ein Recht, es zu erfahren. Schließlich ist er mein bester Freund."

„Na ja, vielleicht würde er ja sagen, dass du nicht seiner bist."

„Was?"

„Na, dass du nicht sein bester Freund bist."

„Natürlich bin ich sein bester Freund ..."

„Aber stimmt das wirklich? Du bist doch mit jedem befreundet, Matt."

Er nickte zwar, aber ihm war deutlich anzumerken, dass er ihre Meinung nicht teilte. „Willst du damit sagen, dass ich ein schlechter Freund bin?"

„Nein. Du bist ein toller Freund. Wahrscheinlich ist Chase *dein* bester Freund, aber hast du schon mal darüber nachgedacht, dass du vielleicht nicht *seiner* bist?"

Matt sah sie wortlos an und versuchte, den Unterschied zwischen „bester Freund sein" und „einen besten Freund haben" zu begreifen. „Was zum Teufel ist hier eigentlich los?"

Tally setzte sich wieder in Bewegung. „Ein bester Freund würde einfach fragen."

Er holte sie ein. „Aber ich frage doch."

„Ja, aber die falsche Person." Tally schaute zu ihrem Cousin hinüber, der mittlerweile ein ganzes Stück Vorsprung hatte und gerade an einer Reihe kniehoher Grabsteine stehen blieb.

Matt wurde immer stiller, während sie Chase folgten. Als sie ihn erreicht hatten, deutete er auf den Grabstein, der ihnen am nächsten stand. „Fang hier an dieser Stelle an, Matt. Hock dich hin. Streiche ganz langsam mit den Fingern über den Namen auf dem Stein, so als wärst du unsicher, ob du ihn berühren sollst oder nicht. Aber beug dich nicht vor, denn es sollen nur deine Hände und Füße zu sehen sein. Es macht auch nichts, wenn du was sagst. Den Ton schneide ich später sowieso noch weg."

Matt versuchte, Blickkontakt mit Chase aufzunehmen, kauerte sich dann aber hin und streckte die Hand zum Grabstein aus, als Chase ihm auswich. „So in etwa?"

Chase kniete im Gras und hielt die Kamera in einem seitlichen Winkel. „Noch mal, und jetzt langsamer. Und pass auf, dass dein Kopf nicht im Bild ist."

„Und was soll ich tun?" Tally kniete sich neben ihren Cousin.

„Bleib einfach dicht bei mir." Einen Moment lang sah er sie einfach an. Sie nickte langsam.

Wieder streckte Matt seinen Arm aus. „Meinst du so?"

„Noch mal, aber langsamer. Decke das Sterbedatum mit einer Hand ab. Es spielt für unsere Geschichte keine Rolle. Das Geburtsdatum allerdings schon."

Matt schob seinen Arm langsam vor und zeigte dann mit den Fingern auf die steinerne Inschrift: „Ingrid Friedman. Geliebte Tochter und Schwester. Geboren am 12.7.1932."

„Und, wie ist das jetzt?", wollte er wissen.

„Das ist genau richtig. So, und jetzt steh langsam auf und geh an den nächsten beiden Grabsteinen vorbei. Geh langsam. Halt, jetzt dreh dich zum dritten Stein und sieh dir den Namen darauf an."

Matt folgte seinen Anweisungen.

„Und jetzt hocke dich hin und geh dann aus der Hocke auf die Knie. Setz dich nun in den Schneidersitz und lass deine Hände in deinen Schoss fallen, so als wären sie nutzlos. Sitz mit krummem Rücken und entspannt da, aber halte die Spannung in Hals und Kopf. Gut. Bleib so."

Wie auf ein Stichwort gab es einen leichten Windstoß, der bräunliche Eichenblätter um den Grabstein und Matts Hände und Knie herumwirbelte.

„Nicht die Blätter anfassen", befahl Chase. „Kümmere dich einfach nicht um sie."

Die Brise legte sich einen Augenblick lang, frischte dann erneut auf, und im nächsten Moment waren die abgestorbenen Blätter wieder aus dem Bild verschwunden, als wären sie nie da gewesen.

„Gut. Okay, und jetzt steh auf und geh ganz langsam die gesamte Grabsteinreihe entlang. Bleib nicht stehen. Geh einfach immer weiter bis zum Ende. Und dreh dich nicht um. Je weiter du weg bist, desto mehr ist von deinem Körper zu sehen, aber dein Gesicht soll nicht ins Bild kommen."

Matt atmete aus und blieb stehen. „Okay", sagte er leicht resigniert und ging los – von ihnen weg.

Chase erhob sich, während er Matts Gestalt, die sich immer weiter entfernte, mit der Kamera folgte. Als Matt fünf Grabsteine entfernt war, begann Chase zu sprechen. „Worüber habt ihr denn geredet?" Er klang ein bisschen verärgert.

„Wie bitte?" Tally hatte genau verstanden, was er gesagt hatte, war aber über seine Frage dennoch sehr überrascht.

„Worüber ihr beide geredet habt?"

„Ich ... über nichts."

„Nichts." Er glaubte ihr nicht, das war ganz offensichtlich. Seinem Tonfall konnte sie entnehmen, dass er genau wusste, sie hatten über ihn gesprochen.

„Er weiß, dass dich etwas bedrückt, Chase."

„Und was hast du ihm erzählt?"

„Ich habe ihm gar nichts erzählt."

„Was hast du ihm erzählt?", wiederholte er.

Tally versuchte, Chase dazu zu bringen, sie anzusehen, aber er schaute unverwandt auf das LCD-Display seiner Kamera. „Ich habe ihm gesagt, dass dir meiner Meinung nach gerade ziemlich viel durch den Kopf geht und dass er dich selbst fragen soll, wenn er sich Sorgen um dich macht. Das tun Freunde ja normalerweise, oder?"

„Du hast ihm gesagt, dass mir gerade ziemlich viel durch den Kopf geht?"

Tally wurde langsam sauer. „Ich habe gesagt, ich *glaube*, dass dir gerade ziemlich viel durch den Kopf geht. Ihm liegt einfach was an dir, Chase. Ich glaube, er ist ein bisschen beleidigt, dass ich etwas über dich wissen könnte, was er nicht weiß."

Chase drehte seinen Kopf ein ganz klein wenig weiter in ihre Richtung und sah sie an. „Und woher weiß er, dass du etwas weißt? Du hast doch gerade gesagt, du hättest ihm nichts erzählt."

„Er vermutet es einfach! Und außerdem verstehe ich auch nicht, wieso du es ihm nicht sagst. Er ist dein engster Freund. Es ist einfach dumm, wie du es vor jedem verbirgst."

„Ach ja? Aber letztlich ist es auch allein meine Sache und geht niemanden etwas an. Ich muss mit niemandem darüber reden." Und damit drehte er sich wieder um und blickte auf das Display seiner Kamera.

Tally betrachtete ihn schweigend. Eine Ader an seinem Hals pochte. „Was hast du heute herausgefunden?" Sie sprach sehr leise.

Chase schwieg.

„Du hast heute etwas erfahren, oder? Du hast einen Bericht im Internet gefunden."

Ihr Cousin schluckte, schwieg aber weiterhin.

Ein ganzes Stück vor ihnen hatte Matt jetzt das Ende der Grabsteinreihe erreicht. Er blieb stehen und drehte sich dann langsam um. „War das gut so?", rief er ihnen zu.

„Dreh dich wieder um! Bleib mit hängenden Armen stehen. Zähl bis dreißig und dann kannst du wieder zurückgehen", rief Chase ihm zu.

„Chase?" Tally neigte ihren Kopf in Richtung ihres Cousins.

Dieser hielt die Kamera weiterhin auf Matts reglose Gestalt gerichtet. „Er ist in dich verknallt, weißt du das?"

„Du hast gesagt, du würdest mir erzählen, wenn du etwas herausfindest."

„Er hatte bis jetzt erst eine Freundin. Er kommt immer wie die selbstsichere Sportskanone rüber, aber innendrin ist Matt genauso empfindsam wie alle anderen auch."

„Was hast du herausgefunden?"

Er antwortete nicht.

„Chase!", raunte sie.

„Nicht genug." Seine Stimme klang bedrückt.

Tally blinzelte. „Was meinst du mit ‚nicht genug'?"

„Ich kann mich immer noch nicht daran erinnern, was zwischen dem Moment passiert ist, als Keith mich aus seinem Zimmer verscheucht hat, und dem, als der andere Junge und ich aus dem verqualmten Zimmer gekrochen sind."

„Du hast also einen Bericht oder so was gefunden?"

Aber Chase schien sie gar nicht gehört zu haben.

„Ich muss irgendwie an diese fehlenden Minuten herankommen", sagte er, aber seine Worte waren ganz offensichtlich an sie gerichtet. „Sie sind da drin in meinem Kopf. Wenn ich die Augen zumache, spüre ich, dass sie zwar in greifbarer Nähe sind, ich aber einfach nicht rankomme."

„Was hast du herausgefunden, Chase?"

Er schien sie immer noch nicht gehört zu haben. „Ich muss mit Eliasz reden. Er kann Dinge sehen, die nicht da sind. Ich weiß nicht, wie er das macht, aber er kann es. Und ich möchte wissen, *wie* er das macht."

„Was hast du vor?"

„Ich fahre noch mal ins Altersheim und rede mit Eliasz."

„Ich verstehe einfach nicht, wieso du das unbedingt wissen musst. Was würde das denn schon ändern?"

Chase drehte sich ganz langsam zu ihr um, bis er sie ansehen konnte, zögerte dann aber noch einmal kurz, bevor er ihr auf ihre Frage antwortete. „Weil ein Baby bei dem Feuer ums Leben gekommen ist. In dem Zimmer, in dem ich auch war. Das Kinderbett hat nur ein paar Zentimeter von der Matratze entfernt gestanden, auf der ich gelegen habe. Sie hieß Alyssa. Es sind ihre Schreie, die ich einfach nicht aus meinem Kopf kriege." Er wandte sich wieder von ihr ab und schaute auf die langen Reihen von Grabsteinen und auf Matt, der sich inzwischen umgedreht hatte.

Tally holte einmal kurz und heftig Luft. „Ein Baby?"

„Ja, genau. Ein Baby."

Matt hatte sich wieder in Bewegung gesetzt und kam auf sie zu. Chase ließ den Aufnahmeknopf los.

„Aber, Chase", sagte Tally, „meinst du nicht, dass das genau der Grund ist, aus dem du dich nicht erinnern kannst? Ganz tief in deinem Inneren willst du es wahrscheinlich gar nicht."

„Aber ich muss diese fehlenden Minuten unbedingt zurückhaben." Chase schraubte den Deckel auf das Objektiv der Kamera und griff nach der Kameratasche.

Tally seufzte leise. Sie verstand nicht, wieso Chase sich unbedingt auch an die letzten tragischen Einzelheiten des Feuers erinnern wollte. Es ergab überhaupt keinen Sinn. „Warum denn? Warum musst du dich unbedingt erinnern? Warum willst du unbedingt genau wissen, was mit dem Baby passiert ist? Sei doch froh, dass du dich daran nicht erinnern kannst."

Er drehte sich um, sah sie an und sagte: „Aber ich bin nicht froh. Und erzähl mir bloß nicht, was ich tun soll und was nicht."

„Ich kapier's einfach nicht. Wieso verbeißt du dich so in diese Sache?"

Chase wandte sich von ihr ab und sah zu Matt hinüber, der immer noch ein paar Meter entfernt war. „Weil ich dieses üble Gefühl nicht loswerde, dass es meine Schuld ist."

„Was? Was soll deine Schuld sein?"

Chase wandte den Kopf in ihre Richtung, sah sie aber nicht an, sondern die Hunderte verlorener Leben, die sich hinter ihr erstreckten wie eine Steppe aus Gras und Stein.

„Das Feuer."

Sie erstarrte. „Was sagst du da?"

Jetzt sah er sie direkt an. Und so leise, dass es nur noch wie ein Flüstern klang, sagte er: „Was, wenn es meine Schuld war, dass das Baby ums Leben gekommen ist? Was, wenn mir in meiner Erinnerung genau diese Minuten fehlen, weil es meine Schuld war? Ich hatte das Feuerzeug in der Hand. Ich kann mich noch genau daran erinnern, wie sehr es mich fasziniert hat. Ich erinnere mich, wie ich noch mal in Keiths Zimmer zurückgegangen bin, verstehst du? Ich erinnere mich, dass ich danach noch mal in seinem Zimmer war. Was, wenn ich beim zweiten Mal mehr getan habe, als das Feuerzeug nur anzusehen? Was, wenn ich das Feuer gelegt habe?"

„Aber du hast doch nicht ..." Tallys Stimme erstarb.

„Aber was, wenn doch?"

Sie sah Chase an und wusste nicht, was sie sagen sollte. Was war, wenn er die Verantwortung dafür trug, dass damals das Feuer ausgebrochen war?

Einen Augenblick später stieß Matt wieder zu ihnen. Er sah vom einen zum anderen. „Sind wir fertig?"

Chase wandte seinen Blick ganz langsam von Tally ab. „Beinahe." Dann ging er wieder zurück zum Auto.

Mit wild pochendem Herzen rannte Tally los, um ihn einzuholen. Sie wollte nicht riskieren, dass Matt sich erkundigte, was Chase gesagt hatte. Auf diese Frage hätte sie nämlich keine Antwort gehabt.

Dreißig

Der Federal-Express-Umschlag lehnte an der Haustür und sorgte für eine erwartungsvolle Atmosphäre. Ashley, die neben Amanda auf dem Beifahrersitz im Auto saß, hatte ihn sofort entdeckt, als sie in die Einfahrt einbogen.

„Hey, da ist ein FedEx-Umschlag!" Das Mädchen schoss aus dem Auto, bevor der Wagen ganz zum Stehen gekommen war und Amanda ihr sagen konnte, dass der Umschlag wahrscheinlich für Tally sei.

Amanda schaltete den Motor aus, nahm ihre Büchertasche vom Rücksitz und trat hinaus in die schwindende Nachmittagssonne. Sie sah, wie Ashley den Empfängernamen auf dem Umschlag las.

„Der ist für Tally bestimmt." Die Worte ihrer Tochter kamen überrascht und in einem Tonfall neidvoller Neugier heraus. „Er ist aus Arizona."

Ihre Mutter kam die Verandatreppe hinauf. „Es ist ein Brief von Onkel Bart an Tally." Sie streckte die Hand nach dem Umschlag aus und Ashley gab ihn ihr. Amanda klemmte ihn sich unter den Arm, während sie mit ihrem Schlüsselbund herumhantierte.

„Wirklich?", fragte Ashley. „Kommt er wieder nach Hause? Ich will ja nicht meckern, aber ich hätte schon ganz gern mein Zimmer wieder für mich allein." Amanda fiel der Schlüsselbund herunter, und Ashley bückte sich, um ihn wieder aufzuheben. „Und wann kriegen wir unsere Garage zurück? Es ist doch blöd, dass ihr eure Autos immer auf der Auffahrt parken müsst."

Ashley steckte den Haustürschlüssel ins Schloss und drehte ihn. Ein leises elektronisches Surren war zu hören und sie gab den Zahlencode in die Alarmanlage ein. Cockerspaniel Sammy tänzelte um sie herum, als sie durch die Diele ging und dann die Schlüssel auf den Küchentresen warf.

„Du kennst die Antworten auf beide Fragen, Ashley", sagte Amanda und folgte ihrer Tochter ins Haus. „Ich weiß nicht, was Onkel Bart in seinem Brief schreibt."

„Und was ist, wenn er schreibt, dass er noch einen Monat länger wegbleibt?", wollte Ashley wissen und bückte sich, um Sammys goldbraunen Kopf zu kraulen.

Amanda legte den Umschlag und ihre Büchertasche ebenfalls auf den Küchentresen. „Ich habe dir doch gesagt, dass ich das Nähzimmer freiräume, falls es nötig ist." Sie öffnete einen Schrank und griff nach einer Schachtel mit Kopfschmerztabletten.

„Und wann weißt du, ob das nötig ist?"

„Ashley, bitte!"

„Bitte was?" Das Mädchen richtete sich kerzengerade auf.

Ihre Mutter nahm ein Glas aus einem anderen Schrank und füllte es mit Wasser aus einer Flasche, die sie aus dem Kühlschrank nahm. „Lass uns doch erst mal abwarten, was Bart in dem Brief schreibt." Sie steckte sich zwei Tabletten in den Mund und spülte sie mit Wasser hinunter, das ihr in der Kehle brannte, weil es so kalt war.

„Und was ist, wenn er schreibt, dass er noch einen Monat länger wegbleibt?", wiederholte Ashley.

Amanda stellte das Glas heftiger als beabsichtigt wieder hin, und das Geräusch, das entstand, als das Glas auf die

Granitplatte traf, ließ sie zusammenzucken. „Du hast doch gehört, was ich gesagt habe!"

„Warum versuchst du nicht mal zu hören, was *ich* sage?" Ihre Tochter ging zur Treppe, gefolgt von dem glücklich schwanzwedelnden Hund.

„Was ist denn so schrecklich daran, dein Zimmer mit Tally zu teilen?", rief ihre Mutter ihr nach.

„Mann, du kapierst auch gar nichts", murmelte Ashley, während sie die Treppe hinaufstürmte. „Es ist *mein* Zimmer. Es ist *meine* Privatsphäre. *War* meine Privatsphäre."

Ihre Tochter verschwand im Flur des Obergeschosses.

„Na ja, man kann eben nicht immer alles haben, was man will", sagte Amanda in den leeren Raum hinein. Sie hörte, wie Ashleys Zimmertür ins Schloss fiel.

Sie nahm das leere Glas und stellte es zu dem ungespülten Frühstücksgeschirr. Einen Moment lang, nur für den Bruchteil einer Sekunde, beneidete sie Bart – nicht um sein Leben, sondern um seine Fähigkeit, so locker mit Verantwortung umzugehen. Sie griff in die Spüle und berührte Neils Gabel vom Frühstück. Dabei erinnerte sie sich an die letzten Worte, die er zu ihr gesagt hatte, bevor sie am Morgen zur Arbeit aufgebrochen waren. Sie hatte ihm gerade mitgeteilt, dass sie in Bezug auf Chase keinen Fehler machen wolle. „Und du findest, dass ich das tue?", hatte er gefragt. Und der Tonfall seiner Frage war ohne jede Wärme gewesen.

Lange betastete sie die alte, abgenutzte Gabel. Obwohl er kurz angebunden gewesen war, hatte Neil sie daran erinnert, dass sie beide diese Hoffnung teilten. Keiner von ihnen wollte Chase unglücklich machen. Sie wollten beide Chase vor einer Vergangenheit schützen, über die sie selbst so wenig wussten.

Moment mal … nein, das stimmte nicht ganz. Neil wollte noch mehr. Neil wollte nicht nur Chase vor den Erinnerungen an ein schreckliches Ereignis schützen. Er wollte auch sich selbst schützen. Er wollte sich vor dem Gefühl schützen, dass sein Sohn Alyssa Taggs Tod verursacht haben könnte.

Nicht nur Chases Glück stand auf dem Spiel, sondern auch das von Neil. Und ihr eigenes.

Neil wollte nicht, dass Chase sich an das Feuer erinnerte. Und er wollte auch gar nicht wissen, ob Chase sich erinnerte. Es war viel leichter, so zu tun, als wäre alles in bester Ordnung und als ginge es Chase bestens.

Und als liefe auch ihre Ehe bestens. Amanda ging zu der Tür, die in die Garage führte, und öffnete sie. Sie atmete den harzigen Duft von Tanne und Zeder ein und trat dann in die Garage, wobei sie einen Moment lang die Augen schloss. Dann öffnete sie sie wieder und betrachtete den Betonboden und die automatischen Tore.

Die Stelle, an der früher immer ihr Auto gestanden hatte, war jetzt von einer Unmenge von Brettern in allen Größen bedeckt. Manche davon lehnten an der Wand, andere lagen auf dem Betonboden und wieder andere lehnten an Sägeböcken und Werkbänken. Holzreste lagen auf einem Haufen am Boden. „Ein echter Schreiner wirft niemals Holzreste weg", hatte Neil einmal zu ihr gesagt.

Ein Haufen mit gelockten Hobelspänen lag unter einer stummen Tischkreissäge an der Stelle, an der früher immer Neils Auto geparkt hatte. Dahinter standen ordentlich aufgereiht auf langen weißen Regalen Dosen mit Lacken, Grundierungen und Beize, die betäubend nach Gefahr dufteten. Amanda wandte sich wieder dem Tisch zu, der ihr am nächsten stand, und ihr Blick fiel auf einen glänzenden Tischlerhammer. Sie griff danach, strich über den glatten Stiel und war überrascht, wie schwer das Werkzeug in ihrer Hand lag.

Amanda fragte sich, wozu Neil wohl einen so großen Hammer brauchte. Er schien irgendwie fehl am Platze zu sein, unnötig groß, fast anstößig in Anbetracht des Publikums schweigender duftender Bretter zu ihren Füßen. Sie sah sich in der Garage um. In der Nähe des dritten Garagentores, wo Chase sein Auto parkte, stand die Zederntruhe. Amanda griff hinter sich und knipste das Licht an. Die Leuchtstoffröhren über ihr flackerten erst und sprangen dann an.

Die Truhe glänzte unter dem silbrig leuchtenden Neonlicht. Amanda ging zu der Truhe, deren Seiten und Deckel mit geschnitzten Blüten und Blättern verziert waren, die Kanten mit honiggoldenen Ornamenten, welche die Farbe von Karamell hatten.

Die Truhe war wunderschön.

Zögernd streckte Amanda eine Hand aus, berührte die glänzenden Blütenblätter und rechnete damit, auf klebrigen Lack zu fassen. Doch die glänzende Blüte war trocken und glatt. Währenddessen wurde ihr bewusst, dass sie in der anderen Hand immer noch den Hammer hielt.

Ein völlig verrückter Gedanke jagte ihr durch den Kopf. Mit einem einzigen Schlag konnte sie die Blumenverzierungen zertrümmern. Wenn sie mit aller Kraft zuschlug, konnte sie mit ein paar Schlägen den Deckel durchschlagen. Wenn sie jetzt einfach loshämmerte, konnte sie innerhalb von Sekunden die ganze Pracht vernichten. Mehr war dazu nicht nötig – nur der Hammer, brutale Entschlossenheit und ein paar Schläge. Was ein Mensch in Hunderten von Stunden erschaffen und gestaltet hatte, konnte innerhalb von Minuten ausgelöscht werden. So einfach war das …

In diesem Augenblick begann das Garagentor zum dritten Stellplatz sich ruckelnd und quietschend zu heben. Amanda machte einen Satz, wobei ihr der Hammer aus der Hand fiel und nur Zentimeter neben ihrem großen Zeh auf dem Boden landete. Sonnenlicht flutete in die Garage. Der Wagen von Chase bog auf die Auffahrt und kam vorwärts in die Garage gefahren. Sie trat zurück, aus dem sonnenbeschienenen Bereich heraus. Tally auf dem Beifahrersitz und auch Chase sahen sie fragend an.

Als das Auto langsam an ihr vorbeifuhr, kniete sich Amanda hin, hob den Hammer auf und ging damit zu dem Tisch zurück, auf dem sie ihn gefunden hatte. Chase stellte den Motor ab und die beiden Teenager stiegen aus.

„Was machst du da?“, erkundigte sich ihr Sohn, während er nach seiner Kameratasche griff, die auf dem Rücksitz lag. Währenddessen wandte er seinen Blick nicht von seiner Mutter ab. Er sah wütend aus, so als hätte er ihre Gedanken gelesen.

„Ich hab mir nur mal die Truhe angesehen“, sagte Amanda. Dann wandte sie sich an Tally und nutzte die Gelegenheit, um das Thema zu wechseln: „Tally, da ist ein Brief von deiner Betreuerin vom Jugendamt für dich gekommen. Der Brief wurde eigentlich an die Adresse deiner Großmutter geschickt und kommt von deinem Vater.“

„Wirklich?“, fragte Tally in so hoffnungsvollem Tonfall, dass davon fast der gesamte Raum erfüllt war.

„Er liegt in der Küche.“ Amanda wandte sich von der Werkbank und Chases fragendem Blick ab. Sie öffnete die Tür zur Küche und Tally und Chase folgten ihr.

Drinnen gab Amanda ihrer Nichte den Umschlag. Das Mädchen stellte seine Schultasche ab und riss den Umschlag auf. Sie griff hinein und zog ein einzelnes Blatt Papier heraus – eine Notiz von Nancy Fuentes, der Tally aber kaum Beachtung schenkte – und dann einen schmalen Umschlag mit einer nicht zu identifizierenden Briefmarke. Tally betrachtete aufmerksam die Absenderadresse, die Amanda ebenfalls nicht entziffern konnte. Aber sie sah, wie ihre Nichte unhörbar das Wort „Ukraine“ vor sich hin sagte, und empfand dabei Unbehagen. Ganz offensichtlich hatte Tally keine Ahnung, was ihr Vater in der Ukraine machte. Tally öffnete den Umschlag und zog ein Blatt Papier heraus, das ein Mal in der Mitte gefaltet war. Beim Lesen verflüchtigte sich dann die Hoffnung zusehends aus Tallys Miene und war schließlich ganz verschwunden.

„Er weiß noch nicht, wann er vorbeikommt, um mich abzuholen.“ In jedem einzelnen Wort schwang die Tiefe ihrer Enttäuschung mit.

Von einer Art Mutterinstinkt getrieben, machte Amanda einen Schritt auf ihre Nichte zu und streckte ihre Hand aus. Wortlos ließ Tally den Brief in ihre Hand fallen. Chase beugte sich vor und las über ihre Schulter hinweg mit. Barts Handschrift war schlampig, und die Worte waren offenbar in Eile hingekritzelt worden, so als hätte er den Brief in einer holpernden Rikscha geschrieben.

Hey, Tally,

in Warschau hat sich ein kleines Problem ergeben. Es hat sich alles nicht so entwickelt, wie ich gehofft hatte. Ich habe zwar noch nicht ganz aufgegeben, aber es wäre nicht besonders schlau, jetzt wieder dorthin zurückzufahren. Ich habe vergangene Woche versucht, dich bei deiner Großmutter anzurufen, aber offenbar habe ich mir eine falsche Nummer notiert. Jedenfalls bin ich nicht durchgekommen.

Ich möchte nicht, dass du dir Sorgen machst, Tally. Ich werde alles tun, was ich versprochen habe. Weiß nur noch nicht so genau, wann. In der Zwischenzeit habe ich jemanden kennengelernt, die meine Hilfe braucht. Habe jetzt keine Zeit, das näher zu erläutern, aber ich weiß, dass du es verstehen wirst. Du wärst sogar stolz auf mich.

Ich komme dich holen, so schnell ich kann, Tally. Bis dahin genieße deine Zeit bei deiner Großmutter. Sei nett zu ihr, Tally. Sie hat mehr von dir verdient, als sie bisher von mir bekommen hat.

Hab dich lieb.
Papa

Amanda sah von dem Brief ihres Bruders auf und traf dabei auf den enttäuschten Blick von Tally. Was auch immer es sein mochte, worin Bart da verwickelt war, es musste etwas Illegales sein, egal, was er Tally darüber erzählt haben mochte. Sie würde Tally einfach überzeugen müssen, ihr von Barts Plänen zu berichten. Es war definitiv Zeit, dass ihre Nichte ihr Schweigen brach. Vielleicht würde es ihr ja morgen gelingen, von Tally mehr darüber zu erfahren, wenn sie ein bisschen Zeit gehabt hatte, sich an den Gedanken zu gewöhnen, dass Bart noch nicht so bald nach Hause kommen würde.

Wut über die nonchalante Einstellung ihres Bruders zu seinen Vaterpflichten und zum Leben allgemein stieg in ihr hoch. Amanda legte ihren Arm um Tallys Schultern. „Wenn er wüsste, was passiert ist, säße er ganz bestimmt im nächsten Flieger hierher, da bin ich ganz sicher. Er glaubt, dass du bei deiner Großmutter bist und alles in bester Ordnung ist."

Tally nickte kaum merklich. Sie streckte ihre Hand aus und Amanda gab ihr den Brief zurück.

„Ich bin ganz sicher, dass du bald von ihm hörst."

Doch ihre Nichte schwieg.

„Und wir haben dich alle gern hier bei uns. Wirklich!"

Tally faltete langsam den Brief zusammen und steckte ihn zurück in den Umschlag. Sie schaute zur Treppe, dann zu der geöffneten Tür zur Garage. Danach warf sie einen Blick zum Wohnzimmer und daraufhin wieder einen langen Blick zur Treppe.

„Geh einfach hoch in mein Zimmer", bot Chase seiner Cousine an.

Tally zögerte.

„Ich kann auch eine Weile hier unten abhängen. Geh ruhig."

Tally ging zur Treppe hinüber und rannte nach oben. Eine Tür wurde geöffnet und ganz langsam und sachte wieder geschlossen.

Amanda drehte sich zu ihrem Sohn um und war erstaunt darüber, dass er intuitiv Tallys Bedürfnis erkannt hatte, nun allein zu sein. Aber seine Haltung erschreckte sie. Er sah aus, als schleppe er eine Last mit sich herum, die sehr viel schwerer wog als die Kameratasche, die er sich über einen Arm geschlungen hatte. Das unausgesprochene Lob erstarb ihr auf den Lippen.

„Onkel Bart ist ein Arsch", sagte Chase im Vorbeigehen auf dem Weg ins Wohnzimmer.

„Chase!"

„Er ist einer, und das weißt du auch!"

Ihr Sohn verschwand im Wohnzimmer, und einen Augenblick später hörte sie, dass der Fernseher eingeschaltet worden war.

Amanda stand regungslos da, während viel zu viele Gedanken in ihrem Kopf Purzelbäume schlugen. Garys Nähe. Ashleys Wut. Tallys Enttäuschung. Chases Schmerz. Und Neil. Sie hatte immer gedacht, Neil und Bart wären absolute Gegensätze, aber das stimmte gar nicht. Sie hatten zwar nicht die gleiche Einstellung zu ihren Pflichten, aber auf Probleme reagierten sie gleich: Wenn du keines sehen kannst, dann frag bloß nicht, ob es eines gibt. Sie gingen beide gern davon aus, dass zu Hause schon alles in Ordnung war, und verspürten nicht den Drang, herauszufinden, ob das auch wirklich stimmte.

Wenn Neil nur wüsste, wie ähnlich Bart und er sich in dieser Hinsicht waren. Aber das würde er natürlich niemals zugeben. Nie und nimmer.

Wie aufs Stichwort fuhr in diesem Augenblick Neils Wagen vor. Er kam früh, wahrscheinlich, weil er noch die Truhe zu den Loughlins und ihrer todkranken Tochter bringen wollte. Amanda beobachtete, wie er die Stufen zur Haustür heraufkam, und dann verschwand er kurz aus ihrem Blickfeld, als er durch die Tür das Haus betrat. Sie hörte, wie die

Eingangstür ins Schloss fiel. Augenblicke später kam Neil um die Ecke und ihre Blicke begegneten sich.

„Hey." Er schien überrascht, sie untätig in der Küche anzutreffen.

„Hallo." Amanda sah zu, wie er seinen Aktenkoffer und den Thermosbecher abstellte.

Neil sah sie kurz an, bevor sein Blick an ihr vorbeischweifte. „Gibt es einen Grund, weshalb das Garagentor offen steht? Hast du Einkäufe reingebracht oder so?"

„Ich bringe schon seit Jahren keine Einkäufe mehr durch die Garage ins Haus, Neil."

Ihr Mann schluckte. Sie merkte, dass ihm die Frage auf der Zunge lag, ob etwas nicht in Ordnung sei, aber sie wusste auch, dass er sie nicht stellen würde.

„Denk bitte daran, dass das Tor immer geschlossen sein muss, ja?" Neil ging an ihr vorbei, griff nach dem Türknauf und zog die Tür zu, die in die Garage führte. Amanda wandte sich ab und ging den Flur entlang, der in die Waschküche und das Nähzimmer führte.

„Hast du mich gehört?", rief Neil hinter ihr her.

„Ja, hab ich." Sie ging weiter.

„Wohin gehst du denn?"

„Das Nähzimmer ausräumen."

„Wozu denn das? Ist irgendwas?"

Endlich fragte er. Irgendwie jedenfalls.

„Es kann sein, dass Tally noch eine Weile hierbleibt."

Einunddreißig

Chases Zimmer war von Stille erfüllt. Das einzige Licht im Raum kam vom Bildschirm seines Laptops, auf dem ein Zeitungsbericht aus dem Orange-County-Zeitungsarchiv von 1995 zu sehen war. Die Schlagzeile: „Baby stirbt bei Feuer in Haus von Tagesmutter."

Es war der einzige Treffer seiner Internetrecherche, abgesehen von dem Verweis in der juristischen Fachzeitschrift, der ihm einen Blick auf das gewährt hatte, was Ghost angerichtet hatte, als man ihm ein ganz klein wenig Freiheit gwährt hatte. In der Schule hatte er nicht genügend Zeit gehabt, sich den gesamten Artikel durchzulesen, denn der Gong zum Schulschluss war genau in dem Augenblick ertönt, als ihm Alyssas Name eingefallen war. Chase war so in seine Recherche vertieft gewesen, dass die Lehrerin, die die Aufsicht im Computerraum gehabt hatte, ihm auf die Schulter hatte tippen und mitteilen müssen, dass die Freiarbeitszeit zu Ende sei. Erst nach einem schweigenden Abendessen mit seiner Familie hatte er in seinem Zimmer seine Recherche fortsetzen können.

In dem Artikel wurde der Sohn der Tagesmutter als Ghosts unabsichtlicher Komplize genannt. Das Feuer war in seinem Zimmer ausgebrochen, nachdem er sich dort eine Zigarette angezündet hatte. Der Teenager hatte behauptet, unschuldig zu sein, und er und seine Zigarette waren angeblich draußen auf dem Balkon gewesen, als Ghost das Haus wie ein eifersüchtiger Liebhaber umarmt hatte. Der Teenager hatte jedoch in fast allen Punkten gelogen. Zuerst hatte er behauptet, er sei beim Ausbruch des Feuers gar nicht zu Hause gewesen und er rauche gar nicht, ja, er besäße noch nicht einmal ein Feuerzeug, um sich überhaupt eine Zigarette anzünden zu können. Niemand hatte ihm damals Glauben geschenkt, als er gesagt hatte, dass er jetzt wirklich die Wahrheit sage.

In dem Artikel hieß es weiter, dass die Rauchmelder im Haus nicht funktioniert hätten und dass zwei Jungen, die im Obergeschoss des Hauses ihren Mittagsschlaf gehalten hätten, von einer Nachbarin gerettet worden seien, nachdem diese von ihrem Schlafzimmerfenster aus Flammen gesehen hätte. Doch weder die besagte Nachbarin noch die panische Tagesmutter hatten die fünf Monate alte Alyssa Tagg retten können, die ebenfalls an diesem Mittag im Obergeschoss geschlafen hatte. Als die Feuerwehr eingetroffen war und in das Zimmer hatte vordringen können, sei es für das Baby bereits zu spät gewesen. Zwei ältere Kinder, die sich zusammen mit der Tagesmutter auf der gegenüberliegenden Straßenseite aufgehalten hatten, seien unverletzt geblieben. Es drohe jetzt eine Anklage wegen fahrlässiger Tötung. Die Eltern des verstorbenen Kindes hätten zumindest bereits eine Klage angekündigt.

Ein weiterer Treffer bei seiner Internetrecherche war ein kurzer Nachruf auf Alyssa Rose Tagg. Nur ein paar wenige Zeilen. Das Kind war nicht einmal ein halbes Jahr alt geworden.

Chase lehnte sich auf seinem Schreibtischstuhl zurück. Das Puzzle war jetzt fast vollständig. Zumindest die Beteiligten hatte er alle beisammen. Keith, Miss Carol, den Jungen mit dem Fleck auf dem Hemd, die Nachbarin in Pink, die ihn von dem heißen Teppichboden weggezogen hatte, als er keine Luft mehr bekommen hatte, die Feuerwehrleute mit den schwarzen Stiefeln, seinen Vater in der Notaufnahme, den Arzt mit der grünen Kappe und dem grünen Hemd ohne Knöpfe. Und Alyssa.

Die Kulisse, vor der das Drama stattgefunden hatte, war damit vollständig. Er konnte die beiden Schlafzimmer sehen – das von Keith und das mit den blauen Matratzen, in dem die Kinder hatten schlafen sollen. Er sah Keiths verärgerte Miene vor sich. Sein pickeliges Gesicht. Er konnte hören, wie Keith ihn anschrie, er solle aus seinem Zimmer verschwinden und hingehen, wo er hingehöre. Er erinnerte sich jetzt, wie Keith ihm das Feuerzeug weggenommen hatte. Er konnte die blauen Matratzen und das Gitterbettchen vor sich sehen.

Er sah den Rauch und spürte, wie dieser in seinen Lungen brannte.

Er konnte hören, wie der Junge mit dem Fleck auf dem Hemd weinte, und sah, wie er an die Tür hämmerte, während er selbst im Weg lag ... konnte erkennen, wie er dann selbst versuchte, zur Tür hinauszukommen, und wie der andere Junge sich vor ihn drängelte und ihn dabei umstieß.

Er konnte Alyssas erstickte Schreie hören, während die Luft in dem Zimmer sich in einen schwelenden, heißen Nebel verwandelte und sie alle zu ersticken drohte.

Und er konnte auch sich selbst sehen, wie er noch ein zweites Mal in Keiths Zimmer war, und zwar bevor all der Rauch da gewesen war. Doch diese Erinnerung war nur ein winziger Schnipsel von der Kürze eines Lidschlags. Chase konnte sich nicht erinnern, wie lange er das zweite Mal dort gewesen und wann er wieder zu seiner blauen Matratze zurückgekehrt war – oder was er sonst getan hatte. Ein Puzzleteil fehlte immer noch. Und es war genau das Teilchen, auf das es ankam. Das Teilchen, das alles erklären und ihm sicher zeigen würde, wie er Ghost endgültig würde zum Schweigen bringen können.

Die Wahrheit würde Ghost ein für alle Mal zum Schweigen bringen.

Chase strich sich mit den Fingern durchs Haar. Dass Eliasz in seinen Träumen aufgetaucht war, setzte ihm zu. Genauso wie das Bild von der Werkzeugtasche in dem brennenden Zimmer, der Werkzeugtasche, die Eliasz benutzt hatte, um Babys aus dem Warschauer Ghetto herauszuschmuggeln. In seinem Traum hatte Eliasz Chase aufgefordert, die Tasche nicht zu vergessen, so als wäre Alyssa darin und wartete auf ihre Befreiung.

Er wurde einfach das Gefühl nicht los, dass Eliasz aus einem bestimmten Grund in seinem Traum vorgekommen war. Daher hatte er beschlossen, noch einmal ins Altersheim zu fahren und mit dem alten Mann zu reden.

Seufzend rieb er sich mit den Händen übers Gesicht und stellte sich dabei vor, was er sagen würde.

„Okay, also, als ich vier war, da war da dieses Feuer im Haus meiner Tagesmutter, in dem auch ein Baby gestorben ist. Der Sohn der Tagesmutter wurde beschuldigt, das Feuer verursacht zu haben, aber er hat das immer bestritten. Ich kann mich erinnern, dass ich sein Feuerzeug in der Hand gehabt habe und er mir gesagt hat, dass ich in mein Zimmer zurückgehen soll, wo ich eigentlich meinen Mittagsschlaf halten sollte. Ich erinnere mich, dass ich noch ein zweites Mal in seinem Zimmer war, aber ich weiß nicht mehr, wie ich danach in das Zimmer mit den blauen Matratzen zurückgekommen bin. Ich erinnere mich nur an meine blaue Matratze und daran, dass immer mehr Rauch in dem Zimmer war, wie das Baby geschrien hat, dass ich keine Luft gekriegt und nach meinen Eltern gerufen habe – und dann noch, wie Ghost an der Wand heruntergerutscht ist und nach mir gegriffen hat."

„Wer ist denn Ghost?", würde Eliasz fragen, und erst da würde Chase merken, dass er den Namen laut ausgesprochen hatte.

„Ghost ist das Feuer."

„Wieso hast du ihm einen Namen gegeben?"

„Weil es mich verfolgt."

Ein leises Klopfen an der Tür schreckte ihn aus seinen Tagträumen auf und mit einem Ruck öffnete Chase die Augen. Das Gespräch, das er in Gedanken geführt hatte, verflüchtigte sich.

„Chase?" Es war die Stimme seiner Mutter. Sie klang besorgt.

Einen Moment lang schwieg er. Hatte er laut gesprochen? „Was ist?"

„Kann ich mal kurz mit dir reden?"

Er zögerte. „Von mir aus."

Die Tür ging auf und seine Mutter betrat sein dunkles Zimmer. „Ist es in Ordnung, wenn ich das Licht anschalte?" Sie klang jetzt noch besorgter.

„Mir egal."

Sie knipste das Licht an und die gedimmte Deckenbeleuchtung tauchte das Zimmer in warmes Licht. Seine Mutter lächelte schwach. Er schaute auf seinen Computerbildschirm hinab, während sie auf ihn zukam. Rasch klickte er das Bild weg.

„Störe ich dich bei irgendwas?" Sie setzte sich dicht neben ihn auf sein Bett. Ihr Blick war auf seinen Laptop gerichtet, auf dessen Bildschirm jetzt das Hintergrundbild zu sehen war – die Coronado Bay Bridge in der Dämmerung.

„Ach, ich mach nur noch ein paar Hausaufgaben." Er wartete.

Seine Mutter holte tief Luft, so als müsste sie alle Kräfte sammeln, um reden zu können. „Ich wollte dir nur sagen, dass ich dir dankbar dafür bin, wie du dich mit Tally anfreundest und ihr das Gefühl gibst, hier erwünscht und angenommen zu sein. Ich hab gestaunt, wie du heute Nachmittag sofort wusstest, dass sie einen Platz brauchte, um ein wenig allein zu sein. Es war sehr nett, dass du ihr dein

Zimmer angeboten hast. Ich … ich wünschte, ich wäre als Erste auf die Idee gekommen."

Mit einem Achselzucken erwiderte Chase: „Ach, das war doch nichts Besonderes."

Seine Mutter schüttelte den Kopf. „Da irrst du dich aber. Es war sehr wohl etwas Besonderes, und ich bin wirklich dankbar dafür, dass du dich mit ihr angefreundet hast. Sie hat in ihrem Leben schon ziemlich viel durchgemacht, und ich spüre, dass sie viel von dir hält. Das überrascht mich ein bisschen, weil ich eigentlich gedacht hätte, dass eher Ashley sich kümmern würde, aber Ashley … ich weiß nicht. Ich bin einfach … na ja, ich bin jedenfalls froh, dass du für Tally da bist. Wirklich."

Chase war die ganze Situation peinlich, und er merkte, wie er errötete. „Okay."

Erneut holte seine Mutter kurz tief Luft, so als ob sie sich darauf einstellte, dass ihre nächsten Worte eine deutliche Reaktion nach sich ziehen würden. „Aber du sagst ihr doch nicht, dass du Bart für einen … für einen …"

„Dass ich ihn für einen Arsch halte?", beendete er den Satz für sie. „Nein, das mach ich nicht."

„Er ist ja wirklich kein besonders toller Vater, aber sie liebt ihn. Trotz all seiner Fehler und Macken liebt sie ihn wirklich."

„Mama."

„Ich musste das einfach noch mal loswerden, Chase."

Er nickte.

Ein drittes Mal atmete Amanda heftig ein. „Ich weiß, dass auch dein Vater seine Fehler und Macken hat, Chase, genau wie ich auch. Aber wir lieben dich. Ich hoffe, das weißt du." Ihr Tonfall war irgendwie schmerzlich.

Chase konnte sie nicht ansehen. „Ja, klar", sagte er.

„Du kommst mir so müde vor, Chase. Geht es dir gut?"

„Ja, alles bestens." Seine Antwort kam ein bisschen zu hastig.

„Ist in der Schule auch alles klar?“

„Jap.“

„Und hier zu Hause? Alles in Ordnung?“

Für den Bruchteil einer Sekunde spielte Chase mit dem Gedanken, sich zu ihr umzudrehen und ihr zu sagen, dass er von Alyssa Tagg wusste, dass er sich an das Feuer erinnerte, dass Ghost ihm immer näher kam und dass er verzweifelt auf der Suche nach den Erinnerungen an die fehlenden Minuten des schrecklichen Ereignisses war. Aber dann würde er ihr auch sagen müssen, dass er es vielleicht gewesen war, der damals Ghost freigelassen und nicht versucht hatte, ihn aufzuhalten. Und dadurch trug er die Schuld am Tod eines unschuldigen Kindes.

Doch er wollte nicht den Ausdruck des Grauens auf ihrem Gesicht sehen, den das höchstwahrscheinlich nach sich gezogen hätte. Oder ihre Angst spüren. Oder sie mit gequälter Stimme fragen hören, wie er so etwas nur hatte tun können.

„Alles gut.“ Er versuchte, möglichst locker zu klingen, fast heiter, aber er sah sie dabei nicht an.

„Denn wenn da etwas wäre, würde ich mir wünschen, dass du zu uns kommst. Du weißt, dass ich immer für dich da bin und dein Vater auch. Du kannst jederzeit mit deinen Sorgen zu uns kommen.“

„Alles klar.“ Chase nickte. Sie ahnte also etwas.

„Egal, was es ist – du kannst es mir sagen.“

Er drehte sich langsam zu ihr um und sah sie an. Das Ungesagte schien bleischwer zwischen ihnen zu hängen. Sie wusste nicht, dass es einen Namen hatte: Ghost. Aber sie wusste, dass es existierte. Er wartete, aber sie sagte nichts weiter.

„Ich denk dran“, erwiderte er schließlich.

Sie nickte mit gerunzelter Stirn und erhob sich langsam. „Willst du mir helfen, Tallys Bett ins Nähzimmer zu schaffen? Papa liefert gerade die Truhe bei den Loughlins ab.“

Er stand auf. „Klar, mach ich."

Schweigend gingen sie in Ashleys Zimmer, wo diese gerade dabei war, Tallys Sachen aus einer kleinen Kommode herauszuräumen. Tally hatte die Arme unterdessen mit ihrem Bettzeug beladen.

„Die Matratze können Tally und ich nach unten bringen", sagte Chase zu seiner Mutter. „Nimm du das Bettzeug."

„Okay."

Tally gab Amanda wortlos das Bettzeug und kurz darauf waren Amanda und Ashley auch schon auf dem Weg und brachten ihre Sachen ins Erdgeschoss.

Chase hob das eine Ende der Matratze an und Tally packte das andere. „Alles klar?", fragte er sie.

Seine Cousine zuckte mit den Schultern.

„Nicht, dass es mich was angeht, aber vielleicht ist es ja an der Zeit, mal jemandem zu sagen, was dein Vater da drüben wirklich macht."

„Ja."

Überrascht wuchtete Chase sein Ende der Matratze hoch. „Du gibst mir recht?"

Sie hob ihre Seite an. „Ich würde gern mitkommen, wenn du zu Eliasz fährst."

Durch das geöffnete Fenster von Ashleys Zimmer konnte man die Sirene eines Feuerwehrautos hören, das in einiger Entfernung vorüberfuhr. Einen Moment lang schaute Chase zum Fenster und hatte zum ersten Mal das Gefühl, dass dieses Geräusch keine Warnung darstellte, sondern eine Einladung.

„Ja, gut", willigte er ein.

Zweiunddreißig

Die blank gebohnerten Gänge des „La Vista del Paz"-Altersheims rochen nach Fichtennadeln und verkochten Nudeln. Noch ein drittes Aroma war in der seltsamen Mischung enthalten, das Tally aber nicht benennen konnte.

„Ich finde diesen Ort schrecklich", murmelte Chase, als sie am Empfangstresen vorbeigingen. Eine grauhaarige „Grüne Dame" lächelte ihnen zu, als sie weitergingen.

„Es ist so schön, wenn mal junge Leute kommen", meinte sie zu der Pflegerin, die neben ihr stand.

Ein Mann im Bademantel griff nach Chase, als sie den Gang entlang zur Station B unterwegs waren, wo sich das Zimmer von Josef und Eliasz befand.

„Sagt mir, wo ich hinmuss!", sagte der Mann.

Chase und Tally blieben stehen.

„Sagt mir, wo ich hin soll!" Seine matte Stimme klang eindringlich.

„Da kann Ihnen bestimmt die Dame am Empfang weiterhelfen." Tally deutete zu der grauhaarigen Frau, von der sie sich inzwischen schon ein paar Meter entfernt hatten.

„Bitte sagt mir, wo ich hin soll."

Mit großen Augen sah Tally Chase an.

„Gehen Sie doch eine Tasse Kaffee trinken und eine rauchen", sagte Chase.

„Gut“, sagte der Mann und setzte seinen Weg fort.

Tally blinzelte ihren Cousin an, als sie ihren Weg zu Zimmer B-34 fortsetzten. „Wieso hast du das gesagt?“

„Er brauchte ein Ziel und ich habe ihm eins genannt.“

Eine Weile gingen sie schweigend nebeneinander her.

„Und wo soll er eine Tasse Kaffee herbekommen?“, fragte Tally weiter.

„Hey, wenn man an einem Ort wie dem hier gelandet ist und einem alles andere schon genommen wurde, dann sollte es doch wenigstens möglich sein, eine erbärmliche Tasse Kaffee zu bekommen, wenn man eine möchte.“

Kurz darauf hatten sie auch schon ihr Ziel erreicht. Chase klopfte leise an die Tür. Als nicht gleich jemand antwortete, öffnete er die Tür ganz langsam einen Spaltbreit. „Mr Bliss? Mr Abramovicz?“

„Ja, wer ist denn da?“ Die Stimme, von der sie begrüßt wurden, war leise und hatte einen starken Akzent.

„Ich bin es, Chase. Tally ist auch hier. Können wir hereinkommen?“

„Ja, aber natürlich.“

Die beiden Teenager öffneten die Tür jetzt weiter und sahen, dass Josef und Eliasz gegenüber von ihren Betten bei eingeschaltetem Fernseher in schwarzen Ledersesseln saßen. Es lief eine Quizsendung, allerdings ohne Ton. Josef hielt eine gefaltete Zeitung und einen Stift in der Hand. Eliasz, dessen Kopf im Schlaf zur Seite gesackt war, schnarchte leise.

„Waren wir heute verabredet? Haben wir was vergessen?“, fragte Josef und beugte sich verwirrt in seinem Sessel vor.

„Nein“, antwortete Chase rasch. „Wir wollten ... also, ich meine ... wir wollten gern etwas mit Eliasz besprechen.“

„Ach so.“ Josef zeigte mit dem Stift auf seinen Freund. „Na ja, er war letzte Nacht auf Achse. Hat lange gefeiert, würdet ihr wahrscheinlich sagen.“

Chase und Tally lächelten.

„Nehmt die beiden Klappstühle da hinter euch“, fuhr Josef fort. „Wenn wir jetzt anfangen, über ihn zu reden, dann wird er bestimmt wach.“

Zwei Metallstühle lehnten hinter der Tür an der Wand. Er und Tally klappten sie auseinander und setzten sich so, dass sie die beiden Männer ansehen konnten.

„Ihr habt also noch mehr Fragen zum Ghetto?“, fing Josef an. „Über Treblinka? Kann ich euch da vielleicht auch weiterhelfen?“

Josef sah vom einen zum anderen, aber Chase antwortete nicht sofort. „Mir könnten Sie wahrscheinlich weiterhelfen“, antwortete Tally. „Na ja, ich meine, vielleicht können Sie das. Ich glaube, Chase braucht eher Eliasz' Hilfe.“

„Und was kann ich für dich tun?“, fragte Josef und legte die Zeitung auf einen Tisch, der übersät war mit Zeitschriften, Büchern und Schokoriegelverpackungen.

„Mein Vater ist vor über einem Monat nach Polen gereist. Er ...“ Tally zögerte und sah zu Chase hinüber. Sie konnte jetzt entweder ihn bitten, das Zimmer zu verlassen, während sie Josef die Wahrheit erzählte, oder sie konnte sich entschließen, ihm zu vertrauen. Ihr Cousin nickte, als ob er wüsste, dass sie seine Bestätigung brauchte. Sie wandte sich wieder Josef zu. „Mein Vater hat vor seiner Abreise einen Brief gelesen, den ihm mein Großvater kurz vor seinem Tod geschrieben hat – über meinen Großvater haben wir ja schon gesprochen, als wir das letzte Mal hier waren, erinnern Sie sich?“

„Ja“, sagte Josef. „Er ist als Kind zusammen mit einer Frau, von der du geglaubt hast, sie wäre deine Urgroßmutter, aus dem Ghetto entkommen.“

„Genau. Also, mein Großvater ist schon vor ein paar Jahren gestorben, aber mein Vater hat den Brief, den mein Großvater ihm hinterlassen hat, nie gelesen. Er hat immer gedacht, es wäre entweder eine Entschuldigung oder eine Anhäufung von Vorwürfen.“ Sie hielt inne. „Also, mein Vater und sein Vater haben sich nie besonders gut verstanden, müssen Sie wissen."

„Ach", erwiderte Josef nur.

„Mein Vater hat den Brief aber trotzdem nicht weggeworfen, sondern behalten. Er war zusammen mit ein paar anderen Sachen, die seinem Vater gehört haben, in einer kleinen Schachtel. Chases Mutter – die Schwester meines Vaters – hat sie ihm nach Großvaters Tod geschickt. Es war eine Taschenuhr darin, der Ehering unserer Urgroßmutter und ein Feuerzeug. Mein Vater hat die Schachtel die ganze Zeit im Kofferraum unseres Autos aufbewahrt, aber als ich vor ein paar Wochen mittags aus der Schule nach Hause kam, hat er angekündigt, dass er den Ring und die Uhr versetzen würde, weil ... weil wir Texas verlassen mussten."

Josefs buschige Augenbrauen gingen ein ganz klein wenig nach oben, aber er entgegnete nichts.

„Da hat er mir dann auch gesagt, dass er vorhat, nach Polen zu reisen."

„Der Brief enthielt also eine Entschuldigung?", wollte Josef wissen.

Tally zuckte die Achseln. „Ich glaube nicht, dass es eine Entschuldigung war oder Vorwürfe oder so was. Es war eher so was wie ... wie eine Art Schatzkarte."

Chase sah sie völlig entgeistert an.

„Eine Schatzkarte?", fragte Josef. „Für welche Art von Schatz denn?"

„Geld, Schmuck und Gold. Sachen, die mein Großvater im Auftrag seines Vaters im Garten hinter ihrem Haus vergraben hat, bevor die Nazis sie mitnehmen konnten. Aron Bachmann war vor dem Krieg ein ziemlich wohlhabender Mann. In dem Brief hat Großvater geschrieben, dass er Schmuck und Gold auf dem Grund und Boden der Familie vergraben hätte, bevor sie ins Ghetto gebracht wurde. Aber er ist nie mehr dorthin zurückgekehrt, um sich die Sachen zu holen."

„Zu gefährlich", murmelte Josef. „Das wäre auch zu gefährlich gewesen."

„Auch nach dem Krieg noch?", fragte Chase.

Josef wandte sich ihm zu. „Nach dem Krieg war Polen ein völlig anderes Land. Es gehörte zu den Ostblockstaaten, und außerdem war es für deinen Großvater vielleicht auch zu schmerzlich, noch einmal dorthin zurückzukehren. Er hatte seinen Vater verloren, seine Mutter und vielleicht auch seine neugeborene Schwester. Es gibt viele Gründe, weshalb er nicht noch einmal dorthin gefahren ist." Josef wandte sich jetzt wieder an Tally. „In dem Brief stand also, wo er das Geld und den Schmuck versteckt hat?"

„Ich glaube schon. Ich habe den Brief selbst gar nicht gelesen. Er hat es mir nur gesagt."

„Und er ist nach Warschau gereist, um die Sachen auszugraben?" Josef lachte fast ein bisschen, als er das sagte.

Tally merkte, wie sie rot wurde. „Ja."

„Hätte er denn überhaupt Anspruch auf das Zeugs?", fragte Chase.

Josef zuckte mit den Achseln. „Wer weiß das schon? Wenn das Grundstück nicht mehr eurer Familie gehört, dann kann ein polnisches Gericht durchaus festlegen, dass alles, was auf dem Grundstück vergraben ist, den jetzigen Eigentümern gehört."

„Auch wenn das Land ursprünglich einem unschuldigen Holocaust-Opfer gehört hat?", fragte Chase.

„Na ja, das ist schon ziemlich verworren. Hat dein Vater den Schatz denn gefunden?"

„Nein", antwortete Tally. „Na ja, ich glaube es jedenfalls nicht. Ich habe nicht so regelmäßig und auch nicht viel von ihm gehört. Erst gestern habe ich den ersten Brief seit seiner Abreise bekommen. Darin schreibt er, dass er in Warschau in irgendwelche Schwierigkeiten geraten ist und dass es im Augenblick nicht klug wäre, dahin zurückzufahren und es noch einmal zu versuchen."

„Dann kommt er also wieder nach Hause?“

Erneut schüttelte Tally den Kopf. „Zurzeit hält er sich in der Ukraine auf. Aber er schreibt nicht, weshalb. Könnten Sie sich vorstellen, was er dort macht?“

„Da habe ich absolut keine Ahnung. Ich habe keine besonders guten Erinnerungen an die Ukrainer, und ich kann dir nicht sagen, was er da vorhaben könnte. Glaubt er vielleicht, dass ukrainische Soldaten sich während des Krieges den Schatz geholt haben?“

„Ich ... Nein, das glaube ich nicht. Er hat geschrieben, er hätte jemanden getroffen, der seine Hilfe braucht, mehr nicht.“

„Hat dein Vater sich denn bei einem Gericht nach den Eigentumsverhältnissen erkundigt oder mit einem Anwalt gesprochen, als er in Warschau angekommen ist?“

Tally wollte antworten, aber Chase kam ihr zuvor. „So, wie ich die Sache sehe, ist er höchstwahrscheinlich an dem Tag, als er in Warschau gelandet ist, um drei Uhr morgens mit einer Taschenlampe und einer Schaufel direkt zu dem Grundstück marschiert.“

Tally warf ihm einen wütenden Blick zu.

„Jedenfalls hätte ich das so gemacht“, erklärte Chase und hielt dabei ihrem Blick stand.

„Na ja, aber dann wäre er vielleicht von den Hunden der jetzigen Eigentümer bemerkt und verjagt worden. Nicht gerade die beste Art, die Sache anzugehen, fürchte ich.“ Josef lehnte sich in seinem Sessel zurück.

„Das klingt nicht so, als ob es überhaupt eine beste Art gibt“, entgegnete Chase.

„Nein“, erwiderte der alte Mann und nickte. „Außer natürlich, den Schatz dort zu lassen, wo er ist.“

„Das ist dann aber auch nur der einfachste Weg“, wandte Chase ein.

„Es sieht nur einfach aus, mein Freund. Denk doch mal an all die Jahre, die dein Großvater den Schatz einfach da gelassen hat, wo er war, und daran, dass er das Geheimnis über seine Mutter für sich behalten hat, vorausgesetzt natürlich, es handelt sich wirklich um dieselbe Familie. Und die Erinnerungen ans Ghetto, über die er nie mit jemandem gesprochen hat. Mancher mag sagen, dass er damit den leichteren Weg gewählt hat, um mit all dem fertigzuwerden, was er während des Krieges und danach erlitten hatte. Über all das nicht zu reden mag vielleicht einfach aussehen und feige scheinen."

„Ist es das denn nicht?"

„Wie ich ja schon gesagt habe: Wenn man nicht durchs Feuer gegangen ist, kann man nicht verstehen, wie es einen verändert. Wie es dein Denken verändern kann und deine Überlebensstrategien bestimmt."

„Sie glauben, ich hab keine Ahnung von Feuer?" Chases Stimme klang jetzt angespannt, beinah feindselig.

„Na ja, du bist noch jung."

Ihr Cousin beugte sich auf seinem Stuhl vor und sein Blick bohrte sich in die wässrig blauen Augen seines Gegenübers – um Fassung ringend, als würde er gleich explodieren. „Hey, ich bin tatsächlich und im wahrsten Sinne durchs Feuer gegangen", sagte er dann zu Josef. „Erzählen Sie mir also nicht, was ich verstehen kann und was nicht."

Josef saß fassungslos in seinem Sessel und Tally sog zischend Luft ein. Die Atmosphäre in dem Zimmer war zum Schneiden.

„Chase?" Sie sagte seinen Namen ganz leise.

„Wovon redest du eigentlich?" Josefs Worte klangen gleichermaßen erstaunt wie verärgert.

„Sie haben keine Ahnung, was ich kenne und wie viel ich über Entscheidungen und Überleben und vergrabene Geheimnisse weiß", fuhr ihr Cousin fort, und seine Stimme war emotionsgeladen.

„Chase." Tally berührte ihn am Arm, aber er schien es gar nicht zu merken.

„Ich habe mir nie angemaßt, deine Lebensgeschichte zu kennen, Chase", sagte Josef und unternahm dabei den Versuch, sich aufrechter hinzusetzen. „Wenn du gerade versuchst, mir etwas mitzuteilen, dann sag's einfach."

Einen Moment lang schien Chase kurz davor zu sein, vor Wut zu platzen, aber dann entspannte er sich wieder und lehnte sich auf seinem Stuhl zurück. Es wurde still im Zimmer. Schließlich sprach er – zwar in angespanntem, aber einigermaßen ruhigem Ton. „Ich bin auch durchs Feuer gegangen. Ich werde genau wie Sie von Erinnerungen verfolgt. Und ich bin mit diesen Erinnerungen allein, genau wie mein Großvater mit seinen. Aber nur weil etwas vergraben ist, heißt das doch noch lange nicht, dass man nicht trotzdem weiß, dass es da ist. Nur weil man es nicht sehen kann, heißt das doch nicht, dass es gar nicht da ist."

Als Chase „sehen kann" sagte, nickte er in Eliasz' Richtung, der immer noch tief und fest schlief.

Josef ließ seinen Blick langsam zu seinem Freund schweifen und drehte sich dann wieder zu Chase um. „Was wolltest du Eliasz eigentlich fragen?" Seine Stimme klang jetzt verunsichert und als wollte er seinen Freund beschützen.

Chase zögerte kurz, bevor er antwortete. „Ich … ich weiß nicht. Ich weiß nicht so genau, wie ich es erklären soll."

„Was? Du weißt nicht, weshalb du hergekommen bist, um ihn zu sprechen?"

Chase antwortete ganz leise: „Ich habe von dem Feuer geträumt."

Josef schüttelte den Kopf und blickte ihn verwirrt an. „Ich verstehe nicht so richtig, worauf du hinauswillst. Was denn für ein Feuer?"

Chase schien Mühe zu haben, seine Stimme unter Kontrolle zu bringen. „Als ich vier war, habe ich ein Feuer im Haus meiner Tagesmutter überlebt. Ein anderes Kind, das mit mir im selben Zimmer war, ist dabei ums Leben gekommen. Meine Eltern glauben, dass ich mich nicht mehr an das

Feuer erinnern kann, aber sie irren sich. Ich erinnere mich an sehr vieles davon."

Josef schwieg einen Moment. „Und was hat das mit Eliasz zu tun?"

„Ich habe neulich nachts von dem Feuer geträumt", sagte Chase jetzt ganz leise und fast flehend, und jede Spur von Zorn war aus seiner Stimme verschwunden. „Eliasz kam ebenfalls in meinem Traum vor und in dem Traum konnte er auch sehen."

„Was meinst du mit ‚er konnte sehen'?"

„Er konnte sehen! Er hat mich angesehen. Mit mir geredet. Er war mit mir und mit dem Feuer in einem Raum, und da war eine Werkzeugtasche wie die, die Sie damals benutzt haben, um die Babys aus dem Ghetto zu schmuggeln. Er hat mir gesagt, dass ich sie holen soll, aber als ich es versucht habe, ging es nicht."

„Aber es war doch nur ein Traum", entgegnete Josef.

„Vielleicht aber auch nicht."

„Das versteh ich nicht."

Chase deutete auf Eliasz, der in seinem Sessel schlief. „Der blinde Mann da kann in seinen Träumen sehen. Wussten Sie, dass das als unmöglich gilt?"

„Was willst du mir damit sagen? Ich bin schließlich nicht in seinem Kopf, wenn er schläft. Was für Menschen unmöglich ist, ist für Gott möglich. Wenn Gott Eliasz im Traum die Fähigkeit schenkt zu sehen, dann ist es eben so."

Chase lehnte sich auf seinem Stuhl zurück. „Und genau deshalb möchte ich ja mit ihm reden. Wenn nicht heute, dann eben das nächste Mal, wenn ich komme. Ich muss unbedingt mit ihm reden. Ich muss auch in meinen Träumen sehen können."

„Aber das kannst du doch schon", sagte Tally zögernd.

„Nicht so, wie er es kann."

In diesem Augenblick begann Eliasz zu schnarchen.

Dreiunddreißig

Nach einer einstündigen Lehrerkonferenz begab Amanda sich wieder in ihren Klassenraum. Sie massierte sich im Gehen den Nacken, denn sie hatte Kopfschmerzen, und ihre Gedanken schwirrten in alle Himmelsrichtungen. Gary hatte bei der Konferenz neben ihr gesessen, genau wie auch in den drei Konferenzen davor. Aber diesmal hatte seine Nähe sie unruhig gemacht. Ihr Blick war immer wieder zu seinem Ringfinger gewandert, an dem der Ehering fehlte, und dann auf die starken Hände, die sich nicht mit der Holzverarbeitung beschäftigten. Einmal hatte er sie sogar dabei ertappt, wie sie auf seine Hände gestarrt hatte, und sie hatte schnell weggeschaut. Es war nicht das erste Mal, dass er in den vergangenen paar Tagen ihre Blicke bemerkt hatte. Sie stellte fest, dass sie sich seiner Anwesenheit im Klassenraum übermäßig bewusst war und sich auf unerklärliche Weise zu ihm hingezogen fühlte. Der Blick, mit dem er zurückschaute, war leicht irritiert. Auch er spürte etwas.

Gary blieb nach der Konferenz noch im Lehrerzimmer, um mit einem der Lehrer der fünften Klassen etwas zu besprechen, und sie hoffte, dass dieses Gespräch eine Weile dauern würde. Sie brauchte noch Zeit zum Nachdenken, bevor sie sich auf den Heimweg machte.

Amanda betrat den abgedunkelten Klassenraum und setzte sich an ihr Pult. Sie legte den Kopf in den Nacken und schloss die Augen. Ihre unausgesprochenen Gedanken mündeten in einem geflüsterten Gebet.

Gott, hilf mir ...

Den Rest all dessen, was ihr durch den Kopf ging und ihr Angst machte, konnte sie nicht in Worte fassen. Es waren – geflüsterte – Andeutungen, dass sie sich zu Gary hingezogen fühlte, was sie erröten ließ. Vor Faszination, aber auch vor Scham. Sie erinnerte sich an dieses Gefühl; sie hatte es vor Jahren schon einmal erlebt – damals mit Neil. Es hatte eine Zeit gegeben, in der allein seine Anwesenheit im selben Raum sie ablenkte, ja, hypnotisierte. Es konnte nicht gut sein, wenn sie Gary jetzt solche Gefühle entgegenbrachte. Absolut nicht.

„Mach, dass sie weggehen", hauchte sie. „Verschwinden."

In der Büchertasche zu ihren Füßen begann ihr Handy zu klingeln und Amanda erschrak. Sie griff in die Tasche und entnahm der Rufnummer, dass der Anruf aus Arizona kam. Wahrscheinlich war es Nancy Fuentes. Sie hatte vergessen, Tallys Betreuerin vom Jugendamt anzurufen, nachdem sie Barts Brief gelesen hatte.

Amanda klappte ihr Handy auf. „Hallo?"

„Mrs Janvier, hier ist Nancy Fuentes. Haben Sie meinen Brief bekommen?"

„Ja, das haben wir. Tut mir leid, ich habe ganz vergessen, Sie anzurufen. Ich ... ich habe es wirklich vergessen."

„Ist schon in Ordnung. Hat Ihr Bruder geschrieben, wann er wieder zurück ist?"

Amanda spürte die Erwartung in Nancys Stimme – nicht so sehr der Wunsch, dass hier ein Vater und seine Tochter wieder vereint würden, sondern dass sie ein lästiges Problem loswurde und alles wieder seinen gewohnten Gang gehen konnte. Dass alles gut wurde.

„Nein, das hat er leider nicht."

„Er hat nichts darüber geschrieben, wann er wieder da ist, um Tally abzuholen?“, fragte Nancy.

„Er hat geschrieben, dass er in Warschau irgendwelche Schwierigkeiten bekommen hat und deshalb erst einmal nicht zurückkann. Daher ist er vorübergehend in der Ukraine, hat aber vor, noch einmal nach Warschau zurückzufahren.“

„Was meinen Sie mit ‚Schwierigkeiten‘? Ich dachte, Sie hätten gesagt, er wäre in Polen, um dort Familienangehörige ausfindig zu machen.“

Amanda konnte Nancys unausgesprochene Gedanken förmlich hören: Entweder war Bart auf der Flucht vor der Polizei oder aber er rannte vor irgendwelchen Problemen davon.

„Ja, das war ... das ist er auch“, antwortete Amanda.

„Müssen wir uns mit den polnischen Behörden in Verbindung setzen? Oder vielleicht mit der ukrainischen Polizei? Wissen Sie überhaupt, weshalb Ihr Bruder Polen wieder verlassen hat?“

„Nein ... da bin ich nicht sicher.“

„Nicht sicher, ob wir mit der Polizei Kontakt aufnehmen sollen, oder nicht sicher, weshalb er Polen wieder verlassen hat?“ Nancys Tonfall hatte sich verändert und drückte Verärgerung aus.

„Hören Sie, ich verspreche, dass ich Ihnen nichts verheimliche und auch nicht versuche, Bart zu schützen“, sagte Amanda. „Ich habe keine Ahnung, welche Art von Schwierigkeiten er in Polen gehabt hat.“

„Und Tally? Weiß Tally darüber Bescheid?“

„Nein. Ich habe den Brief gelesen. Mein Bruder hat nichts darüber geschrieben, was passiert ist.“

„Aber Tally weiß, weshalb er überhaupt dort ist, oder? Tally weiß es, Sie aber nicht.“

Amanda beugte sich vor und massierte ihre Stirn mit der freien Hand. „Ich wollte sie nicht bedrängen. Sie hat ihrem Vater versprochen, es nicht zu sagen.“

„Nun, dann möchte ich Sie an ein paar der Dinge erinnern, über die wir gesprochen haben, als Sie Tally mit zu sich nach Hause genommen haben. Es gibt Vorschriften hinsichtlich der Aufenthaltsbestimmung Minderjähriger, die kein Zuhause haben oder aus ihrer Familie herausgenommen werden müssen. Wir haben weder die Freiheit noch den Wunsch, Kinder monatelang darüber im Ungewissen zu lassen, wie es mit ihnen weitergeht. Und außerdem gibt es auch Gesetze, die greifen, wenn Kinder verlassen werden. Ihr Bruder hat Virginia Kolander nicht das gesetzliche Sorgerecht für seine Tochter übertragen, sondern er hat sie einfach hier in Tucson zurückgelassen, ohne dass wir ihn erreichen können. Das bedeutet, dass das Bezirksjugendamt die Verantwortung für Tally hat, und wir haben vorübergehend Ihnen und Ihrem Mann das Sorgerecht übertragen. Mit Betonung auf ‚vorübergehend'. Die Uhr tickt, Mrs Janvier. Wir können ein Kind nicht vorübergehend irgendwo unterbringen und dem Familienrichter dann sagen, dass nicht absehbar ist, wie lange es dort bleiben wird."

„Ich weiß … das weiß ich doch …"

„Ich glaube, Sie müssen Tally den Ernst der Lage ein bisschen deutlicher machen. Wir müssen unbedingt wissen, was Ihr Bruder in Polen wollte. Wir haben ihn überprüfen lassen und dabei festgestellt, dass seine Weste alles andere als blütenrein ist."

Amanda verzog das Gesicht. „Ja, ein paar ungedeckte Schecks und ein paar Verkehrsdelikte …"

„Und Fahren unter Alkoholeinfluss ohne Fahrzeugversicherung. Und Hausfriedensbruch sowie Ladendiebstahl." Von dem Ladendiebstahl wusste Amanda nichts, aber das sagte sie jetzt lieber nicht.

„Ich glaube, es ist Zeit, mit der Geheimniskrämerei aufzuhören, Mrs Janvier. Sie müssen von Tally in Erfahrung bringen, was Ihr Bruder in Polen wollte. Und ich werde mich mit den Behörden in Warschau in Verbindung setzen.

Wir können nicht einfach so tun, als ob das immer automatisch so weitergeht. Ich weiß, dass das für Sie neu ist, aber für mich nicht. So geht das einfach nicht!"

Amanda vernahm ein Geräusch hinter sich und drehte sich um. Gary war noch einmal zurückgekommen. Er sah zu ihr hin und schaltete dann das Licht an. Die Neonröhren tauchten den Raum sogleich in künstliches, kaltes Licht. Er schloss die Tür.

Ich glaube, es ist Zeit, mit der Geheimniskrämerei aufzuhören ... Nancys Kommentar hallte in Amandas Kopf nach.

„Mrs Janvier? Haben Sie gehört, was ich gesagt habe?"

Amanda nickte, sich nur halb der Tatsache bewusst, dass Nancy sie ja gar nicht sehen konnte. „Ja."

„Ist Tally gerade bei Ihnen? Haben Sie die Möglichkeit, sie zu fragen?"

„Nein. Ich bin noch auf der Arbeit, und Tally und mein Sohn sind in einem Altersheim, wo sie an einem Projekt für die Schule arbeiten."

„Dann möchte ich, dass Sie mir versprechen, noch heute Abend mit ihr darüber zu reden, und dass Sie mich dann gleich morgen anrufen."

„Aber morgen ist Samstag", murmelte Amanda.

„Das ist egal. Ich möchte wissen, warum Ihr Bruder in Polen war. Wenn er in Schwierigkeiten steckt, dann hilft es ihm kein bisschen, das auszusitzen."

„Also gut, ich rede mit ihr."

„Und Sie rufen mich an."

„Ja, das mache ich."

„Gut. Dann auf Wiederhören."

Amanda klappte ihr Handy zu und legte es auf ihr Pult. Ganz langsam hob sie den Kopf. Gary saß ihr gegenüber an seinem Pult. Er hatte seine Ellbogen auf die Tischplatte gestützt und den Kopf auf seine gefalteten Hände gelegt. Auf seiner Krawatte waren rotierende Planeten abgebildet, die um die Sonne kreisten.

Er sah sie an, sagte aber nichts.

„Das war Tallys zuständige Betreuerin vom Jugendamt in Tucson." Amanda deutete mit dem Kopf auf ihr Handy. „Wir haben gestern einen Brief von Bart bekommen, aber er hat uns nicht geschrieben, wo er ist oder wann er zurückkommt."

Gary saß weiterhin schweigend da. Sein Blick war forschend und er blinzelte nicht. Augenscheinlich war er für alles gewappnet.

„Sie will, dass ich herausbekomme, warum Bart nach Polen gereist ist." Amandas Stimme bebte unkontrolliert.

„Amanda ..."

Sie wandte den Blick ab. „Ich habe ihr erzählt, dass Tally Bart versprochen hat, nichts zu sagen, aber Nancy glaubt, dass Bart in irgendwelchen Schwierigkeiten steckt."

Ich glaube, es ist Zeit, mit der Geheimniskrämerei aufzuhören ...

Sie schüttelte den Kopf, um Nancys Worte zu verscheuchen. „Ich weiß nicht, wie ich Tally davon überzeugen soll, es mir zu erzählen."

„Amanda ..."

„Sie hat Bart versprochen ..."

„Amanda, sieh mich an."

Langsam wandte Amanda ihren Kopf in Garys Richtung. Sie spürte, wie ihr Puls raste, im einen Moment warnend und tanzend im nächsten.

„Gibt es etwas, worüber wir reden müssten?", wollte Gary wissen.

Eine Mischung aus Demütigung und Wachsamkeit fegte über sie hinweg. „Über was denn zum Beispiel?"

„Zum Beispiel darüber, wie angespannt und verkrampft du in den vergangenen Tagen in der Klasse warst. Müssen wir darüber reden?"

Sie schüttelte den Kopf.

„Dann bilde ich mir das also nur ein?"

Amanda holte tief und geräuschvoll Luft. Ihr Atem flatterte in ihrer Brust. Ihr Blick schweifte zu dem Familienfoto, das neben ihrem Computerbildschirm stand. Es war im vergangenen Sommer aufgenommen worden und zeigte ihre vierköpfige Familie vor einem sonnigen Hintergrund von Meeresklippen und Kiefern. Neils linke Hand lag auf ihrer Schulter. Sie erinnerte sich noch daran, dass ihn der Fotograf dazu aufgefordert hatte, damit sein Ehering dort einen Glanzpunkt setzte. Fast konnte sie das Rauschen der Brandung tief unter sich noch hören. Sie zuckte mit den Achseln.

„Du glaubst also nicht, dass es etwas gibt, worüber wir reden müssten?", fragte er.

Sie schloss die Augen. „Nein, das glaube ich nicht."

„Hör mal ..." Garys Stimme war sanft, zärtlich, aufrichtig. „Du siehst mich andauernd an und beobachtest mich. Das weiß ich, weil ich dich ebenfalls beobachtet habe. Wenn ich neulich eine Grenze bei dir überschritten habe, dann entschuldige ich mich dafür. Es war wirklich nicht meine Absicht, es für dich noch komplizierter zu machen. Aber mir wäre es wirklich lieber, wenn wir offen darüber reden könnten."

„Bitte, Gary, nicht." Das Zittern in ihrer Stimme überraschte sie selbst. Sie klang, als ob sie den Tränen nah wäre. Als er nichts erwiderte, blickte sie auf.

„Ich ... ich muss nur einfach wissen, was los ist", sagte er. „Wenn wir die nächsten drei Monate weiter zusammenarbeiten sollen, dann muss ich wissen, was los ist."

Wenn sie aussprach, wie sehr sie sich zu Gary hingezogen fühlte, dann würde sie das völlig aus der Bahn werfen. Wenn sie mit ihm darüber redete, würde dies die Illusion zerstören, dass zumindest ihre Ehe etwas war, das sie unter Kontrolle hatte. Wenn sie es aussprach, dann würde es dadurch real werden.

Sie betrachtete Neil auf dem Foto und plötzlich wurde ihr klar, weshalb er jeden Abend in die Holzwerkstatt flüchtete, weshalb er sich weigerte, mit Chase oder jemand anderem über das Feuer zu reden: Wenn er darüber sprach, dann würde es real. Und das Leben war einfacher, wenn man so tat, als ob etwas Bestimmtes gar nicht existierte, vor allem, wenn dieses Etwas die eigene heile Welt aus dem Gleichgewicht bringen konnte.

„Wenn wir darüber reden, wird alles anders werden", flüsterte sie.

„Findest du nicht auch, dass alles schon anders *ist?*"

Amanda sehnte sich danach, dass starke Arme sie vor dem Abgrund bewahren würden. Aber sie konnte dieser merkwürdigen Stimmung einfach nicht entrinnen.

Gott, hilf mir ...

Sie suchte nach den richtigen Worten, nach ihrem inneren Gleichgewicht. „Ich ... ich kann nicht. Ich muss jetzt los und Ashley von der Tanzgruppe abholen. Ich bin schon viel zu spät dran."

Amanda stand rasch auf und nahm ihre Handtasche. Dann griff sie nach ihrem Handy, fegte es dabei aber versehentlich von ihrem Pult, sodass es zu Garys Füßen landete. Er bückte sich, hob es auf und hielt es ihr hin.

„Es tut mir wirklich leid." In seiner Stimme schwang ein Hauch von Traurigkeit mit. „Ich glaube, ich habe da einen Bereich betreten, an den ich nicht hingehöre, und dafür entschuldige ich mich."

Ihr Handy lag immer noch in seiner ausgestreckten Hand. Sie griff ganz langsam danach, hatte aber Angst, dabei seine Finger zu berühren.

„Du brauchst dich nicht zu entschuldigen." Vorsichtig nahm sie das Handy an sich. „Du bist ein guter Freund, und das schon nach so kurzer Zeit. Ich habe noch nie mit jemandem so offen sprechen können wie mit dir. Ich habe nicht erwartet, dass du so viel verstehst, so viel von dem in Worte fassen kannst, was ich eigentlich schon seit Jahren weiß. Ich weiß schon seit Jahren, was wir hätten tun sollen.

Aber du hast es sofort erkannt. Du ..." Ihre Stimme brach, und sie hatte Mühe, sie wieder unter Kontrolle zu bekommen. „Du hast erkannt, was Chase damals war. Du hast ihn so gesehen, wie ich ihn hätte sehen müssen, nämlich als kleinen Jungen. Er war nur ein kleiner Junge. Es war nicht seine Schuld. Er war doch noch ein kleiner Junge!"

Ein Schluchzen stieg aus ihrem Innern auf. Gary erhob sich rasch und zog sie in seine Arme. Ein paar Sekunden hielt er sie einfach fest, während die Tränen über ihre Wangen liefen. In Gedanken sah sie ihren kleinen Sohn, wie er keine Luft bekam, während die Flammen an den Wänden des Zimmers emporzüngelten und sich dann rasend schnell ausbreiteten. Sie hörte, wie er nach ihr rief. Immer und immer wieder.

Nur ein kleiner Junge!

Die Arme, die sie umschlossen, waren stark, aber gleichzeitig auch zögernd. Sie löste sich von ihm.

Gary öffnete den Mund, aber es kamen keine Worte heraus. Überraschung stand ihm ins Gesicht geschrieben.

„Was ist denn los?", fragte sie.

„Ich möchte mich nicht zwischen dich und deinen Mann drängen", murmelte er. „Das will ich auf gar keinen Fall."

Amanda starrte ihn an, unfähig, sich zu rühren.

„Ich muss jetzt los", sagte sie schließlich. Sie drehte sich um und ging, und dabei wusste sie nicht so genau, welche Reaktion sie sich jetzt eigentlich von ihm wünschte.

Vierunddreißig

Josef Bliss saß reglos in seinem Sessel aus Kunstleder, die schlohweißen Augenbrauen zusammengezogen. Sein Blick ruhte auf Chase. „Ich wüsste nicht, wie Eliasz dir helfen sollte, Chase. Er kannte dich doch gar nicht, als du klein warst."

„Ich weiß, aber in meinem Traum war es so, als ob er versuchte, mir die Wahrheit zu zeigen. Er hat versucht, mich dazu zu bringen, etwas zu sehen."

„Die Wahrheit worüber?"

„Vielleicht darüber, wie es zu dem Feuer gekommen ist."

Josef schaute seinen schlafenden Freund und dann wieder Chase an. „Du weißt nicht, wie es zu dem Feuer gekommen ist?"

Chase rutschte ein Stückchen auf seinem Stuhl vor. „Ich weiß, wo es entstanden ist, und ich glaube, ich weiß auch, wodurch es ausgelöst wurde. Da war ein Feuerzeug, das Keith gehörte, dem Sohn der Tagesmutter. Das Feuer ist in seinem Zimmer ausgebrochen, während er draußen auf dem Balkon stand, um eine Zigarette zu rauchen."

„Und?"

„Ich habe das Feuerzeug angefasst, bevor Keith sich diese Zigarette angezündet hat. Ich war in seinem Zimmer. Ich habe es in der Hand gehabt, und er hat mich sogar damit erwischt und mich wieder nach nebenan geschickt, wo ich eigentlich meinen Mittagsschlaf halten sollte. Aber ich bin noch einmal zurückgegangen."

Der alte Mann schüttelte den Kopf. „Ich verstehe aber immer noch nicht, was das alles mit Eliasz zu tun hat."

„Ich kann mich nicht erinnern, weshalb ich ein zweites Mal in Keiths Zimmer gegangen bin oder was ich dort gemacht habe. Ich kann mich nur erinnern, wie ich vor dem Feuer geflüchtet bin. Ein anderer Junge und ich konnten uns kriechend aus dem Zimmer retten, als sich das Feuer weiter darin ausbreitete, aber das kleine Mädchen ist ums Leben gekommen."

Josef wartete darauf, dass Chase fortfuhr.

„Ich habe neulich von dem Feuer geträumt und in dem Traum kam auch Eliasz vor. Und er konnte sehen. In dem Traum hat er mir erzählt, dass ich etwas vergessen hätte. Immer wieder sagte er mir, ich solle mich erinnern."

„Dich an was erinnern?", fragte Josef.

Chase setzte sich auf seinem Stuhl zurück und fuhr sich mit der Hand durch sein lockiges Haar. „Ich weiß es nicht." Es vergingen ein paar Sekunden. „Ich weiß nicht, wieso ich hier bin. Ich weiß gar nichts mehr."

„Und du glaubst, dass Eliasz dir sagen kann, woran du dich nicht mehr erinnern kannst?"

Es klang schon in dem Augenblick lächerlich, als Josef die Worte aussprach. Völlig lächerlich. „Ich weiß nicht, was Eliasz mir sagen könnte. Es ist nur ... Eliasz kann doch in seinen Träumen sehen."

„Aber das heißt doch nicht, dass er auch in *deinen* Träumen sehen kann."

Chase merkte, wie ihn Scham erfasste. Es war eine völlig blödsinnige Idee gewesen herzukommen. Einfach lächerlich. Was hatte er sich nur dabei gedacht? Dass ein vierundachtzig Jahre alter Jude, den er kaum kannte, ihm würde sagen können, was vor dreizehn Jahren wirklich passiert war?

Das war eine der schwachsinnigsten Ideen, die er jemals gehabt hatte. Er war ein Idiot gewesen.

„Ich weiß gar nicht, was ich hier eigentlich mache“, murmelte er. Aus den Augenwinkeln sah er, wie Tally eine Hand hob, um ihn am Arm zu berühren. Aber dann überlegte sie es sich doch anders.

„Du willst also die Wahrheit darüber wissen, wer das Feuer gelegt hat, ja?“ Josefs Stimme war leise und sanft.

Chase zuckte zusammen. Er hasste diese Worte. *Das Feuer gelegt. Das Feuer gelegt.* „Das kann mir niemand sagen. Es war ja sonst niemand da.“

„Das stimmt nicht.“

Chase hob den Kopf. „Wie bitte?“

„Gott weiß, was passiert ist. Gott war da. Er hat es gesehen. Er weiß, wer das Feuer gelegt hat.“

„Gott ...“

„Ja, Gott. Bitte ihn, es dir zu sagen. Wenn du Eliasz darauf ansprichst, wird er sich fragen, welche Sorte Wodka du getrunken hast. Das wird Gott ganz sicher nicht tun.“

Chase setzte sich auf seinem Stuhl zurück. „Gott bitten, es mir zu sagen.“

„Ja, er war dabei. Frag ihn.“

Ein schwaches Lachen bahnte sich den Weg aus seinem Inneren. „Klar. Ich frage einfach Gott.“

Josef erwiderte das Lächeln. „Hast du Gott noch nie eine Frage gestellt oder ihn um etwas gebeten?“

Chase konnte den spöttischen Unterton in seiner Stimme kaum verbergen. „Na klar. Ich hab Gott schon jede Menge Fragen gestellt.“

„Nein, hast du nicht.“ Die Antwort kam gleichzeitig barsch und behutsam.

„Wie bitte?“

„An der Art und Weise, wie du gerade geantwortet hast, merke ich, dass du Gott noch nicht viele Fragen gestellt hast. Du hast ihn nicht gefragt, ob er dir zeigen kann, was er über das Feuer weiß. Eliasz kann dir nicht sagen, was passiert ist. Das kann nur Gott dir sagen. Frag ihn."

„Haben Sie das ebenfalls getan?", hakte Chase nach. „Haben Sie Gott gefragt, wo Katerina ist? Hat er es Ihnen gesagt? Hat er Ihnen gesagt, was mit ihr passiert ist? Wollten Sie es denn gar nicht wissen?"

Josef zögerte nur einen ganz kurzen Moment und erwiderte dann: „Mein ganzes Leben lang wollte ich es wissen, und wenn ich in der Lage gewesen wäre, mit der Antwort fertigzuwerden, dann hätte Gott sie mir auch gegeben – da bin ich mir ganz sicher."

Chase fühlte sich plötzlich wieder jung und klein, wie ein Kind. Eine ganze Weile sagte er nichts, weil er fürchtete, dass seine Stimmbänder auch nur eine Kleine-Jungen-Stimme hervorbringen würden, die sagte, dass er wohl nicht damit fertigwerden würde, wenn Gott ihm offenbarte, was damals in dem Haus passiert war.

„Ich glaube nicht, dass es so einfach ist", sagte Chase, als er sicher war, dass seine Stimme wieder normal klingen würde.

Josef sah Chase einen Augenblick lang an. „Ich glaube, dass daran gar nichts einfach ist. Bist du ganz sicher, dass du es wissen willst?"

Chase sah das Feuerzeug in seiner kleinen Hand, spürte, wie die Wärme durch den glatten silbernen Mantel kroch. Er sah den Rauch, die Flammen, Ghost und Alyssas Gitterbettchen.

„Ja."

„Und was ist, wenn dir die Wahrheit nicht gefällt?" Josefs gerunzelte Stirn drückte Zweifel und Sorge aus.

„Ist es nicht noch schlimmer, sich immer weiter fragen zu müssen, was passiert ist? Ist es nicht besser, die Wahrheit zu kennen, als weiter im Dunkeln zu tappen?"

Josef senkte das Kinn ein wenig. „Du verwechselst ‚die Wahrheit zu kennen' und ‚die Wahrheit zu sagen'. Wir sollen wahrhaftig sein in dem, was wir sagen und tun, aber es gibt auch Dinge, die wir gar nicht wissen sollen."

„Ich muss wissen, ob es meine Schuld war."

„Aber du warst noch ein ganz kleines Kind."

Chase nickte. „Und ich muss es trotzdem wissen."

Ein paar Sekunden verstrichen schweigend.

„Das würde ich auch wollen", pflichtete Josef ihm schließlich bei. „Ich würde es auch wissen müssen." Der alte Mann beugte sich in seinem Sessel vor. „Ich werde dafür beten, dass Gott dir gibt, was du dir wünschst. Er und ich, wir kennen uns schon ziemlich lange."

Chase spürte, wie seine Lippen sich zu einem Grinsen verzogen. „In Ordnung."

Josef ließ sich wieder in seinen Sessel sinken und das Kunstleder knarzte protestierend. „Ich glaube nicht, dass Eliasz dich heute hierhergeführt hat, Chase. Ich glaube, das war Gott."

Wieder herrschte eine Weile Schweigen zwischen ihnen, während Chase versuchte, Josefs Aussage zu verdauen. In dem Augenblick regte sich Eliasz im Schlaf.

„Glauben Sie, dass er träumt?"

„Ja, ich glaube schon."

Chase wandte sich wieder Josef zu. „Mein Vater sagt, dass Menschen, die blind auf die Welt gekommen sind, keine Bilder in ihrem Gehirn speichern können, die das Unterbewusstsein dann abrufen kann."

Josef zuckte mit den Achseln. „Das klingt nach einer wissenschaftlichen Antwort auf eine wissenschaftliche Frage."

„Ist es das denn nicht?"

Wieder reagierte Josef mit einem Achselzucken. „Ich bin kein Wissenschaftler, sondern nur ein Mann, der vollkommenen Schrecken und vollkommene Schönheit erlebt hat. Ich habe beides gesehen, gehört und gelebt. Wer von uns kann denn schon sagen, was der Geist mit Dingen bewerkstelligen kann, die vollkommen sind? Sie sind ja mit nichts vergleichbar.

Josef unterdrückte ein Gähnen. Chase sah Tally an und sie standen gleichzeitig auf. „Wir sollten jetzt wohl lieber gehen."

„Ich hoffe, dass ihr jetzt, wo ihr mit dem Filmen fertig seid, andere Gründe findet, um Eliasz und mich zu besuchen. Ich muss sagen, ich genieße unsere Gespräche. Du erinnerst mich an vieles, das ich schon fast vergessen hatte."

„Ich komme auf jeden Fall wieder", sagte Chase. „Ich finde, es steht Ihnen zu, zu erfahren, wie es weitergeht."

Josef nickte. „Das wäre mir ein Vergnügen und eine Ehre."

Die beiden Jugendlichen machten Anstalten, die Stühle, auf denen sie gesessen hatten, wieder zusammenzuklappen, aber Josef bedeutete ihnen, dies sein zu lassen. „Lasst sie ruhig stehen. Wenn Eliasz aufwacht, werde ich ihm erzählen, dass zwei Showgirls da waren und Strip-Poker mit mir gespielt haben."

Chase und Tally verließen das Zimmer und gingen schweigend den langen gebohnerten Gang entlang. Er war froh, dass sie nichts sagte. Er wollte nicht über das reden, was in Josefs Zimmer passiert war. Noch nicht jedenfalls.

In der Eingangshalle saß der Mann im Bademantel auf einem der rosafarbenen Lehnstühle, die Chase auch beim Drehen des Videos verwendet hatte. Der Mann hatte einen Becher Kaffee in der einen Hand und einen Keks in der anderen. Der Mann lächelte Chase und Tally an und prostete ihnen mit seiner Kaffeetasse zu, als sie zu der sich automatisch öffnenden Tür hinausgingen.

Fünfunddreißig

Die beiden waren schon fast zu Hause angelangt, als Tally endlich etwas sagte. Sie hatte auf dem Heimweg die Einzelheiten des Gespräches zwischen Chase und Josef in Gedanken noch einmal durchgespielt und sich gefragt, ob Gott wohl für Chase das tun würde, was Josef gesagt hatte.

Als sie in ihre Straße einbogen, sah sie ihren Cousin an. „Ich hätte wirklich nicht gedacht, dass du heute derjenige sein würdest, der mit einer Antwort aus dem Altersheim nach Hause geht. Ich hätte wirklich gedacht, dass Josef mir würde sagen können, wieso mein Vater Polen wieder verlassen hat, aber trotzdem in der Ukraine bleiben will. Ich hätte gedacht, er könnte mir sagen, warum er noch nicht wiedergekommen ist, um mich zu holen. Jetzt kommt mir das richtig dumm vor. Woher soll das auch jemand wissen können?"

Chase holte tief Luft, sagte aber nichts.

„Du willst also nicht darüber reden", fuhr sie fort. „Brauchst du auch gar nicht. Ich habe mich da drinnen bei den Männern einfach irgendwie unsichtbar gefühlt."

„Du bist nicht unsichtbar." Chases Stimme klang freundlich.

„Und ich bin nicht mit einer Antwort rausgegangen."

„Aber du bist auch nicht genauso wieder rausgekommen, wie du reingegangen bist."

Chase bog in die Auffahrt vor dem Haus, drückte aber nicht auf die Fernbedienung, um das Garagentor zu öffnen. Tally wandte sich ihm zu und sah ihn an. „Du kommst nicht mit rein?"

Er sah geradeaus. „Ich brauche Zeit zum Nachdenken." Seine Stimme klang dumpf.

„Und was soll ich deiner Mutter sagen, wenn sie fragt, wo du bist?"

„Sag ihr einfach die Wahrheit: dass du es nicht weißt."

„Und was ist, wenn sie fragt, wieso du nicht nach Hause gekommen bist?"

Chase wandte sich ihr zu. „Sag ihr doch einfach, was du willst."

Sie konnte seine Miene nicht deuten, konnte nicht sagen, ob er sie von ihrem Versprechen entband, sein Geheimnis für sich zu behalten, oder ob er sie herausforderte, es für sich zu behalten. Ihre eigene Unsicherheit darüber beunruhigte sie.

Er legte den Rückwärtsgang ein, eine stumme Aufforderung an sie, endlich auszusteigen.

Tally nahm ihre Schultasche vom Rücksitz, öffnete die Beifahrertür, stieg aus und schlug die Tür wieder zu.

Chase war schon wieder auf der Straße, bevor sie auch nur ein paar Schritte gegangen war. Sie sah seinem Wagen noch nach und ging dann zur Eingangstür.

Im Haus war es still, abgesehen von den gedämpften Klängen aus Ashleys Stereoanlage. Tally ging vom Eingang in die Küche, in die die Spätnachmittagssonne hineinschien. Auf dem Herd köchelte nichts vor sich hin und auch im Backofen stand nichts lecker Duftendes. Sie fragte sich, ob Amanda Ashley nur abgesetzt hatte und dann noch einmal weggefahren war, um ein paar Erledigungen zu machen. Sie ging durch die Küche zum Nähzimmer, das jetzt ihr Zimmer war. Als sie an der Waschküche vorbeikam, bemerkte sie eine Gestalt darin und erschrak.

Amanda stand vornübergebeugt an die Waschmaschine gelehnt, die Arme ausgebreitet, als wollte sie auf die Knie fallen und in das Ding hineinkriechen, um sich schleudern zu lassen. Als Amanda sie hörte, schnellte ihr Kopf herum, und Tally sah, dass das Gesicht ihrer Tante tränennass war.

Tally trat einen Schritt zurück. „Oh!"

Hastig strich sich Amanda mit der Hand durchs Gesicht, um die Tränen wegzuwischen. Die Miene ihrer Tante drückte Angst aus.

„Ist alles in Ordnung?" Tally trat unsicher wieder einen Schritt vor.

„Ich hab dich gar nicht kommen gehört." Amanda brachte ein gekünsteltes Lächeln zustande und blinzelte, damit die Tränen, die ihr noch in den Augen standen, sich nicht lösten und ihre Wangen hinunterliefen. „War euer Termin im Altersheim erfolgreich?"

„Ich ... Wir ...", stammelte Tally. „Äh ... ja."

Amanda nickte und das künstliche Lächeln wurde noch breiter. Sie schloss die Augen, spitzte die Lippen und versuchte verzweifelt, so zu tun, als wäre alles in bester Ordnung.

„Ist irgendwas?", fragte Tally.

Amanda rieb mit den Fingerspitzen vorsichtig über die Haut unter ihren Augen und wischte sich die Spuren von Tränen und Wimperntusche weg. „Mir geht's gleich wieder gut, Tally. Tut mir leid, dass du mich so zu Gesicht bekommst. Ich hatte noch gar nicht mit euch gerechnet."

Zögernd ging Tally noch einen Schritt weiter. „Bist du verletzt? Tut dir was weh?"

Amanda lächelte. Jetzt war ihr Lächeln zwar nicht künstlich, aber es war ohne Wärme. „Ich bin nicht am Verbluten. Du brauchst also nicht die 112 zu wählen oder so."

Einen Moment lang standen die beiden schweigend da. „Na gut." Tally ging einen Schritt weiter in Richtung Nähzimmer, wandte den Blick aber nicht von ihrer Tante.

Amanda trat langsam von der Waschmaschine weg. „Tally, ich muss dich etwas fragen."

„Und was?"

„Wollen wir in dein Zimmer gehen?"

Tally öffnete die Tür zum Nähzimmer. An der Längswand stand ein Klappbett, an jeder Seite davon ein Nachtschränkchen mit jeweils drei Schubladen. Die übrigen Wände waren vollgestellt mit Regalen und einem Bügelbrett. An einer Wand stand ein Nähtisch. Amanda ließ sich auf dem Bett nieder und Tally setzte sich langsam neben sie.

Einen Moment lang fürchtete Tally schon, dass ihrem Vater etwas Schlimmes zugestoßen war, aber augenscheinlich hatte Amandas Kummer nichts mit Bart zu tun. Jedenfalls glaubte sie das nicht.

„Ist etwas Schlimmes passiert?"

Amandas Augen wurden ganz groß. „Nein, nein, mein Schatz. Es ist nur ... also, deine Betreuerin vom Jugendamt ist ein bisschen besorgt, dass dein Vater ... na ja, dass er vielleicht Hilfe braucht. Und ich möchte, dass er die bekommt, wenn es nötig ist. Möchtest du das nicht auch?"

Amanda versuchte offenbar, irgendetwas anzudeuten.

„Ich weiß ja, dass du versprochen hast, nicht zu sagen, warum dein Vater in Polen ist, und ich weiß auch, dass ich dir versprochen habe, dich nicht zu bitten, dein Versprechen zu brechen. Aber irgendetwas stimmt da nicht, Tally, es ist etwas schiefgegangen. Das hat dein Vater doch sogar selbst in dem Brief erwähnt. Vielleicht steckt er in Schwierigkeiten. Wir müssen wissen, wie wir ihm helfen können."

„Aber er hat doch gar nicht um Hilfe gebeten. Er hat nicht geschrieben, dass er in Schwierigkeiten ist."

„Aber vielleicht wollte er nicht, dass du dir Sorgen machst. Und es gibt auch juristische Gründe, Tally, weshalb wir wissen müssen, was los ist. Bart hat deiner Großmutter nicht offiziell das Sorgerecht für dich übertragen. Wir können nicht einfach alles so ungeklärt lassen."

„Was meinst du mit ‚juristischen Gründen'?" Tally wusste, was „Sorgerecht" bedeutete. Sie hatte schon oft genug mit Gerichten zu tun gehabt, um das zu wissen. Bart war schon ein- oder zweimal durch Behördenvertreter, denen nicht gefiel, wie er sie erzog, in Angst und Schrecken versetzt worden. Aber das Sorgerecht war ihm nie entzogen worden. Und er hatte auch von sich aus nie darauf verzichtet. Er hatte immer entweder die Auflagen des jeweiligen zuständigen Jugendamtes sofort erfüllt oder war in einen anderen Bundesstaat umgezogen.

„Die Leute vom Jugendamt in dem Bezirk, in dem deine Großmutter gelebt hat, haben zurzeit offiziell das Sorgerecht für dich, und zwar weil sie nicht wissen, wo sich dein Vater aufhält und weil er auch nicht erreichbar ist."

„Aber du hast doch gesagt, dass ich hierbleiben kann!"

„Und das kannst du auch, und zwar so lange du möchtest, aber das ist nicht so einfach, Tally. Für all das sind Richter und Gerichte zuständig, weil es gesetzliche Regelungen gibt. Nancy sagt, dass es nicht gut ist, wenn wir so weitermachen, als wäre alles in bester Ordnung." Als sie das sagte, zuckte ihre Tante zusammen, als hätte jemand sie gekniffen.

„Was ändert es denn, wenn ich dir sage, warum er nach Polen wollte? Er ist doch nicht mal mehr in Warschau."

„Aber wenn er in irgendwas Illegales verstrickt ist ..."

„Ich hab dir doch schon gesagt, dass er das nicht ist!"

„Ich weiß, dass er dir das gesagt hat, aber ..."

„Er sucht nach Geld und Schmuck – all den Dingen eben, die Großvater damals im Garten vergraben hat, bevor die Nazis kamen!" Tally wusste gar nicht, was sie bewogen hatte, dieses Geständnis zu machen. Die Worte waren einfach so aus ihr herausgerutscht. Eine Welle der Erleichterung überkam sie. So, jetzt war es heraus.

„Was?" Amanda blieb vor Staunen der Mund offen stehen.

„Als Großvater gestorben ist, hast du Papa eine Schachtel mit ein paar Sachen und einem Brief geschickt.“

„Ja.“

„Na ja, in dem Brief war die Stelle bei dem Haus von Großvaters Eltern in Warschau beschrieben, an der das Geld und der Schmuck und das andere Zeugs vergraben wurde, als er noch ein kleiner Junge war. Dein Großvater hatte ihm aufgetragen, alles im Garten des Hauses zu vergraben, weil deine Großeltern wussten, dass die Nazis sie abholen und ins Ghetto bringen würden. Weil deine Großeltern reich waren. Also hat dein Vater seinem Vater gehorcht und alles vergraben. Dein Großvater ist dann aber gestorben, ohne dass er jemals wieder nach Polen gekommen wäre.“

„Das glaub ich einfach nicht!?“, sagte Amanda schwer atmend.

„Aber es stimmt. Ich habe den Brief selbst gesehen. Ich habe ihn nicht gelesen, aber gesehen.“

„Aber das ist über siebzig Jahre her! Die Sachen sind doch bestimmt gar nicht mehr da.“

„Und wieso sollten sie weg sein? Außer Großvater hat es doch niemand gewusst, und der hat niemandem davon erzählt.“

Amanda saß schweigend auf dem Bett und versuchte, das Gehörte zu verarbeiten. „Also ist Bart dort, um die Sachen zu suchen und dann auszugraben?“

Tally nickte.

„Ohne jemandem etwas davon zu sagen? Das Grundstück gehört doch gar nicht mehr der Familie! Wie wollte er das denn bewerkstelligen?“

Tally stellte sich ihren Vater so vor, wie Chase ihn beschrieben hatte – im Morgengrauen mit einer Taschenlampe und einer Schaufel bewaffnet –, und sie wusste, dass ihr Cousin recht hatte. Sie antwortete ihrer Tante nicht. Doch das brauchte sie auch gar nicht.

„Aber man kann doch nicht einfach auf einem Grundstück herumbuddeln, das einem gar nicht gehört!“, rief Amanda aus.

„Wieso denn nicht? Eure Großeltern sind schließlich aus ihrem eigenen Haus vertrieben worden. Und das vergrabene Gold und der Schmuck hat ihnen auch gehört.“

„So einfach ist das aber nicht, Tally. Es ist nie so einfach. Wahrscheinlich ist er auf der Flucht vor der polnischen Polizei ...“

„Interessiert es dich denn gar nicht, dass die Sachen deinen Großeltern gehört haben? Weißt du, was im Ghetto mit ihnen passiert ist? Weißt du, wie das für sie gewesen ist?“

Amanda seufzte. „Doch, Tally, es interessiert mich. Wirklich. Aber man kann die Wirklichkeit nicht dadurch ändern, dass man sich wünscht, sie wäre anders.“

„Nein? Mein Vater sagt, dass man nichts ändert, wenn man nur herumsitzt und nichts tut.“

Nach einer Weile stand Amanda auf. „Ich muss Nancy anrufen. Wenn dein Vater nach Polen zurückfährt und dann gefasst wird, werden sie ihn einsperren.“

„Und was ist, wenn sie ihn nicht kriegen?“

„Hör mal, ich werde deinem Vater sagen, dass ich dich gezwungen habe, mir das Geheimnis zu verraten. Ich sorge dafür, dass er es erfährt. Obwohl ich eigentlich gar nicht verstehe, wieso er dir dieses Versprechen überhaupt abgenommen hat.“

Tally sah sie offen an. „Weil du sonst versucht hättest, ihn davon abzuhalten. Und weil du die Hälfte für dich beansprucht hättest.“

Amanda wich zurück. „Glaubt Bart das wirklich? Hat er allen Ernstes gedacht, dass ich die Hälfte beansprucht hätte, wenn ich davon gewusst hätte?“ Ihre Tante sah gekränkt aus.

„Er hat gedacht, dass Neil vielleicht von dir verlangen würde, die Hälfte zu fordern.“

Amanda schüttelte den Kopf. „Ich habe das mir zustehende Erbe von meinem Vater schon bekommen, du erinnerst dich?"

„Ich sage doch nur, was er mir erzählt hat. Er hat gedacht, dass Neil vielleicht auf der Hälfte bestehen würde."

Als Amanda einen Schritt zur Zimmertür machte, stand Tally auf. „Sagst du es ihm? Hast du vor, es Neil zu sagen?"

„Nein."

„Aber was ist, wenn er fragt?"

Ihre Tante zuckte mit den Schultern. „Ich glaube nicht, dass er das tun wird." Sie verließ das Zimmer, drehte sich dann aber in der Tür noch einmal um. „Ich habe das Garagentor gar nicht gehört, als du nach Hause gekommen bist. Ist Chase nicht mit dir zusammen gekommen?"

Tally schüttelte den Kopf.

„Musste er noch irgendwo hin?"

„Das nehme ich an."

„Hat er gesagt, wo er hinwollte?"

„Nein."

Amanda nickte. „Danke, dass du mir die Wahrheit über deinen Vater gesagt hast. Ich glaube, dass ich jetzt alles verstehe." Und mit diesen Worten verließ sie das Zimmer.

Sechsunddreißig

Amanda saß im Wohnzimmer. Sie hatte eine Tasse Tee in der Hand, aus der sie aber nicht trank. Sie starrte auf ihr Handy, das vor ihr auf dem Couchtisch lag, und wippte nervös mit dem Fuß.

Neil saß ihr gegenüber auf dem Sofa. Er hatte ein Bein locker über das andere geschlagen und den Ellbogen auf die Sofalehne gestützt. Mit der einen Hand hatte er sein Kinn abgestützt und sein Blick war fest auf den Fernseher gerichtet. Amanda fragte sich allerdings, ob er wohl wusste, was er da gerade guckte. Die Zeiger der Uhr, die an der Wand hinter ihm hing, schoben sich nervtötend langsam vorwärts.

Halb zehn. Schon sechs Stunden waren vergangen, seit jemand zum letzten Mal etwas von Chase gehört hatte.

Amanda hatte am Nachmittag eine SMS von ihm bekommen, aber das war dann auch das letzte Lebenszeichen gewesen. Die Nachricht war frustrierend kurz gewesen.

Komme später.

Seitdem hatte sie nichts mehr gehört. Er ging nicht an sein Handy und auf ihre Anrufe und SMS hatte er ebenfalls nicht reagiert.

„Vielleicht sollte ich Tally noch mal fragen, ob sie was weiß", sagte sie leise zu Neil.

„Das hast du doch schon. Sie weiß nicht, wo er ist, Amanda. Du gibst ihr dadurch nur das Gefühl, es wäre ihre Schuld, dass er nicht nach Hause kommt“, erwiderte er, sah sie dabei aber nicht an.

„Aber sie hat gesagt, dass er allein sein wollte, um nachzudenken. Das bedeutet, dass ihn irgendwas beschäftigt.“

„Und genau deshalb sollten wir ihm auch Zeit und Ruhe zum Nachdenken lassen.“

Sie stellte die Tasse ab und stand auf. „Aber es gefällt mir nicht, einfach nur hier herumzusitzen und nichts zu tun! Ich habe das Gefühl, dass wir etwas tun müssen.“

„Wir warten auf ihn. Wir tun also etwas.“

Amanda fing an, auf dem Teppich zwischen den beiden Sofas auf und ab zu gehen. „Und was ist, wenn ihm etwas zugestoßen ist?“

„Wenn etwas passiert wäre, hätte er angerufen.“

„Aber was ist, wenn er nicht anrufen konnte?“

„Er hat doch gesagt, dass er später nach Hause kommen würde. Sieh mal auf die Uhr, Schatz. Er hat bis jetzt noch nicht einmal die Zeit überschritten, die er unter der Woche abends wegbleiben darf. Du ziehst voreilige Schlüsse.“

„Und du sitzt einfach nur rum!“

Neil wandte sich zu ihr um und sah sie an. „Weil du mich darum gebeten hast. Ich hätte eigentlich schon was zu tun. Und du auch.“ Er setzte sich auf die Sofakante. „Wir müssen nicht hier herumsitzen und uns Sorgen über etwas machen, das noch gar nicht passiert ist.“

Neil machte Anstalten aufzustehen.

„Wag es nicht!“, sagte sie mit einer Stimme, die nicht mehr war als ein heiseres Flüstern.

„Wie bitte?“, fragte Neil mit großen Augen.

„Wag es ja nicht, in der Garage zu verschwinden, Neil! Nicht jetzt. Nicht heute Abend.“

Ihr Mann lehnte sich zurück gegen die Sofapolster. „Verschwinden?“ Er klang verwundert.

„Bitte geh nicht in die Garage." Sie schloss die Augen und öffnete sie dann ganz langsam wieder. Fast rechnete sie damit, dass er in der Zwischenzeit verschwunden war.

Aber Neil saß immer noch auf dem Sofa und sah sie an, den Kopf ein ganz klein wenig zur Seite geneigt. „Ich bin sicher, dass mit Chase alles in Ordnung ist. Mir gefällt es auch nicht, dass er auf unsere Anrufe nicht reagiert, aber das heißt doch noch lange nicht, dass ihm etwas Furchtbares zugestoßen ist. In ein paar Monaten wird er achtzehn. Du musst langsam anfangen, ihn loszulassen. Wenn er nicht wie vereinbart um zehn zu Hause ist, dann können wir ja bei Matt anrufen und ihn fragen, ob er weiß, wo Chase ist, okay?" Neil sah sie an und sprach freundlich mit ihr.

„Nun komm schon." Er klopfte auf das Sitzpolster neben sich. „Komm, setz dich doch wieder hin und trink deinen Tee."

Amanda zögerte kurz und ließ sich dann neben ihrem Mann aufs Sofa sinken. Er legte seinen Arm um ihre Schultern, nahm mit der anderen Hand die Fernbedienung, schaltete auf eine Sendung, in der es um amerikanische Geschichte ging, und ließ sich dann behaglich zurück in die Polster sinken.

Ihr gegenüber auf dem Couchtisch stand die Teetasse, nur ein paar Zentimeter vom Fernseher entfernt. Ihr Tee wurde kalt, wenn sie ihn nicht bald trank, aber sie kam nicht an den Becher heran, ohne sich aus Neils wärmender Umarmung zu befreien. Und sie hatte Angst, sich zu bewegen.

Sie schloss ihre Augen. *Gott, bitte gib, dass es ihm gut geht. Bitte lass alles in Ordnung sein.*

Nachdem ihr diese unausgesprochenen Worte zum zehnten Mal durch den Kopf gegangen waren, hörte sie endlich, wie die Tür geöffnet wurde, die aus der Garage in die Küche führte. Sie sprang sofort vom Sofa auf.

„Ganz ruhig", sagte Neil sanft und leise. „Lass ihn erst mal reinkommen. Und lass ihn zuerst reden."

Sie hörte, wie ein Schlüsselbund auf die Granitplatte des Küchentresens traf, und dann, wie ein Stativ und die Kameratasche daneben abgestellt wurden. Die Kühlschranktür ging auf und wieder zu. Der Verschluss einer Wasserflasche wurde aufgedreht, und sie hörte, wie ihr Sohn trank und dann seine Kamera und das Stativ wieder vom Tresen nahm. Er durchquerte die Küche und kreuzte dabei ihr Blickfeld.

Chase schaute erst Amanda an und dann auch Neil. „Tut mir leid, dass ich nicht auf eure Anrufe reagiert habe. Ich hatte irgendwie zu tun und nicht immer mein Handy bei mir."

„Wo warst du denn?", fragte Amanda.

„Sechs Stunden nicht zu wissen, wo du bist – das ist eine ziemlich lange Zeit, Chase." Neil sprach leise, aber mit Nachdruck und Autorität.

„Ja, ich weiß. Tut mir leid."

„Willst du uns nicht sagen, wo du gewesen bist?"

Chase zögerte. Amanda sah ihm an, dass er dabei war, eine Antwort zu formulieren. „Ich musste mich mit ein paar Dingen auseinandersetzen und dazu musste ich allein sein."

„Mit welchen Dingen denn?", murmelte Amanda. Am Rand bekam sie mit, wie Neil ihren Namen sagte, und spürte, dass er ihr besänftigend über den Arm strich.

„Chase, du weißt, dass wir für dich da sind, wenn du irgendwelche Probleme hast oder in Schwierigkeiten steckst, oder?", sagte Neil. „Ich hoffe, du weißt, dass du immer zu uns kommen kannst."

„Ja, klar", antwortete Chase, aber sein Ton signalisierte eher Gleichgültigkeit als Einverständnis. Amanda merkte, dass Neil erstarrte. Chase hatte ihn verletzt, aber sie war sich sicher, dass er das nicht absichtlich getan hatte.

Ein unbehagliches Schweigen machte sich breit.

„Willst du uns denn nun sagen, wo du warst?" Diesmal hatte Neils Stimme etwas unmissverständlich Elterliches.

Chase sah seinem Vater weiter direkt ins Gesicht. Er nickte, als wäre er gerade zu einem Entschluss gelangt. Oder vielleicht stellte er es sich auch einfach nur vor. „Ich war draußen und habe ein Video gedreht."

„So spät abends noch?"

„Ja."

„Für die Schule?"

„Vielleicht. Vielleicht kann ich es für irgendein Projekt nutzen. Wahrscheinlich sogar."

„Und du konntest uns nicht Bescheid sagen, dass du unterwegs warst, um dieses Video zu drehen?"

Chase trank einen Schluck aus der Wasserflasche, unterbrach dabei aber keinen Moment den Blickkontakt mit seinem Vater. „Ich hab gar nicht daran gedacht anzurufen. Es ist mir erst hinterher eingefallen, aber da war ich schon auf dem Rückweg."

„Du hast nicht dran gedacht?"

„Nein, tut mir leid, hab ich nicht."

„Hast du dieses Video gedreht, bevor oder nachdem du Zeit zum Nachdenken brauchtest?"

Amanda spürte einen leicht provozierenden Unterton in Neils Stimme. Er war nicht besonders erfreut über das, was er für Anzeichen von Respektlosigkeit hielt. Sie glaubte jedoch nicht, dass Chase sich über seinen Vater lustig machen wollte oder ihn nicht ernst nahm. Sie hatte den Eindruck, dass er etwas ganz anderes tat: Er lud Neil dazu ein, offen zu sein, aber das begriff Neil gar nicht.

Amanda warf ihrem Sohn einen warnenden Blick zu, aber Chase sah sie nicht an.

„Irgendwann dazwischen, würde ich sagen." Chase trank noch einen Schluck aus der Wasserflasche.

„Du hast also in dieser Zeit, die du gebraucht hast, um allein zu sein, beschlossen, ein Video zu drehen, das du vielleicht irgendwann mal für die Schule gebrauchen kannst, vielleicht aber auch nicht?"

Ein weiterer tiefer Zug aus der Flasche folgte. „Genau."

„Muss ja ziemlich gutes Material gewesen sein, wenn du dafür deine Denkarbeit unterbrochen hast."

Amanda wechselte ihre Sitzposition. Sie hauchte Neils Namen in seine Richtung, aber er ignorierte sie.

„Ja, wirklich tolles Material", nickte Chase. „Vielleicht hast du ja mal Lust, es dir anzusehen – irgendwann zwischen deinen diversen Holzprojekten."

Neil zuckte zusammen, weil die Worte von Chase ihn erneut trafen. „Es reicht jetzt!"

Sein Sohn blinzelte. „Ach ja? Ich sage doch nur, dass ich es dir zeige, wenn du möchtest. Aber du bist normalerweise in der Garage ziemlich beschäftigt."

„Bitte nicht, Chase." Amandas Stimme klang sogar für ihre eigenen Ohren matt.

„Was soll ich nicht tun? Ich sage einfach nur, dass es mich freuen würde, ihm dieses Video zu zeigen, wenn er in seiner Werkstatt mal nicht so viel zu tun hat."

„Jetzt gerade bin ich ja nicht in der Werkstatt", entgegnete Neil und seine Stimme war kalt.

„Bitte, tut das nicht." Amanda sah vom einen zum andern. „Das bringt uns doch kein Stück weiter."

„Du möchtest es dir also jetzt sofort ansehen?" Chase tätschelte seine Kameratasche und ignorierte seine Mutter. „Ja?"

Neil rutschte auf der Couch ein Stückchen vor, und Amanda konnte spüren, wie eine Welle der Feindseligkeit sich im Raum ausbreitete.

„Was ich will", meinte er ganz ruhig, „ist etwas mehr Respekt."

Chase schaute sich im Zimmer um, als ob er nach dem verloren gegangenen Respekt für seinen Vater suchte. „Inwiefern war ich dir gegenüber respektlos? Ich weise doch nur auf das Offensichtliche hin. Wann hast du mich je gefragt, ob du mal eines von meinen Videos sehen kannst,

Vater? Wann? Nie. Aber klar, ich kapier schon, du bist eben ein vielbeschäftigter Typ. Ganz schön viele Projekte, die du da andauernd hast. Viel Holz zu zersägen. Ich hab's absolut kapiert."

„Ich glaube, wir sind jetzt hier fertig", erwiderte Neil und wandte sich von seinem Sohn ab.

„Nicht, Neil! Bitte nicht!", murmelte Amanda.

Chase zögerte einen Moment lang. „Klar, kein Problem. Du kannst es dir ein anderes Mal ansehen. Ist echt gut. Ich war heute Abend in der Innenstadt. Beim Embarcadero-Shoppingcenter hat ein Lager gebrannt. Ich bin den Löschzügen von der Feuerwehr hinterhergefahren und hab die ganze Sache gefilmt. Ein wahres Höllenfeuer." Chase drehte sich um und ging zur Treppe.

„Chase!" Amanda sprang auf, aber ihr Sohn rannte immer zwei Stufen auf einmal nehmend die Treppe hinauf. Dann wurde seine Zimmertür mit einem dumpfen Laut zugeworfen.

Neil saß schweigend und wie betäubt da. Nur sein sich langsam bewegender Unterkiefer war der einzige Hinweis darauf, dass er Chase sehr wohl verstanden hatte.

„Geh zu ihm, Neil! Du musst zu ihm nach oben gehen. Ihr könnt doch nicht so auseinandergehen und die Sache auf sich beruhen lassen!"

Neil erhob sich und schaute nur einen ganz kurzen Moment lang zur Treppe, bevor er die Richtung änderte und dann durch die Küche zur Garage ging. „Es steht ihm nicht zu, so mit mir zu reden." Er griff nach der Türklinke.

„Neil!"

Die Tür zur Garage wurde geöffnet und dann wieder zugeschlagen.

Amanda drehte sich zum Treppenaufgang und zu dem Zimmer über ihr, in dem Chase sich aufhielt. Was sollte sie ihm nur sagen? Eine ganze Weile stand sie so allein in ihrem Wohnzimmer. Dann nahm sie ihr Handy vom Couchtisch, ihre Handtasche und die Autoschlüssel von dem kleinen Tischchen an der Haustür und trat hinaus in die kühle Nachtluft. Sie rannte zu ihrem Auto und drückte gleichzeitig Tasten auf ihrem Handy, bis ihre Kontakte auftauchten und sie dann den fand, nach dem sie gesucht hatte.

Amanda öffnete die Fahrertür, stieg ein und drückte auf die Anrufen-Taste. Dann wartete sie. Als sich der Teilnehmer am anderen Ende der Leitung schließlich meldete, konnte sie kaum sprechen.

„Gary, hier ist Amanda. Ich weiß nicht mehr, was ich tun soll.“

Siebenunddreißig

Chase stand reglos in seinem dunklen Zimmer. Der Mond war hinter Wolken verborgen, die jede Spur von Licht unterdrückten.

Wut, Angst und Sehnsucht zerrten an ihm, aber er weigerte sich, auch nur sein Herzrasen einzugestehen. Er schaltete seine Schreibtischlampe ein und ein schmaler Lichtkegel vertrieb einen winzigen Teil der Dunkelheit.

Er hatte keine Ahnung, weshalb er all das zu seinen Eltern gesagt hatte. Die Worte waren einfach so aus ihm herausgebrochen, als sein Vater ihm, ohne ein Wort zu sagen, deutlich gemacht hatte, dass er nicht das Bedürfnis verspürte, sich das Video vom Einkaufszentrum anzusehen.

Nicht einmal als er gesagt hatte, dass auf dem Video ein Feuer zu sehen sei, hatte sein Vater reagiert. Feuer. Ghost, der ein riesiges Warenlager verzehrte, als sei es ein Festmahl, und das, während vier Löschzüge ihn bekämpften. Nicht einmal da.

Er hörte, wie in der Ferne die Tür zur Garage geöffnet und dann wieder geschlossen wurde.

Chase warf die Kameratasche auf seinen Schreibtisch und ließ das Stativ zu Boden fallen. Er wusste, weshalb sie nicht über das Feuer sprechen konnten, selbst auf seine direkte und unmissverständliche Einladung hin nicht.

Als er vor einer Stunde am Pier gestanden und Ghost dabei gefilmt hatte, wie er gegen Metall und Holz wütete, und wie ihm dabei völlig klar gewesen war, dass Ghost auch mit gleicher unterschiedsloser Wonne einen Menschen verschlingen würde, da hatte er plötzlich begriffen, wieso sie nicht über das Feuer sprechen konnten.

Seine Eltern wussten das, was für ihn noch immer unklar gewesen war: Er hatte das Feuer verursacht, bei dem Alyssa Tagg ums Leben gekommen war.

Chase schloss die Augen, als ihn ein dumpfer Schmerz überfiel. Er ließ sich aufs Bett fallen und vergrub sein Gesicht in den Händen.

Woher wussten sie es? Hatte er es ihnen erzählt? Hatte er ihnen am Tag des Brandes gestanden, dass er es gewesen war? Aber warum war es dann in der juristischen Fachzeitschrift nicht erwähnt worden? Hatten seine Eltern der Polizei diese Information vorenthalten? Hatten sie absichtlich die Wahrheit begraben, waren weggezogen und hatten Keith mit der Schuld sitzen lassen?

Fast hätte er das Klopfen an seiner Tür nicht gehört. Wut durchflutete ihn und erfüllte ihn mit noch mehr Reue, wenn er an das dachte, was seine Eltern ihm angetan hatten.

Als das leise Klopfen an seiner Tür schließlich doch in sein Bewusstsein drang, blickte er auf und wünschte, es wären seine Eltern, die nun die Tür öffnen würden. Er wünschte, sie kämen in sein Zimmer und auch in seinen Schmerz hinein, um ihn in die Arme zu schließen und ihm immer wieder zu sagen, dass er es doch nicht gewollt hatte.

Die Tür ging auf, und Chase merkte, dass er beinah die Arme ausgestreckt hätte. Aber er konnte nur die Silhouette einer Gestalt im Gegenlicht des Flures erkennen.

Nur seine Mutter.

Nein, es war Tally.

Seine Cousine betrat das Zimmer und schloss leise die Tür hinter sich.

Sie wich seinem Blick aus. „Hör mal, ich hab versucht, nicht zuzuhören, aber ich habe trotzdem die ganze Sache mitgekriegt. Die Lüftung des Wohnzimmers führt direkt ins Nähzimmer." Dann blickte sie auf. Sie sah seinen Kummer, trat an sein Bett und setzte sich neben ihn.

„Sag ihnen doch einfach, dass du dich erinnern kannst, Chase", schlug Tally vor. „Sie wissen nicht, was sie tun sollen. Ich glaube, deshalb haben sie auch Angst, darüber zu reden. Sie wissen nicht, wie sie es ansprechen sollen."

Er war dankbar dafür, dass sie hier in seinem Zimmer war, auch wenn ihm dies nicht wirklich Frieden verschaffte. „Das ist nicht der Grund, weshalb sie Angst haben."

Sie zögerte einen Moment lang. „Woher weißt du das?"

„Sie haben keine Angst wegen dem, was sie *nicht* wissen, sondern wegen dem, *was* sie wissen. Oder was sie zu wissen *glauben*."

Tally schüttelte den Kopf. „Wie meinst du das?"

Da sie nicht vom Licht der Schreibtischlampe oder dem gedämpften Mondlicht beschienen wurde, war das Gesicht seiner Cousine in Schatten gehüllt. Er war froh darüber, dass er ihre Augen nicht erkennen konnte, als er sie ansah. „Sie glauben, dass ich es getan habe. Sie glauben, dass ich für das Feuer verantwortlich war, und vielleicht wissen sie es sogar mit Sicherheit."

Er spürte, dass sie einmal rasch Luft holte. „Das weißt du doch gar nicht", widersprach sie ihm.

„Es würde jedenfalls alles erklären. Wenn sie glauben, dass ich es war, dann erklärt es alles. Dann gibt es keinen Grund mehr, mich zu fragen oder darüber zu reden."

„Sprich sie doch einfach darauf an, Chase."

Er stand wütend auf. „Was? Ich soll in die Holzwerkstatt gehen und meinen Vater anbetteln? Oder meine Mutter suchen und sie anflehen? Die beiden wollen nicht darüber reden! Kapierst du das denn nicht? Und weißt du was? Ich will auch gar nicht, dass sie mit mir darüber reden. Ich will gar nicht, dass sie mir sagen, was passiert ist. Sie sind mir nichts schuldig."

„Chase ..."

„Das ist nicht ihr Problem, sondern meins. Ich krieg das schon raus, auch ohne ihre Hilfe."

„Chase ...", setzte sie erneut an.

„Und auch ohne dich."

Er rechnete damit, dass sie jetzt empört aus dem Zimmer rauschen würde, und eigentlich wünschte er es sich sogar, aber sie blieb einfach sitzen.

„Bist du wirklich den Löschzügen zu dem Lagerbrand gefolgt?"

„Ja, bin ich." Er hoffte, dass sie die Verbitterung in seiner Stimme bemerkte. Es ärgerte ihn, weil er sich – dumm, wie er war – gewünscht hatte, dass *seine Eltern* ihm diese Frage stellen würden.

„Hattest du Angst?"

Für diese Frage galt dasselbe.

„Ich hab keine Angst mehr vor Ghost." Ehe er sich's versah, war es heraus.

„Vor wem?", hakte Tally erstaunt nach.

Seine Beschämung breitete sich rasch in Form von Röte über sein ganzes Gesicht aus. Er hatte den Namen noch nie zuvor laut ausgesprochen. Nie.

„Nichts", sagte er.

„Hast du ‚Ghost' gesagt?"

Chase schaute zum Fenster hinaus. Der Mond bemühte sich, die Wolken zu durchbrechen, machte dabei aber kaum Fortschritte. „Ist doch egal, was ich gesagt habe."

Ihm war jedoch sofort klar, dass Tally ihn genau verstanden hatte. Ohne dass er noch ein weiteres Wort sagte, wusste sie, dass er die vergangenen dreizehn Jahre lang von einem Gespenst verfolgt worden war, das seine Erinnerungen in seiner heißen, fest geballten Faust gehalten hatte. Und sie wusste jetzt auch, dass dieser Dämon einen Namen hatte.

„Bist du heute Nacht zu diesem Brand gefahren, weil du … weil du …"

Aber ihr Cousin beendete den Satz nicht. „Ich bin zu dem Feuer gefahren, weil ich gehofft hatte, dass Gott da auftauchen würde", erwiderte Chase schlicht. „Ich schätze, dass Josef mich da irgendwie zu fassen gekriegt hat. Ich weiß nicht, was ich mir dabei gedacht habe."

„Und …?"

„Gott war bei dem Feuer heute Nacht nicht zugegen. Bei diesem nicht."

Einen Moment lang sagte Tally nichts. Als sie sich schließlich kurz darauf erhob und er immer noch mit dem Rücken zu ihr am Fenster stand, tippte sie ihm ganz leicht auf die Schulter.

„Vielleicht war er ja doch da und du hast ihn nur nicht bemerkt", meinte sie.

Chase vergegenwärtigte sich noch einmal die Flammen, die Hitze, das Rufen, die Wasserrohre, das Tosen, die Männer in ihren Schutzanzügen, die ihn anschnauzten, er solle gefälligst zurücktreten, die Ungeheuerlichkeit von Ghosts unersättlichem Appetit.

„Er war nicht da", sagte Chase.

„Möchtest du, dass ich noch ein bisschen bei dir bleibe?", fragte sie kurz darauf.

Erschöpfung erfasste ihn. Er war zu müde, um zu denken. „Ich komm schon klar. Ich bin nur müde." Dann drehte er sich zu ihr um, sah sie an und sagte: „Trotzdem, danke."

„Gerne." Sie verließ das Zimmer und zog leise die Tür hinter sich zu.

Er zog sich die Schuhe aus, knipste die Schreibtischlampe aus und streckte sich auf seinem Bett aus. Unzählige Gedanken gingen ihm dabei völlig wirr durch den Kopf. *Warst du da?*, fragte er zur Zimmerdecke hinauf in das endlose Jenseits über ihm. *Warst du?*

Eine bleischwere Stille erfüllte sein Zimmer.

Chase lag im Dunkeln und wartete auf eine Antwort. Als er nur Schweigen vernahm, drehte er sich auf die Seite, deckte sich zu und flehte, dass der Schlaf ihn davontragen möge.

Wirre Träume, die keinerlei Sinn ergaben, stürmten in dieser Nacht auf ihn ein, und er wachte schon vor der ersten Morgendämmerung halb im Bett liegend, halb heraushängend auf. Er war schweißgebadet und meinte, den Geruch von Rauch und Asche wahrzunehmen. Einen Moment lang wusste er gar nicht, wo er war, und ihm war nicht bewusst, dass er sich in seinem Bett und damit in Sicherheit befand.

Ganz langsam machte er die Augen auf, fand in die Wirklichkeit seines Zimmers zurück und genoss die Kühle der Morgenluft, die sanft zum offenen Fenster hereinwehte.

Chase atmete tief aus. *Es war nur ein Traum.*

Er schloss erneut die Augen, zog seine heraushängenden Beine ins Bett zurück und die Bettdecke, die völlig zerknäult zu seinen Füßen lag, bis ans Kinn hinauf.

Da stießen seine Finger auf etwas Hartes und Kaltes.

Chase schlug die Augen wieder auf. Seine Finger umklammerten Tallys Feuerzeug.

Er setzte sich hastig im Bett auf. Die Kassette am Fußende seines Bettes war offen und überall lagen Zweidollarnoten. Und um ihn herum waren, wie Konfetti verstreut, Feuerzeuge und Streichholzheftchen.

Achtunddreißig

An den vergangenen Samstagen war Tally immer mit Waffelduft in der Nase aufgewacht. Als sie jedoch am nächsten Morgen um kurz nach acht die Augen aufschlug, roch sie nichts. Sie setzte sich auf und stellte fest, dass ihr Hals kratzte und dass sie Kopfschmerzen hatte. Rasch zog sie sich eine Jogginghose und ein Sweatshirt über und ging in die Küche, um sich etwas gegen ihre Halsschmerzen zu holen. Sie war ganz sicher, dass außer ihr noch niemand auf den Beinen sein würde.

Ihre Tante stand jedoch bereits vollständig angezogen mit einem Kaffeefilter in der Hand an der Spüle und schaute zum Fenster hinaus. Amanda wirkte wie erstarrt, so als hätte jemand sie mit einem Bann belegt, der sie hatte versteinern lassen.

„Hey“, sagte Tally vorsichtig.

Amanda erschrak nicht und zuckte auch nicht zusammen. Ganz langsam wandte sie den Kopf.

„Guten Morgen, Tally. Hast du gut geschlafen?“ Die Stimme ihrer Tante klang, als käme sie von einem Automaten.

„Ja, aber ich glaube, ich habe mich irgendwie erkältet.“

„Ach, das ist ja blöd.“ Die Stimme ihrer Tante blieb ausdruckslos. „In dem Schrank über dem Geschirrspüler findest du Vitamin C und auch etwas gegen Erkältung.“

Der Bann war jetzt offenbar gebrochen, denn Amanda drehte sich zur Kaffeemaschine und fing langsam an, Kaffeepulver in den Filter zu löffeln.

Als Tally den Kühlschrank öffnete, um sich Orangensaft einzugießen, tauchte Ashley in der Küche auf und ließ mitten im Raum eine Sporttasche auf den Boden plumpsen. Der Hund folgte ihr, aber sie scheuchte ihn sanft fort.

„Und wer bringt mich zu Sara?“, fragte Ashley, während sie sich einen Becher Joghurt aus dem Kühlschrank nahm.

„Ich kann dich hinbringen“, sagte Amanda tonlos.

Ihre Tochter drehte sich zu Tally um. „Ich habe heute nämlich einen Tanzwettkampf. Wenn du willst, kannst du ja auch kommen.“

„Ach, vielen Dank“, stammelte Tally. „Aber ich glaube, ich bleibe einfach ...“

Doch Ashley wandte sich bereits an ihre Mutter. „Aber Papa und du, ihr kommt doch, oder? Ihr habt versprochen, dass ihr kommt. Und um eins müsst ihr da sein, sonst verpasst ihr die Vorkämpfe. Ich gehe hinterher noch mit zu Sara. Also vergesst es nicht.“

Amanda füllte Wasser in die Kaffeemaschine. „Ich komme auf jeden Fall, Ashley.“

„Und Papa auch. Du hast gesagt, dass Papa auch kommt.“

Amanda runzelte die Stirn. „Ja, er hat gesagt, dass er mitkommt.“

„Das heißt, dass ihr beide kommt, oder? Und Papa weiß, dass die Endrunde erst um vier ist?“

„Ja.“ Amanda schaltete die Kaffeemaschine ein. „Ja, wir werden da sein.“ Sie drehte sich nicht von der Kaffeemaschine weg, als diese zu zischen und gluckern begann. Sie stand davor und sah zu, wie die ersten Kaffeetropfen auf den Boden der Glaskanne fielen.

Ashley nahm ihre Sporttasche und sah ihre Mutter einen kurzen Moment lang an. „Mama! Mach schon! Ich habe ihr versprochen, dass ich um halb neun bei ihr bin!“

Amanda folgte ihrer Tochter zur Eingangstür und nahm ihren Autoschlüssel und die Handtasche von dem kleinen Tisch am Eingang. „Ich muss noch ein paar Besorgungen machen, Tally. Falls ... falls also jemand fragt, ich komme ein bisschen später. Kannst du Neil bitte daran erinnern, dass wir gegen zwölf zu Ashleys Tanzwettkampf aufbrechen müssen?

„Klar, mach ich."

Und schon waren Amanda und Ashley zur Tür hinaus. Von dem Fenster über der Spüle aus sah Tally zu, wie die beiden ins Auto stiegen und losfuhren.

Sie waren noch nicht einmal zehn Minuten weg, als Neil zögernd in die Küche geschlendert kam. „Wo sind denn alle?" Er kraulte den Hund und nahm sich eine Kaffeetasse.

„Amanda bringt Ashley irgendwohin."

„Ach so." Er goss sich Kaffee ein.

„Sie hat mich gebeten, dich daran zu erinnern, dass ihr so um zwölf zu dieser Tanzgeschichte starten müsst."

„Tanzgeschichte?"

„Na, Ashleys Tanzwettkampf."

„Ach ja. Na ja, das ist ja noch Stunden hin. Ich versteh nicht, wieso sie mir das nicht selbst sagen kann."

Tally räusperte sich und wand sich. „Sie hat gesagt, sie hätte noch ein paar Sachen zu erledigen, nachdem sie Ashley abgeliefert hat. Und dass sie etwas später wiederkommt."

Neil blinzelte und fragte: „Wie viel später denn?"

Tally zuckte mit den Achseln.

Ihr Onkel trank einen Schluck Kaffee und sein Blick schweifte zum Treppenaufgang. „Ist Chase schon auf?"

„Ich weiß nicht. Soll ich hoch gehen und nachsehen?"

„Nein, nein. Ist schon gut. Wenn er noch schläft, möchte ich ihn nicht wecken. Ich hab's mich nur gefragt."

Er trank einen weiteren Schluck Kaffee, und Tally kämpfte gegen den Impuls an, etwas zu sagen, von dem sie wusste, dass Chase es nicht gewollt hätte.

„Ich, äh, also, ich hab dann auch noch ein paar Sachen zu erledigen“, sagte er. „Aber ich bin rechtzeitig bis zwölf wieder da, damit wir pünktlich losfahren können. Würdest du das Amanda bitte von mir ausrichten?“

„Ja, mach ich.“

„Danke.“ Wieder schweifte Neils Blick an ihr vorbei zum Treppenaufgang.

„Soll ich Chase auch was ausrichten?“, fragte sie.

„Nein. Ich ... Also, eigentlich doch. Du kannst ihm sagen, dass ich ...“

Tally wartete. Wartete darauf, dass Neil sagte, er würde sich jetzt doch gern das Video von dem Feuer im Lager des Einkaufszentrums ansehen. Aber er tat es nicht.

„Ach, lass mal. Ich kann einfach ... Ich rede einfach später selbst mit ihm.“ Neil drehte sich zu einem der Hängeschränke um, nahm seinen Thermobecher heraus und schüttete den Inhalt seiner Kaffeetasse um. Dann nahm er sich einen Müsliriegel, nickte ihr zum Abschied noch einmal kurz zu und war schon zur Haustür hinaus.

Tally aß ein Schälchen Müsli, trank etwas Saft und wartete darauf, dass Chase herunterkam. Im Haus herrschte Totenstille. Als sie fertig gegessen hatte, ging sie auf Zehenspitzen nach oben. An Chases Zimmertür lauschte sie auf das Geräusch gleichmäßigen Atmens, aber stattdessen hörte sie das Gebell eines Hundes im Garten des Nachbarhauses. Chase hatte also sein Fenster offen.

„Chase?“, sagte sie leise. Keine Antwort. Leise klopfte sie an die Tür. „Chase?“ Nichts. Sie öffnete die Tür.

Ihr Cousin war nicht in seinem Bett. Sein Bettzeug war völlig zerwühlt und die Kassette stand unverschlossen auf dem Bett. Ein paar verstreute Zweidollarnoten lugten zwischen dem Bettzeug hervor. Sie ließ noch einmal den Blick durch das Zimmer schweifen. Er war wirklich nicht da.

Tally ging zum Bett hinüber und öffnete den Deckel der Kassette, hatte Angst, dass sie leer sein könnte, und dabei schlug ihr Herz bereits schneller. Das Feuerzeug ihres Vaters war da. Der Rest der Zweidollarnoten war da. Aber all die anderen Feuerzeuge und die Streichholzheftchen waren verschwunden.

Tally drehte sich um und verließ rasch wieder das Zimmer. Zurück in der Küche, öffnete sie die Tür zur Garage. Chases Auto war nicht da. Er war also schon weg, hatte offenbar schon vor allen anderen das Haus verlassen.

Sie war allein.

Der Morgen schlich nur so dahin. Tally verkroch sich mit ein paar Zeitschriften und der Fernbedienung für den Fernseher aufs Sofa und döste eine Weile.

Als Neil um die Mittagszeit zurückkam, sagte Tally ihm nichts von den fehlenden Feuerzeugen und Streichholzheftchen. Als kurz darauf auch Amanda eintraf, schwieg sie erneut.

Amanda erkundigte sich, ob sie Chase schon gesehen hätte, was sie verneinte. Beide baten sie, ihm doch auszurichten, dass er in der Nähe bleiben sollte, wenn er nach Hause käme. Und er sollte doch bitte sein Handy einschalten. Amanda riet ihr, ein Aspirin zu nehmen und sich hinzulegen und auszuruhen. Sie sähe nicht gut aus. Und dann teilte sie ihr noch mit, dass Neil und sie gegen acht zurück sein würden. Danach gingen ihr Onkel und ihre Tante schweigend zu Amandas Auto, das in der Auffahrt parkte.

Um kurz vor drei, gerade als Tally sich auf die Jagd nach Matts Handynummer machen wollte, um zu fragen, ob er wüsste, wo Chase war, ging die Tür zur Garage auf und ihr Cousin betrat die Küche, nahm sie aber kaum wahr. Er war unrasiert und hatte tiefe dunkle Ringe unter den Augen.

„Wo bist du denn die ganze Zeit gewesen?“, fragte sie.

„Chill mal, Tally“, murmelte er. „Meine Eltern sind nicht da, oder?“

„Nein."

Er ging an ihr vorbei zur Treppe. Sie folgte ihm. Chase öffnete seine Zimmertür und griff nach einer Sporttasche, die unter seinem Bett lag. Er zerrte eine Kommodenschublade auf und zog eine Handvoll Klamotten heraus, die er einfach achtlos in die Tasche stopfte.

„Was ist denn los? Was machst du da?", erkundigte sie sich hektisch.

Er zog seine Sockenschublade auf und begann, sie zu durchwühlen.

„Jetzt fang bloß nicht an, mich zu bemuttern, Tally. Das brauch ich echt nicht von dir."

„Aber wo willst du denn hin?"

„Das hängt ganz davon ab, wie viel Geld ich auftreiben kann." Er blickte von der Schublade auf. „Hast du Geld? Ich zahl es dir auch zurück, Ehrenwort."

„Ich hab kein Geld."

„Gar nichts?"

„Ich hab kein Geld, Chase. Wo willst du denn hin?"

„Irgendwohin, wo ich in Ruhe nachdenken kann. Wo ich mich wieder an alles erinnern kann, und dieser Ort ist definitiv nicht hier." Er warf ein Paar Socken in die Tasche.

„Und wie lange bist du weg?"

Chase zuckte mit den Achseln und nahm seinen Laptop.

„Und was ist mit der Schule?"

Er drehte sich zu seinem Bett um, öffnete die Kassette, nahm den Packen mit den schmuddeligen Zweidollarscheinen heraus und zählte sie hastig durch.

„Das dürfte fürs Erste reichen", murmelte er und stopfte die Geldscheine in seine Gesäßtasche. Dann griff er noch einmal in die Kassette und nahm ihr Feuerzeug heraus. Chase gab es ihr zurück. „Hier. Du kannst es wiederhaben."

Sie nahm es nicht. Einen Moment lang sagte er nichts, sondern sah sie nur an. Dann warf er das Feuerzeug einfach auf das ungemachte Bett. „Du siehst nicht besonders gut aus, Tally. Du solltest was gegen Erkältung nehmen und dich ins Bett legen."

Chase nahm die Sporttasche und war schon wieder aus dem Zimmer. Auf der Treppe nahm er immer zwei Stufen auf einmal, sodass Tally rennen musste, um ihn noch zu fassen zu kriegen.

„Chase, bitte warte doch noch mal kurz!"

Er ignorierte sie und hastete in die Waschküche. Dort griff er oberhalb der Waschmaschine in ein Regal mit Kochbüchern und den Bedienungsanleitungen für sämtliche Haushaltsgeräte und schloss seine Hand um eine dekorative Blechbüchse.

„Was machst du denn da?", fragte sie.

Er öffnete den Deckel. „Das ist Mamas geheime Bargeldreserve. Sie glaubt, dass niemand davon weiß."

Nachdem er den Deckel abgenommen hatte, stellte er die Dose auf den Kopf. Ein kleines Bündel Geldscheine und ein gefaltetes Blatt Papier fielen heraus.

Chase verzog das Gesicht beim Anblick des Zettels. „Na toll. Wahrscheinlich weiß sie, dass ich davon weiß. Wahrscheinlich steht auf dem Zettel, dass ich nichts nehmen darf, was mir nicht gehört." Er nahm das Blatt Papier und faltete es auseinander.

Schon in dem Moment, als er anfing zu lesen, wusste Tally, dass auf dem Zettel etwas anderes stand, als er vermutet hatte. Chases Gesichtsausdruck veränderte sich und war regelrecht verzerrt angesichts seines inneren Aufruhrs.

„Chase?"

Er las zu Ende und sein Gesicht war nur noch eine Maske, hinter der er seine aufgewühlten Gedanken verbarg.

„Was ist denn los, Chase?"

Doch er schwieg. Mit der einen Hand warf ihr Cousin ihr den Brief zu, mit der anderen ergriff er die Sporttasche. Dann wandte er sich zum Gehen und steckte dabei das Geldscheinbündel in die Gesäßtasche zu den anderen Scheinen.

„Chase!"

Er blieb stehen, drehte sich noch einmal um, und einen Moment lang dachte sie, er würde es sich doch noch anders überlegen. „Ich muss einfach wissen, was damals an dem Tag passiert ist." Dann drehte er sich wieder um und war schon in der Küche.

Tally nahm den Brief und folgte ihm. Chase öffnete gerade die Tür zur Garage.

„Was soll ich denn deinen Eltern sagen?", schrie Tally ihm hinterher.

Ihr Cousin stand neben seinem Wagen, öffnete die hintere Tür und warf die Sporttasche auf den Rücksitz. „Ach, sag ihnen doch, was du willst."

„Dann werde ich ihnen die Wahrheit sagen!"

Er öffnete die Fahrertür. „Gut. Mach das."

„Das werde ich auch!"

Chase warf die Tür zu und ließ den Motor an. Tally schaute zu, wie er rückwärts losfuhr, betrat dann die Garage und ging an die Stelle, an der sein Wagen gestanden hatte. Er warf ihr noch einmal einen Blick zu, während er mit dem Wagen rückwärts von der Auffahrt auf die Straße fuhr. Dann griff er nach der Fernbedienung und das Garagentor senkte sich vor ihren Augen, während er davonfuhr.

Im Halbdunkel der Garage, deren Geruch bei ihr den Eindruck erweckte, sie stünde in einem Wald, wusste Tally nicht so recht, was sie jetzt tun sollte. Sie merkte, dass sie immer noch den Brief in der Hand hielt. Chase hatte erwartet, dass sie ihn lesen würde, sonst hätte er ihn ihr sicher nicht gegeben. Als sie wieder in die Küche zurückging, faltete sie das Blatt Papier auseinander und las, was darauf geschrieben stand.

Lieber Neil,

ich hätte nie gedacht, dass ich dir einmal einen solchen Brief schreiben würde. Ich hätte es dir auch lieber persönlich gesagt, aber wir reden ja nicht mehr miteinander.

Ich kann so nicht leben. Ich kann nicht mehr so tun, als wäre alles in bester Ordnung. Gar nichts ist in Ordnung. Es ist alles andere als in Ordnung. Bis zu dieser Sache mit Chase war mir gar nicht klar, wie weit wir uns schon auseinandergelebt haben. Als er uns gestern Abend von dem Feuer in dem Lagerhaus erzählt hat, da war mir klar, dass er damit versucht hat, uns mitzuteilen, dass er sich an das Feuer von damals erinnert. Er erinnert sich, Neil. Ich weiß es und du weißt es auch. Und du hast ihn im Stich gelassen. Du lässt deinen Sohn lieber still leiden, als zuzugeben, dass vielleicht er das Feuer verursacht hat. Du sagst, dass du um seinetwillen schweigst, aber in Wirklichkeit tust du es für dich.

Du hast in all den Jahren immer bekommen, was du wolltest. Was ist mit dem, was andere wollen? Was ist mit dem, was Chase will? Was ist mit dem, was ich will?

Was ist mit

Tally ging wieder zurück in die Küche und tigerte dort mit dem unvollendeten Brief in der Hand auf und ab. Irgendwann blieb sie stehen, öffnete eine Schublade und nahm Amandas Adressbuch heraus. Sie beschloss, Matt anzurufen. Unter Umständen würde dieser den Anruf falsch verstehen und glauben, sie hätte sich die Sache mit dem Date doch anders überlegt. Aber das war jetzt nicht wichtig. Wenn sie ihm die Situation erklärte, würde er ihr helfen, Chase zu finden – mit oder ohne Date. Aber Matt ging nicht an sein Handy, sondern die Mailbox sprang sofort an. Jetzt erinnerte sie sich, dass er an diesem Tag ein Fußballturnier hatte.

Sie hinterließ ihm keine Nachricht.

Es blieb ihr also nichts anderes übrig, als Amanda anzurufen. Sie nahm erneut den Hörer in die Hand und wählte Amandas Handynummer. Es läutete fünfmal.

„Komm schon, geh ran", flüsterte Tally ungeduldig. Aber sie wusste, dass Amanda ihr Handy wahrscheinlich auf lautlos gestellt hatte, wenn Ashley mitten in ihrer Aufführung war. Auch bei diesem Anruf schaltete sich die Mailbox ein.

„Tante Amanda, hier ist Tally. Kannst du bitte zu Hause anrufen, wenn du das abgehört hast? Ich ... ich muss mit dir über Chase sprechen. Es ist wichtig. Okay. Tschüss."

Sie legte wieder auf. Ihr Kopf pochte vor lauter Sorge, aber auch weil sie Fieber hatte. Tally öffnete den Schrank über dem Geschirrspüler und fand das Vitamin C sowie eine Reihe von Erkältungs- und Grippemedikamenten. Sie steckte sich zwei Tabletten in ihren Mund und spülte diese mit einem Schluck Wasser hinunter.

Amandas Brief lag auf dem Küchentresen, wo Tally ihn abgelegt hatte, um zu telefonieren. Sie wusste nicht, was sie damit tun sollte, außer ihn dorthin zurückzulegen, wo sie ihn gefunden hatten. Also faltete sie den Zettel zusammen, steckte ihn wieder in die leere Dose und schraubte den Deckel darauf. Die Dose stellte sie in das Regal zurück und malte sich schon aus, wie ihre Tante sie fragte, ob sie wisse, wo das Geld aus der Dose geblieben sei ... und ob sie den Brief gelesen hätte, der darin steckte.

Schließlich ging Tally in ihr Zimmer und warf sich aufs Bett. Sobald ihre Tante nach Hause kam, würde sie ihr alles erzählen. Alles.

Dass Chase den Brief gelesen hatte.

Dass Chase sich an das Feuer erinnern konnte.

Dass Chase sich daran erinnerte, dass dabei ein kleines Mädchen ums Leben gekommen war und dass ihn das Feuer und das, was er getan hatte, verfolgten.

Dass er verfolgt wurde von Ghost, dem Geist des Feuers.

Sie glitt in den Schlaf hinüber und träumte von einem feurigen Teufel, der über ihrem Kopf herumwirbelte. Sie träumte von Ghost, spürte, wie er in ihrem Zimmer umherschlenderte und seinen Umhang aus Asche über ihrem Körper ausbreitete. Wenn er sprach, kamen aus seinem Mund nur Feuer und Asche. Sie konnte seine Worte nicht verstehen, obwohl Ghost sie laut rief. Dann legte er ihr seine heiße Hand über Mund und Nase und sie bekam keine Luft mehr. Sie versuchte, um Hilfe zu schreien, konnte aber nicht atmen und brachte keinen Ton heraus.

In diesem Augenblick drang ein durchdringendes Heulen an ihre Ohren und sie erwachte schlagartig. Alles war voller Rauch und die schrillen Töne des Feuermelders waren durch den dichten Qualm zu hören.

Tally taumelte aus dem Nähzimmer hinaus und sofort stürmten Hitze und Panik auf sie ein. Mit dem Rücken gegen die Wand gestützt, taumelte sie zur Küche. Sie hatte die Tür zur Garage offen gelassen. Durch die Türöffnung konnte sie jetzt erkennen, dass die Garage ein Flammeninferno war. Das Feuer hatte auch bereits auf die Küche übergegriffen und züngelte an den Schränken und den Vorhängen empor. Plötzlich gab es in der Werkstatt eine Explosion, und Flammen schossen in die Küche, als wollten sie nach ihr greifen.

Ghost.

Neununddreißig

Die Tänzerinnen in ihren blauen, gelben und leuchtend grünen Trikots bewegten sich wie Weizen im Wind – beugten sich vor, bogen sich zur Seite, bewegten sich wellenförmig zu synthetischen Saitenklängen. Dann sprangen sie in einer Explosion synchroner Bewegung in die Höhe. Aus ihren Ärmeln kamen Bänder hervor, wirbelten umher, während die Tänzerinnen zur Musik, die zunehmend lauter wurde, über den Hallenboden tanzten.

Ashley tanzte inmitten dieser Farbblitze. Amanda fiel es schwer, von den Zuschauerrängen aus ihre Tochter zwischen all den anderen Tänzern auszumachen. Sie sahen alle gleich aus und tanzten synchron, nachdem sie die einzelnen Schritte und Bewegungen wochenlang eingeübt hatten.

Die Musik kam donnernd zu einem Ende, und die Tänzer standen über den Hallenboden verteilt paarweise Rücken an Rücken, die Arme wie in Fürbitte zum Himmel emporgereckt. Neben ihr begann Neil zaghaft zu applaudieren.

Er wandte sich an Amanda, während der Applaus von den hohen Hallenwänden widerhallte. „Welche ist denn Ashley?"

Amanda schwieg. Sie wusste es nicht.

Die Mädchen rannten aus der Hallenmitte an die Seite, um auf ihre Wertung zu warten und für die nächste Tanzformation Platz zu machen.

„Sie waren gut, oder?“, fragte Neil.

Amanda nickte. Stundenlang saßen Neil und sie jetzt schon auf der Tribüne, schauten sich eine Tanznummer nach der anderen an, während Ashleys Team immer weiter kam. Aber sie und Neil sprachen kaum miteinander.

Neil sah auf seine Uhr. „Wie viele Teams kommen denn noch, bis wir wissen, ob Ashleys Team gewonnen hat? Es ist schon nach sechs.“

Sie antwortete ihm erneut nicht.

„Sind es noch viele?“

Amanda hatte keine Erklärung für das, was dann als Nächstes geschah. Etwas Scharfes und Hartes in ihrem Innern zerbrach, und sie spürte, wie die Scherben und Splitter in alle Richtungen davonstoben. Sie wandte sich ganz plötzlich Neil zu, hob ihre Hand und legte sie ihm auf den Mund, um ihn zum Schweigen zu bringen.

„Halt den Mund“, sagte sie.

Neil griff nach ihrer Hand und schloss seine Finger darum, während er sich gleichzeitig umschaute, um festzustellen, ob jemand mitbekommen hatte, was sie getan hatte. Wut und Schock spiegelten sich in seinem Blick. Er zog ihre Hand von seinem Mund und ließ sie dann los.

Daraufhin sprang Amanda auf und ging die Stufen der Tribüne hinunter. Sie musste hier raus.

Nur raus.

Sie hörte, wie Neil ihren Namen rief, aber sie ging einfach weiter, und ein paar verirrte Tränen begannen, ihre Sicht zu behindern. Wenn sie blieb, würde sie wirklich explodieren, und dann würden überall verstreut Teile von ihr herumliegen. Ein paar Eltern, die sie aus der Schule kannte, blickten zu ihr auf, als sie an ihnen vorbeiging, zuerst lächelnd, dann mit großen Augen und irritierten Blicken.

„Amanda!“

Amanda sprang die beiden letzten Stufen der Tribüne hinunter und rannte zu der langen Reihe von Doppeltüren, die zum Parkplatz der Halle führten. Sie spürte Neil direkt hinter sich. Er kam immer näher und hatte sie beinahe schon erreicht. Sie rannte vor ihm weg.

Amanda stieß gegen irgendetwas, rannte aber weiter in die Dämmerung hinein und schluchzte dabei wie ein verzweifeltes Kind. Scham und Ekel brachen sich Bahn. Sie wischte sich unablässig den Mund ab, um die Erinnerung an Garys Kuss vom Vorabend loszuwerden.

Er hatte sie geküsst. Und sie hatte es zugelassen.

Als sie am Abend zu ihm nach Hause geflüchtet war und ihm von Chases Verhalten erzählt hatte, dass Neil sich daraufhin einfach in die Garage verzogen hatte und wie unzulänglich, ja, überflüssig sie sich als Ehefrau und Mutter fühlte, da hatte Gary genau das getan, womit sie gerechnet hatte: Er hatte sie in die Arme genommen und beruhigt. Er hatte ihr das Gefühl gegeben, wichtig und erwünscht zu sein.

Ein Schrei entfuhr ihr, als sie sich daran erinnerte, wie Garys Arme sie umschlungen und gehalten hatten, an seine leise, sanfte Stimme, die gesagt hatte, dass er ihr helfen würde, mit Chase zu reden, wenn sie wollte.

Und dann der Kuss ... Gary hatte sich entschuldigt, immer wieder, aber sie wusste, es tat ihm eigentlich kein bisschen leid, dass er sie geküsst hatte. Der Grund für sein mulmiges Gefühl war nicht der Kuss gewesen, sondern die Tatsache, dass er genau das getan hatte, was auch seine Exfrau gemacht hatte: Obwohl sie verheiratet war, fühlte er sich stark zu Amanda hingezogen. Er hatte sie küssen wollen, und sie hatte sich gewünscht, dass er es wollte.

Danach war sie aus Garys Haus genauso fluchtartig davongelaufen wie aus ihrem eigenen.

Es war eben nicht alles gut.

Alles brach auseinander.

Ein erstickter Wutschrei stieg in ihr auf. Ein Mann, der draußen auf einer Bank saß und eine Zigarette rauchte, starrte sie an, als sie an ihm vorbeistampfte.

Die Worte, die sie an diesem Morgen in einem Café aufgeschrieben hatte, kamen ihr in den Sinn und verhöhnten sie. Sie hatte den Brief in der festen Absicht zu schreiben begonnen, ihn Neil zu geben, aber dann hatte sie ihn am Nachmittag in der Waschküche in ihrem Geheimversteck deponiert, um abzuwarten, bis sie genügend Mut gefasst hatte, um ihn zu beenden und Neil zu sagen, dass sie ihn verlassen würde.

Dabei wollte sie nicht unbedingt ein neues Leben mit Gary führen. Sie wollte ihr altes Leben zurück, das perfekte Leben, das ihr gerade wie Wasser zwischen den Fingern zerrann.

Als Amanda ihr Auto erreicht hatte, fiel ihr ein, dass sie gar keinen Wagenschlüssel hatte, denn den hatte Neil eingesteckt. Sie trommelte auf das Autodach und wandte sich dann hastig wieder vom Wagen ab, nur von dem Wunsch getrieben, allem zu entfliehen. Sie brauchte einen Ausweg.

Neil, der immer noch ihren Namen rief, rannte ihr nicht hinterher, holte sie aber trotzdem langsam ein. Seine Stimme klang nicht wütend, sondern eher furchterfüllt. Das war deutlich daran zu erkennen, wie er immer wieder die drei Silben ihres Namens rief: „A-man-da!“

Sie lief weiter, und als ihr die Handtasche von der Schulter rutschte, ließ sie sie einfach zu Boden gleiten und rannte weiter an den Reihen geparkter Autos entlang. Er war jetzt ganz dicht hinter ihr. Sie hörte, wie er wegen der Handtasche stehen blieb, und dann war er neben ihr und ergriff sie am Arm, damit sie sich zu ihm umdrehte.

„Amanda! Was ist los?“

„Ich kann so nicht mehr weitermachen!“ Ihre Stimme hatte eine seltsame, panische Tonlage, die sie selbst nicht wiedererkannte. Sie riss sich von ihm los, und es vergingen ein, zwei Sekunden, bis er sie wieder gepackt hatte. Schließlich ließ er ihre Handtasche vor ihre Füße fallen.

„Hör auf!“, schrie er und schüttelte sie.

Amanda holte aus und gab ihm eine so heftige Ohrfeige, dass ihre Hand brannte. „Hör du auf!“, schrie sie. „Du. Hör du auf!“

In dem Moment, als sie es gesagt hatte, wusste sie, dass sie sich nichts mehr wünschte, als dass das alles aufhörte. Sie hatte genug von den Täuschungen, von dem Schweigen und der langsamen Zerrüttung.

Amanda ließ ihren Kopf an Neils Brust sinken; ihre Stimme war nicht mehr als ein Flüstern. „Hör auf. Mach, dass es aufhört.“

Er umfasste sie mit den Armen und sie spürte das Pochen seines Herzens. Aber er umarmte sie nicht schützend, sondern nur, um zu verhindern, dass sie wieder davonrannte.

„Mach, dass es aufhört“, flüsterte sie erneut.

„Was? Was soll aufhören?“

„Spürst du es denn nicht? Spürst du nicht, was hier passiert?“

„Was? Was passiert denn?“

Sie blickte zu ihm auf, wollte ihn wieder ohrfeigen, damit er aufwachte. „Liebst du mich noch, Neil? Liebst du mich immer noch?“

Sie hörte, wie er erschrocken nach Luft schnappte.

„Was soll denn diese Frage? Natürlich tu ich das.“

„Kannst du dann nicht spüren, was zwischen uns passiert? Spürst du es denn nicht? Wir können nicht mehr so tun, als ob alles in bester Ordnung wäre. Das geht einfach nicht!“

Neil sagte nichts. „Ich weiß wirklich nicht, was du von mir willst“, sagte er einen Augenblick später, und seine Stimme klang gepresst und zögerlich.

„Ich will, dass du nicht mehr so tust, als ob. Und ich will auch nicht mehr so tun, als ob.“

Seine Arme lockerten sich. „Tun, als ob was?“

„Als ob alles bestens wäre, perfekt! Als ob es Chase gutginge und als ob unsere Ehe in Ordnung wäre.“

„Du glaubst, dass ich etwas vortäusche?“ Neil ließ seine Arme sinken. „Du glaubst, dass unser gemeinsames Leben nur gespielt war?“

„Das habe ich nicht gesagt. Du weißt genau, was ich meine, Neil. Ich rede von Chase und dem Feuer. Ich rede von *uns!*“

Neil trat einen Schritt zurück und seine Augen funkelten sie missbilligend an. „Alles, was ich je gewollt habe, ist, dir und den Kindern ein gutes Leben zu bieten. *Was soll daran falsch sein?*“ Die letzten fünf Worte betonte er mit Nachdruck.

Amanda blickte zu ihm auf und sah ihm direkt in die Augen. „Du bietest uns ein gutes Leben, Neil, aber es geschehen trotzdem schlimme Dinge. Selbst während du dein Bestes gibst! Es ist nicht deine Schuld. Es ist niemandes Schuld.“

Er wandte den Blick ab, und im Schein der Straßenlaterne konnte sie sehen, dass seine Augen glänzten.

„Ich habe alles getan, was ich tun konnte“, sagte er.

„Mehr können wir alle nicht tun. Du bist nicht besser als alle anderen!“

Neil schaute über den Parkplatz, als suche er nach seinem Auto.

„Chase braucht uns, Neil. Er braucht dich.“

Neil schüttelte den Kopf. „Er will doch nicht mal mit mir reden.“

Amanda suchte seinen Blick. „Da irrst du dich. Er will mit dir reden, da bin ich ganz sicher. Das wollte er jedenfalls gestern Abend. Und du weißt ganz genau, dass ich recht habe.“

„Gestern Abend? Gestern Abend war ein …“

„Ein Hilfeschrei! Ich wusste es und ich habe ihn trotzdem alleingelassen. Er hat dich förmlich angebettelt, offen mit ihm zu reden und ihm zuzuhören, Neil.“

„Er hat mir vorgeworfen, dass ich nicht für ihn da bin!“

„Nein, er hat dir gesagt, wie sehr du ihm fehlst.“

Neil ließ seine Blicke wieder über den Parkplatz wandern und sah dann auf seine Füße hinunter. „Müssen wir das ausgerechnet hier besprechen?“

„Na ja, was schlägst du denn vor, wann und wo wir darüber reden sollen, Neil?“

Einen Moment lang gab es nur eines zwischen ihnen: zorniges Schweigen.

Schließlich stieß Neil einen tiefen Seufzer aus. „Ich weiß nicht, was ich ihm jetzt sagen soll. Ich weiß noch nicht mal, was da eigentlich zwischen uns vorgefallen ist.“

Amanda schloss die Augen. „Du hast dich zwischen dich als Vater und Chase gestellt. Du und dein Bedürfnis, die Illusion aufrechtzuerhalten, dass wir ein perfektes Leben führen.“ Sie machte die Augen wieder auf. „Ich weiß das, weil ich dasselbe bei dir getan habe: Ich hatte das Bild einer perfekten Ehe im Kopf und habe alles ausgeblendet, was dieses Bild zerstört hätte. Und das hätte beinahe das Aus für uns bedeutet, Neil.“

Er hatte zur Seite geschaut, aber jetzt blickte er hastig in ihre Richtung und musterte ihr Gesicht. „Was soll das heißen?“

„Ich habe angefangen, mit dem Gedanken zu spielen, wie es wohl wäre, wegzugehen und alles hinter mir zu lassen.“

Wieder kamen ihr die Tränen.

„Wegzugehen? Du meinst, mich zu verlassen?“

„Aber ich konnte diesen Gedanken nicht zu Ende denken. Wenn ich dich verlassen würde, wäre das wie Sterben. Aber ich habe auch keine Ahnung, wie es weitergehen soll, wenn alles so bleibt, wie es ist. Wenn *wir* so bleiben, wie *wir* sind. Ich bin völlig verwirrt. Egal, in welche Richtung ich schaue, ich weiß nicht, was ich tun soll. Es ist, als ob unsere Welt über uns zusammenbricht. Das habe ich gemeint, als ich gesagt habe, du sollst machen, dass es aufhört. Ich möchte, dass du es erkennst. Und dass du es beendest.“

„Und was ist, wenn ich es nicht beenden kann?“ Immer noch waren da Wut und Angst.

„Ich bitte dich doch gar nicht darum, etwas in Ordnung zu bringen, das man gar nicht mehr kitten kann! Du sollst bloß zugeben, dass es kaputt ist. Ich kann lernen, mit etwas zu leben, das kaputtgegangen ist, aber wieder geflickt wurde.“

Neil ging ein paar Schritte von ihr weg und kam dann wieder zurück. „Ich weiß nicht, wie ich Chase erklären soll, wovor ich ihn beschützen wollte. Was ist, wenn er nicht verstehen kann, warum ich das getan habe? Was ist, wenn wir ihn verlieren?“

Amanda berührte ihn am Arm. „Jeder Tag, an dem wir nicht über all das reden, verlieren wir ihn sowieso ein Stückchen mehr. Da bin ich mir ganz sicher, Neil.“

Er stieß einen tiefen Seufzer aus. „Also gut.“

Einen Moment lang sagte keiner von beiden etwas. Neil blickte über seine Schulter zur Sporthalle. „Müssen wir noch mal da reingehen?“, fragte er.

„Ich glaube, es ist jetzt eh fast zu Ende“, hauchte sie.

In diesem Augenblick begann Neils Handy in seiner Hosentasche zu vibrieren.

„Das ist wahrscheinlich Ashley, die sich fragt, wo wir bleiben“, sagte Amanda.

Neil holte sein Telefon hervor und sah aufs Display. „Nein, das ist nicht Ashley.“ Er klappte das Handy auf. „Ja?“

Selbst in dem milchig weißen Schein der Parkplatzbeleuchtung konnte Amanda sehen, wie von einem Moment zum anderen alle Farbe aus dem Gesicht ihres Mannes wich.

„Sind alle aus dem Haus?“, fragte Neil. „Wir haben einen Sohn – er ist siebzehn. Und unsere Nichte ist ebenfalls zu Besuch! Sind sie aus dem Haus draußen?“

Angst durchfuhr Amanda. „Was ist? Was ist zu Hause passiert?“

Neil antwortete ihr nicht „Wir sind gleich da. Wir ... äh, oh Gott, wir sind fast fünfzig Kilometer entfernt. Wir kommen, so schnell wir können. Sagen Sie der Feuerwehr, dass möglicherweise noch zwei Teenager im Haus sind!"

Erneut kam es Amanda so vor, als würde die Angst sie erdrücken. „Was ist passiert?", rief sie panisch.

Neil bückte sich nach ihrer Handtasche, die immer noch auf dem Boden lag, und warf sie ihr zu. Dann packte er sie am Arm und rannte zu ihrem Wagen. „Das war die Sicherheitsfirma. Unsere Feuermelder haben Alarm ausgelöst."

Amanda dachte an die weißen Kuppeln mit den noch winzigeren roten Lichtern darin, die im gesamten Haus verteilt waren. „Welche?"

„Alle." Neil riss die Fahrertür auf. „Ruf zu Hause an, und sag den Kindern, dass sie rausmüssen!"

Mit zitternden Händen kramte Amanda in ihrer Handtasche nach dem Handy. „Hat denn die Sicherheitsfirma nicht dort angerufen?"

„Doch, doch, aber es ist niemand rangegangen", erwiderte Neil mit bebender Stimme. „Ruf Chase auf seinem Handy an. Und probier's bei den Nachbarn."

Schließlich wurde Amanda fündig und ihre Finger schlossen sich um ihr Handy.

„Ich habe einen Anruf versäumt. Er kommt von zu Hause!" Sie stieg ins Auto ein und schlug die Tür hinter sich zu. Dann gab sie die Nummer der Mailbox ein und wartete atemlos auf die Verbindung. Neil ließ den Wagen an und legte den Rückwärtsgang ein. Sekunden später hörte sie Tallys aufgeregte Stimme, die sie bat, sie zu Hause anzurufen, es sei dringend.

Irgendetwas war mit Chase.

Vierzig

Es war gar nicht schwer gewesen, den Friedhof ausfindig zu machen, auf dem Alyssa Tagg begraben war. Eine Google-Suche hatte ihn zu einem Sterberegister aus Orange County geführt, das bis ins Jahr 1940 zurückreichte. Die sterblichen Überreste von Alyssa Tagg waren demnach vier Tage nach dem Feuer im „Whispering Cliffs Memorial Park“ zur letzten Ruhe gebettet worden.

Die Entscheidung, die eineinhalbstündige Autofahrt zu ihrem Grab auf sich zu nehmen, war zwar spontan gefallen. Aber als Chase das Haus verlassen hatte, war ihm klar, dass er das schon seit dem Augenblick hatte tun wollen, als er sich daran erinnert hatte, was Ghost dem Baby in dem Gitterbettchen angetan hatte.

Er hatte in der vergangenen Nacht verwirrende Dinge geträumt, die ihn schon vor Sonnenaufgang aus dem Haus getrieben hatten. An Einzelheiten konnte er sich nicht erinnern, nur an das, was er in seinen Träumen empfunden hatte. Er hatte sich einsam gefühlt. Ängstlich. Hatte Schuldgefühle gehabt. Schließlich hatte er die Feuerzeuge und Streichholzheftchen in seine Hosentasche gesteckt und das Haus verlassen. Die fehlenden Minuten schienen in greifbare Nähe gerückt zu sein. Sie befanden sich nun fast am Rande seines Bewusstseins.

Chase war in die Innenstadt gefahren, hatte seinen Wagen abgestellt und war noch einmal zu dem abgebrannten Lagerhaus gegangen. Einen ganz kurzen Moment lang hatte er den wahnwitzigen Gedanken gehabt, das Gebäude neben dem abgebrannten Lager anzuzünden, und zwar einzig und allein, um Ghost zu einem Kampf auf Leben und Tod herauszufordern – zu einem Kampf um die Wahrheit.

Im gleichen Augenblick hatte Chase jedoch Ghosts glühende Bereitschaft gespürt, es jederzeit und an jedem Ort mit ihm aufzunehmen. Er hatte deshalb all die Streichholzbriefchen und Feuerzeuge aus seinen Hosentaschen geholt und sie in einen Gully geworfen. Dann hatte er fast eine ganze Stunde lang auf der Bordsteinkante im Schatten der verkohlten Ruine gesessen.

Es musste etwas geben, das den Riegel vor der Tür zu seinen Erinnerungen zurückschieben konnte. Und genau diesen Auslöser musste er finden.

Die nächsten Stunden war er ziellos durch die Straßen des Stadtzentrums gewandert, fest entschlossen, einen Zugang zu dem zu finden, was seine Erinnerungen vor ihm verbargen.

Als um kurz nach zwei eine Mutter mit einem Kinderwagen an ihm vorbeigegangen war, war er auf die Idee gekommen, das Grab von Alyssa Tagg aufzusuchen, und wenn er das nur aus dem einen Grund tat, um den Himmel um Vergebung anzuflehen.

Und wenn er die nicht bekam, würde er eben am nächsten Tag wieder hingehen. Und am übernächsten wieder.

Aber er brauchte Geld und seinen Laptop. Das waren die einzigen Gründe, weshalb er überhaupt noch einmal nach Hause zurückgefahren war. An Kleidung zum Wechseln hatte er erst viel später gedacht.

Chase hatte gehofft, dass bei seiner Ankunft niemand zu Hause sein würde, dass dann aber Tally da gewesen war, hatte gar nicht alles so viel komplizierter gemacht, wie er ursprünglich angenommen hatte. Seine Cousine hatte ihn stattdessen unbewusst noch in seinem Vorhaben bestärkt. Eine wütende Tally hatte geschworen, alles seinen Eltern zu erzählen, was er ihr über das Feuer anvertraut hatte. Gut. Damit wäre dann wenigstens endlich das entsetzliche Schweigen gebrochen.

Und seine Mutter würde bemerken, dass das Geld aus der Dose verschwunden war, wenn sie vorhatte, das zu Ende zu bringen, was sie angefangen hatte. Sie würde dann wissen, dass er den versteckten Brief gelesen hatte.

Als Chase über den Parkplatz des Friedhofes ging, stiegen Möwen über ihm hinauf in den Himmel und riefen einander mit lautem Kreischen.

Ein paar vereinzelt geparkte Wagen verrieten, dass er nicht der Einzige war, der noch einmal den Kontakt zu seiner Vergangenheit suchte. Aber offensichtlich fand gerade keine Beerdigung statt, denn es waren keine Leichenwagen zu sehen, keine langen Autoschlangen. Nur einzelne, verstreute Punkte in der grauen und grünen Landschaft verrieten, dass sich dort Menschen aufhielten. Abgesehen vom Vogelgezwitscher war es auf dem Gelände still. Ein einzelner Friedhofsgärtner harkte Laub zu braunen Haufen zusammen.

Helle Steinwege verliefen über die im Schatten der Bäume liegenden abschüssigen Rasenflächen. Chase wusste nicht, wo er den Grabstein von Alyssa suchen sollte, also fing er am einen Ende des Friedhofes an und ging die Reihen ab, den Blick immer auf die Inschriften der Grabsteine gerichtet.

Zehn Minuten und vier Reihen später erreichte er ein Grab, das sich direkt neben einer riesigen Eiche befand. Auf der polierten Oberfläche des Grabsteins war ein Lamm eingraviert, das an einem Kreuz lehnte. Unterhalb des Lamms war ein Name in den Stein gemeißelt.

Alyssa Rose Tagg
31. Dezember 1994 – 19. Mai 1995

Unser wunderschönes kleines Mädchen
Eine Knospe, die im Himmel erblühen wird

Er las den Satz auf dem Stein immer wieder und wünschte, er könnte ebenfalls diese Gewissheit finden, die es Alyssas Eltern erlaubte, an den Himmel zu denken, wo doch eine Feuerhölle ihnen ihre Tochter geraubt hatte.

Chase ließ sich langsam auf die Knie sinken und schaute den Grabstein an.

„Das Leben ist doch manchmal richtig scheiße, oder?“, flüsterte er.

Er vergaß Raum und Zeit. Eine ganze Weile kniete er so da und stellte sich vor, wie Alyssas Eltern wohl aussehen mochten. Chase konnte sich nicht an sie erinnern. Er hatte nur das Bild seiner eigenen Eltern im Kopf.

Es war seltsam befriedigend, dass seine Mutter erkannt hatte, wie sehr er sich danach sehnte, dass sie über das Feuer sprachen. Sie wusste, dass er sich erinnerte. Und dennoch hatte sich eigentlich nichts geändert. Im Gegenteil. Seine schlimmsten Befürchtungen hatten sich bestätigt.

Nun ja, nicht seine schlimmsten, denn anscheinend wussten seine Eltern nicht mit Sicherheit, dass er das Feuer gelegt hatte, sondern sie fragten sich nur, *ob* er es getan hatte. Er lachte in sich hinein, als er darüber nachgrübelte, was von beidem wohl schlimmer war.

„Na, erzählst du deiner Schwester Witze?“

Chases Kopf schnellte hoch. Hinter ihm stand der Friedhofsgärtner mit einer Harke in der einen und einem Laubsack in der anderen Hand.

„Ach. Nein, sie ist nicht ... Sie war nicht meine Schwester.“

„Verwandtschaft?“

Chase schwieg. Er wusste, dass der Mann sein Schweigen als Antwort betrachten würde.

„Sie war noch so jung“, sagte der Mann.

„Ja.“

„War sie krank?“

„Es war ein Feuer.“ Mehr sagte Chase nicht.

Der Mann schüttelte den Kopf. „Ach, du liebe Güte. Ich finde es immer schlimm, wenn ich sehe, dass wieder ein Kind beerdigt wurde. Kommt mir so ungerecht vor.“

„Ja.“

Der Gärtner neigte den Kopf ein wenig zur Seite. „Ich glaube, ich habe dich hier noch nie gesehen. Kommst du öfter her?“

„Nein, ich bin noch nie hier gewesen“, antwortete Chase.

Der Mann stellte seinen Laubsack ab, hockte sich neben Chase und streckte seine Hand aus. Chase schüttelte sie. „Ich bin Rudy Girard“, sagte der Gärtner.

„Chase Janvier.“

Der Mann grinste breit. „Janvier! Das ist französisch und bedeutet ‚Januar‘. Mein Nachname ist auch französisch, aber bei Weitem nicht so interessant wie deiner.“

„Na ja, ich weiß ja nicht, ob meiner so interessant ist.“

„Der Januar ist der Monat für Neuanfänge.“

Chase blinzelte den Mann an.

„Die Leute meinen, dass dies hier nur ein Ort ist, wo alles aufhört“, erklärte Rudy ihm. „Aber das stimmt gar nicht. Vieles fängt hier an. Auch viel Gutes. Das habe ich selbst schon miterlebt.“

„Wirklich?!“, entgegnete Chase skeptisch.

„Es stimmt.“ Der Mann lächelte einen Moment lang und sagte dann: „Du siehst müde aus. Und traurig. Ich möchte nur, dass du das weißt.“

Chase schwieg erneut.

Rudy Girard stöhnte leise beim Aufstehen und nickte dann in Richtung von Alyssas Grab. „Manchmal sehe ich einen Mann und eine Frau hier an dem Grab. Sie haben zwei Töchter. Eine von ihnen heißt Molly, da bin ich ziemlich sicher. Wie die andere heißt, weiß ich nicht so genau. Aber das weißt du ja wahrscheinlich sowieso schon alles."

Der Friedhofsgärtner missverstand Chases schweigendes Nicken als Zustimmung.

Die Taggs hatten also noch zwei Töchter. Zwei.

„Okay", sagte Rudy, „vielleicht sehen wir uns ja mal wieder. Wiedersehen, Mr Janvier."

Chase schluckte und sein Adamsapfel fühlte sich dabei an wie ein Stein. „Wiedersehen."

Der Mann nahm den Laubbeutel auf und trottete leise pfeifend davon. Chase schaute ihm nach und lehnte sich dann an den Stamm des Baumes, der Alyssas Grab Schatten schenkte. Er lehnte seinen Kopf zurück an den Stamm und blickte nachdenklich auf den Satz, der in Alyssas Grabstein eingraviert war. Seine Lider fühlten sich bleischwer an.

Eine Knospe, die im Himmel erblühen wird.

Chase schloss die Augen und spürte Alyssas Anwesenheit. Er sah die Kinderbettwäsche in ihrem Gitterbettchen vor sich und die braunen gedrechselten Gitterstäbe aus Holz. Er hatte den leichten Duft von Babypuder in der Nase, sah das bläuliche Licht in dem Zimmer, in dem sie bei zugezogenen Vorhängen gelegen hatten, bevor das Feuer kam.

Chase ließ seine Gedanken in die Vergangenheit reisen und begab sich wieder in das Zimmer mit den blauen Matratzen – zurück zu den Augenblicken, an die er sich bis jetzt erinnern konnte. Er hatte seinen Mittagsschlaf halten sollen, aber nicht schlafen können. Damals war er fest davon überzeugt, dass er eigentlich schon viel zu alt war, um nachmittags noch zu schlafen. Schließlich war er von seiner Matratze aufgestanden und hatte zur Tür des Zimmers hinausgespäht. Keith war im Bad gewesen. Und bei Keith standen immer Modellautos auf der Kommode. Chase sah sich selbst, wie er in Keiths Zimmer ging und auf dem Bett etwas Glänzendes entdeckte. Das Feuerzeug. Dann sah er, wie Keith wieder ins Zimmer kam. Dieser schrie ihn an, weil Chase das Feuerzeug in der Hand hatte. Keith sagte, das Feuerzeug sei nichts für kleine Kinder, und schickte ihn zurück in sein Zimmer.

Aber Chase war noch ein zweites Mal in Keiths Zimmer gegangen. Er spürte, wie sein Körper erschlaffte, als er der Erinnerung freien Lauf ließ.

Der Junge mit den Flecken auf dem Hemd war ihm beim zweiten Mal in Keiths Zimmer gefolgt. *Devin.* Der Name blitzte an einer Stelle seiner Erinnerung auf, die zuvor dunkel gewesen war. Der Name des Jungen war Devin gewesen.

Devin war schon beim ersten Mal gemeinsam mit ihm in Keiths Zimmer gegangen und ihm auch beim zweiten Mal dorthin gefolgt.

Chase bemühte sich, etwas Klarheit in diese Szene zu bekommen, aber er war so schrecklich müde. Der unruhige Schlaf der vergangenen Nacht, das frühe Aufwachen, das stundenlange Herumlaufen in den Straßen von San Diego, die Fahrt hierher, der Anblick von Alyssas Grab …

Und so übermannte ihn schließlich der Schlaf.

Die Bilder in seinem Kopf schienen zunächst stehen zu bleiben, und dann begannen die einzelnen Puzzleteile um ihn herum herunterzufallen. Er sah wieder die Matratzen vor sich und wie Devin an der geschlossenen Tür des Zimmers stand, in dem sie eigentlich hätten schlafen sollen. Die verlorenen Minuten regneten auf Chase herab, und er hatte Mühe, ein Keuchen zu unterdrücken.

Er sah die Tür in dem Zimmer mit den Matratzen und wie er sie gemeinsam mit Devin öffnete. Auf Zehenspitzen schlichen sie zu Keiths Zimmer und spähten hinein. Keith drückte gerade auf das Feuerzeug und die Flamme kam herausgesprungen.

Er beobachtete, wie der Sohn der Tagesmutter das Feuerzeug an eine Zigarette hielt, dann den Vorhang von der

Balkontür zurückzog, auf den Balkon hinaustrat und die Schiebetür zuschob, sodass der Vorhang wieder an seinen Platz fiel. Dann kletterte Keith über den Rand des Balkons in den Garten. Durch den Vorhang hindurch konnten sie sehen, wie er sprang und unten auf der Terrasse landete.

Devin stieß die Tür weit auf und betrat das Zimmer. Sie standen an Keiths Bett und sahen sich das Feuerzeug an.

Dann nahm Devin es in die Hand. Er betastete es, legte es von der einen Hand in die andere und bearbeitete den abgedeckten Zündmechanismus so lange, bis es ihm gelang, ihn zu öffnen. Er strich mit dem Daumen über den Mechanismus, so wie sie es bei Keith gesehen hatten, was mehrere Versuche erforderte. Aber schließlich erschien eine kleine Flamme und Devin und Chase lachten laut. Sie hatten es geschafft. Dann klappte der Deckel wieder zu und die Flamme war verschwunden.

„Mein Onkel raucht auch solche Zigaretten." Devin zeigte auf eine Schachtel Marlboros, die aus der Brusttasche einer Jeansjacke lugte. Devin griff in die Jackentasche und zog die Schachtel heraus.

„Die gehören aber Keith." Es kam Chase so vor, als wäre es erst gestern gewesen.

„Ich will mir ja nur mal eine angucken." Devin zog eine Zigarette heraus und gab sie Chase. „Halt mal."

„Ich will aber nicht."

Devin schnaubte verächtlich, schaute sich in dem Zimmer um und legte dann die Zigarette aufs Bett. Wieder fuhr er mit dem Daumen über den Zündmechanismus des Feuerzeugs und wieder erschien die Flamme. Devin hielt die Flamme an die Zigarette, die auf dem Bett lag, und verzog dabei angestrengt das Gesicht, während er versuchte, das Feuerzeug im richtigen Winkel daranzuhalten.

„Autsch! Das ist heiß", sagte Devin, gab aber nicht auf.

Eine kleine Rauchfahne stieg von der Zigarette auf. Oder vielleicht auch vom Bett. Oder vielleicht von beidem. Devin runzelte bei dem Anblick die Stirn, aber in diesem Moment hörten sie Alyssa im Nebenzimmer schreien. Wenn Alyssa weiterschrie, würde Miss Carol kommen und sie würden Ärger kriegen, weil sie in Keiths Zimmer waren.

„Geh zurück“, befahl Devin, ließ das Feuerzeug wieder zuschnappen und warf es aufs Bett.

„Und was ist damit?“, fragte Chase und zeigte auf die Zigarette und die Rauchwolke, die jetzt von ihr aufstieg.

Devin nahm die Zigarette und hielt sie wie eine Geburtstagskerze vor sich. Dann pustete er darauf und warf sie wieder zurück aufs Bett. „Ich hab sie ausgepustet. Los jetzt! Los, bevor sie kommt!“

Sie rannten zurück in ihr Schlafzimmer und ließen sich auf ihre Matratzen fallen.

„Halt den Mund, Alyssa, schlaf jetzt!“, brüllte Devin.

Chase machte sich Sorgen wegen der Zigarette auf dem Bett. Was würde Keith sagen, wenn er sie sah? Würde er etwas verraten? Was war, wenn er es Miss Carol erzählte? Sie würde bestimmt sauer sein. Sie würde Chases Eltern erzählen, dass er in Keiths Zimmer gewesen war und mit Zigaretten und einem kleinen Silberding mit Feuer drin gespielt hatte. Aber vielleicht würde Keith es ihr ja auch gar nicht erzählen. Vielleicht wusste sie ja auch gar nicht, dass er Zigaretten hatte ...

Dann verblasste der Raum, als zöge Nebel auf; vielleicht war Chase ja damals wirklich für ein paar Minuten eingeschlafen. Das Nächste, woran er sich erinnerte, war, dass er keine Luft bekam und Flammenfinger aus einem Loch in der Wand kamen und nach Alyssas Gitterbettchen griffen.

Feuer.

Alyssa weinte. Chase bekam keine Luft und konnte nichts sehen. Er rief nach seinen Eltern und der Atem in seinem Rachen war heiß. Seine Augen brannten und sein Brustkorb tat weh. Er kroch zur Tür, aber Devin stürzte ebenfalls darauf zu und schubste ihn aus dem Weg, während er nach der

Türklinke griff und sie herunterdrückte. Aber die Tür ging nicht auf, weil Chases Körper im Weg war.

Devin begann, schreiend mit der Faust gegen die Tür zu hämmern.

Er musste raus.

Musste raus.

Alyssa.

Chase schubste Devin zur Seite und griff nach der Türklinke. Die Tür ging auf und frische Luft zog in den Raum hinein.

Das Geschrei einer Möwe drang in Chases Bewusstsein und er wurde mit einem Ruck wach. Schweißperlen standen auf seiner Stirn und liefen ihm jetzt die Schläfen hinab. Er setzte sich auf und sein Blick fiel auf das kleine Lamm auf dem Grabstein links von Alyssas Namen.

Der Traum war mehr als nur ein Traum gewesen; der Traum war eine Tür.

Nicht er hatte das Feuer verursacht.

Er war es nicht gewesen.

Chase kniete sich hin und schaute in die Richtung, in die der Friedhofsgärtner verschwunden war, aber dieser war nicht mehr zu sehen. Er war allein in der kleinen Ecke des Friedhofes. Chase wusste nicht, wie viel Zeit vergangen war. Er drehte sich wieder um, atmete tief die salzige Luft ein und schloss die Augen.

Er war es nicht gewesen.

Eine Welle der Erleichterung, aber gleichzeitig auch des Kummers rollte über ihn hinweg. Er öffnete die Augen und strich über die eingemeißelten Buchstaben auf dem Grab.

Devin war es gewesen, der die Flamme des Feuerzeugs an die Bettdecke gehalten hatte. Nicht er.

Eine ganze Weile kniete Chase dort im Gras. Erleichterung erfasste ihn.

Nicht meine Schuld. Nicht meine Schuld.

Er flüsterte die Worte, probierte aus, wie sie sich anfühlten, und sprach sie in die leichte Brise hinein, die durch die Zweige über seinem Kopf strich und die Blätter rascheln ließ. Würden sie wohl die Leere verscheuchen, die er immer noch empfand, als er auf Alyssas Namen schaute?

Es war nicht seine Schuld, aber Alyssa war trotzdem tot. Er war von ihr weggekrochen, hatte sie nicht retten können.

Der kleine Junge von damals hatte nicht gewusst, dass eine Zigarette anders brannte als eine Kerze. Er hatte nicht gewusst, dass das Feuer noch größer wurde, wenn man eine Tür öffnete.

„Es tut mir so leid, Alyssa", flüsterte er.

Kurz darauf stand er auf und machte sich auf den Weg zu seinem Auto. Er kam an einem neuen Grabstein vorüber, an dem ein ganzer Berg frischer Blumen und Kränze lag. In einem roten Glas brannte eine Kerze – ein Versprechen, dass der Verstorbene nicht vergessen war. Die Flamme darin flackerte, als betete sie, und flüsterte ihre Trauer in stiller Andacht. Niemandes Feind.

Namenlos.

Kurz darauf war er wieder unterwegs in Richtung Süden.

Chase brauchte über eine Stunde für den Rückweg nach San Diego. Doch er hatte beim Fahren jegliches Zeitgefühl verloren, denn er dachte über die verlorenen Einzelheiten nach, die ihm jetzt wieder eingefallen waren, und an das seltsame Gefühl der Gelöstheit, das er verspürte.

Er hatte den Friedhof bei Sonnenschein verlassen und jetzt fielen schon die abendlichen Schatten über die Landschaft. Als er sich schließlich dem Wohngebiet näherte, in dem er zu Hause war, nahm er schwach und beiläufig das Heulen von Feuerwehrsirenen wahr. Doch je näher er seinem Elternhaus kam, desto durchdringender wurde das Sirenengeheul. Beunruhigung erfasste ihn. Chase bog an der Kreuzung ab, als Löschzüge der Feuerwehr aus der anderen

Richtung angerast kamen. Und dann roch er auch schon den Rauch. Suchend sah er nach allen Seiten. Schließlich bog er in die Straße ein, in der er wohnte, und da sah er das Lodern von Flammen, die zwischen den Ritzen der Garagentore seines Hauses nach draußen schossen.

„Feuer“, flüsterte er fassungslos vor sich hin.

Die Holzwerkstatt stand in Flammen und die Küche ebenfalls.

Tally.

Chase trat aufs Gaspedal und hielt wenig später vor dem Haus, wobei er das Auto halb auf dem Rasen und halb auf dem Gehweg stehen ließ. Er verließ seinen Wagen, als die Löschzüge ebenfalls gerade heulend in die Straße einbogen. Eine Gruppe von Nachbarn stand in sicherem Abstand zusammen. Sie schrien ihm zu, er solle vom Haus wegbleiben.

„Ist Tally bei euch? Habt ihr gesehen, dass Tally rausgekommen ist?“, schrie er ihnen zu.

Er konnte sie nirgends entdecken.

Chase rannte zur Haustür, stieß sie auf und rief Tallys Namen. Rauch und Asche behinderten die Sicht im gesamten Eingangsbereich. Er hielt sich einen Arm vor Nase und Mund und stolperte ins Haus. Die Küche stand bereits in Flammen und die Tür zur Garage war ein offener, brennender Schlund. Den Treppenaufgang oder das Wohnzimmer konnte Chase gar nicht erkennen.

„Tally!“, schrie er. Die Flammen, die sich immer weiter ausbreiteten, bedeckten den Flur zu Waschküche und Nähzimmer. „Tally!“

Dann hörte er ihre Stimme hinter sich. Er drehte sich zu dem Geräusch um, ging in die Richtung, aus der es kam, und stolperte gegen die erste Stufe der Treppe.

„Tally!“

„Chase!“ Ihre Stimme wehte ihm über das Tosen entgegen. Er kroch zwei Stufen hinauf und ertastete eines ihrer Beine.

„Der Hund! Ich kann den Hund nicht finden!“, keuchte sie.

„Wir müssen hier raus!“

Er griff nach ihren Händen, fühlte Metall und Plastik und Stoff. Seine Kamera und noch etwas anderes. Er wusste nicht, was es war.

„Komm jetzt“, schrie er.

Sie krochen los und plötzlich sauste ein Fellknäuel an ihnen vorbei. Sammy wollte zum Ausgang.

„Hier entlang!“ Chase hielt Tallys Hand fest und rannte zur Haustür, wobei er merkte, dass sie unter dem Gewicht und der Last dessen, was sie trug, schwankte. Die Silhouette eines Feuerwehrmannes in voller Montur war jetzt auf den Stufen vor der Haustür zu erkennen, sodass sie sehen konnten, wohin sie gehen mussten.

Sie taumelten zur Tür, wo ein Team von Feuerwehrleuten auf sie zukam. Einer von ihnen packte sie bei den Schultern und trieb sie weiter bis zum äußersten Rand des Rasens vor dem Haus.

„Seid ihr verletzt?“, schrie der Feuerwehrmann.

Chase sah Tally an.

„Alles in Ordnung“, hustete sie. DVDs und eine kleine Schachtel fielen ihr aus den Armen in das Gras zu ihren Füßen. Ein paar Fotos purzelten aus der Schachtel heraus.

„Uns geht es gut“, bestätigte auch Chase.

„Ist sonst noch jemand im Haus?“

„Nein“, antwortete Tally.

Der Mann rannte wieder davon. Chase sah auf die schwarzen Kästen und die umgekippte Schachtel mit Fotos auf dem Rasen hinab. Seine Kamera hatte sie an ihre Brust gepresst.

„Was ist das alles?“, erkundigte er sich.

„Ich musste noch mal hoch, um das Feuerzeug meines Vaters aus deinem Zimmer zu holen. Dabei hab ich all deine Filme und das Zeugs da gesehen. Und dann habe ich mich daran erinnert, dass deine Mutter all die alten Familienfotos auf der Anrichte im Esszimmer stehen gelassen hatte. Und dann konnte ich den Hund nicht finden." Sie hustete und reichte ihm die Kamera.

„Bist du sicher, dass alles in Ordnung ist?"

Sie nickte. „Bei dir auch?"

„Ja, bei mir auch."

„Du bist zurückgekommen!"

Er zuckte mit den Achseln. „Ich habe endlich gekriegt, was ich wollte."

Sie sah ihn an und wartete.

„Ich war es nicht, Tally", antwortete er ganz ruhig. „Ich habe das Feuer, bei dem Alyssa ums Leben gekommen ist, nicht verschuldet. Es war das andere Kind, das noch mit im Zimmer war. Ich war es nicht."

„Du kommst mir aber gar nicht gerade glücklich vor."

Er schüttelte den Kopf. „Für das Baby ändert das ja auch nichts mehr."

Tally zuckte die Achseln. „Aber für dich ändert das doch was, oder?"

Er nickte. „Ja, wahrscheinlich schon."

„Und was ist mit Ghost?", fragte sie.

Chase schaute über die Schulter zu seinem Elternhaus, wo Rauch in die Abenddämmerung aufstieg. „Ich bin nicht sicher, dass ich noch an Geister glaube."

Und während die Feuerwehrleute an ihnen vorbei in das gierige, jetzt namenlose Feuer rannten, begann er, ihr von dem zu erzählen, was er auf dem Friedhof erlebt hatte.

Einundvierzig

Sie sah, wie sie angefahren kamen, an einer Stelle der Straße die Bordsteinkante rammten und dann den Wagen mitten auf der Straße stehen ließen. Ihre Tante und ihr Onkel sprangen aus dem Auto und rannten unter dem ascheverhangenen Licht der Straßenbeleuchtung zum Haus, das nur noch eine schwelende dunkle Ruine war, die von den roten, blauen und weißen Blinklichtern der Rettungsfahrzeuge beschienen wurde.

Das Haus stand zwar immer noch, aber die Garage war völlig zerstört, sodass das elterliche Schlafzimmer, das darüber lag, hinabzustürzen drohte. Die Küchenwand an der Vorderseite des Hauses hatte sich in ein schwarzes Gerippe verwandelt und die Fenster im Untergeschoss waren allesamt zerborsten. Überall auf der nassen Auffahrt vor dem Haus glitzerten Glasscherben. Auch die zerstörten Wände von Waschküche und Nähzimmer glänzten wie Obsidian, als das Licht der hellen Arbeitslampen darüber strich.

Chase stand ein paar Meter von den geschmolzenen und verzogenen Garagentoren entfernt und sprach mit einem Polizisten. Tally kniete auf dem Rasen und verstaute die Fotos wieder in der Schachtel.

Amanda und Neil stürzten zu ihr hin und sie erhob sich mit einem Stoß Fotos in der Hand.

„Wo ist Chase?“, schrie Amanda. Die Augen ihrer Tante waren vor Angst weit aufgerissen.

Neil blickte suchend über die völlig verkohlte Umgebung. Tally erkannte den Moment, als er Chase entdeckt hatte, der am Rand der Auffahrt stand, nur ein paar Meter vom Ausgangspunkt der Zerstörung entfernt.

„Er ist da.“ Neil war völlig aufgelöst, als er das sagte.

„Bist du unverletzt? Was ist denn passiert?“ Amandas Gesicht glänzte in der Mischung aus Mondlicht, Straßenbeleuchtung und dem Flutlicht der Feuerwehr.

Ihre Wangen waren nass vor Tränen.

„Mit mir ist alles in Ordnung“, antwortete Tally. „In der Garage ist ein Feuer ausgebrochen. Ich weiß nicht so genau, wann es passiert ist, weil ich eingeschlafen war. Als ich wieder aufgewacht bin, hat schon die ganze Küche gebrannt. Ich hatte die Tür offen gelassen, ich ...“

Aber auch Amanda schaute jetzt zu Chase hinüber und schien Tally gar nicht weiter zugehört zu haben, nachdem diese ihr versichert hatte, dass es ihr gut ginge.

Tally folgte dem Blick ihres Onkels und ihrer Tante und wusste, was sie vermuteten. Sie glaubten, dass Chase in einem Akt der Wut oder Verzweiflung das Haus in Brand gesteckt hatte.

Auf der anderen Seite der Auffahrt drehte sich Chase jetzt zu ihnen um, so als hätte er die Anwesenheit seiner Eltern gespürt. Als er in ihre Richtung kam, stürzte Amanda sofort auf ihn zu.

Sie schlang die Arme um ihren Sohn und zitterte dabei am ganzen Körper.

„Dir geht es gut. Dir geht es gut“, murmelte sie immer wieder schluchzend.

„Ist ja alles in Ordnung, Mama.“

„Chase ...“ Neils Stimme war voller Trauer und Tally konnte ihm seine Angst anmerken, als er die folgende Frage stellte. „Was ist passiert?

Bevor Chase etwas entgegnen konnte, kam der Polizist, mit dem er kurz zuvor gesprochen hatte, auf sie zu. „Sind Sie Mr und Mrs Janvier?"

„Ja", sagte Neil und blickte auf. „Ich bin Neil Janvier."

„Befanden sich in Ihrer Garage Ihre Holzwerkstatt sowie Werkzeuge und technische Geräte?"

Tally sah, wie ihr Onkel zusammenzuckte. „Ich ... ich habe ... Wieso? Was ist denn passiert?"

Der Polizist deutete mit dem Kopf zur Garage hinüber. „Nach Aussage der Feuerwehr sieht es ganz so aus, als sei das Feuer in der Garage ausgebrochen, und zwar an der Wand zur Küche."

„Aber das verwendete Baumaterial entsprach doch den Brandschutzbestimmungen."

„Ich habe gehört, dass die Tür zur Küche nicht geschlossen war."

Tally merkte, wie sie rot wurde. „Ich hatte vergessen, dass die Tür immer geschlossen sein muss!"

Amanda legte ihr den Arm um die Schultern. „Ist schon gut, Tally. Es ist nicht deine Schuld. Niemand gibt dir die Schuld."

„Ich bin sicher, dass die Feuerwehr Ihnen dazu mehr sagen kann", fuhr der Polizist fort. „Ich habe jetzt erst einmal nur das weitergegeben, was ich von ihnen bislang erfahren habe. Kann es sein, dass irgendwelche Geräte oder Maschinen nicht abgeschaltet waren?"

„Nein! Ich würde doch niemals ..." Ihr Onkel schien zu erschüttert, um seinen Satz zu beenden.

„Hören Sie, das Wichtigste ist doch, dass Sie alle in Sicherheit sind und niemand verletzt wurde. Ich habe schon Brände erlebt, die sehr viel schlimmer ausgegangen sind. Und Ihr Sohn ist so was wie ein Held, auch wenn ich damit nicht sagen will, dass es eine gute Idee ist, in ein brennendes Haus zu laufen."

„Was?", fragte Amanda entsetzt.

„Er hat Ihre Nichte gerettet. Nachbarn haben gesehen, wie er eingetroffen ist, und haben ihm gleich gesagt, er solle auf gar keinen Fall hineingehen, aber er hat es trotzdem getan. Mutig. Und dumm." Der Polizist zwinkerte. Aus seinem Funkgerät drang jetzt ein Rauschen und dann war eine Stimme zu hören. Er wandte sich ab, um zu antworten.

Ein Feuerwehrmann kam von der verkohlten Eingangstür her auf sie zu. Sein Gesicht war schwarz vor Ruß. „Sind Sie Neil und Amanda Janvier?"

„Ja", antwortete Neil rasch.

„Ich bin der Einsatzleiter Andrew Porter. Ihr Sohn Chase hat uns gesagt, dass es sonst keine weiteren Bewohner in dem Haus gibt, ist das richtig? Sie beide und Ihre Tochter waren bei einer Sportveranstaltung?"

„Ja, das ist richtig", stammelte Neil.

„Nun, dann können Sie wirklich dankbar sein. Es geht nicht immer so glimpflich aus wie hier bei Ihnen."

. Amanda unterdrückte ein Schluchzen. „Das sind wir auch. Dankbar meine ich."

„Das Feuer ist jetzt gelöscht", fuhr der Feuerwehrmann fort. „Nach unseren ersten Erkenntnissen ist es in der Garage ausgebrochen. Die Brandursache kennen wir noch nicht. Fest steht allerdings, dass es irgendwo an der Wand zwischen der Küche und der Garage angefangen haben muss. Es ist dann auf die Sägespäne und die Holzvorräte übergesprungen. Die Flammen sind durch die offene Tür zwischen Küche und Garage auf das Haus übergesprungen und haben einen großen Teil des Erdgeschosses zerstört. Die Hälfte des Obergeschosses ist noch intakt, aber es gibt schwere Rauch- und Löschschäden. Morgen früh werden wir alles besser sehen und dann wahrscheinlich auch mehr sagen können. Ich denke jedoch schon, dass das Haus nicht mehr zu retten ist."

„Aber uns ist nichts passiert." Amanda schloss die Augen und holte einmal tief Luft.

„Hören Sie, wir bleiben noch eine Weile, um sicherzugehen, dass das Feuer nicht noch einmal irgendwo aufflackert oder es noch Brandnester gibt“, fügte der Einsatzleiter der Feuerwehr hinzu. „Es ist noch zu früh, um hineinzugehen und eventuell Dinge zu bergen. Sie sollten sich jetzt am besten einen Ort zum Übernachten suchen und dann morgen wiederkommen und sehen, was Sie noch bergen können. Die Polizei wird für heute Nacht erst einmal den Brandort sichern und absperren.“

„Ja. Vielen Dank“, entgegnete Neil.

Der Einsatzleiter ging zurück zum Haus und ließ das Vierergrüppchen allein.

Eine Weile sagte keiner von ihnen etwas. Dann wandte sich Chase an seine Eltern. „Ich war es nicht“, sagte er.

Ein Schluchzen entfuhr Amanda, und Neil holte Luft, um etwas zu sagen. Zunächst brachte er keinen Ton heraus, und als es ihm dann gelang, kam zunächst nur ein heiseres Krächzen. „Du … Wir haben doch nicht …“ Aber weiter kam Neil nicht.

„Doch. Ich weiß, dass ihr einen Moment lang gedacht habt, dass ich es gewesen wäre.“ Chase klang ganz ruhig und beherrscht. „Und ich weiß auch, warum ihr das gedacht habt. Aber ich habe dieses Feuer nicht gelegt. Und auch das, bei dem Alyssa Tagg ums Leben gekommen ist, habe ich nicht verursacht.“

Amanda griff haltsuchend nach Tallys Arm. „Was?“, krächzte sie.

Chase wandte sich seiner Mutter zu. „Ich war es nicht. Es war der andere Junge, der mit mir und Alyssa in dem Zimmer seinen Mittagsschlaf halten sollte. Ich habe Keiths Feuerzeug angefasst, bevor er sich damit die Zigarette angezündet hat. Er hat es mir weggenommen und mich in das andere Schlafzimmer zurückgeschickt, wo Alyssa, Devin und ich schlafen sollten. Aber Devin und ich sind dann trotzdem noch mal in Keiths Zimmer gegangen, nachdem wir heimlich beobachtet hatten, wie er das Feuerzeug benutzt hat. Nachdem Keith über den Balkon in den Garten hinuntergeklettert ist, hat Devin dann das Feuerzeug genommen und auf dem Bett eine Zigarette angezündet. Dadurch ist dann das Feuer entstanden. Es waren weder Keith noch ich, sondern Devin. Aber er hat auch nicht gewusst, was er da tat."

„Wie lange weißt du das schon?" In dem weißlichen Licht der Straßenbeleuchtung sah Tally, dass Neil Tränen in den Augen hatte.

„Wie lange ich schon weiß, dass ich es nicht war? Oder wie lange ich mich schon an das Feuer von damals erinnern kann?"

„Chase ...", flüsterte Amanda.

„Ich habe mich heute endlich wieder daran erinnert, dass nicht ich das Feuer verursacht habe. Ich musste aber erst an Alyssas Grab gehen, um darauf zu kommen. Und dass ich das Feuer erlebt habe, das habe ich schon immer gewusst."

Amanda lehnte sich an Neil, weinte haltlos und flüsterte immer wieder Chases Namen.

„Ich ... ich hätte nicht gedacht, dass du dich noch erinnerst", murmelte Neil. „Ich wollte nicht, dass du dich erinnerst. Der Tag ... dieser Tag damals war ein einziger Albtraum. Es tut mir leid, Chase. Ich bin ..."

Neils Stimme erstarb, und er trat auf seinen Sohn zu, um ihn zu umarmen. Seine Gefühle übermannten ihn. Auch Amanda trat zu den beiden und umschloss sie mit ihren Armen. Tally hätte ihnen gerne ein wenig Privatsphäre gelassen, aber sie wusste nicht, wohin sie gehen sollte. Also blieb sie schweigend mit der Decke um die Schultern stehen und wartete einfach ab.

„Du warst an Alyssas Grab?", erkundigte sich Amanda.

„Ich konnte mich nicht an alles erinnern", erzählte Chase, „aber das musste ich, weil ich ebenfalls dachte, dass ich es vielleicht doch war ... Ich musste es unbedingt wissen."

„Aber du warst es nicht“, murmelte seine Mutter.

„Das wusste ich doch nicht. Ich habe gedacht, dass ich es war. Und ich weiß, dass auch ihr das geglaubt habt.“

Neil verzog das Gesicht und schaute betreten zu Boden. Sein Blick ruhte auf den Glasscherben zu seinen Füßen, und es schien, als könnte er sich vom Anblick der glitzernden Scherben gar nicht wieder losreißen. „Ich habe gedacht, ich würde dich dadurch schützen, Chase.“

„Es tut uns so leid, Chase.“ Amandas Stimme ging erneut in Schluchzen über. „Bitte vergib uns. Gib uns noch eine Chance, ja? Bitte.“

„Noch eine Chance?“, wiederholte Chase leise.

„Bitte!“

Er griff in seine Gesäßtasche. „Ich habe ja auch selbst so meine Fehler gemacht. Dieses Geld habe ich heute aus deinem Geheimversteck in der Waschküche genommen, Mama. Das hätte ich nicht tun sollen, es tut mir leid.“

Amanda schnappte nach Luft, als sie zuerst die gefalteten Scheine in der Hand von Chase ansah und dann ihren Sohn. Tally sah, wie ihre Tante kreidebleich wurde und einen Moment lang zu taumeln schien, als würde sie in Ohnmacht fallen.

„Ich wollte es eigentlich heute Abend in die Dose zurücklegen“, fuhr Chase fort, den Blick unablässig auf seine Mutter gerichtet. „Aber die Waschküche ist ja nun weg. Alles ist weg. Alles.“

Amanda nickte ganz langsam, die Augen immer noch weit aufgerissen vor Angst und Überraschung. Tally sah Chase an, aber er sagte nichts. Nicht einmal mit Blicken. Ihre Tante glaubte mit Sicherheit, dass nur eine Person ihr Geheimnis kannte – Chase –, und das sollte auch so bleiben.

„Das macht nichts“, murmelte Neil. „Das ist doch jetzt auch egal.“

Chase wollte seiner Mutter das Geld reichen, aber sie schüttelte den Kopf. „Ich will es nicht zurück.“ Sie hielt ihre

Hände abwehrend vor sich. „Ich will es nicht wiederhaben." Ihr Körper schien sich zu entspannen, als sie die Geldscheine von sich wegschob, obwohl Chase dabei sehr angespannt wirkte.

Sie glaubte, dass ihr Geheimnis sicher war. Sicher bei ihrem Sohn und in der Asche. Die Schultern von Chase hingegen schienen ein ganz klein wenig hinunterzusacken, als sie ihm dadurch die Last dieses Geheimnisses aufbürdete.

Tally trat einen weiteren Schritt zurück, als ein altes sepiafarbenes Foto aus dem Bilderstapel fiel, den sie immer noch in der Hand hielt. Sie bückte sich, um es wieder aufzuheben, und sah im Schein der Straßenlaterne auf dem Foto zwei Frauen in Wollumhängen und mit Schwesternhauben, die auf den Stufen eines Backsteingebäudes standen. Eine von ihnen war ihre Urgroßmutter. Tally erkannte das Gesicht wieder; es war dieselbe Person wie auf dem Hochzeitsfoto, das Amanda ihr gezeigt hatte. Die andere Frau auf dem Foto war blond und Tally erkannte sie nicht. Das blonde Mädchen hatte irgendetwas an seinem Cape befestigt.

Als Tally genauer hinschaute, sah es fast aus wie eine Schmetterlingsbrosche.

Zweiundvierzig

Amanda stand am Fuße des Klettergerüstes in ihrem Klassenraum und strich mit der Hand an einem glatten Lattenzaun entlang, der an einer Seite des Baumes entlangführte. Der Lesebaum gehörte zu den ersten Dingen, die Neil damals in seiner Holzwerkstatt gebaut hatte.

Jetzt war dieser Baum das einzige Erinnerungsstück aus der Werkstatt, das ihnen noch geblieben war. Der Vitrinenschrank in der Küche war verbrannt und ihr Nähtisch ebenso. Der Couchtisch im Wohnzimmer war so schwer beschädigt, dass er nicht mehr zu retten war, und alles, was ihr Mann sonst noch gebaut hatte, hatte er verschenkt.

Neil hatte die Holzwerkstatt mit keinem Wort mehr erwähnt.

„Die Kinder werden ihn vermissen“, unterbrach eine Stimme plötzlich ihre Gedankengänge.

Amanda drehte sich um und sah Gary, der den Klassenraum gerade betreten hatte.

Es war ihr den ganzen Tag gelungen, nicht mit Gary allein zu sein, aber jetzt war der letzte Schüler nach Hause gegangen und die Stille lag schwer über dem Raum.

„Ich nehme ihn nicht mit“, sagte Amanda. Sie drehte sich zu dem Baum um und strich liebevoll noch einmal über das Holz.

„Ich hätte nicht gedacht, dass du heute wirklich kommen würdest."

Amanda lehnte sich an den Baum. „Ich musste meine Schüler einfach sehen. Ich wollte ihnen persönlich sagen, dass es mir gutgeht."

„Und stimmt das denn auch?"

Sie wandte sich von dem Baum ab und ging langsam zu ihrem Pult zurück. „Na ja, so langsam wird's wieder. Die zweiwöchige Pause wird sicher auch dabei helfen."

„Du kommst also wieder." Die Worte klangen nicht wie eine Frage.

Amanda blickte zu ihm auf. Heute trug er eine Scooby-Doo-Krawatte. Und Scooby-Doo gehörte nicht zu ihren Lieblingscomicfiguren. „Ich weiß noch nicht, was ich tun werde."

Gary machte einen Schritt auf sie zu, und Amanda spürte, wie sich alles in ihr anspannte. „Ich werde meine Versetzung beantragen, Amanda. Wenn du willst, kannst du also ohne Probleme wiederkommen."

„Was sagst du da?"

„Das ist doch am sinnvollsten so. Du hast Kinder, die in diesen Schulbezirk gehören, ich nicht. Und ich möchte nicht, dass deiner Ehe dasselbe zustößt wie meiner. Wenn ich hierbleibe, würde ich mir wünschen, dass das etwas wird mit uns beiden ..."

„Es tut mir wirklich leid ...", setzte Amanda an, aber Gary unterbrach sie sofort.

„Ich habe dich sehr nah an mich herangelassen, weil ich wollte, dass du mir nah bist. Ich wusste viel besser als du, welche Risiken das mit sich bringt, *sehr* viel besser als du. Es ist alles meine Schuld."

„Nein, ist es nicht."

„Jedenfalls tut mir das, was am Freitagabend passiert ist, sehr leid. Es wird ganz sicher nicht wieder vorkommen." Gary nahm seinen Aktenkoffer und seine Kaffeetasse, und es war, als könnte er es gar nicht erwarten, sie endlich los zu sein.

„Warte! Wohin gehst du denn?"

Er zuckte mit den Achseln. „Es gibt viele Schulen, die Langzeitvertretungen brauchen. Ich mache mir da keine Sorgen."

„Ich wünschte, ich wüsste, was ich sagen soll."

Er schüttelte den Kopf. „Ich möchte, dass du gar nichts sagst."

„Aber du warst so ein guter ..."

„Bitte nicht. Sag bitte nichts mehr."

Sie machte den Mund wieder zu. Gary legte sich den Trageriemen seines Koffers über die Schulter und schaltete seinen Computerbildschirm aus. Er kam zu ihrem Pult herüber. „Geht es Chase gut?"

„Er und Neil haben miteinander geredet. Sie waren gestern Abend zusammen einen Kaffee trinken und sind zwei Stunden weggeblieben. Ich habe das Gefühl, dass wir vielleicht wieder eine Familie werden könnten."

Erneut nickte er sehr langsam. „Und das Haus wollt ihr wieder aufbauen?"

„Ja, das werden wir. Wir müssen vom Fundament aufwärts alles neu machen, aber der Bauunternehmer, mit dem Neil gesprochen hat, meint, dass er alles wieder genauso aufbauen kann, wie es war. Sogar noch besser. Das neue Haus wird eine kleinere Holzwerkstatt haben – viel kleiner –, die neben der Garage liegen und nur vom Garten aus zu betreten sein wird."

„Eine Holzwerkstatt."

„Es ist nicht so, wie du denkst, Gary. Alle Dinge können zu dem werden, was die Holzwerkstatt für Neil war. Und wir werden zur Eheberatung gehen, genauso wie du es uns geraten hast."

Einen kurzen Moment lang stand Gary schweigend da. Dann reichte er ihr die Hand. „Pass auf dich auf, Amanda.

Es hat mir großen Spaß gemacht, mit dir zusammenzuarbeiten. Das meine ich wirklich ernst."

Sie zögerte und ergriff dann die ausgestreckte Hand und drückte sie.

Gary machte einen Schritt in Richtung Klassentür, und als er sie gerade aufstoßen wollte, kam eine der Lehrerinnen aus der dritten Klasse herein.

„Ach, hallo, Gary", sagte die Frau, wandte sich dann aber sofort an Amanda und meinte: „Ich war ein paar Tage verreist, Amanda, und habe gerade erst gehört, was mit eurem Haus passiert ist! Ich bin so froh, dass es euch gut geht! Braucht ihr irgendetwas? Kleidung, Schuhe oder sonst etwas?"

„Danke, Martha. Es geht schon, aber trotzdem vielen Dank für dein Angebot." Amanda blickte auf, während Gary langsam zu der jetzt offenen Tür ging.

„Wie ist es denn passiert? Ich habe gehört, bei euch hätte der Blitz eingeschlagen. Stimmt das?"

„Nein, es war kein Blitz. Irgendein Nagetier, eine Maus oder so was, hat das Kabel eines elektrischen Werkzeugs durchgenagt. Dabei sind Funken entstanden, die dann die Sägespäne in der Werkstatt in Brand gesetzt haben. Neil ist ... war ... Er hatte eine Holzwerkstatt in unserer Garage. Da gab es also jede Menge Brennstoff für das Feuer."

„Wie gruselig. Und wisst ihr schon, wo ihr die nächste Zeit bleiben werdet?"

„Ein paar Tage werden wir wohl noch im Hotel wohnen, dann ziehen wir vorübergehend in eine Mietwohnung, die ein paar Kilometer von hier entfernt ist. Die Wohnung ist bereits möbliert und sie ist wirklich sehr schön. Die Kinder kommen ganz gut mit der Situation zurecht und wir haben von der Versicherung auch schon Geld für neue Kleidung bekommen. Besonders Ashley findet das ganz toll. Und auch Tally scheint es zu gefallen, neue Sachen zu bekommen."

Fragend schaute Martha sie an. „Tally?"

„Meine Nichte. Sie lebt eine Weile bei uns, solange mein Bruder in Europa ist."

„Ach, ich wusste noch nicht mal, dass du überhaupt einen Bruder hast. Hast du das gewusst, Gary?" Aber Martha wartete seine Antwort gar nicht ab, sondern sprach gleich hektisch weiter. „Meine Güte, in einer so turbulenten Zeit auch noch einen Gast in der Familie zu haben ...?"

„Das kann man wohl sagen."

„Euer Haus ist also nicht mehr zu retten und ihr habt alles verloren?"

Gary nickte ihr noch einmal kurz zu und ging dann weg. Er drehte sich nicht noch einmal um.

„Nicht alles", entgegnete Amanda nachdenklich.

Dreiundvierzig

Jugendamt Pima County *7. Oktober*
Tucson, Arizona

Liebe Mrs Janvier,

hier ist der zweite Brief, über den wir in unserem Telefonat gesprochen hatten. Um es noch einmal zu betonen: Ich bin Ihnen sehr dankbar, dass Sie mir erlaubt haben, ihn zu öffnen und zu lesen. Wir haben ein Auge auf das Haus der Kolanders, damit wir gleich wissen, wenn Ihr Bruder zurück ist. Selbstverständlich werden wir Sie dann sofort benachrichtigen. Den anderen Brief habe ich nicht gelesen, obwohl er unverschlossen war, denn er stammt von Ihrem Vater und hat sicher nichts mit unserem Problem zu tun. Ich wollte nur, dass Sie das wissen.

Ich danke Ihnen für all Ihre Unterstützung in der ganzen Angelegenheit. Ich weiß, dass das alles in einer für Sie sehr schwierigen Zeit auf Sie einstürmt – so unmittelbar nach dem Verlust Ihres Hauses. Ich hoffe, dass es Ihnen darüber hinaus gutgeht.

Nancy Fuentes

1. Oktober

Hey, Tally!

Weißt du was? Du wirst Thanksgiving in Warschau verbringen! Ich komme dich in ungefähr einer Woche holen, dann packen wir deine Sachen und machen uns auf die Reise. Ich hab ein paar Mal versucht, dich anzurufen, aber deine Großmutter hat offenbar eine neue Nummer und vergessen, es mir zu sagen. Vielleicht braucht sie ja auch ein bisschen Hilfe mit der Rechnung. Ich kümmere mich darum, wenn ich wieder da bin.

Also, ich weiß ja, dass ich dir eine rote Corvette versprochen hatte und so, aber das muss vielleicht doch noch warten. Ich habe die Kiste mit dem Schmuck und dem Geld, die Großvater gehört hat, nicht gefunden. Als ich das erste Mal danach gesucht habe, wurde ich von den Nachbarn verjagt, die die Polizei gerufen haben. Ich bin dann noch ein zweites Mal da gewesen, nachdem ich Anya kennengelernt hatte – sie ist wirklich toll. Du wirst sie sehr mögen. Und sie hat mir geraten, doch einfach zu den Eigentümern des Grundstücks zu gehen und ihnen zu sagen, was ich vorhabe. Also habe ich genau das gemacht. Es stellte sich heraus, dass es sehr anständige Leute sind, die ebenfalls ihre Familie im Krieg verloren haben. Sie haben mir dann beim Suchen geholfen. Wir haben genau an der Stelle gegraben, die dein Großvater angegeben hat, und auch im Umkreis davon, aber nichts. Sorry, Tally. Aber ich hab noch längst nicht aufgegeben. Diese Leute – sie heißen Grocholski – haben uns eingeladen – dich und mich –, sie für ein paar Wochen zu besuchen. Der Mann spricht sehr gut Englisch und die Frau und Anya verstehen sich auch irgendwie. Anya stammt aus der Ukraine. Sie hat in London studiert und spricht deshalb wie die Queen. Sie leitet eine Art Bauernhof für Straßenkinder.

Erinnerst du dich noch an den Job, den ich nach unserer Zeit in Manhattan hatte? Wir waren in Nashville, ich habe Pferdeställe ausgemistet, und du warst so traurig, weil ich nicht mehr Mells schicke Autos fahren oder ihren teuren Wein trinken oder Seidenhemden tragen konnte. Wer hätte da gedacht, dass mich die Zeit in Nashville auf das hier vorbereiten würde? Anya war zur selben Zeit in Warschau wie ich und hat versucht, ihren Bruder davon zu überzeugen, wieder in die Ukraine zurückzukommen und ihr zu helfen, weil ihr gerade ein Helfer auf dem Bauernhof gekündigt hatte. Aber ihr Bruder wollte nicht mitkommen. Und während ihrer Zeit in Warschau habe ich sie am Bahnhof kennengelernt.

Ich habe Anya dann den ganzen letzten Monat auf dem Bauernhof geholfen, Tally, sodass ich genug Geld für ein Flugticket nach Hause zusammenbekommen habe, und ich glaube, das hier könnte für uns beide wirklich gut sein – wenn du möchtest. Hier schneit es – und zwar massenweise. Du hast doch immer gesagt, dass du irgendwo wohnen möchtest, wo es Schnee gibt. Ich habe gedacht, wir könnten ein Weilchen hierbleiben und noch ein bisschen im Garten der Grocholskis herumbuddeln und dann mal sehen, was sich so ergibt. Du könntest diese Fernunterricht-Sache machen, so wie damals, als wir in der Schweiz waren.

Es tut mir leid, dass ich nicht öfter geschrieben habe und auch dass ich dich telefonisch nie erreichen konnte. Ich habe einfach nicht damit gerechnet, dass es so lange dauern würde. Ich hoffe, du hattest eine tolle Zeit bei deiner Großmutter und dass es dir nichts ausmacht, Arizona wieder zu verlassen.

Ach, übrigens, du kannst deiner Großmutter ruhig von der Kiste erzählen, nach der ich suche. Ich weiß, ich hatte dich gebeten, es für dich zu behalten, aber ich habe sie ja nicht gefunden. Und wahrscheinlich sollte ich dir auch sagen – selbst wenn das vielleicht gar nicht so wichtig ist –, dass die Frau, von der ich geglaubt habe, sie wäre meine Großmutter, in Wirklichkeit jemand anders war. Aber das ist eine lange Geschichte. Es steht alles in Großvaters Brief, den ich dir mitschicke. Bewahre ihn gut auf. Ich glaube, deine Tante Amanda wird ihn ebenfalls lesen wollen. Nein, ich weiß, *dass sie es will. Vielleicht sollten wir noch mal bei deiner Tante und deinem Onkel vorbeischauen, bevor wir das Land verlassen. Ich weiß, dass sie dich schrecklich gern wiedersehen würde. Als sie dich das letzte Mal gesehen hat, warst du noch ganz klein.*

Ich weiß nicht, wann du das hier bekommst, aber ich habe vor, etwa am 20. Oktober wieder in den Staaten zu sein. Also fang schon mal an, dich zu verabschieden, Tally!

Ich komm dich holen!

Ich hab dich lieb.

Dad

PS: Bitte bewahre Großvaters Brief für mich auf. Und übrigens, die Schmetterlingsbrosche in dem Papiertuch ist für dich. Ich weiß, sie müsste mal geputzt werden. Die kleinen blauen Steine sind Saphire, glaube ich. Es ist das einzige Schmuckstück, das ich finden konnte.

Fresno, Kalifornien *Juni 2007*

Lieber Bart,

wenn du nicht wie durch ein Wunder in den nächsten paar Wochen hier auftauchst, werde ich wohl keine Gelegenheit mehr haben, noch einmal persönlich mit dir zu reden. Ich weiß, dass du keine Entschuldigungen oder Ermahnungen hören willst, und, um ehrlich zu sein, möchte ich auch gar keine schreiben. Lass dir also versichern, dass das nicht der Anlass für diesen Brief ist.

Während ich hier liege und meine Lebensuhr tickt, weiß ich, dass es dem Ende entgegengeht. Es gibt aber ein paar Dinge, von denen ich gern möchte, dass wenigstens ein Mensch sie erfährt, bevor ich sterbe.

Du kannst dann selbst entscheiden, ob du mit jemand anderem darüber reden möchtest. Aus irgendeinem Grund ist es mir jedenfalls wichtig, dass es jemand erfährt.

Ich bin immer dankbar gewesen, dass Amanda und du mich nie gedrängt habt, über den Krieg zu sprechen oder darüber, was mit meinem Vater passiert ist oder mit deiner Großmutter und mir, nachdem wir aus dem Ghetto entkommen waren. Es hat uns beiden viel bedeutet, dass wir in Amerika ein neues Leben beginnen konnten und dass wir nicht ständig mit der Vergangenheit konfrontiert wurden.

Ich muss dir aber sagen, dass die Frau, die du als deine Großmutter kennengelernt hast, gar nicht meine leibliche Mutter war. Als du auf die Welt kamst, war sie aber in gewisser Weise schon meine Mutter – und war es auch schon jahrelang gewesen. Meine leibliche Mutter ist im Ghetto bei der Geburt meiner Schwester Sabina gestorben. Was ich dir jetzt erzählen werde, habe ich noch nie jemandem anvertraut. Hab also bitte Nachsicht mit mir.

Ein paar Tage nachdem meine Mutter gestorben war, erfuhr mein Vater, dass er und ich auf den Listen für den nächsten Transport nach Treblinka standen. Von Menschen, die nach Treblinka gebracht wurden, hörte man nie wieder etwas. Es gab Gerüchte, dass die meisten Juden, die dorthin kamen, schon wenige Stunden nach ihrer Ankunft vergast wurden. Das alles habe ich natürlich erst erfahren, als ich viel älter war. Mein Vater wusste über die Schrecken von Treblinka genügend Bescheid, dass er sich wünschte, mich und Sabina irgendwie aus dem Ghetto hinauszubekommen. Er sorgte dafür, dass wir beide durch die Kanalisation aus dem Ghetto hinausgeschmuggelt wurden. Es gab überall im Ghetto Schmuggelaktivitäten, um Dinge und Menschen ins Ghetto oder aus dem Ghetto hinaus zu transportieren.

Ich erinnere mich nicht mehr an die Namen der Männer, die uns damals im Ghetto geholfen haben, aber die beiden Helferinnen außerhalb des Ghettos hießen Sofia und Katerina. Beide waren Krankenschwestern. Sofia hatte eine Familie organisiert, die bereit war, mich und Sabina aufzunehmen. Katerina sollte Sofia helfen, uns zu dem Treffpunkt zu bringen.

Ich erinnere mich noch, dass ich mitten in der Nacht aufgestanden bin. Mein Vater gab Sabina ein Schlafmittel und bemühte sich unglaublich, nicht zu weinen, als er sich von uns verabschiedete. Er sagte mir, dass ich mit Sabina zusammen einen kleinen Urlaub machen würde und er später nachkäme. Dann gab er uns beiden einen Kuss und winkte uns zum Abschied nach. Dabei lächelte er die ganze Zeit, während ihm gleichzeitig Tränen die Wangen hinabliefen. Ich habe damals fest daran geglaubt, dass ich ihn bald wiedersehen würde. Ein Kurier brachte uns in die Kanalisation. Es war dort stockdunkel und stank bestialisch. Sofia und Katerina warteten auf der anderen Seite auf uns und der Kurier ging wieder zurück ins Ghetto. Katerina wickelte Sabina in ihren Umhang und übergab sie dann Sofia. Dann nahm sie meine Hand und wir machten uns auf den Weg.

Wir sahen die Gestapo erst, als es schon zu spät war. Soldaten hatten von irgendjemandem im Ghetto einen Tipp bekommen. Sofia und Katerina rannten daraufhin los. Sofia mit meiner Schwester auf dem Arm und Katerina mit mir an der Hand. Sie trennten sich, um ihre Chancen zu entkommen zu verbessern, was die Nazis aber nicht mitbekamen. Sie verfolgten nur noch Katerina und mich. Als die Soldaten immer näher kamen, öffnete Katerina einen Gitterrost im Bürgersteig und setzte mich hinein. Sie sagte, ich müsse mucksmäuschenstill sein. Sie würde so bald wie möglich zurückkommen und mich holen. Durch diese Unterbrechung verlor sie jedoch viel Zeit. Die Nazis kamen um die Ecke und verfolgten sie. Ich konnte durch das Gitter sehen, wie sie auf Katerina schossen, als sie wegrannte. Erst über eine Stunde später fand Sofia mich. Ich war immer noch unter dem Gitter und hatte mich die ganze Zeit nicht gerührt und keinen Mucks von mir gegeben. Noch viele Monate später sprach ich kaum ein Wort.

Sofia konnte nicht wieder in ihre Wohnung zurück oder zu dem geheimen Treffpunkt, also fragte sie mich, ob ich noch wüsste, wo wir vor dem Ghetto gewohnt hätten, und ich erinnerte mich, dass wir in der Nähe einer Kirche mit einem Kreuz darauf gewohnt hatten. Nachdem wir stundenlang herumgelaufen waren, uns zwischendurch immer wieder versteckt und nach Kirchtürmen Ausschau gehalten hatten, fanden wir schließlich das Haus, in dem ich früher gewohnt hatte. Es war geplündert worden und leer, aber wenigstens stand es noch. Wir hatten Glück, dass es nicht von irgendwelchen Leuten einfach besetzt worden war.

Der einzige Wertgegenstand, den wir hatten, war Katerinas Schmetterlingsbrosche. Sie war an dem Umhang befestigt, in den sie Sabina gewickelt hatte. Weil wir Angst hatten, dass wieder Plünderer kommen würden, fragte mich Sofia, ob ich ein gutes Versteck dafür wüsste. Ich sagte ihr, wo ich den Schlüssel für eine Kassette mit Schmuck und

Geld versteckt hatte, die ich im Auftrag meines Vaters im Garten hinter dem Haus vergraben hatte, nachdem er erfahren hatte, dass die Nazis uns abholen würden. Ich hatte den Schlüssel in einem Zwischenraum zwischen dem ersten und dem zweiten Stockwerk versteckt. Dieser Raum war so niedrig und eng, dass ein Erwachsener nicht hineinkriechen konnte. Dort hinein legte ich die Brosche zu dem Schlüssel.

Dann machten wir uns auf den riskanten Weg zu ihrer Wohnung, um dort ein paar Kleidungsstücke, einige persönliche Dinge, ihre Fotos und Katerinas Verlobungsring zu holen, damit Sofia ihn tragen und vorgeben könnte, verheiratet zu sein. Obwohl man sich alle Mühe gab, meine kleine Schwester möglichst gut zu versorgen, starb Sabina zwei Wochen nach unserer Flucht. Wir versuchten, so wenige Spuren wie möglich zu hinterlassen, indem wir nur einen einzigen Raum bewohnten und abends kein Licht machten, aber die Nazisoldaten erfuhren trotzdem, dass wir dort waren, und bevor uns die Flucht aus Warschau gelang, ließ sich Sofia von den Soldaten missbrauchen als Gegenleistung dafür, dass sie uns am Leben ließen. Was sie da für mich geopfert hat, habe ich erst begriffen, als ich schon viel älter war.

Als schließlich mithilfe von Schleusern unsere Flucht nach England organisiert war, hatten wir schon mehrere Monate in dem Haus überstanden, und zwar unter den erniedrigendsten Umständen. Sie und ich haben danach nie wieder über die Monate gesprochen, die wir dort verbracht hatten. Nicht ein einziges Mal.

Als der Krieg zu Ende war, kehrten wir nach Warschau zurück, um uns persönlich zu vergewissern, ob noch jemand von der Familie meiner Mutter und auch von Sofias Familie dort war. Aber wir konnten niemanden finden, und selbst wenn wir meine Tanten und Onkel gefunden hätten, wollte ich lieber weiter mit Sofia zusammen sein.

Wir wanderten also in die Vereinigten Staaten aus. Sie als Marta Bachmann, meine Mutter.

Nachdem sie fünf Jahre unter dem Namen „Marta Bachmann“ gelebt hatte, wollte sie ihren alten Namen gar nicht wiederhaben. Sie war nicht mehr das Mädchen, das sie vor langer Zeit einmal gewesen war. Für mich war sie ohnehin meine Mutter.

Jetzt weißt du es also. Du kannst selbst entscheiden, wem du davon erzählen willst, wenn überhaupt jemandem.

Ich bin nicht noch einmal in Warschau gewesen, um die Kassette mit dem Schmuck und dem Gold zu holen, die ich im Garten vergraben hatte. Sie liegt unter der dritten Fichte auf der Nordseite. Ich war erst sechs Jahre alt, als ich sie versteckt habe. Wo der Schlüssel für die Kassette ist, habe ich ja schon erwähnt.

Als Polen von den Deutschen überfallen wurde, waren meine Eltern recht wohlhabend. Ich könnte mir vorstellen, dass der Inhalt der Kassette ein kleines Vermögen wert ist. Wenn du es haben willst, gehört es dir.

Ich bin müde, Bart. Müde und alt, und ich kann nicht mehr schreiben.

Du sollst wissen, dass ich dich immer für deine Fähigkeit bewundert habe, das Glas halb voll zu sehen. Immer. Es hat so viele Jahre gegeben, in denen ich nicht einmal das Glas sehen konnte.

Ich hoffe, du findest alles, wonach du suchst.

Kocham cię,
Edward Bachmann

Vierundvierzig

Vertrocknete Glyzinienranken baumelten vom Pergoladach im Innenhof des „La Vista del Paz“-Altersheims und warfen amöbenförmige Schatten auf den Betonboden darunter und auf die vier Personen, die dort saßen.

Chase und Tally hatten gegenüber von Josef und Eliasz auf Plastikgartenstühlen Platz genommen; die beiden alten Männer saßen in Rollstühlen und hatten die Beine mit Wolldecken zugedeckt. Eine kühle Herbstbrise war ein Hinweis auf den bevorstehenden Jahreszeitenwechsel.

„Das mit eurem Haus tut mir sehr leid“, sagte Josef und Eliasz nickte. „Eliasz und ich wissen, wie es ist, wenn einem alles, was man besitzt, genommen wird. Es kann einen ziemlich aus der Bahn werfen.“

„Ja, ein bisschen schon“, gestand Chase. „Mir macht das eigentlich gar nicht so viel aus, weil ich dafür andere Dinge zurückbekommen habe.“

„Ach, wirklich?“ Josef sah ihn erwartungsvoll an. „Und was für Dinge sind das?“

„Mein Vater und ich – wir hatten vor dem Feuer so ziemlich aufgehört, miteinander zu reden. Und das hat sich geändert.“

„Ich verstehe. Ich war schließlich auch mal in deinem Alter. Es läuft also jetzt gut mit deinem Vater?“

„Wir reden wieder miteinander, und ich erfahre Dinge über ihn, die ich vorher nicht gewusst habe."

„Zum Beispiel?"

„Warum er fast alles verschenkt hat, was er in seiner Holzwerkstatt gebaut hat. Er hatte immer das Bedürfnis, dafür zu sorgen, dass die Waagschale sich zu seinen Gunsten senkt. Mehr geben als nehmen, sodass man irgendwie das wiedergutmachen kann, was man vermasselt."

„Na, eine solche Einstellung hält einen natürlich ständig auf Trab. Kein Wunder, dass er keine Zeit für Gespräche hatte. Ich freue mich für dich, Chase."

Josef nickte. „Und was hast du sonst noch zurückbekommen?"

Chase wusste, was Josef zu hören hoffte. „Meine Erinnerung an das andere Feuer – sie ist wieder da. Der Teil, an den ich mich nicht mehr erinnern konnte, ist wieder da."

„Welches andere Feuer denn?", fragte Eliasz.

„Sei ruhig, *przyjaciel*, ich hab dir doch von dem Feuer erzählt. Nie hörst du mir zu."

„Ich hör dir wohl zu. Ich vergesse es nur wieder."

Josef wandte sich an Chase. „Also hat Gott dir die Erinnerung zurückgegeben?"

„Ja, das hat er wohl."

„Und bist du zufrieden mit dem, woran du dich jetzt erinnerst?"

„Ich war es nicht, Josef. Ich habe das Feuer, in dem das Baby umgekommen ist, nicht gelegt. Es war der andere Junge, der zusammen mit mir in dem Zimmer geschlafen hat. Er hat mit dem Feuerzeug gespielt."

„Welches Baby denn?", fragte Eliasz.

Josef ignorierte ihn einfach. „Dann warst du es also gar nicht."

„Nein."

„Ich frage mich, wieso du dich all die Jahre nicht erinnern konntest, wenn es nicht deine Schuld war", sagte Josef.

„Ich weiß es auch nicht. Aber ich weiß, dass ich ständig das Gefühl hatte, es wäre meine Schuld. Und irgendwie habe ich das immer noch. Ich habe gesehen, wie die Zigarette auf dem Bett gekokelt hat, als wir das Zimmer verlassen haben. Irgendwie war mir klar, dass wir sie nicht einfach so liegen lassen können. Aber ich wollte auch nicht dabei erwischt werden, wie ich in Keiths Zimmer herumschnüffle. Ich wollte keinen Ärger bekommen. Und als die Flammen durch den Heizungsschacht in unser Zimmer drangen, da wusste ich, dass wir alle in schrecklicher Gefahr waren, aber ich kam nicht mehr an Alyssas Kinderbettchen heran."

„Also hast du beschlossen, dich nicht zu erinnern. Hast eine Wache um diese Erinnerung herumgestellt, damit sie verborgen blieb?"

Ghost.

„Ja, schätze schon."

„Dafür brauchst du dich nicht zu schämen, Chase. Du warst damals noch sehr jung. Viele, die im Ghetto gelebt haben oder nach Treblinka kamen, mussten mit ihrer Erinnerung das tun, was du getan hast. Das ist eine Entscheidung, die viele Überlebende treffen müssen. Wir müssen uns entscheiden, an wie viel wir uns erinnern wollen und wie viel Mut wir aufbringen können."

„Wahrscheinlich."

„Nicht wahrscheinlich. Das ist eine ganz simple Wahrheit. Wir sind doch diejenigen, die die Fehler der Menschen aufgrund unserer Erfahrungen nur allzu gut kennen. Und wer, wenn nicht wir, muss den Mut aufbringen, einzugestehen, dass wir in einer Welt leben, die Erlösung braucht? Wir entscheiden, wie viel wir aus dem Feuer mitnehmen. Alle anderen tun so, als ob sie die Asche gar nicht sehen."

„Was soll denn all dieses ernste Gerede, Josef?" Eliasz lehnte sich in seinem Stuhl zurück und schloss die Augen. „Es regt mich auf und der Masseur kommt immer nur am Dienstag."

Josef winkte ab. „Das ist gut. Ich freue mich wirklich für dich.“ Dann wandte er sich Tally zu. „Und du? Hast du auch gute Nachrichten? Hast du von deinem Vater gehört?“

Tally nickte. „Er kommt nächste Woche nach Hause. Ich treffe ihn in Tucson. Dann nimmt er mich für ein paar Wochen mit nach Warschau, vielleicht auch für ein paar Monate. Auf jeden Fall werden wir dort Thanksgiving verbringen.“

„Ach, dann wirst du uns verlassen. Ich sollte mich für dich freuen. Du fährst also wirklich sofort?“

„Ja.“

„Und wie findest du es, eine Weile in Warschau zu bleiben? Freust du dich schon darauf?“

„Na ja, mein Vater bleibt normalerweise nicht besonders lange an einem Ort, also wird es mir schon gut gehen, solange wir dort sind“, entgegnete Tally. „Aber mir gefällt es auch hier. Ich werde meinen Vater fragen, ob wir nicht in der Gegend von San Diego leben können, wenn wir wieder zurück sind. Ich habe ja nur noch zwei Jahre Schule vor mir, und ich glaube, es wäre ganz gut, sie hier zu verbringen. Es gefällt mir, dass meine Familie in der Nähe lebt, auch wenn nicht immer alles perfekt ist.“

„So, so“, sagte Eliasz träge, immer noch mit geschlossenen Augen. Seine Stimme klang, als würde er jeden Moment einschlafen.

„Dann würden Eliasz und ich also die Gelegenheit bekommen, deinen außergewöhnlichen Vater kennenzulernen, oder?“

„Ja, klar.“

„Der Plan gefällt mir. Was denkst du, Eliasz?“ Aber dieser war bereits eingedöst.

Tally schaute zu Chase hinüber und er nickte. Sie griff in die Tasche, die zu ihren Füßen stand, und holte ein Foto und ein in Seidenpapier gewickeltes Päckchen heraus.

„Also, eigentlich sind wir nicht nur gekommen, um Ihnen zu sagen, dass ich für eine Weile fort sein werde, Josef“, begann Tally. „Ich bin an dem Abend, an dem das Feuer ausbrach, auf etwas gestoßen, von dem ich glaube, dass Sie es sehen sollten."

Tally reichte ihm das Foto mit den beiden Krankenschwestern darauf.

Josef hielt sich das Foto ganz dicht vors Gesicht und seine Augen wurden immer größer.

„Woher hast du das?", hauchte er.

„Ist das Katerina auf dem Bild?", fragte Chase.

„Woher hast du das?", wiederholte er nur.

„Die Frau, die neben ihr steht, ist Sofia, nicht wahr?", fragte Chase.

Josef nickte nur stumm.

Chase beugte sich vor. „Wenn Sie die Möglichkeit hätten zu erfahren, was mit Katerina passiert ist, würden Sie es dann wissen wollen?"

Josef musste schlucken, und Tränen standen in seinen Augen, als er aufblickte und erst Chase und dann Tally anschaute. „Woher habt ihr das?"

„Die Frau, die Sie als Sofia gekannt haben, ist dieselbe Frau, die unsere Eltern als Marta Bachmann kannten", antwortete Tally.

„Das ist ... das ist unmöglich. Die Gestapo hat Sofia getötet, als sie und Katerina weggelaufen sind. Sie haben sie auf der Straße erschossen!"

„Nein", sagte Chase sanft. „Sie haben nicht Sofia erschossen."

Chase sagte die Worte behutsam, sodass Josef sich langsam darauf einstellen konnte, was sie bedeuteten. Als er schließlich verstand, schloss der alte Mann die Augen und hielt sich zitternd eine Hand vors Gesicht. Tally legte ihm sanft eine Hand auf die Schulter.

„Katerina ist gestorben, als sie unseren Großvater gerettet hat", fuhr Chase fort. „Erinnern Sie sich, wie Sie uns erzählt haben, dass jemand aus dem Ghetto Sie verraten hatte? Die

Gestapo hat Sofia und Katerina aufgelauert, als sie wieder aus der Kanalisation gestiegen sind. Die Soldaten hatten einen Hinweis bekommen, genau wie Sie gesagt haben, und Sofia und Katerina sind losgerannt, als sie es merkten. Katerina hatte meinen Großvater auf dem Arm und Sofia seine kleine Schwester, das Baby. Sie haben sich dann getrennt und sind einzeln durch die Straßen von Warschau gerannt, um zu entkommen. Katerina hat unseren Großvater unter einem Gitterrost im Bürgersteig versteckt, weil er nicht so schnell laufen konnte wie ein Erwachsener. Die Nazis haben sie erwischt, als sie dann ohne ihn weitergerannt ist."

Chase hielt inne. Josef zitterte leicht. Tally streichelte erneut seine Schulter.

„Woher wisst ihr das alles?", flüsterte der alte Mann.

„Mein Vater hat endlich den Brief von seinem Vater gelesen und darin wird alles erklärt", entgegnete Tally.

Josef schwieg.

„Sie ... Sie wollten es doch wissen, oder?", fragte Tally ihn.

Josef wischte sich die Tränen ab und räusperte sich. Seine Stimme klang ganz dünn und ausgezehrt, als er wieder sprach. „Ihr könnt euch gar nicht vorstellen, wie sehr."

„Das mit Katerina tut mir leid", sagte Tally, und Chase bemerkte, dass ihre Stimme ebenfalls zitterte. „Es tut mir leid, dass Sie anhören mussten, was wirklich mit ihr passiert ist."

Josef öffnete den Mund, um etwas zu sagen, überlegte es sich dann aber anders. Er deutete auf das Foto von Katerina in seiner Hand. Dann sprach er schließlich doch. „Aber versteht ihr denn nicht? Das bedeutet doch, dass sie nicht lernen musste, ohne mich zu leben, wie ich lernen musste, ohne sie zu leben. Das bedeutet, dass sie sich nicht freiwillig dafür entschieden hat, ohne mich zu leben. Ihr habt mir also in Wirklichkeit eine große Freude gemacht." Wieder brach seine Stimme und es kamen Tränen. Aber dieses Mal ließ er die Augen offen. Mit zitternden Fingern strich er den

Umriss von Katerinas Gesicht entlang, das in einem fröhlichen Lächeln erstarrt war.

Chase nickte Tally zu, und sie begann, das Päckchen in ihrer Hand auszuwickeln. Josef blickte von dem Foto auf, als er das Rascheln des Seidenpapiers vernahm. Der alte Mann schaute zu, wie das Papier herunterfiel und die beiden Schmetterlinge – ein großer und ein kleiner – auf ihrer Handfläche erschienen.

„Ach“, flüsterte er. „Wo habt ihr denn die gefunden?“ Mit zitternder Hand griff er nach der Brosche und Tally gab sie ihm.

„Katerina hat damals das Baby in ihren Umhang gewickelt“, antwortete Chase. „Die Brosche war daran befestigt, als sie Sofia das Baby gegeben hat. Sie und unser Großvater haben die Brosche im Haus seiner Familie versteckt und sie dort zurückgelassen, als sie nach England geflüchtet sind. Tallys Vater hat sie in dem Haus gefunden. Sie war immer noch in dem Versteck und er hat sie ihr geschickt.“

„Ich möchte, dass Sie sie behalten“, sagte Tally.

Josef lehnte sich nach vorn und berührte das Schmuckstück mit seiner ausgestreckten Hand. „Und ich möchte, dass *du* sie behältst“, flüsterte er. Seine Hand zitterte, während er darauf wartete, dass sie die Brosche nahm. Als sie es tat, setzte er sich zurück und atmete tief aus. „Ich würde dies hier gern behalten. Nur für ein Weilchen.“ Er deutete auf das Foto auf seinem Schoß.

„Das ist ein Abzug vom Original. Es gehört Ihnen“, erwiderte Chase.

Josef nickte. „Danke.“ Er nahm das Foto in die Hand, drückte es sich ans Herz und schloss dabei die Augen.

Chase stand auf. „Wir müssen jetzt los.“

Ganz langsam öffnete Josef wieder die Augen. Er bat sie nicht, noch zu bleiben. Aber sein Blick war freundlich.

„Ach, übrigens, wir haben fünfzehn Punkte für unser Projekt bekommen“, teilte Chase ihm mit.

„Dank Tally mussten wir nicht noch mal ganz von vorn anfangen, denn sie hat die Kamera und das Filmmaterial vor dem Feuer gerettet."

Josef lächelte breit. „Fünfzehn Punkte! Na, das freut mich aber für euch beide." Er blickte zu Tally auf. „Vielleicht kannst du mir ja sagen, wie du Warschau findest, wenn du zurück bist. Und wie es dort heute ist."

„Klar, das mache ich gern", sagte sie.

„Also gut", meinte Chase. „Bis bald, Josef. Sagen Sie Eliasz für uns Auf Wiedersehen." Er und Tally wandten sich zum Gehen.

„Warte!", rief Josef, als wäre ihm plötzlich noch ein Gedanke gekommen. „Wie hat Gott dir deine Erinnerung an das Feuer zurückgegeben? Wie hat er es gemacht?"

Einen Moment lang sah Chase sich wieder an Alyssas Grab sitzen, hörte das Kreischen der Möwen, spürte das kühle Gras unter sich und dachte zum ersten Mal über die seltsame Vorstellung nach, dass sein Nachname so etwas wie „Neuanfang" bedeutete.

„Er hat es mir in einem Traum gezeigt." Und er nickte in Eliasz' Richtung, dessen geschlossene Augen unter den Lidern tanzten wie Wasser über Steine.

Anmerkung der Autorin

Josef Bliss, Eliasz Abramovicz, Katerina und Sofia „Marta“ Bachmann sind fiktive Figuren, aber das Warschauer Ghetto, der Schrecken von Treblinka und das Herausschmuggeln kleiner Kinder aus dem Warschauer Ghetto während des Zweiten Weltkrieges sind historische Tatsachen. Eine der bekanntesten Retterinnen war Irena Sendler, eine katholische Sozialarbeiterin, die ihr Leben riskierte, um während des Holocaust über zweitausend jüdische Kinder zu retten.

Irena war neunundzwanzig Jahre alt, als die Deutschen Polen überfielen und die polnischen Juden in eine von Stacheldraht eingezäunte Enklave sperrten, die unter der Bezeichnung „Warschauer Ghetto“ bekannt ist. Gemeinsam mit vielen anderen Menschen aus dem Widerstand nahm Irena einen Untergrundnamen – Jolanta – an und trat einer Untergrundorganisation namens *Żegota* bei, um deportierten und hungernden Juden zu helfen. Als die Schrecken des Ghettos sich verschlimmerten, begannen Sendler und eine kleine Truppe von Mitarbeitern, jüdische Kinder verschwinden zu lassen und in die Freiheit zu bringen. Manchmal benutzten sie dafür Geheimverstecke in Krankenwagen, manchmal verbargen sie die Kinder in Särgen oder Jutesäcken. Manchmal nutzten sie ein Labyrinth unterirdischer Tunnel und Keller, manchmal benutzten sie gefälschte Dokumente, und dann wieder bedienten sie sich der Straßenbahn, wenn der betreffende Straßenbahnführer ein Mitglied von *Żegota* war.

Wenn sie erst einmal aus dem Ghetto heraus waren, wurden die jüdischen Kinder in katholischen Familien untergebracht und lernten Polnisch, damit sie als gebürtige Polen durchgingen. Viele Priester und Mönche stellten falsche Taufscheine aus, sodass jüdische Kinder als gebürtige Katholiken galten.

Am Abend des 20. Oktober 1943 hämmerte die Gestapo an Irenas Wohnungstür. Geistesgegenwärtig gab sie die Liste mit all den Adressen der geretteten Kinder an eine Freundin weiter, die gerade bei ihr in der Wohnung zu Besuch war. Die Freundin versteckte die Liste in ihrer Unterwäsche, während die Nazis die Tür eintraten. Ein paar Stunden lang durchsuchten sie die Wohnung nach den Namen und Aufenthaltsorten der etwa zweitausend jüdischen Kinder, die die Organisation aus dem Ghetto hatte verschwinden lassen. Vergebens.

Irena wurde verhaftet, geschlagen, ins Pawiak-Gefängnis gebracht und zum Tode verurteilt. Durch ein Bestechungsgeld von Mitgliedern der *Żegota* an die Deutschen kam sie aber wieder frei. Sie lebte bis zum Kriegsende in einem Versteck. Die Liste mit den Namen der Kinder blieb bis Kriegsende in Dosen versteckt unter einem Baum vergraben, obwohl die meisten dieser Kinder ihre Eltern nicht mehr wiedersehen sollten, weil die große Mehrheit der Eltern im Krieg umgekommen war.

1965 wurde Irena Sendler von *Yad Vashem* mit dem Titel „Gerechte unter den Völkern" geehrt. Am 10. November 2003 erhielt sie mit dem „Weißen Adler für Tapferkeit und großen Mut" die höchste Auszeichnung Polens. 2007 wurde sie vom Warschauer Senat geehrt und im selben Jahr für den Friedensnobelpreis nominiert. 2008 verstarb sie im

Alter von 98 Jahren. Mehr Informationen über sie können Sie unter der Internetadresse www.irenasendler.org finden.

Ich liebe es sehr, Rückmeldungen von meinen Lesern zu bekommen. Bitte besuchen Sie mich doch im Internet unter www.susanmeissner.com

Sie sind der Grund, weshalb ich schreibe.

Susan Meissner
Ein Garten voller Träume
Roman
Gerth Medien